G

咕
噜
GuRu

逆水行舟

卢作孚长孙女回忆录

MEMOIRS OF
TSO-FU LU'S
GRANDDAUGHTER

卢晓蓉 著

上海三联书店

谨以此回忆录献给我最亲爱的祖父！

如果有来世，我还要做您疼爱的乖孙女。

目　录

自序

2002年,凤凰卫视《纵横中国》栏目到重庆举办时,主持人吴小莉问在场的嘉宾,重庆的历史上有哪些不能忘记的人,应答者众。吴小莉听后却说:"有一个重庆人,可能很多中国人都不知道,很陌生了。但毛泽东说过,他是不能忘记的人;蒋介石对他也有过高度的评价,称他是民族英雄。这个人是谁呢?一个不能被忘记的重庆人,他就是卢作孚。"

卢作孚是我的祖父,我是他的长孙女。祖父离开我回重庆的时候,我在香港,只有四岁。祖父在重庆去世时,我未满六岁。从那以后,由于历史的原因,祖父从公众的视线中淡出。家里与他有关的书籍、资料、照片,也都渐渐消逝,"文革"中更是被销毁殆尽。在那些噤若寒蝉的日子里,家人担心我们少不更事,祸从口出,很少和我们提及祖父的生世。按理说,祖父已在我的记忆中远去,然而如今年过七旬的我,却一直生活在他的身影里,荣辱毁誉、跌宕起伏也大都与他有着或多或少的联系。

真正开始系统地学习祖父的生平事业、精神思想，还是在我 2002 年退休以后。越是深入地学习和了解，越是使我痛感内疚和悔愧。无论是人生的起点，还是多次事关重大的目标与路径的选择，我几乎都与祖父相异甚至相反。祖父小学毕业就走上自学的路，很早就树立强国富民的理想目标，并找准实现理想目标的途径和方法，在多个领域有所开拓有所创造，建树了多项令世人称颂的功绩，从而将五十九岁的人生价值发挥到极致。而我却在人生最宝贵的青春时代，像一头蒙着眼睛拉磨的驴，盲从迷信，愚昧无知，虚度年华。每每读到祖父的文章，看到他流芳百世的不朽业绩，我都会痛彻心扉地想到，如果我早一点知道这一切，并身体力行，我就不会是现在的我了。历史无法假设，我唯有发挥余生的精力，为社会做一点有用的事，方能无愧于祖父，无愧于社会。为此，我以祖父为参照，将自己付出了生命代价的心得体会写进了这部回忆录，借此机会奉献给广大读者，与读者朋友们共同分享。

我要深深感谢北京生活·读书·新知三联书店的老总编李昕先生，两年前他看到我的一篇文章，便热情鼓励我写回忆录，并一直予以关注，包括推荐出版社。我也要深深感谢上海三联书店有限公司，在如今出版物目不暇接、纸媒竞争日益激烈的时候，能够出版我这本素面朝天的回忆录，令我感动不已。我还要深深感谢责任编辑匡志宏女士，从本书的篇章结构到遣词造句，都尽职尽责、一丝不苟地斟酌、推敲、核实，给我提了许多宝贵建议，为本书增色不少。回忆录能在上海三联书店出版，恰好与本书的诸多上海元素相映成趣，这是因为我的祖父、父亲和我自己与上海有着千丝万缕的联系。

上海是祖父确立人生目标的起点。1911 年祖父十八岁时投身四川保路运动和辛亥革命，接着又亲身经历了军阀混战的血腥镇压。带着对国家前景的忧虑和抱负，他 1914 年自筹旅费到上海寻找出路和办法。

上海也是祖父一生事业的发祥地和桥头堡。他1925年在重庆创办民生实业股份有限公司,公司的第一艘船"民生"轮就是在上海建造的。1935年民生公司一举收购卖价超过公司总资产的美国捷江轮船公司七艘轮船,也主要依靠了上海银行界同道的慷慨义举。

上海还是祖父发展江海联运事业的重镇。抗战胜利后,祖父很想把公司总部从重庆搬到上海,后因董事会中川籍董事的反对而作罢,但他还是把公司总经理办公室移到了上海。

我的父亲曾在上海的名校——上海中学读过高中,在后来的工作生涯中又多次到上海出差。我则在上海华东师范大学度过了极其宝贵的大学时代。以上内容我都写进了回忆录中。

我还要感谢每一位关爱、培养、扶持、激励我成长的亲人、老师、乡亲、朋友和众多的民族精英们,是他们给予了我在遭遇挫折和打击时,战胜艰难险阻的勇气和毅力;是他们教会了我即使在人生的低谷也要保持真诚和宽容,做一个正直良善的人;他们让我在黑暗中看见了"烛光",在毁灭中"听见"了新生;是他们以身作则,率先垂范,使我在黑白混淆、是非颠倒、道德沦丧时,守住了做人的底线;是他们启迪了我的智慧,开拓了我的视野,增长了我的才干。而这一切,正是我这本回忆录最珍贵的素材。

借此机会,我也向所有付出了大量时间、精力、心血,学习研究和宣传推广卢作孚思想事迹的学者、专家、作家、媒体工作者和各界朋友们,表示最崇高的敬意和最衷心的感谢!我们之间的相互学习交流、切磋砥砺,则使我受益无穷。

卢晓蓉

2020年2月25日

我的幼少年时期

上篇　重庆—香港

我出生在祖父祖母家里

我生于 1946 年 5 月 18 日。祖父祖母当时的家,在重庆郊区化龙桥红岩村民生公司的一座宿舍里。宿舍不大,是木头梁柱加上竹篱笆与泥土混合的"夹壁墙"结构。只有两层楼,楼上楼下各有两个单元,每个单元有四间卧室,一间储藏室。卧室最大的二十多平米,最小的五六平米。祖父祖母的家在二楼右边的单元里。在家里住的有他们夫妇和五个孩子。除了我父亲刚参加工作,没有自己的住处,与我母亲长住家里外,其余几个叔叔姑姑分别在上大学和中学,所以平时家里人不多,放假就显得有些拥挤。

母亲临产前,听从一位大学好友建议,为了安全起见住到市中区她的家里。好友的先生是留学法国的名医,他请了一位妇产科名医为母亲接生。别的婴儿生下来都会哭,可是我却一声也没吭,母亲有些紧张。这时只见名医熟练地倒提着我的两条小腿,拍了我两下屁股,我就"哇"的一声哭起来,母亲这才放了心。告别了三位令我平安来到世上的恩人,母亲便带我回到祖父祖母家中。从那以后,有三年的时间,我和祖父祖母生活在一起。后来又与祖父同在香港约一年,虽然多数时间不同住,但彼此常有往来,而那时我已开始有了记忆。

我的名字是父亲取的,父亲出生在成都,晓蓉的"蓉"来自父亲的小名蓉生。我上下十代家族的名字辈分排行,中间那个字按顺序应是"显达仲高魁,国荣兴士海"。祖父本名卢魁先,父亲本名卢国维即由此而来。我属"荣"字辈。但父亲没按排行给我取名，祖父对此没有异议，由此可见他不是一个因循守旧的人，而是充分给予子女选择的自由。后来我们这一代十多个堂表兄弟姐妹，大多数都用了"晓"字取名，或者是单名。1951年初，我的三叔卢国纶和未婚妻冯俊兰，在重庆大学企业管理系铁道管理专业读二年级时，学校实行院系调整，决定自二年级以下，撤消铁道管理专业。三叔必须尽快作出决定，是转入工业管理还是商业管理专业，然而从内心深处他和未婚妻都不愿意放弃铁道管理。恰在此时，报上登出了西南铁路工程局举办会计统计人员训练班招收学员的消息，他们便作出了一个大胆的决定：放弃学业，报考铁路局。为了征得祖父的同意，三叔给祖父发了电报。祖父很快就回电表示"完全赞同"，紧接着又写了一封长信，信中说："只要好好学习，在工作环境里同在学校里是一样的，而且在工作环境里比在学校里还要切实。在学校里不易同时得到经验，在工作环境里容易同时得到学问。只要你工作之余同时读书，所得比学校还亲切。读书不一定在学校里，你的父亲就是一个例子。"这件事，三叔给我讲过好几次，他为祖父当年果断让他自主抉择人生大事感怀不已，至今还保存着祖父这封信。三叔没有辜负祖父的信任，他一生都在铁路局工作，获得过铁道系统多次嘉奖，曾被评为全国铁路系统优秀共产党员，最后在成都铁路局审计处处长职位上光荣退休。

在我一岁多的时候，祖父因工作需要常去南京，家也随着搬去南京岳麓路。岳麓路的房子是金城银行朋友借给的独立屋，砖柱砖墙，有三层楼，三楼是斜顶的阁楼，总面积比红岩村宿舍大一倍多，容纳了祖父、祖母、父亲五兄妹、我母亲和二叔的妻子以及第三代的我和二叔的大女儿卢晓琪（她比我小十二天）。搬到南京后，我大姑卢国懿大学毕业，申请了美国大学的奖学金，赴美留学，后定居美国。二姑卢国仪在南京就读金陵大学化学系。三叔卢国纶在南京上金陵中学高中,有幸与厉以宁先生和吴敬琏先生同班。厉以宁先生在给北大出版社出版的《卢作孚文集》及《卢作孚文集(增订本)》所作的《序》中,开篇就回忆了这段往事:"……抗战胜利后,我转学到南京金陵中学读高中,同班同学卢国纶是卢作孚先生的三儿子,我们都是寄宿生,住在金陵中学的'口字楼'三楼,卢国纶就在我隔壁的房间里,朝夕相处,时间长达两年半,直到高中毕业。从他那里,我对卢作孚先生的持家、为人,尤其是创业精神,又有了较深入的了解。"1947年7月,母亲在这里生下了我的大弟弟卢晓雁。后来一大家人又搬去南京玄武门住过短暂时间。1948年我两岁多时,祖母带我们先回了重庆,仍住在红岩村宿舍。

祖父家几代人都没有自己的房产,居家都是租住的房子。如今在北碚祖父于1930年创办的中国西部科学院旧址内,有一处平房门口挂了一块牌子,上写"卢作孚故居"。其实,祖父祖母只是1949年临时在里面住了几个月,而且这建筑原本就是按办公室设计的,不是民居。合川城内的"卢作孚故居"就更夸张了,是一栋崭新的中式砖瓦独立楼房,富丽堂皇。如果祖父有这样的故居,也许就没有后来的卢作孚了。

房地产虽然都不是祖父母自己的,但丝毫没有影响三代人共聚一堂的祥和亲密。我是第三代中第一个来到世间的,所以又给这个家庭增添了欣喜和快乐,尤其是我的祖父。祖父对我的挚爱,一直挂在祖母嘴边,从小就讲给我听,成为我对祖父最早的记忆。祖父很爱我,我也很爱祖父,但凡祖父回家,我就要缠住他陪我玩,无论多忙多累他都会放下手里的事来抱抱我。如果我在外面玩,每过几分钟,就要回家找"爷爷"。祖父听见了,总会马上答应:"来了,来了。"有时他在洗手间,我也拼命叫,他就赶紧大声说:"来了,来了,莫急,我马上就来!"祖父对家人用公司的车管得很紧,但有时周末回家却带我出去兜兜风。在南京岳麓路住时,有一次我不小心从门廊栏杆上摔到地上,掉在一堆玻璃渣上,顿时头破血流。大人们都很着急,我却十分镇静地说:"快去给爷爷打电话,请他派车送我去医院。"那时我一岁多,刚学会说话不久。头上的伤疤至今还在,时时令我回忆起那温馨的一幕。

我小时候爱皱眉头,祖父对我母亲说:"这孩子将来长大了不知会有什么样的遭遇。"祖父敏锐的担忧,后来不幸都应验了。但当时的我,是生活在蜜罐子里的,对身外的事一概不知。

祖父那时正豪情满怀地实施他的战后发展计划。早在1933年在北碚召开科学社年会后,他就呼吁:"我们除运动外省人到四川来以后,更还要促起世界上的人都到四川来,或来考察,或来游历。使世界上的科学家都到四川来,世界上的工程师都到四川来,世界上的金融界或实业界有力量的人都一齐欢迎到四川来。"在人才、资金、技术方面帮助中国尽快赶超世界先进水平。"什么时候可以来呢?这就看我们去做这个运动的力量如何,如果是我们下大决心去做,那么,我们要想他们哪一年来,就可以使他们哪一年来,这纯以我们用力的程度为转移了。"[1]而那时通往中国内地没有直达的铁路,公路既少又差,民航也很不发达,他想利用长江这条黄金水道,让来中国旅游、考察、投资、工作的外国人有舒适的旅途享受,他们就会多来。于是他想尽办法,于1946年获得加拿大政府和国民政府共同担保,在加拿大银行贷款并建造了九艘世界一流的豪华客货轮,船上的机器有一部分是在美国造的。

1946年5月,毕业于中央大学机械系的父亲,经过正式招聘考核审查进入民生公司工作。1947年5月,他和其余十多位公司的工程

---

1 卢作孚(1933):《中国科学社来四川开年会以后》,参见《卢作孚文集(增订本)》,凌耀伦、熊甫编,北京大学出版社,2012年第2版,第206页。

技术人员被派往美国、加拿大,在那里监造这批新船。母亲随后也考取加拿大麦吉尔大学药理系研究生去了加拿大,学成后又去美国密执安大学实验医院工作。我和大弟弟仍留在祖父祖母身边,一直到我满三岁,那是我一生中与祖父母朝夕相处最长的日子。

我的祖父

我的祖父卢作孚生于 1893 年 4 月 14 日,逝于 1952 年 2 月 8 日。四川省合川县(现属重庆管辖)人。本名卢魁先,后改名卢思、卢作孚。祖父一生以关注民生、推动国家现代化为己任,先后转战于"革命救国""教育救国""实业救国""乡村建设"四大领域,足迹所到之处,无不励精图治,成效卓著。他严以律己,品德高尚,梁漱溟先生赞之为:"作孚先生胸怀高旷,公而忘私,为而不有,庶几乎可比于古之贤哲焉。"[1]

祖父出身贫困,没有任何遗产可以继承,也没有任何特权可以凭依。他出生时全家住在合川县城北门外杨柳街租用的一间三合院厢房。家有五个兄弟和一个妹妹,祖父排行第二。我的曾祖父卢高贤(字茂林)生于合川县肖家场,少年时曾读过师塾,继而随家人务农,成年后经亲戚介绍去县城学裁缝。在裁缝铺工作几年后回乡成亲,并在肖家场镇上继续做裁缝。后得城里亲友介绍,跟随一位贩卖麻布的商贩,往返合川、隆昌间做麻布生意。时间久了,被当地人称为"卢麻布"。那时当地没有公路,只有遍布山间、田间的石板路;也没有汽车,全靠步行,他只能肩挑货担,晓行夜宿。数年间,卢茂林克勤克俭积蓄了一些钱,就带着长子卢魁铨(号志林),又雇了一个伙计,

---

1 梁漱溟:《景仰故交卢作孚先生献词》,参见《卢作孚追思录》,周永林、凌耀伦主编,重庆出版社,2001 年 10 月第 1 版,第 47 页。

自己做起生意来。由于讲信用，能替用户和厂商着想，因而很受买卖双方的欢迎。我的曾祖母姓李，合川县云门镇人，十二岁时因家中一贫如洗，其母便将她送到卢家作童养媳。曾祖母因贤惠能干，有眼光、识大体，很受卢家老少和亲友邻里敬重。

祖父有两位叔曾祖父，一位曾任光绪年间清政府驻俄罗斯国公使馆参赞，为沟通两国的经济文化交流做了不少有益的工作。他很器重我的曾祖父卢茂林的性格和天资，曾两次写信回合川，拟将茂林带去圣彼得堡上俄国学校加以培养，后因茂林学识基础不够，且不愿远离父母而作罢。另一位叔曾祖父做过当时的边防军将官（其官阶名不详，相当于现在的师长），在中法战争中曾带兵出征安南（即今日的越南），屡建战功。祖父小时候，经常听到父亲和哥哥给他讲这些故事，先辈精忠报国的事迹，在他心中播下了良种；父母身上的传统美德，为他的品行修养树立了最早的榜样，使他从小对自身有了更高的要求和期许。

童年的祖父活泼、聪明，很受父母喜爱，邻里街坊也都喜欢他。哥哥卢魁铨一直很照顾他的弟妹，对祖父更是倍加关爱。祖父五岁时不幸患病致哑，父母焦急万分，却苦于无钱给他治病。幸得疼他爱他的大哥魁铨一边上私塾，一边教他识字、写字、用自己学过的教科书教他学习，还千方百计逗他欢喜。祖父也常常跑去私塾，趴在窗口无比羡慕地看着小伙伴们读书。这样的日子好不容易熬过了两年。一天傍晚，祖父拿着一篮子纸钱，到家院附近老堤上去烧。受到烟熏，不由呛咳起来。哪知这一呛咳给他带来好运，竟一下子发出声音来。于是他三脚两步朝家里跑，还没进院子门就拼命呼唤母亲，到了家便扑向母亲怀里。当时曾祖父因生意的事去了隆昌，只有大哥和三弟卢魁甲（字尔勤）和母亲在家。母亲见小魁先能说话了，双手将他紧紧搂在怀里，老小四人悲喜交集，哭成一团。

深受父母和家人喜爱的祖父,也主动承担了照料弟妹和帮助他们成长的责任。三祖父卢尔勤在晚年回忆我祖父时,字里行间无不充溢着感激与怀念之情:他对人的性情很好,在家里从不向父母或弟兄要什物。对外人,也是宁肯自己吃亏,却不愿去亏别人。从小至老,都没见过他与人争吵,从未见其与别人打骂。童年时,家贫穷,吃穿都少有,他总是独自一边吃孬的饭,再不眼望着大人。他童年在家总是天天抽空替父母砍柴、抬水、抹屋、扫地、买取物品,减轻大人负担,从不贪耍好玩,有误时日。他本人极节约,日夜刻苦求学,很体贴父母和大哥他们的劳苦之情,在有点稿费收入时总是尽量寄回家用,等等[1]。祖父在小学毕业后因家贫未能继续升学。但是只要有机会,他都会帮助弟弟妹妹学习,尤其关心他们在思想上、事业上的进步。而祖父的几兄弟后来都成为他事业上的支持者和得力助手。而小时候艰辛生活的经历则奠定了祖父为民造福的理念和决心。

　　祖父十八岁在成都参加"保路同志会"和"同盟会",积极投身保路运动和辛亥革命,"热烈参加,宣传策动,为朋辈所推重"[2]。辛亥革命成功以后,当地政府曾委任祖父为川东夔关监督(即海关关长),年薪四万两白银。祖父认为此职不能实现其强国富民的抱负,故果断辞谢。

　　1913—1914年间,四川都督胡文澜到处逮捕、杀害革命党人,祖父被迫离开成都。1914年秋,二十一岁的祖父借了二十元钱乘蜀通轮去上海,原本很想见到孙中山先生,但没有找到机会。他与当地的革命党人进行了联系,但发现他们不少人的言行与孙中山倡导的主张大相径庭。他还看到有革命党人把自己的同志推出租界之外,让军警抓走,这使他深感失望。这年底,他又去北京考察,亲眼见到北

1　摘要自卢尔勤回忆录,卢昌抄正。
2　周开庆编著:《卢作孚传记》,台北·川康渝文物馆1987年4月,第5页。

洋政府官僚政治的腐败。这些经历使他产生了"以暴易暴，其结果祸国殃民，更有甚焉"[1]的想法，从而影响到他一生道路的选择。

离开北京后，祖父又回到上海。当时的上海是中国与西方世界国际交往的门户，领风气之先，各种中英文进步书籍都蜂拥而入。祖父在上海住了将近一年，平时生活靠自己微薄的稿费维持，租住在一家裁缝铺的阁楼上，吃得也很简单。有时间就去书店、图书馆看书。据我父亲回忆，祖父曾读过卢梭的《民约论》、达尔文的《进化论》、赫胥黎的《天演论》，当然远不止这些。大量的新知新思想，使他从万里征途的起点开始就与世界接轨。

祖父去得最多的是商务印书馆，那时商务印书馆设在上海四马路的门市，允许爱书的人随便去看书不收钱。在那里，他遇见了黄警顽先生。黄警顽既不是老板，也不是经理，但兢兢业业为书店工作，在读者和书店之间架起了一座座通往知识海洋的桥梁。黄警顽先生发现祖父这位胸怀大志、刻苦攻读的青年后，便把他介绍给了黄炎培先生。黄炎培在民国初年曾任江苏省教育司长，此时已辞职，但担任江苏省教育会常任调查干事，正在大力倡导实用主义教育[2]。他对祖父颇为赏识，通过他的引荐和介绍，祖父参观了上海的一些学校和其他教育设施，很受启发。

上海之行使祖父萌生了"教育救国"的理念，他在 1916 年到 1922 年就写了不少文章强调，教育是救国必不可少之利器，并且后来无论是否任职于教育事业，都没有中断过教育救国的思考和实践。

1916 年 3 月，大祖父投稿《群报》，揭发了年初发生在合川县的一桩命案，内容涉及合川县县长贪污受贿包庇罪犯。该县长因而大怒，反诬卢魁铨、卢作孚"通匪"，把卢氏兄弟投入了监狱。关押期间，兄

1　卢尔勤回忆录，卢国模抄正。
2　黄炎培：《八十年来》，文史资料出版社 1982 年版，第 67 页。

弟俩相互鼓励,不屈不挠。祖父还写了一封告全县各界人士的信函托人带出,两个多月后得以被营救出狱。祖父对他这位哥哥非常爱戴和敬重。大祖父结婚以后没有孩子,祖父便商请祖母同意,将长子卢国维名义上过继给兄嫂。从此国维五兄妹都称呼他们为"爹""妈",而称祖父祖母为"爸爸"和"婶"。大祖父过世较早,祖父一家三代都将大嫂视为亲人,几十年如一日,从不分彼此。

从上海回到合川后,祖父曾开过小店铺,自己制作出售合川特产之一的桃片为临时的谋生手段。后又在福音堂小学教数学,在合川县立中学任监学并兼任数学和国文教师。"五四"运动前后,在四川《群报》《川报》当记者,写了不少关注民生、抨击时弊的文章。社长兼主编、著名作家李劼人先生去法国留学后,祖父接任了该报社长兼主编。在李劼人和祖父的先后主持下,《川报》成为传播"五四"新文化运动的喉舌和阵地,同时也是"当时成都唯一一家不畏反动政府恫吓,敢替学生说话的报纸"。

1920年7月,祖父将刚满十四岁的四弟魁群接到成都家里,让他上中学,学费和食宿费都由祖父负担。在开学前的一个多月里,魁群主动替二嫂做些家务事。早上和傍晚常抱着小侄儿国维去支矶石公园乘凉闲玩。遇二哥从报社下班回来较早也参加在一起。祖父乘此时刻给魁群讲如何立志,如何学习,特别是要注意全面发展,以后再培养专长。祖父希望魁群将来学机械工程,即使不能上大学也要读专科学校。魁群9月初入读光国学校初中部。后来成为祖父乡建事业的得力助手。

1921年初,四川军阀杨森有意在其辖区川南一带推行"新政"及"建设新川南"的主张。在此之前,祖父曾以卢思署名上万言书于杨森,其中提到"一切政治改革,应自教育入手,而以教育统治人心,为根本准则",并建议设一专门机构,延揽人才,"事得人而举,无人才即不能发生力量"。杨森读后认为祖父"为人谙练有识,劲气内敛",任命他为四川泸州(以前为泸县)永宁道尹公署教育科长,主管川南地区的教育工作。祖父便邀请少年中国学会友人恽代英、王德熙等,在川南一带掀起了轰轰烈烈的"新川南、新教育、新风尚"运动,其影响所及,遍布全川。祖父当年在川南推行的教育实验,被现今的教育学者誉为"二十世纪初地方教育实验的一个典型"。后因军阀混战而夭折。

"少中"成立于1919年7月1日,是"五四"时期成员最多、时间最长、影响最深远的青年组织。1922年初,祖父经王德熙、恽代英、穆济波、彭云生等介绍加入少年中国学会。[1] 此后祖父终生奉行该会"本科学的精神,为社会的活动,以创造少年中国"的宗旨和"奋斗、实践、坚忍、俭朴"的八字信条。

1922年初夏,祖父与好友郑璧成结伴去上海及江浙一带考察、学习。在上海经黄炎培介绍,认识了蔡元培先生和几位工业界的领袖人物,从此蔡元培对祖父开办的科教文化事业也多有支持。黄炎培和蔡元培还亲自陪同祖父一行参观了上海"徐云桥乡村改进会"及川沙县的轻便铁路。祖父他们还参观了几个工厂以及包括黄炎培所创办的中华职业学校在内的几所大学及专科学校,也去看过江海轮船和码头。在沪期间,祖父还买了三台手摇织袜机并亲自学会操作和保养。旅沪一月余完成考察计划后带着织袜机回到了重庆。

1924年,杨森聘请祖父担任四川省教育厅长,祖父"辞而不就,宁愿由小而起,故决意由办理通俗教育着手,成立通俗教育馆,聘请专门人才,如音乐、体育、艺术、工程、古董、医学、戏剧等等人才无不搜罗尽致,一切设置,管理与范围,均由简而繁,小而大,近而远,故当

---

1 《少年中国学会消息:四川会员近况》,《少年中国》第3卷第7期,1922年1月出版,第62页。

地人民无论男女老幼，均感兴趣"。[1]

经过众多专业人才参与的紧张、高效的筹备，成都通俗教育馆很快就具备了"一个博物馆，中间分为自然陈列馆、历史陈列馆、农业陈列馆、工业陈列馆、卫生陈列馆、武器陈列馆、金石陈列馆；一个图书馆中有成人图书馆、儿童图书馆；一个公共运动场中有足球、篮球、排球、网球、田赛、径赛等各种场所和设备；一个音乐演奏室中有中西音乐及京川剧演唱之组织；一个动物园；一个游艺场。所有这些设备都穿插在一些花园当中。花园各依地段异其布置，或为草坪，或为花坛，或为竹树，或为池塘，或为山丘，或为溪流。这些都是寻常的事。我们常这样说：不盼望人看我们做出来摆在地上或摆在屋里的成绩，而盼望人看我们做，看我们如何做"。[2] 据当时人回忆，成都通俗教育馆"寓教育于游乐，内容丰富多彩，日新月异，使整个成都社会均为之轰动，为之迷恋[3]。"一个通俗教育馆本是一桩很寻常的事业，然而曾经借这试作一种新的集团生活的试验，颇吸引当时在成都各界朋友的兴趣，无论其为有知识的或无知识的，无论其为头脑很新的，或头脑很旧的，这却是空前未有的活动，而证明是成功的。"[4]

美国传教士、成都乃至中国西部第一所现代化意义的华西协合医科大学第一任校长毕启先生，亲见通俗教育馆的建设过程，对祖父旺盛的精力和高效的工作大为惊讶和赞许，并开始了与祖父的跨国友谊。祖父也从他那里开始熟悉美国的文化和生活。1930 年 4 月 2日，祖父在为此年即将成立的中国西部科学院拟定的《科学院大纲》

1　卢作孚(1940)：《一段错误的经历》，参见《卢作孚文集（增订本）》，凌耀伦、熊甫编，北京大学出版社，2012 年第 2 版，第 402 页。

2　卢作孚(1934)：《建设中国的困难及其必循的道路》，同上书，第 266 页。

3　葛向荣：《我所知道卢作孚先生的艰辛历程》，参见《卢作孚追思录》，周永林、凌耀伦主编，重庆出版社，2001 年 10 月第 1 版，第 77 页。

4　卢作孚(1934)：《建设中国的困难及其必循的道路》，前引书，第 266 页。

有关动植物标本采集的条文中,特别提到"商请华西协合大学校长毕启帮助与英美交换"。[1]

1924 年夏,祖父的四弟魁群念完高中一年级,暑假随即开始,准备去上海找工作。祖父给他两封信并带够路费和工作前的生活费。所带信件一封是给黄炎培的,另一封是给一家机器制造厂的经理的。魁群告别二哥径去重庆转船前往上海。在船上巧遇恽代英。途中恽代英关心他,鼓励他,抵沪分手时嘱他有什么事随时可去找自己。魁群到上海得到黄炎培的帮助,在中华职业学校找到临时住所,很快就去机器厂办妥了手续。由于他体力好,反应快,文化也比其他学徒高,加以专心勤奋,很受工场领班和主任的重视。是年孟冬时节,魁群得知黄埔陆军军官学校第四期在上海招生。因来不及去信成都同二哥商量,乃独自决定并很快去报了名。结果以前列名次获得录取。魁群到广州报到入学后才给在成都的二哥去了信,得到二哥的赞同和支持。那时恽代英也是国民党中央执行委员兼军校政治教官。在军校期间恽代英介绍魁群加入了中国国民党。

1925 年 7 月,成都通俗教育馆这一现代集团生活的成功试验,又因军阀纷争而名存实亡。当时的四川军阀割据,战火不断,祖父为实现理想而作的探索试验屡遭搁浅,他深感必须有自己的经济基础,便决心借振兴实业来实现自己的理想,故于 1925 年 10 月创办民生实业股份有限公司。这也是祖父进行现代集团生活的又一个试验。

这年 10 月,"少中"印发了一张"学会改组委员会调查表",其中有一栏提出的问题是"对于目前内忧外患交迫的中国究抱何种主义"。祖父是这样填写的:"1. 彻底的改革教育,以'青年的行为'为教育中心;2. 以教育方法训练民众,为种种组织、种种经营,以改革政

---

1 卢作孚:《科学院计划大纲》,《嘉陵江日报》1930 年 4 月 2 日。

治,绝不利用已成之一部分势力推倒他一部分势力,但谋所以全融化之或全消灭之。3.以政治手腕逐渐限制资本之赢利及产业之继承,并提高工作之待遇,减少其时间,增加工作之人,直到凡人皆必工作而后已。"祖父以一生的实践而为之,并取得了成功。同为"少中"会员的毛泽东则如是回答:"本人信仰共产主义,主张无产阶级的社会革命。惟目前的内外压迫,非一阶级之力所能推翻,主张用无产阶级、小资产阶级及中产阶级左翼合作的国民革命,实行中国国民党之三民主义,以打倒帝国主义,打倒军阀,打倒买办地主阶级(即与帝国主义、军阀有密切关系之中国大资产阶级及中产阶级右翼),实现无产阶级、小资产阶级及中产阶级左翼的联合统治,即革命民众的统治。"[1]

1926 年春夏,在黄埔军校四期毕业、国民党正准备北伐时,魁群突然生病,不得已去上海治疗。当时祖父已开始在上海合兴造船厂建造民生公司的第一艘新船"民生"轮。船造好要开回重庆,路上常有水匪抢劫,祖父想到魁群在黄埔军校学到的本领,就请他参加护送"民生"轮回重庆。此后魁群全身心投入二哥的事业,并将名号改为子英。

7 月中旬,正是长江涨大水的时候,仅有 180 匹马力、载重 70 吨的民生轮恰在此时出厂逆长江而上,在战胜了滔滔洪水和两次水上惯匪的追堵等重重困难之后,进入了"难于上青天"的三峡蜀道。"船行至泄滩[2],因船小滩高,领江领船深入洄水,冀其借洄水之力,易于冲上,乃逼近石头五尺矣,舵忽不灵。此时领江无计,顿脚太息。作

---

1 张允侯等编著:《五四时期的社团》,生活·读书·新知三联书店,1979 年 4 月第 1 版,第 522 页。

2 长江三峡险滩很多,其中最险的有新滩(又名青滩)、泄滩、崆岭,当地谚语云:"新滩泄滩不算滩,崆岭才是鬼门关。"

孚于皇急中,奔至机舱,令开倒车,大有'羞见江东父老'之概。在此千钧一发中,突见一个泡花,抬船转入流水,抛过北岸。但因水流太急,船开满车,犹难撑持,水手曾宗应力持钢绳,跳入河心,全船人为之惊异。注视,知准备绞滩矣。当时全船大喜,疑有天助。于是停泊,相与欢庆。民生公司之成败,系此须臾,此时作孚之喜,不言可知矣。"[1]将近八十年后,我读到了这段前辈身历其境的回忆,惊心动魄之余赫然发现,民生轮首航九死一生的遭遇,不正暗合了我一生的经历吗?

公司创办之初,祖父请一位画家画了民生公司唯一的宣传画,它反映了祖父的理想:创办民生公司的目的不仅是开发川江航运(画上有轮船),还要兼顾整个四川的建设(画上有峨嵋金顶),同时要走出四川,走向开放之先的东部(画上的轮船是顺流而下从西向东),以引进东部和国外人才、技术、资金开发西部。近年有学者指出,"卢作孚是西部开发第一人"。

抗战胜利以后,美国航海学会的一位会长来到中国,沿着长江作了一次考察。考察结束以后,他在上海航海学会举行的会议上,发表了自己的感想:"各国搞航运,都是循着先海洋,后江河;先下游,后上游的顺序来发展的。中国的卢作孚却相反,他是先江河,后海洋;先上游,后下游,这是一个奇迹!"这件事是参加过这个会议的民生公司前辈周堡基先生亲口告诉我父亲,父亲告诉我的。不知这位会长是否知道,祖父最早开始发展航运事业的时候,正是外国轮船公司竞相争霸之时,"扬子江上游一般航业十分消沉,任何公司都无法撑持的时候,而不是航业有利的时候"。那时候的长江,"触目可见英、美、

1　此为民生轮第一任经理陶建中回忆。参见《谈话会(三)旧话》,《新世界》第 14 期,1933年 1 月 16 日,第 53 页。

法、日、意、瑞典、挪威、芬兰等国国旗，倒不容易看见本国国旗"。[1]

1927 年，应地方士绅、民众的鼎力举荐，刘湘政府委任祖父为四川江(北)巴(县)璧(山)合(川)四县特组峡防团练局(后称峡防局)局长。在此期间，他倡导并主持了以重庆北碚为中心的嘉陵江三峡地区现代乡村建设实验，将一个土匪出没、民不聊生之地，变成了乡村现代化建设的样板。当时三弟尔勤特地去了北碚，接触了那里的乡镇干部和士绅，并对嘉陵江三峡地区的民情、道路、物产和峡中景点都做了调查，特别对土匪的活动规律及其社会根源掌握到一些资料。此外他还对煤炭的分布和运煤方式作了一些考察。他将这些资料和心得都写信告诉了二哥，对祖父有很大帮助。

祖父认为，实现国家现代化的最大阻力和桎梏，是宗法式家族制度："中国人只有两重社会生活——第一重是家庭，第二重是亲戚邻里朋友。"[2]"为了家庭，可以披星戴月，可以手胼足胝，可以蝇营狗苟，可以贪赃枉法，可以鼠窃狗偷，可以杀人越货。为了家庭可以牺牲了家庭以外的一切，亦可以牺牲了你自己。"[3]"我们必须打破这以家庭为中心的集团生活，扩大为以国家、民族为中心的集团生活，然后中国才有办法。"[4]他决心通过创建新的"现代集团生活""打破原来的集团生活的依赖关系(即个人对家庭的依赖关系)，创造新集团生活的依赖关系(即个人对国家的依赖关系)；打破原来不合理的比赛标准，悬起新集团的比赛标准。这样就可以创造伟大的社会动力，以推动社会的发展。"[5]为此，他亲自主持开展了成都通俗教育馆、民生

1 卢作孚(1943)：《一桩惨淡经营的事业——民生实业公司》，参见《卢作孚文集(增订本)》，凌耀伦、熊甫编，北京大学出版社，2012 年第 2 版，第 409 页。

2 卢作孚(1934)：《建设中国的困难及其必循的道路》，同上书，第 157 页。

3 同上文，上书第 255 页。

4 卢作孚(1935)：《社会的动力与青年的出路(上)》，同上书，第 299 页。

5 同上文，上书第 302 页。

实业股份有限公司和以北碚为中心的现代乡村建设等三大现代集团生活试验。三个试验相互关联又相互呼应、相互支持。

祖父的现代化理想始终与环境的治理融为一体。他开发到哪里，哪里必有公园、花园和优美洁净的环境。他曾说："凡有市场必有公园，凡有山水雄胜的地方必有公园，凡有茂林修竹的地方必有公园，凡有温泉或飞瀑的地方必有公园，在那山间、水间有这许多自然的美，如果加以人为的布置，可以形成一个游览区域，这便是我们最初悬着的理想——一个社会的理想。"[1] 他上任峡防局长后颁布的第一个文告，不是如何剿匪，而是《建修嘉陵江温泉峡温泉公园募捐启》，其中写道："将来经营有绪，学生可到此旅行；病人可到此调摄；文学家可到此涵养性灵；美术家可到此即景写生；园艺家可到此讲求林圃；实业家可到此经营工厂，开拓矿产；生物学者可到此采集标本；地质学者可到此考察岩石；硕士宿儒，可到此勒石题名；军政绅商，都市生活之余，可到此消除烦虑，人但莅止，咸有裨益。"[2] 募捐启的后面，有 24 位四川的军政首脑署名，其中也不乏募捐者。祖父在公园里竖起了一块花岗石纪念碑，碑上镌刻了募捐启和 24 位签署者的姓名，以示永久纪念。温泉公园建成之后简称北温泉，是重庆市著名风景名胜之地，而北碚则成为历史文化旅游名城。

1928 年，祖父在北碚开始兴建北川铁路，这是一条从北碚的天府煤矿至嘉陵江边，以运煤为主、客运为辅的铁路，也是四川第一条铁路。1934 年建成全线通车，总长 16.8 公里，解决了当地煤矿的煤靠人挑肩扛的困难。铁路原本还可以早些建成，但在经过几户人家时，户主认为破坏了风水，无论怎么劝说都不接受，最后只好绕道走。铁路建成后，大大节省了运输的劳力和时间。北川铁路公司在高峰

1　卢作孚(1934)：《建设中国的困难及其必循的道路》，前引书，第 267 页。
2　卢作孚(1927)：《建修嘉陵江温泉峡温泉公园募捐启》，同上书，第 49 页。

时，职工 200 多人，日运煤达 2000 吨左右。当地人都为能坐上火车感到方便而风光。北川铁路和天府煤矿是民生公司牵头在社会上集资兴建的。

1929 年，刘湘任命祖父为川江航务管理处处长，祖父辞谢无果后应允担任半年，并推举了接任他的人选。他在上任之前已了解一些川江航运的乱象，又从正在杨森属下工作的三弟尔勤处得知了更多详情。故在此半年中，祖父大刀阔斧振兴了原川江航运管理处的秩序和士气，解决了各地军阀驻军任意扣压民营轮船当差、官兵无票强行搭船和码头秩序十分混乱的问题，大大减轻了民营轮船的经济负担，整顿和壮大了川江民族航运业，还"开创了自《天津条约》丧失内河航行权以来中国士兵检查外轮的先例"，[1] 终止了外国轮船公司大肆走私违禁物品牟取暴利的不法行为。当时的军阀政府因为害怕挑起国与国之间的争端，惹发战火，不敢动用军队督阵。祖父便调来北碚峡防局的警卫部队执勤，刘湘政府则支持了武器装备。眼看航运管理处一改往日陋习，严格执法绝不手软，大多数外轮公司不得不按规矩接受了检查。唯有日本日清公司的云阳轮，仗势欺人，拒不接受检查，还扔瓜皮、果屑、泼污水肆意侮辱北碚警卫队士兵。训练有素的士兵们严守军纪纹丝不动。事情闹到日本领事馆出面干预。祖父一方面与日本领事据理论辩，对方终于理屈词穷，败下阵来；另一方面则动员码头搬运工人不为停泊在江中的云阳轮装卸货物（那时的码头设施简陋，稍大的轮船都无法靠拢码头，只能停泊在江中，依靠木船接载装卸）。几天以后，云阳轮上水尽粮绝，不得不接受航管处士兵的检查。此事成了重庆媒体当时天天跟踪报道的热门新闻，大涨国人志气。

---

1 《卢作孚文集（增订本）》前言，前引书，第 9 页。

1930 年 3 月 22 日祖父率领北碚峡防局、北川铁路公司和民生公司的有关人员抵达上海，开始了以上海为中心，对江浙一带的教育、交通铁路、矿业、工厂、农业、学校、物价、地价、娱乐、博物馆、风俗信仰等的全面考察。4 月 6 日，祖父一行在黄炎培、蔡元培的陪同下，参观了中华职业教育社徐公桥乡村改进试验区的办事机构"徐公桥乡村改进会"和川沙县的铁路。5 月 7 日抵达南通，参观了张謇先生在南通创办的工厂、学校、医院等。6 月至 7 月，祖父率团前往东北，对德、日、俄前后占领区进行社会、经济、实业、交通、文教、技术、管理等多方面考察。这次考察对民生公司和北碚的发展，乃至左右抗战大局发挥了极其重要的作用。

1933 年 8 月，中国科学社年会在北碚的温泉公园举行。这次年会在四川召开是祖父等人不懈努力的结果，也是近代学术团体第一次在四川开年会，祖父被推选为年会会长。民生公司则派出轮船，从上海经沿江的有关码头接送会员到重庆。100 多位各学科的著名专家学者，来到美丽如画的温泉公园都赞不绝口。他们还参观了地方医院、民众教育馆、嘉陵江日报社、农民银行、中国西部科学院、动物园、博物馆、图书馆、各研究所、公共运动场、三峡工厂等企事业及科研机构，参加年会的代表们发现："北碚本为一小村落，自卢氏经营后，文化发展，市政毕举，实国内一模范村也。"[1] 透过北碚，他们看到了四川的希望，并期待"像卢作孚这样的人多产几个"[2]。其间，祖父还曾经与部分代表在重庆召开会议，一致主张代表们回到上海后，组织一个委员会，帮助四川做四项工作：1. 帮助派人调查地上和地下的各种物产；2. 帮助计划一切；3. 帮助介绍事业上需要的专门人才；4. 帮助对外接头。本次年会之后，祖父和四川实业界又开始积极动

---

1 《中国科学社第十八次年会纪事》，《科学》第 18 卷第 1 期，1934 年 1 月，第 132 页。
2 葛绥成《四川之行》（续），《新中华》第 1 卷第 24 期，1933 年 12 月 25 日，第 65 页。

员工程学会、经济学会来四川开会、考察，以便解决四川发展中的各种问题。[1] 这些努力，为四川的经济、文化、科技建设发挥了很大作用。

1930—1934 年，祖父关于中国现代化问题的思考日臻成熟，接连发表数篇重头文章，对国家现代化的目标、蓝图、实现办法和路径等作了系统的研究和表述。有学者指出："在旧中国，提倡教育救国、实业救国者，早有人在，但没有提到实现国家现代化的高度。孙中山的民生主义、建国大纲及实业计划，已有明白的现代化思想，可在此以后，更明确提出'现代化'口号，并对其具体内容和目标做了明确规定的人，卢作孚还是第一个。"[2]

1935 年，中央政府委任祖父为四川省建设厅厅长，祖父"同着何北衡一道，面向刘（湘）（省）主席辞谢，整整说了十六个钟头，不得要领，不得已勉强承担了"。[3] 上任后，他便开展了一系列调研工作，主持四川省现代工农业体系的建设，成立了多个农业科研院所，正式筹建成渝铁路，民生公司为此还专门建造了运输铁轨和火车头的船舶。

1936 年西安事变后，国共两党曾打算筹建联合政府，对每个部门的部长各推举 1 位候选人，然后再选定其中一位。其结果是各个部门都有两名候选人，惟有实业部例外，两党都不约而同地选中了卢作孚[4]。

1937 年 6 月，应蒋介石电召，祖父飞抵武汉，代表四川省主席刘湘进呈建设新四川的意见。祖父此行还有一个使命，便是辞去四川

---

1 《九月廿四日周会中之工作报告》，《工作月刊》第 13、14 期合刊，1933 年 10 月 12 日，第 3、4 页。

2 《卢作孚文集（增订本）》前言，凌耀伦、熊甫编，北京大学出版社，2012 年第 2 版，第 12 页。

3 卢作孚（1943）：《一桩惨淡经营的事业——民生实业公司》，同上书，第 422 页。

4 参见中共中央文献编辑委员会编：《周恩来选集》（上卷）第 71 页，人民出版社 1981 年版。

省建设厅长职务,到中央政府组建经济部门。为此他组织了赴欧考察团,其成员都将在经济部门任职,一个更大的舞台等着他去实现民族复兴之梦。

孰料1937年7月抗战爆发,祖父被迫终止了欧洲之行,赶往南京参与起草中央抗战总动员计划草案,并临危受命先后担任最高统帅部军事委员会第二部副部长、军委会下设水陆运输管理处处长、交通部常务次长。他率领民生公司全体员工及其他港航企业,以"抗日救国"为己任,出色完成了抢运兵力、武器和军粮支援前方,将政府机关、工厂、学校、科研院所及大量人员、物资撤退到后方的战时运输任务。

1938年10月至12月,祖父亲临宜昌,组织指挥了被誉为"中国敦刻尔克"的宜昌大撤退。

祖父身后曾与世隔绝近三十年。重回公众视野后,为人所知最多的是他组织指挥了"宜昌大撤退"。也许有人会问,为什么历史偏偏挑选了祖父担当这个使命?我想,这大概是因为他早就为这一天的到来做好了多方面的准备。

祖父1930年去东北考察,在悉心学习日本人管理与技术的同时,也目睹"日本人在东北之所作为,才憬然于日本人之处心积虑,才于处心积虑一句话有了深刻的解释。才知所谓东北问题者十分紧迫,国人还懵懵然未知,未谋所以应付之"。"根本有为是需要办法的,是需要整个国家的办法的,是需要深谋远虑,长时间不断的办法的。"[1]不等国家拿出办法,祖父率先投入了抗战的准备,师夷人之长技而后制夷。其中最主要的几项准备工作是:

1. 成立东北问题研究会。回到重庆后,祖父在南开大学校长张

---

[1] 卢作孚(1930):《东北游记》,参见《卢作孚文集(增订本)》,凌耀伦、熊甫编,北京大学出版社,2012年第2版,第83页。

伯苓先生大力支持下，于 1931 年 9 月 23 日在北碚发起成立了东北问题研究会。研究会为大后方人民了解东北形势，警惕日本军国主义的侵华野心，发挥了很大作用。

2. 迅速加快民生公司发展，统一川江航运。东北考察之前，民生公司只有三艘船。考察之后，祖父利用收购、入股、代理等经济办法，加速整合川江民营航运。1935 年民生公司大小轮船达到 46 艘，成为宜昌以上最大的轮船公司。与此同时，祖父还提早做好了抗战运输的油料、器材等战略物资准备。

3. 大力推进北碚峡区的各项建设，尤其是科教文化事业的建设和完善。兼善中小学、北川铁路、中国西部科学院、博物馆等设施相继建成。在祖父积极倡议推动下，1933 年的中国科学社年会在北碚温泉公园召开。这次会议的召开，对抗战爆发后的大规模内迁，具有十分重要的意义，对北碚、重庆乃至四川的科学文教事业和经济发展也产生了深远影响。

4. 促成川省和平及军政归属中央。祖父素来反对以暴力方式令"已成之一部分势力推倒他一部分势力"[1]，强调"必需以建设的力量作破坏的前锋，建设到何处，才破坏到何处。""破坏的实力是建设，绝不是枪炮，亦不是军队。"[2] 故他一直致力于化解川省各军阀之间的对立冲突，谋求消弭战争，开展建设竞赛的新局面。1937 年 3 月，四川省主席刘湘委派祖父与四川省政府秘书长邓汉祥为代表到南京谒见蒋介石，商定四川"军队国家化、政治统一化"的办法。这一重大举措，不仅制止了中央军和地方军的一场恶战，免除了战时后方的隐

---

1 张允侯等编著：《五四时期的社团》，生活·读书·新知三联书店，1979 年 4 月第 1 版，第 522 页。
2 卢作孚（1936）：参见《卢作孚文集（增订本）》，凌耀伦、熊甫编，北京大学出版社，2012 年第 2 版，第 63 页。

患,也为川军走上抗日前线立下赫赫战功创造了条件。

5. 高屋建瓴,全局在胸。1936 年 7 月 3 日,祖父给蒋介石写了《如何应付当前之国难与敌人》[1]的信,他站在国家立场上,面对日本随时可能吞噬中国的紧迫形势,要求当政者尽最大努力做好反侵略战争的各项准备,处理好内政外交、军事交通、中央地方、政府民间、经济财政和文化教育各方面关系,全国统一行动,坚持长期抗战,争取国际支持。有学者发现,后来的事实几乎都按此文预见的那样发展。

1940 年 8 月祖父再次临危受命兼任国民政府第一任全国粮食管理局局长,肩负迫在眉睫的军民粮食征集和运输重任。"殚精竭虑,马不停蹄,召开会议,拟订种种管理办法,从产区农村粮食调查、都市消费区市场管理,及建立产区、消费区运销网络等三方面着手进行,来解决川粮问题,不到一个月时间即将四川高涨的粮价稳定下来,获得初步的成效。"[2]他继而采取多项措施,解决了前线和后方的粮食危机。一年后国民政府成立粮食部,祖父再三辞谢部长一职。

1943 年祖父辞去交通部常务次长职务,回到民生公司。

1944 年,祖父等五位人士代表中国实业界,出席了在美国召开的国际通商会,在会上发表了振奋人心的演说。陪同他访美的顾问、社会学家孙恩三在《卢作孚和他的长江船队》一文中写道:"卢先生精神气魄确比平常人大些,故其在美颇为彼邦人士所惊异,到处受人欢迎,预料今后必能为民生展开一新纪元,使一个国家的公司,变为世界知名的公司。"会后,美国政府派出一架飞机,送他们参观美国的汽车厂、造船

---

1 卢作孚(1936):参见《卢作孚文集(增订本)》,凌耀伦、熊甫编,北京大学出版社,2012 年第 2 版,第 323 页。

2 简笙簧:《卢作孚对重庆大轰炸粮价高涨的因应措施(1940—1941)》,参见《中国经济史研究》2009 年第 4 期第 145 页。

厂、公路建设、港口、水电站和现代农业等。后又转往加拿大等地参观。抗战中,祖父与加拿大驻中国大使欧德伦以及其他高层人士建立了很好的关系。欧德伦参观了北碚的市镇建设和祖父创办的其他事业,对他深有好感。民生公司战后在加拿大银行贷款造船,加拿大政府愿意出面担保,与欧德伦和其他一些议员在国会的推介分不开。

新中国成立以后,祖父当选为第一届中国人民政治协商会议全国委员会委员、西南军政委员会委员。他第一个提出"公私合营"的建议,并于1950年8月代表民生公司与政府签署了"公私合营"协议。在海外经营的十九艘轮船也全部开回了祖国大陆。

我的祖母

1917年夏秋之交,祖父(时年24岁)在合川南津街县立中学任教期间,长他10余岁的朋友刘灼三关心起他的婚事,刘想把合川云门镇狮居铺亲戚蒙家小女儿秀贞介绍给他。秀贞父母在世时家道殷实,父母亲相继去世后,她随七哥华章兄嫂住在县城内久长街。蒙氏兄弟九人,姊妹二人,大哥、二哥和姐姐是早年去世的前面一个母亲生的。姐姐早已出嫁,秀贞小于七哥,秀外慧中,时年方二八,自幼受父母兄长宠爱,与两个弟弟感情也好。

刘灼三先向祖父提起,详尽介绍了秀贞本人和家庭,并向他的父母也谈了。刘是晚清一代知识分子,曾作过旧式学校教师,因富于正义感,爱管"闲事",打抱不平,做好事,又是一个活跃于城乡的社会知名人士,兼之肚量大,富幽默感,亲友、邻里、街坊都乐于与他交往,对他自然有一种信任感。祖父也正因为刘灼三这些秉性,对其提亲之事表示愿意考虑。

但刘要同秀贞谈,首先还得同"长兄当父"的七哥谈,这就比较犯难了。他必须如实向两兄妹说明祖父本人及家庭的情况,除在家庭经济方面两家无法相比外,秀贞又是蒙氏兄弟百般爱护的小妹。兄弟们在她的终身大事上要求一定很高。七哥有监护妹妹的责任,当然更难说服。果不出所料,刘第一次去蒙七哥家就碰了壁,尽管他还是常来常往的老大哥。第二次去,七哥更是轰他出门,关大门后还在天井内大声叫骂:

"哪个再来做媒,就打断他的脚杆!"

那时华章才20岁,血气方刚,在县城药市街蒋祥麟开的中药行当助理。

出于对妹妹的爱护和尊重,七哥事后都告诉了秀贞,但不用说已掺合了他自己的看法:"穷教书先生,不能门当户对。"秀贞听后心里却另有想法。蒙家两代一向喜欢灼三大哥,他从不曾欺骗人,而且这不是男方主动托他来提亲,男方也是要挑选人的。男方既然同意灼三来,总有他的自信处。因而秀贞暗自拿定主意:"只要人好就行。"

刘灼三见七哥处说不通,就想到了秀贞的三哥。三哥长七哥11岁,家住狮居铺农村,在兄弟辈中最老成持重,旧学修养高却又最为开明,加上他与华章、秀贞联系较多,自然最受他们尊重,于是刘灼三决定把三哥搬出来。他跑到狮居铺一口气将自己想过多遍、在七哥华章处说过多遍的话,向三哥和盘托出。灼三当时很担心,如果三哥也不答应,那可就糟了。殊不知三哥思想究竟不同,除反复向灼三询问关于卢作孚的情况外,还同他一起研究这门亲事的可行性,包括应当说明秀贞的长处和不足。灼三知道秀贞爱好女红,三哥说她还做得一手好菜,特别是性格好,没有私心。不足之处是,秀贞其他的家务活做得不多,只请私塾老师教过短时间的书,文化水平较低。灼三说,这些都给卢作孚讲过了。最后三哥说,这门亲事应该看秀贞自己的意见。这时灼三不得不讲了华章的态度。三哥听后立刻说:"我同你一起进城去,我去问小妹。"灼三大喜过望。

次日二人一起乘滑竿[1]进城,三哥径去七哥家。第二天早上同七哥一起去药栈,待七哥安排好当日的事务后,便同他谈起秀贞的婚事。三哥强调要认真听灼三的介绍,多了解对方,说明爱护小妹就应该关心她的婚姻,虽然年龄等得起,但遇到难得的好人也可以考虑。七哥毕竟是明理之人,当即就答应照三哥的意思办,并建议请灼三大哥来与三哥一起同秀贞谈。

灼三反应自然快,当天下午就随三哥来到七哥家。待灼三介绍了情况,三哥问小妹的意见,小妹心中有数,只说了句:

"只要人好"。

三哥见小妹表了态,便放了心。随即一起商量如何安排相亲的事。灼三将他早已想好的主意说了出来,秀贞忍不住好笑,两个哥哥也笑着表示赞同。

第三天上午,灼三带来一乘轿子,让秀贞坐上,自己随后步行,七哥送他们出小南门到涪江边上了船。木船渡江到县城南津街,灼三、秀贞上岸后去到县立中学校门外右侧、与东西向江流平行的半边街,转入半边街不几间铺面后,在一间售卖烟酒的杂货店前停了下来。灼三同楼上窗前正巧在张望的一位大娘打过招呼,秀贞便下得轿来,一同穿过店铺上楼。这时才知灼三早与店主人相熟并有约在先。

在楼上,灼三嘱秀贞到窗前并指给她看,对街左方靠近码头道口处有一个担担面挑子。他打算约卢作孚中午出来吃担担面,好让秀贞有机会仔细看看他。由于街房是一楼一底,外伸屋檐荫蔽了楼上的窗户,远近的行人很少会往上瞧,祖父当然被蒙在鼓里。灼三约他外出,早已习以为常。

---

1 滑竿是四川的一种简易代步工具,用两根较粗的长竹竿,中间绑上一个用竹片串联起来的座位,客人坐上去后,两个力夫一人一头扛在双肩上行路。

这时已是 11 点过,灼三大哥注意看钟点后即下楼去了。哪知大娘也是个热心人,给秀贞泡上茶,和她摆起了龙门阵。一个劲地讲刘灼三的好话,仿佛是要秀贞相信灼三大哥做事可靠。但秀贞心里却七上八下,不知三大哥这一次是否也真的做得对。思虑之间,时间已到 12 点。

　　大娘陪她走到窗前朝担担面方向望去,见那里小吃摊担多了起来。因位置当道,离码头不远,行人熙来攘往,停下来小吃过午的不少。几分钟后,秀贞便发现灼三同一个中等个子,浅剪平头,身着浅灰色中山装的青年肩并肩朝北穿过马路走到担担面摊前。只见灼三向那青年说了几句,又转过去打着手势向卖面人说了几句,然后将青年拉到内侧空地,让他站在面对这边窗口的地方,好让秀贞看个清楚。

　　这时大娘笑盈盈地招呼秀贞在早就准备好的高凳上坐下,自己就下楼去了。

　　秀贞猜想那青年一定就是卢作孚了。一会儿看看他正面,一会儿看看他侧面,只见他仪表端正,精神饱满,谈吐自然。又见他和灼三有说有笑,有时可能是灼三的幽默逗得他大笑不止,秀贞心里暗自高兴。

　　以后的事正如众所周知,秀贞嫁给了卢作孚。不过卢作孚的聘礼却是蒙家主动通过灼三大哥悄悄"借"过来的。秀贞的一句"只要人好",则被两家近亲和挚友传为美谈。

　　祖母也曾亲口告诉我,她是从窗户上看到祖父的,"剃个平头,穿的是灰布衣服,很有精神的样子"。

　　婚后祖父祖母相亲相爱,相濡以沫,生养了五个儿女。祖父为祖母取了个新名字叫"淑仪"。祖母小时候缠过脚,文化水平不高,祖父丝毫没有嫌弃。他利用空余时间亲自教她国文、算术、习字、写信、读报。祖母端庄秀丽,宽厚善良,心灵手巧,做得一手漂亮的"女红",特别是刺绣。祖父1922年去上海和江浙考察时,买回了三台织袜机,祖母很快就学会了织袜,供一家老小使用。当时一家人住在重庆,一天早上,重庆驻军某部武装兵员十数人来到住处,敲门进院后,叫全院除老人和幼童外,均到楼下天井边集合,随即在楼上楼下搜查了一遍。似抄家非抄家,似抢劫非抢劫,单只注意到祖母睡房写字台旁靠窗竖放着的两个麻袋。他们冲进房时,保姆正在为晚起的小蓉生穿衣。士兵吼叫着问:"是什么?是枪吗?"仅三岁多的蓉生一点也不害怕、不惊惶,清楚地说:"那不是枪,是织袜子的机器。"士兵们摆弄了一下,想解开看似又嫌麻烦。这时像似班长的那人一边嚷着"机器也要拿走",一边带头动手,抬的抬,扛的扛,就这样把祖父辛辛苦苦从上海买回来的家庭生产资料搬走了。这个故事,祖母和父亲都给我讲过,祖母讲的时候总是笑吟吟的,看得出她对我父亲三岁时的聪慧与冷静爱之甚深。

在祖父手把手的指教下,祖母不仅有了小学文化程度,而且写得一手标准的毛笔小楷。为了让祖父能够全心全意搞好事业,祖母包揽了全部家务。祖父四处奔波,而且几代人都没有自己的房产,全靠租房居住,所以免不了要多次搬家,合川、泸州、北碚、重庆、成都、南京等地都住过,有的地方还来回往返,而且每个地方几乎都不止安一次家,仅重庆就搬过好几次,每次搬家收拾打理,搬出搬进,都是祖母一手包揽。因为家庭收入拮据,祖母还亲手给孩子们缝补衣服、做鞋子,料理他们的生活,督促他们的学习。后来五个子女都上了好大学。我出生以后,祖母又开始了抚养第三代的劳作,直到她终老。

祖父的突然去世,给祖母的打击之大是可想而知的。尽管如此,她强忍着悲痛,尽力撑持着"大厦将倾"的家而不至倒塌。儿女和孙儿女们对她的爱戴和敬重倍增。渐渐地慈爱而隽美的笑容又浮现在祖母的眼角眉梢。祖母在重庆住了少许时间后，便跟随调往中科院应用化学研究所的我二姑一家去了长春。之后她大部分时间住在长春，协助二姑操持家务，照看三个孩子，每两三年回一次重庆。每逢祖母回重庆的日子，我们十来个堂姐妹兄弟就像过节一样高兴，纷纷簇拥着她，争着讨她的欢心。她也总能一碗水端平，把她的爱平均分配给每一个孙儿孙女。

我们家当时住在重庆郊区青草坝的山上，祖母不顾小脚上下坡的劳累，每次都会到我们家住些时间。她受祖父影响爱看戏，京剧全本戏和川剧折子戏她都看。我那时上小学，每次祖母进城看戏，都是我陪她去。她总爱把手搁在我的肩头上，笑称我是她的"拐杖"，那是我们祖孙俩最快乐、最亲近的时候。我还记得看过的戏有《蔡文姬》《武则天》《董小宛》等。我在历史知识方面的发蒙，就是从那时开始的。祖母在长春时，我就给她写信，她每封必回。她的信全是用毛笔书写的小楷，工整隽秀，没有一点污迹，我用来做字帖。

我的父亲母亲

我的父亲卢国维，1919年11月19日出生于四川成都，小名蓉生。他是祖父祖母的长子，从小就很受他们疼爱。1921年初，祖父携祖母和我父亲到泸州就任永宁道尹公署教育科长。任职期间，他邀请来的川南师范学校校长王德熙和教务主任恽代英常到祖父家，商谈学校的大事及如何以泸州的通俗教育会和学校为基地，继续贯彻发扬"五四"运动的精神。那时父亲才一岁多，祖父正好给他取了个新名字叫国维，恽代英连声说："取得好，取得好！"一个月后，祖母带着我父亲由刚从杨森部营级军职主动请准退役的三祖父陪同回到合川。祖母于四月下旬在合川生了个女孩，即我的大姑。八月末秋凉后,祖父又只身去合川接回祖母及子女。

这次回泸州后直到翌年初夏迁离时为止,每逢周末和节假日祖父母常带着我父亲、抱着我大姑去泸州城内有名的忠山玩。这时我父亲已是两岁上下、能自行走路和由大人牵着手上下山坡。祖父常用一个指头轻轻垫着我父亲的手指,让他循着梯级一步一步地往下跳,老小均以为乐。直到20余年后祖父还给父亲提起此事,可见他心中的爱有多深。

父亲回忆,祖父和他说话从来都是笑眯眯的,声音很温和,从未大声训斥过他。父亲五六岁时,祖父有次带他乘船(其他公司的船)外出办事,途中遇险,船差点沉没。祖父焦急万分,一边把父亲抱起来递给赶来营救的船上的人,一边说:"不要管我,把孩子救过去!"父亲每回忆至此,都含泪哽咽。因家贫只有小学毕业文凭的祖父非常关心子女的教育。在1931年5月18日的《嘉陵江日报》上,曾刊登过一封父亲写给祖父的信。信中说,学校刚进行了临时测验,"这次算术得九十七分,国语得九十四分。我想着我有这样大的进步,真是无限的快活呢!我每星期五便与你写一封信来,我就好把我每周的成绩和每周的经过告诉你,好吗?"写这封信时,父亲不满十二岁,正在家乡合川读小学。祖父将这封透着稚气的家信送给报纸发表,可见他是何等的快乐!父亲为了祖父有更多的快乐,就更加勤勉地学习上进。

与因家贫只有小学毕业文凭的祖父相比,父亲要幸运多了。1936年初中毕业后,父亲想去著名的上海中学念书,祖父立刻表示赞同。时任四川省建设厅厅长的祖父,特地去信给民生公司代总经理宋师度关照:"卢国维十一日乘民贵,或十二日乘民权,由渝赴申投考学校,应买之船票,请嘱世铨照买之后,通知会计处拨弟账为感。"

上海与祖父的事业密不可分。自1914年在上海住学一年之后,他曾无数次去过上海。民生公司第一艘船，虽然只有 70 吨载重量，仅相当于现时内河上的小渡轮，但祖父也是在上海造的，还给它装上了奔驰公司的发动机。后来又有多艘船舶在上海建造和维修。祖父的事业得到上海各界人士特别是银行界的帮助。抗战胜利以后，祖父把总经理办公室搬到了上海。这一切感染了父亲，使他对上海充满好感。父亲在上海时，祖父每次去上海办事，周末都和父亲团聚。祖父常住新亚大酒店，父亲每次去那里就有回家的感觉。从上海中学到新亚酒店出租车费是五毛钱。每次见面祖父都和他一起回忆小时候的经历，讲有趣的故事，从不谈公司的事务。有时祖父与工商政界人士聚会，也把父亲带去，让他见世面、长见识。比如曾带他见过张学良，并多次见到杜重远以及上海、四川的银行家等友人。祖父鼓励父亲上大学学机械工程，对他说机械工程应用广泛，对国家更重要。

　　1937 年"七七事变"爆发。已被调往中央政府组建经济部门的祖父，刚到上海准备带队前往欧洲考察。在上海中学读书的父亲，正在镇江参加学校组织的军训。这时却传来曾祖母患脑溢血病逝的噩耗。祖父考虑到国难当前，母亲病逝，便致电南京行政院政务处长何廉，决定放弃欧洲之行，"星奔回里，治理丧葬"。与此同时，祖父发电报给军训总部负责人孙元良，要我父亲请假早点回家。总部要父亲自己决定。上海中学的一位军训教官也劝父亲："马上要毕业了，最好有始有终。"但父亲悲念祖母，也想念父母亲，决定立即回家。祖父在重庆见到我父亲的第一句话就是："你见不到你婆婆了。"说完父子俩相拥而泣。祖父怀着对母亲的深切思念，写出催人泪下的悼词《先妣事略》。1923 年秋，曾祖父在合川旧病复发，祖父一家那时住在成都。二老均盼念儿子、媳妇和孙儿女。当时同在成都的三祖父夫妇和祖母一起，立即打点行李带着三个孩子（我的二叔卢国纪刚出生）

循陆路赶回合川。不久,曾祖父病危,祖父急由成都赶回,刚抵家门即闻知父亲已故世,心情很悲痛。他写下了《先考事略》祭悼父亲。父母亲勤劳、诚实、忠厚、善良的品格都注入了祖父的骨髓之中。

曾祖母发病那天,兴致很高,带着我大姑、二姑、二叔、三叔和四祖父的几个孩子(我父亲当时在上海中学参加镇江军训),一道去游览祖父主持兴建的北碚公园。他们一直爬到山顶,观赏了动物园内的虎、豹和黑熊,还去了用常青树做成的"迷宫"玩耍。没想到,兴致勃勃的曾祖母回家以后突发脑血管破裂,家人立即请来医生抢救,终不治,几日后去世。

日军的炮火中断了上海中学的学业,父亲只好返回故里,在重庆川东联立中学读完高中。高中毕业后,父亲考上了从南京迁往重庆的中央大学机械工程系,实现了祖父对他的期望。他的校友、后来在华东师范大学中文系任教的钱谷融教授告诉我:"你祖父当年很有名,我们听说他的大公子也在中大念书,都争着去看,可你父亲却特别谦虚朴实,令我很有些意外。"谦虚朴实得令人意外的父亲,在国家和民族需要的时候却毫不犹豫地挺身而出,自愿报名参加中美抗日远征军,先后担任美援武器装备和前线战况翻译。

1943年秋,国民政府教育部和军事委员会外事局受命向川、滇、黔三省各大学征调除女生和师范学院外的应届毕业生作译员,经短期英语会话和军事术科训练后分配到中美远征军担任翻译联络工作。父亲则先后在昆明美军作战参谋部、印度雷多驻印中国远征军新六军、昆明中国陆军总司令部任译员,负责翻译和空运联络工作。

父亲在耄耋之年,亲笔写了一篇题为《驻印抗日远征军译员生活忆趣》的回忆录,其中写道:"我当时是重庆中央大学机械工程系毕业班学生。中大教育长朱经农在学校传达了征调文件后,我心情久久不能平静,知道这是一项艰险的工作,却又是报效国家、锻炼自己的好机会,故主动争取前往。我的父母亲从一开始也完全支持我去应征。"父亲这篇长达 15 000 字的回忆录,是他关于自身经历的唯一一篇回忆录。这一年零六个月的"戎马"生涯,应该是父亲生命中最为光彩夺目的篇章,尽管他的后半生曾为此付出了沉重的代价。

父亲在昆明美军作战参谋部担任前线战报的翻译时,可以直接了解战场实况,为我军的英勇顽强深感钦佩。他在回忆录中写了一件特别令他自豪的事:日军印支泰马战区司令寺内寿一被关麟徵集团军俘虏后,搜查出来一本日记,上面写着这样一段话:"皇军在东南亚战场上可以一个师团对五个印度师或两个英国师,与美国师可一对一,但两个日本师团还难以应付中国驻印度远征军的一个师。"父亲写道:"可见,在寺内寿一眼里,中国抗日远征军具有何等顽强的战斗力。寺内寿一这本日记,当时由昆明陆军总部军务处处长冷欣中将送往重庆军委军令部,如今应保存在台北'国史馆'内。"父亲的回忆录在《北京观察》刊发时,编者加了一段按语:"文中不但回忆了抗日远征军的浴血奋战,更以被俘的日军战区司令寺内寿一的日记,活生生地证明了中国军队在敌人心目中的顽强战斗力。"[1]

1944 年随部队战斗在缅印边界的父亲,有一次被派往印度的加尔各答出差,在那里巧遇转道去美国出席国际通商会议的祖父。父子久别重逢,彼此都很兴奋。那时的祖父,已经在构思战后的中国应该如何建设。他在出发之前写了《战后中国究应如何建设》一文,又名《论中国战后建设》,长达两万多字,详尽描绘了战后中国建设的蓝图,他指出:"战后国家的建设,不仅为了防御可以再来的

---

1 《北京观察》杂志,2005 年第 6 期,第 51 页。

侵略,防御侵略仅为其消极的目的,确立公众的良好秩序,完成一切物质基础的建设,提高人民的生活水准和文化水准,使国家成为一个本身健全的现代国家,尤为吾人必须全力趋赴的积极的目的。"[1]他恳切地呼吁:"在抗战结束以后,即当开始建设,抗战结束以前,自即日起,即当开始准备。"[2]这篇文章他曾上报当时的最高领袖,现存于台北"国史馆"。

我的母亲陈训方,1918年11月25日出生于四川乐山白塔街,是外祖父和外祖母的独生女儿,天资聪慧,学习努力,成绩优秀,深得父母宠爱。我的外祖父本名陈肇虞,字学池,1895年出生于四川乐山,1933年去世。1915年考入上海震旦法文书院,1916年二年级时转入北大预科,1919年考入北大经济系,1923年毕业。在北大期间,适逢五四运动爆发,新文化运动经历了高潮又分裂为胡适为代表的自由主义运动和陈独秀、李大钊为代表的早期共产主义运动时期。母亲曾告诉我,外祖父当时在写给家里的信中说,他也参加了北大的游行队伍,因为个子高,游行时总是走在队伍前头。出于对经济学专业的兴趣,外祖父开始研究各类社会主义,包括马克思的学说。

1920年12月,外祖父与李大钊、何北衡、徐其湘、郭梦良、陈晴皋、费觉天、鄢公复等八人创立了社会主义研究会。在北大的校史馆中,有一个社会主义研究会的专题展区,在发起人中就有他的名字。遗憾的是,到目前为止,仅发现了一篇外祖父研究社会主义的文章,即《基尔特社会主义之批评》,发表于《评论之评论》1卷2号。在这篇文章中,外祖父介绍了基尔特社会主义的历史渊源、派别和后来的发展状况,并且从经济、政治、国民性三个方面分析了英国和中国的异

---

1 参见卢作孚(1946):《论中国战后建设》,参见《卢作孚文集(增订本)》,凌耀伦、熊甫编,北京大学出版社,2012年第2版,第449页。
2 同上书,第450页。

同。他写道："主义传播的能力，就不单是凭他的理想可以决定的：还得要考察他所在国的政治，经济和国民性，才能够得一个或然的推定。"他认为，英国由于工业发达、政治宽容、国民爱国等原因，使得这种温和的社会主义形式能够存在，而中国"在高压的武人专制之下，急剧的政治变化，恐怕难免，缓和性的基尔特社会主义，也只有俟诸异日。"有当代学者指出：在基尔特社会主义的研究中，"有两篇文章的意义却相当明显"，一篇就是陈学池写的《基尔特社会主义之批评》，"这是最早对基尔特社会主义的中国化提出批评的文章"[1]。

也许正是这个原因，外祖父从北大毕业后，没有走共产革命的路，而是回到四川，加入刘湘政府做文职工作。当时刘湘是 21 军军长、四川省善后督办，为了巩固权力和地盘，也为了造福桑梓，他提出了建设新四川的主张。于是招贤纳才，一举聘用了四位北大毕业生，即何北衡、陈学池、刘航琛、范崇实，时称"北大帮"。外祖父担任政治部副主任，后来担任 21 军政务处长，主管政治和团务（地方治安）。1927 年初，他又与何北衡等一起出任川康团务委员会委员。正好这一年祖父被刘湘任命为嘉陵江三峡峡防局局长，负责剿匪和维持治安。在举荐人中，就有我的外祖父。1929 年刘湘又任命祖父为川江航务管理处处长，整顿和主持川江航运管理。外祖父借职务之便，对祖父的上述工作多有支持，并与在北碚主持日常管理工作的四祖父卢子英结为莫逆之交。

外祖父思想开放，告诉家人不要给我母亲穿耳朵、缠脚，所以母亲没有受到旧习俗带给女孩子的诸多痛苦，而且受过良好的学校教育。母亲小时候上过幼稚园，学校就在白塔街，离她家大约 60 多米，是美国教会办的，她很喜欢在幼儿园唱歌、跳舞，还有点心吃。她最

1　参见《战略与管理》杂志，2011 年 1—2 期，第 96 页。

初上的小学就在幼儿园的斜对面，也是教会学校。学校很大，有秋千、滑梯，还有风雨操场，操场上有顶盖，下雨也有地方玩。校舍是一座四层高的大楼。底层有食堂、礼拜堂、教室。二楼有老师办公室，有一间学生用的游戏室，内有几架风琴，还有玩具。三楼、四楼是中国老师和学生的宿舍。母亲先是住三楼，后来搬上四楼与她的姑姑同室。四楼的窗户可以望到很远的地方。母亲最喜欢爬到窗台上去看河对面山岩上著名的大佛老爷。大佛的面容慈祥可亲，她一直记忆犹新。

小学校长是女的，美国人，学生们称呼她为"万教士"。万教士身材高大，未婚。另外还有几位英美女教士，也是教师，看起来比万教士温柔，也都独身。她们都住在学校半坡上的小洋楼内。

学校管理比较严，学生必须听老师指挥，如按时听铃声起床，下楼到盥洗室洗脸，然后又听铃声到饭堂外面排队，老师来后指挥进食堂，饮食前还要唱赞美诗，然后坐下，依次到食堂门前打饭。母亲那时太小，有时还需要请姑姑帮忙。

饭后又听铃声到礼拜堂集合做早礼拜，不外是唱赞美诗，听老师讲圣经，接着就开始正式上课。下课后就可以自由跑动了。晚饭后休息一段时间就上晚自习。母亲是低年级的同学，不上晚自习，可以到操场玩。晚自习结束后就寝。非常有规律的住校生活影响了母亲一生。比如从小养成的早睡早起习惯，她一直坚持到终老，晚上不超过9点钟上床，早上不迟过5点钟起床，这样也给她的健康带来好处，她曾患多种疾病，还是活过了95岁才去世。

每逢星期六午后，老师还要带学生到郊外游山，他们离乐山西门很近，城外山也不太高，很适宜小学生旅游，山路上还可以看到各色的野花。同学们无比高兴，一路上嘻嘻哈哈，唱唱笑笑，真是一种愉悦赏心的享受。游山活动结束，孩子们就各自回家。次日上午学校又有安排，就是回到学校整队到市中心礼拜堂做礼拜，凡是教会学校的学生都要参加，教堂内坐满了各校师生。讲台上的演讲者都是牧师。他们讲到耶稣的故事，耶稣被钉死在十字架上，学生们内心无不感动，虽然不止一次听到耶稣为真理而牺牲，但大家百听不厌。

母亲后来在重庆上过的淑德小学、在南京上过的中华女中也是教会学校。母亲还记得中华女中的数学老师是女的，她的教学方法也非常出色。英语老师是美国人，母亲起初英语有些赶不上，但很快就追上了其他同学。而母亲读的华西协合大学就更是著名的教会学校了。华西大学是美国、英国、加拿大的传教士在成都联合创办的，1910年3月11日正式开学。母亲于1937年考入该校药学系。每天上午上课，下午做实验。学习重点是数学、物理、普通化学、生物化学、定性分析与定量分析化学、英语和中国语文等。英语老师是美国人。1941年，母亲大学毕业后留校任助教，每天的工作首先是在化学实验室管理学生们的实验，同时由于战争阻碍了药物和食物供应，而教师中外国人不少，家也住在校内，母亲就要做一些药物和外国人的食品，如冰淇淋、沙拉等供给他们食用。即使是在战火硝烟中，学校里仍弥漫着浓浓的基督教氛围。

母亲虽然没有受洗入教，但从小就深受基督教精神影响，为人温柔善良，很有教养，从未见她发过脾气，在亲戚朋友中口碑极好。我们小时候穿过的衣服，她总是送给有困难的同事。同事的婚姻，她也热心帮忙。"文革"中有人批她"每次运动都装好人"，她很想不通，向我诉说，我反问她："你每次运动都是好人，不就是一个好人了吗?"她听后松开了紧锁的眉头。

我母亲认识我祖父还早于认识我父亲。外祖父因病去世后，家庭经济状况急转直下，母亲高中毕业后只得先参加工作，自己挣钱读大学。她考取了四川省政府举办的统计人员训练班。学习半年后，被分配到四川省建设厅工作了半年。当时祖父正担任建设厅的厅长。每个星期一早上开周会时,母亲都能听到祖父的讲话,曾亲眼目睹祖父惊人的工作效率:见过他作报告,不看稿子就能说出一连串的数字,也见过他同时听七八个人汇报不会混淆。

而她听闻祖父的大名则是更早的时候。我母亲回忆,她小时候常随外祖父去北碚,有时乘车,有时乘民生公司的轮船。她最喜欢吃船上一种叫桂花饭的蛋炒饭,感觉很香。由于外祖父对祖父和四祖父北碚建设的诸多帮助,母亲一家也成了四祖父家的常客,只是当时没有去过祖父的家。外祖父带着我母亲到北碚,必定要去祖父主持修建的风景名胜之地北温泉,开始是住在里面的"农舍"旅馆,位于半山上,前面山下就是嘉陵江,风景很美,饭馆就在附近,纯正川味。后来山上又增修了几家旅店,他们也住过。他们还去北碚河对岸参观过祖父主持修建的北川铁路,那时还是试验性的。外祖父1933年因病去世,没能等到他的独生女儿结婚,更不知道女儿的婚姻就是他的挚友卢子英一手促成的。

母亲1937年考上了华西大学,离开了建设厅。母亲当时报考药学系的原因,就是学费比医学系、牙医系低一些。我的四祖父出于与我外祖父的深挚情谊,一直很关心我母亲的成长,自然也就关心她的婚姻大事。想来想去,他觉得母亲最合适不过的夫婿,就是他的侄子卢国维。1943年,四祖父从重庆北碚专程赶到成都,说服母亲嫁给父亲,这时母亲已有了男朋友。但黄埔军校毕业的四祖父不达目的誓不休,表示如果母亲不答应,他就住在成都不走了。父亲的大妹妹,即我的大姑卢国懿当时正在南京迁往成都的金陵大学园艺学系上学,校舍就在华西大学校园内,也特地去看望我母亲,介绍她哥哥的诸多长处。母亲见四祖父和大姑的态度恳切,同时对卢作孚的为人处世敬仰已久,相信其子的人品学业定属上乘,故答应了四祖父的媒妁之言，并一同到重庆和父亲见面，又一同拜见了祖父祖母，次日即登报订婚。祖父很看好这门婚姻。他对母亲的知书识礼、贤惠大度很欣赏。向来非常节俭的祖父，1944年在美国开会考察期间，还为母亲买了一块手表作为结婚礼物。而我母亲对公公则毕生充满敬意，每每忆起就想流泪。那时我的外祖母住在乐山，因为早就知道我的祖父，所以对母亲这门亲事很是高兴，把母亲的订婚照片放在衣袋里，时不时取出来看，总是笑得合不拢嘴。而母亲和大姑从此也成为至交，相好终身。

我的外祖母叫李碧云，父亲是广东人，但她出生在四川乐山。我从小到大听母亲多次讲过外祖母，她太爱她的母亲了。我母亲晚年在回忆录里写道："母亲慈爱亲切的面容，她的一言一行永远环绕着我，鼓舞着我，让我战胜危机，克服困难，勇敢前进。母亲也是好媳妇，孝顺祖母无微不至，担当家务劳动尽心尽力，从无怨言。我还记得当年她洗全家被、毯、蚊帐，在大木板上洗刷时，因用力过度大汗淋漓的情景，我当时年幼无法助母一臂之力，心里是很歉疚的。母亲的厨艺也不错，很合祖母口味，她也能做各种家常咸菜，味道可口，经常受到祖母赞扬。母亲的针线活也不错，能自己制作衣服、鞋、帽等。"外祖母和她的小叔、姑子也相处融洽，从未发生龃龉纠葛。

母亲考上华西大学以后，把外祖母接到成都一起住，那是外祖母一生最快乐的时候。孰料抗战爆发后，敌机轰炸成都，为了安全起见，母亲不得不送外祖母回乐山躲避日军炮火，打算在抗战胜利后将她接回成都，期望她有生之年能过上平安愉快的生活。哪知1944年前后，陪伴在外祖母身边的三外祖父的女儿和儿子先后因病去世。三外祖父也曾在北大上学，学成归家时病逝途中，所以他的儿子和女儿都很依恋我的外祖母，称呼外祖母为"妈妈"。外祖母也很爱他们，视为己出。他们的去世给外祖母精神上带来很大打击。1944年暑假，母亲回家探望外祖母，离开乐山前，外祖母因被传染患上感冒。母亲陪她看病服药后便赶回学校教课。没想到为失去侄儿女悲伤过度的外祖母，抗不过普通的感冒，病情日趋严重，母亲接到电报后立即赶回乐山，哪知外祖母已经永远闭上了双眼，时年不过51岁。母亲悲痛不已，一生都责备自己不该把外祖母送回乐山。抗战时期她失去了三位亲人：她的母亲和她如同手足的表弟妹，故此她对日本侵略者恨之入骨。

父亲主动报名参加中美远征军，前往滇缅印地区担任前线翻译的事，也得到母亲的大力支持。父亲先在重庆学习培训了两个月。译员训练团结业时，蒋介石亲自来讲了话。1944年4月30日上午，父亲告别父母和我母亲，当晚便随第一批应征译员出发，翌晨即乘C37客货两用机飞往昆明。这是父亲有生以来第一次乘飞机。

父亲与母亲于1945年5月27日在重庆结婚。当时父亲还在中美抗日远征军昆明陆军总部副官处担任翻译和联络工作，母亲则在重庆沙坪坝区医院工作。父母亲的婚礼在重庆中华基督教青年会举行。祖父邀请了黄炎培先生做证婚人。黄炎培赠言两位新人："相爱而能相谅，才是真爱；相爱而能永久，才是真爱。因相爱而成夫妇，想到谁无夫妇，谁不愿有夫妇，我须成全他们，如此存心，才是真爱。暴敌尚未歼灭，多少同胞，还在继续饱受人间惨遇的遭遇，我们哪忍独享欢乐，必须扶救他们，如此存心，才是真爱。"[1]婚礼隆重热烈却相当简朴，来宾都是清茶、糖果、水果招待，没有设宴。婚后，母亲随父亲到了昆明。

日本投降时，昆明的中国陆军总部奉国民政府和军事委员会命令，代表我国在南京受降。在此之前则由军务处冷欣中将代表陆军

1　中国社会科学院近代史研究所整理：《黄炎培日记》第9卷，华文出版社，2008年9月，第43页。

总部在湘西芷江与日本侵华军司令官、当时在南京"大本营"的冈村宁次派出的代表洽商南京受降仪式有关事宜。芷江处于丘陵山区，苗族、土家族多过汉族，地势险要，易守难攻，故一直未曾沦陷于敌。陆总接受任务后立即派员前往芷江作准备。冷欣一行8月20日到达。日方代表22日兼程赶到。23日即在县府礼堂按小型受降礼仪形式交换了授权证书和有关文书，然后商定9月9日在南京正式受降等主要细节。9月9日中国陆军总司令何应钦，奉命代表中国战区统帅蒋介石在南京接受了冈村宁次的正式投降。芷江因为是接受日本投降的第一站而载入了历史。

父母亲乘军用吉普车离开昆明，8月28日赶到芷江，怀着胜利的喜悦，参观了这个闻名于世的受降之地，我则在母亲的肚子里"见证"了这一历史事件。我从小多梦而且喜欢坐车，说不定与这趟吉普车长途旅行有关。前些年去湖南怀化开会，我还特地绕道去了芷江，瞻仰这个非凡之地。

父亲和母亲恩爱有加、风雨同舟度过了62年生涯，都以高龄先后去世。三个子女也事业有成。

祖父带我去香港

民生公司在加拿大建造的九艘门字号轮中的两艘——荆门和夔门轮已于1948年初先行驶入了长江。当时国共正在打内战，祖父担心新船毁于战火，便在香港成立了民生公司分公司，将其余七艘即玉门、雁门、龙门、虎门、石门、剑门、祁门轮和其他十余艘海运货轮，暂时留在香港经营。1949年4月10日，父亲和一位老轮机长所负责的倒数第二艘新船玉门轮，经巴拿马运河和檀香山（即夏威夷）到达香港。父亲暂时留在香港民生公司从事技术工作。4月底母亲也辞去美国密执安大学实验医院的工作回到香港。1949 年 5 月 7 日,祖父去广州、香港处理公务,便带着我从重庆乘飞机到广州,把我交给从香港前来接我的父母。在重庆和祖母分手时,她站在一棵大树下,望着我们一直到看不见为止。我的大弟弟则留在了祖父母身边,一直到祖父去世,我们回到重庆为止。

那是我有生以来第一次乘飞机,与我们同行的还有晏阳初和北大校长蒋梦麟两位长辈。那时的飞机小,性能差,颠簸得很厉害。大人们都因晕机而恶心呕吐,我则因年幼若无其事。祖父见我玩得很高兴,也暂时忘却了旅途的疲惫和不适。晏阳初和他开玩笑说:"以后坐飞机,你都把晓蓉带上,精神就好了!"祖父听见,笑得很开心。晏阳初在香港短暂停留后去了美国,蒋梦麟则去了台湾。祖父那时候几次往返于香港与内地之间,在香港住了将近一年时间,主持指挥民生公司海外船舶的营运和回归。

我到香港后,好长一段时间不习惯,十分想念祖父母,闹着要父母把我送回重庆,要他们"把爷爷、婆婆还给我"。我还把老家的亲人称谓编成顺口溜,每天从早到晚念念有词,祖父和祖母当然是排在最前面的。

祖父每次到香港,都住在中国旅行社经营的新宁招待所。他有时带我上船参加员工的婚礼或娱乐活动;有时他去公司,也带我去,我还留下了一张在香港民生公司办公室里拍的照片。听民生公司的前辈讲,我曾跑到祖父正在讲话的台子上玩,他也不干涉我。星期日他常会来我们家,我们就陪祖父去海滨游玩或看戏看电影,还到一个圆形大天篷式马戏场看了一场马戏。有时祖父也带我们一家和友人一道去逛公园。有一次,祖父邀请晏阳初与我们一起在太平山公园的山路上散步时,我稀里糊涂跑到众人前头去了,还把前面一个路人当成了祖父,拼命去追赶,一边跑一边哭喊:"爷爷,爷爷,等等我!"前面那人却不回头。祖父见状赶紧连声叫我，我回头才发现自己搞错了，于是破涕为笑，祖父和大家都笑了起来。那次游览还有民生公司的高层管理干部何酒仁参加，他对祖父说，我长得像祖母，祖父听了很高兴。记得小时候我还看见过几张那次游玩留下的照片，可惜在"文革"中化为了灰烬。母亲怕"惹祸"，把它们连同其他老照片全烧了。

有一叠记忆的碎片时时浮现在我眼前。有一次祖父和母亲带着我，乘民生公司的"玉门"轮去澳门。父亲当时是船上的二管轮，正在机舱里检修通风设备。船行至中途，因机舱温度高，通风又不好，他突然晕倒了。船员们七手八脚把穿着草绿色工作服的父亲抬到船员宿舍做人工呼吸。我当时正好在船上的公共厕所里，母亲在门外等我。得知父亲晕倒后，母亲赶紧跑去看他，把我给忘了。我开不了厕所门，在里面大哭起来，引来路过的旅客替我开了门。我回到祖父和母亲身边后，看到了船员做人工呼吸抢救父亲的一幕。祖父见到父亲这种状况一定是心急如焚，但是他没有给儿子特别的庇护。身体复原后的父亲，继续工作在生产一线。

还有一次，母亲正为我洗头，将洗发水抹到我头上时，祖父来到我们家。母亲便丢下我去接待祖父。洗发水流进了我的眼睛，我又大哭起来。祖父知道了，赶紧来看我，并嘱咐母亲以后要小心。这些珍贵的片段，都深深地铭记在我的脑海里。

祖父对子女要求很严格，父亲在祖父创办的公司里工作，不仅享受不到任何特殊待遇，而且要做得比别人更好才行。初到香港时，我们家先在港岛皇后大道西租房住，后来搬到九龙狮子山下租用的一间简易平房，周围比较荒凉，交通也不方便。我在那里又惹过一个祸。有一天我得意地穿着母亲的高跟鞋，手里拿着一个玻璃瓶，在家里开心地晃悠，不小心撞到一个撮箕上跌了一跤。倒地时玻璃瓶摔破了，一块尖利的碎片划破了我左手腕的静脉血管，鲜血直往外喷。母亲见状吓坏了，赶紧捏住我受伤的手，着急地呼喊邻居来帮忙，因为家里没有电话。邻居见状叫来了救护车，到医院后缝了好几针，现在还留下一条一寸长的伤疤。与南京那条伤疤一样，成了我终生抹不去的记忆。有一次祖父到我家，看到家里这个境况很难过，建议我们搬家，我们就搬到启德机场附近租房住。最后才搬到九龙塘界限街的民生公司宿舍。

1950 年 3 月，母亲在香港一家法国基督教医院——圣德勒萨医院生下了我的小弟弟卢铿。一大一小两个孙儿女，给公务繁忙的祖父增添了轻松愉快的童趣。

当时陈香梅女士正好也在那家医院生下了她和陈纳德的小女儿陈美丽，比我弟弟出生早一天。1952 年祖父去世，我们一家回到重庆后，因担心小弟弟的香港出生证惹麻烦，母亲就把它销毁了。1984 年小弟弟去香港，到有关部门查不到他的出生资料，又去那家医院查询，医院也因时间太久找不到档案了。但医院提供了一条线索，说当年有位护士还在世，她有记日记的习惯，并协助弟弟找到了那位姓杜的护士。护士的日记上真有那一天出世的弟弟的英文名字及其父母的姓名。就凭这个材料作证，弟弟一次性领取了香港永久居民身份证和护照。

母亲一人带两个孩子还是很辛苦的。我有时也替妈妈当帮手，做得最多的就是哄哄躺在童车里的小弟弟睡觉。我的办法就是推着躺在婴儿车里的弟弟转圈圈，看见他闭上了眼睛，以为睡着了，心中不免窃喜。可他突然又睁大了眼睛，我前功尽弃，只得重新再推。几乎每次他都会这样搞几个回合，所以我至今还"耿耿于怀"。

我们最后住的九龙塘界限街民生公司宿舍是白色的外墙，四五层楼高，格局有点像北京的筒子楼，不同的是楼中间有个很大的天井。每层楼有左右两个大门,开门进去各有一个大厅,这是公共活动场所,放着一张很大的桌子。两边的房间围绕天井像个回字形。靠天井一侧有宽敞的过道,厨房在大门相对的尽头,也是一层楼的住客公用的。我们住在三楼的一个单元,只有一间住房、一个卫生间和一个杂物间。全家的睡卧、起居、会客、吃饭都在住房里。记得杂物间很小,放了一台缝纫机,我母亲用来给我们做衣服。

尽管住的地方好些了,但全家靠父亲一人的工资,生活还是有些窘迫,每顿饭大多只有一个素菜、一块廉价海鱼,我都吃腻了。天井对面的五楼住着一位公司的部门经理,家里条件不错,吃得也好。我和他们家的五个孩子很要好,至今还记得大哥叫周华宜,二姐叫周华蓉。我有时就在他们家开饭的时候,借故留下蹭饭吃,华蓉姐总是配合我,对楼下叫我回家吃饭的母亲说,他们留我吃饭,母亲就奈何不得了。

祖父在香港的日子

当我在美丽的南国宝岛享受着亲人的爱、长辈友人的爱,像生活在童话世界般无忧无虑的时候,祖父正在处理一件关乎民生公司业务,更关乎他的终生理想和国家现代化进程的大事。

1949年春,民生公司香港分公司正式成立,开辟港穗、港澳的客货轮定期航线,货轮则不定期航行于东南亚各港口,如西贡、曼谷、新加坡、雅加达和仰光间,最远曾到过印度的加尔各答,既便利了旅客和商货,公司又有固定收入。

祖父在香港时,每周大部分时间都到分公司研究、商讨业务,通过函电领导重庆总公司的工作和上船观察、指导客运服务,其余时间则在招待所阅读英文书刊,每天必读《大公报》和英文版《南华早报》,

偶尔也接待或走访友人，他还与分公司的同事一起，对东南亚海运经济进行了比较详尽的调查研究。

当时民生公司香港分公司所担负的业务，主要是在港船只的营运、保养，滞港物资的保管和筹措，归还加拿大借款利息等。办公地点在滨海的干诺道中，介于港澳、港穗两个客运码头之间，是一座租赁的三层楼房。分公司所辖船只除加拿大建造的七艘新客货轮外，还有在东南亚地区航行的十二艘货轮，合计为十九艘轮船。开航返航时，祖父常去码头观察服务质量。民生公司能在毫无根基的港、穗、澳地区生存、发展和赢得好评，主要不是靠设备条件，而是靠服务质量。初始时，其他公司轮船的竞争还是很激烈的，但不到一个月时间就落伍了。民生公司为照顾各家公司的利益，除不再刊登广告宣传外，还主动错开开航时间，甚至将黄金时间让给其他公司。停泊中的船只，祖父也上船询问伙食和文娱生活情况，找留守船员座谈，勉励他们随时搞好船、机保养，叮嘱他们在这样的环境里要注意生活纪律。

祖父有一次去英商黄埔船厂查看坞修船只，厂里一位陪同观看的中国工程师悄声对他说："你们的船最好少来这里维修，这些外国人开价太高，赚钱太过分了。"祖父感谢并赞扬了他。祖父觉得在这样的特殊环境和特殊情况下，发动船员成立自修工程队是一件有意义的事。这个想法得到船员的积极支持，自修工程队很快就成立了，父亲也在工程队中。祖父除随时关心工程队的工作外，还亲自参加过分公司在雁门轮上召开的慰问茶会，对工程队的全体成员和其他船员进行了表扬。分公司在祖父的建议下，给予了全体成员和其他船员以物质奖励。

晏阳初先生和祖父是多年好友和事业上的同道。抗战时晏阳初和陶行知、梁漱溟等中国现代乡村建设的先驱，都把他们被战火中断的乡村建设事业,搬迁到北碚,与我祖父合作共展宏图。晏阳初在北碚创办了中国乡村建设学院,陶行知在北碚创办了育才学校,梁漱溟在北碚创办了勉仁中学。在选择校址、筹措经费等方面,祖父都给予了无私援助。那次去太平山游玩时,晏阳初同祖父走走停停,一直都在倾谈国事,如:为没有实现国共和谈,建立联合政府而感到惋惜;美国和中国共产党领导的新政府合作的可能性,同愿为此尽力;北碚中国乡村建设学院的善后,晏托祖父给予协助;晏探询祖父是否考虑去美暂住,认为住在美国比住在香港安静,可写自传或事业发展史,由他组织翻译出版等。祖父感谢了他的好意,表示自己的事业在中国,暂时没有作去美的打算。事后祖父曾对父亲说:"你晏伯伯倒是一番好意,去美国环境比香港单纯,作为短时间安排不失为一个方案,但我对事业负有责任,怎能丢下就走。其实只要船不受损失,我什么也不怕。"

不几天,晏阳初乘飞机去旧金山转纽约,从此两位好友再没有相见。前些年,中国社会科学院近代史研究所的研究员、晏阳初研究学者徐秀丽女士,发现了美国哥伦比亚大学图书馆收藏有他们在美国与香港间最后的通信,一共有 25 封(其中祖父致晏阳初 14 封,晏阳初致祖父 11 封)。在这些通信中,两位挚友念念不忘的,还是他们毕生所从事的教育事业和乡村建设事业;所倾心关注的,还是如何尽快结束战争,中美之间建立友好关系,实现海峡两岸的和平,让饱经战乱和贫困的海峡两岸同胞过上文明幸福的生活。其中一封 1950 年 1月 31 日祖父写给晏阳初的信里说到:"请告美国可靠友人,未来成败决不在原子弹或氢气弹,而在西方国家尤其美国对于落后国家有无真正了解。殖民地政策当然失败,第二次世界大战及目前状况均可证明。门户开放政策只着眼在商业往来,亦必失败。欲落后国家人民能自起来,绝无其事;先进国家必须真能全力帮助落后民族,比帮助西欧恢复需要力量更大,使能迅速提高文化及生活水准,乃能使落后民族不生变化。对今后中国仍当寄与极大同情,予以帮助,使能和平建设,勿激起日趋恶劣的情感,日趋强烈的武装准备,走向极端,乃系可靠的办法。速设法引起新的舆论。不但为中国之幸。"[1]出于当时动荡的局势,他们多封信上都注明了"密"或"极密",有的还注明了"阅后火之"或"阅后付火"。但奇特的是,晏阳初先生不仅没有付火,还把自己写给祖父的信件也全部留了底稿,并把这些推心置腹的往来信件全部捐给了哥大图书馆,才使我们得知了两位先贤最后的心声。

在这些通信的字里行间,也提到了儿女家事。如晏阳初在1950年8月17日致祖父的信中写道:"国懿(即我大姑)后天在纽约中国使馆结婚,弟已嘱平会[2]驻美办事处帮同办理一切,弟今晚赶赴纽约……,代兄主持并照拂一切。婚礼举行后再当向兄报告。"在此之前,祖父曾去信请他代为"考察""考虑"这位未来的女婿。1951年1月10日晏阳初给祖父寄出了最后一封信,信中写道:"不通音讯,将近半年矣!国懿结婚,弟代表吾兄在简朴而隆重的空气下主婚,一切皆顺利快乐地完成。尔俊笃实,是一个好青年,祈释念。"这两封信发出时,祖父已经回到国内,但愿他都已收到,该是何等地快乐。如果收到,他必会回信的,是无法寄出,还是中途遗失,就不得而知了。

祖父当时与美国民主党领导人之一、最高法院法官威廉·道格拉斯关系不错,是由晏阳初介绍认识的。1950年9月道格拉斯到访香港,想邀请已返回大陆的祖父到香港商谈发展中美友好关系的事,香港民生公司经理杨成质和我父亲商量后,发了一份电报给

1 卢晓蓉:《卢作孚与晏阳初交往拾零》之附二《卢作孚与晏阳初 1950—1951 年往来书信》,载于《我的祖父卢作孚》,人民日报出版社,2012 年 5 月第 1 版,第 170 页。
2 平会即平民教育会,常简称平教会。

祖父，电文只有几个字："道氏经港，望一见。"祖父回电说："因公务太忙，无法离开重庆。"父亲为此深感遗憾，他推测道格拉斯这次访港希望与祖父会晤，是带着美国高层有关两国友好合作的建议来的。

1948年夏秋，祖父第三次去美国、加拿大回国后，曾在香港住了一段时间，从那时起就通过民主人士、外贸专家古耕虞和中国银行党组人士赵忍安的安排，与党代表许涤新及张铁生进行了多次晤谈，为后来在香港的进一步联系奠定了基础。这次到香港后，又多次与张铁生晤谈，谈话内容除民生公司的有关业务外，还谈到偿还加拿大造船贷款的事。同时祖父也表达了自己对新中国经济文化建设的一些见解，受到张的热情赞赏。祖父每次同张谈话回来都显得十分高兴。他还通过民生公司派驻北京的代表何迺仁，在向周恩来汇报民生公司情况时，提出了公私合营的问题。

在香港期间，台湾方面多次派人说服祖父去台湾共事并委以重任。祖父一一谢绝。有人又用加拿大贷款的政府担保问题，对祖父施加压力。在加拿大造的船，原是通过国民政府和加拿大政府共同担保，向加拿大三家银行贷的款。祖父一生重信用，常用"忠实地做事，诚恳地对人"教导家人和员工。1930年，四川军阀刘湘和刘文辉领衔集资开办了川康殖业银行，聘请祖父担任总经理，并在所发行的钞票上印着"总经理卢作孚"几个字，还加印了他的姓名私章，以祖父个人的信用表明银行是讲信用的。这种情况是当时所有银行都没有的。这次在加拿大银行借款造船，更是国际间的信誉问题，而且由于内战刚刚结束，祖父对除利息外，从次年开始还本一事还没有把握。在此关键时刻，传来周恩来总理答应设法为民生公司偿付到期债务及为加拿大贷款担保的消息。祖父即召集香港民生公司高级职员拟定了轮船北归的行动方案。特别是这些船中的七艘门字号轮，是比照着川江的水文要求在加拿大建造的一流豪华客轮，为的是可以航行至重庆，以便让发达国家的客人能够舒适地到达中国内地，帮助新中国的现代化建设。

我的启蒙小学

我不到五岁就上了小学一年级。我既非神童也非天才，父母为什么这么早就把我送进正规学校，大抵是因为我不喜欢上幼儿园，送到哪里就哭到哪里，换了两三个地方都不得安宁，非得接回家不可。但家里还有个小弟弟，当时才一岁多，把我留在家，母亲一个人难以看管两个孩子。香港九龙塘界限街民生公司宿舍的新家附近，有个至今还颇有名气的小学，即九龙塘小学，母亲怀着一线希望把我送了进去，哪知这一次我不哭了。学校离家很近，上学放学我都可以自己走去走回。至今我脑子里还留存着这样的影像：我上学或放学时，常与附近教堂里披着黑头巾、穿着白长衫、举止优雅的修女们不期而遇。天热时，母亲偶尔会给我一点零钱，让我放学后在附近一个卖雪糕的叔叔那里买两小纸杯冰淇淋回家，一杯给母亲，一杯给我自己。

学校是清一色的灰色平房，旁边的山坡上有香港通往内地的铁路，每天都有火车响着汽笛，冒着白烟驶过。一年多后，我们全家离开香港回大陆坐的就是这趟火车。当火车经过校园旁边的高坡时，我探头往下看，也许是课间休息，同学们三个一堆、五个一群正在操场上玩耍。在后来孤独和悲苦的岁月里，这倏忽即逝的一幕常常回到我脑海中来。

九龙塘小学是 1936 年创办的私校。我上学的时候，校长是女的，在我一年级的结业证书上印着她富有诗意的大名"叶不秋"，我因此而记了一辈子。著名作家白先勇也是这所学校毕业的，不过比我早了好几级。他在《青春念想》一书里写道："九龙塘小学是一所蛮有名的学校，校长叶不秋，很严格，很注重我们的学业。老师都很认真。当时我念五年级，每个星期要站起来用广东话背书，这对我来说糟糕极了。用广东话说一说还可以，要背书就背不出来。老师很好，就让我用普通话背，到现在印象还蛮深刻的。"我的广东话可比他说得好，还常常给父母当翻译。

1999 年北京大学出版社出版了四川大学教授凌耀伦、熊甫主编的《卢作孚文集》后，我才从祖父的文章里得知，他和白先勇的父亲白崇禧早年就相识相知。1935 年，白崇禧曾邀请祖父去广西考察，还请他给广西省党部的公务人员和中等学校教职员及学生做了两场演讲，戏称是向他"抽税"。演讲的题目分别是《社会的动力与青年的出路》（上）[1]及《社会的动力与青年的出路》（下）[2]。祖父回来后发表了一篇文章《广西之行》，里面写道："近来一般人都只为自己谋出路，没有人去为社会国家谋出路，而且许多人宁肯将社会国家牺牲了去为自己谋出路；所以弄得社会风气非常坏，国家局势非常危险。只有等待我们青年挽救，将自己捐与社会国家，去为社会国家谋出路。……白先生更阐发了许多青年应得为社会国家谋出路的原理，而且引了许多的历史上的故事，引起大家的兴趣。我想，广西的建设运动，也可以说是一种教育运动。我们须知道改变社会最可靠的方法便是教育运动。"[3]

记得在九龙塘小学，我们一年级就有自然课。老师讲摩擦起电，要求我们每人带一把塑胶尺子去学校，当场做实验。第二天上课时，

---

1 参见《卢作孚文集（增订本）》，凌耀伦、熊甫编，北京大学出版社，2012 年第 2 版，第 297 页。

2 同上书，第 303 页。

3 同上书，第 312 页。

老师教我们把尺子放在衣服上摩擦，然后去吸引碎纸片。奇迹发生了，碎纸片一张连一张地吸起来一串！后来我对物理课感兴趣，多半起源于此。放学以后，我经常在大厅里那张大桌子上做作业，没有任何干扰，我觉得挺爽气。还记得语文老师布置的家庭作业中，要写"蝴蝶"两字，作业本的格子小，字的笔画多，我的手很笨拙，怎么也写不进格子里去，写着写着就在大桌子上打起了瞌睡，梦见蝴蝶从写字本里飞了出去。

学校有统一的校服，记得冬季穿的是深咖啡色的毛料背带裙配白衬衫，再加一件深咖啡色的毛料外套。冬天无论多冷，香港所有中小学女生都一律穿裙子和白色短袜，直到后来我女儿在香港上中学时也如此。有一次实在太冷，我心疼女儿，就给她在白短袜里面穿了一双我的长丝袜，心想老师不注意是看不出来的。哪知一进校门就被门卫发现了，硬要她脱下来才放她进去。好在我们都没有因此而患上关节炎。女儿读的是港岛的培侨小学，学校也不错，是我祖父的好友、从事平民教育的专家陈筑山先生之女、香港大公报资深编辑陈凤元阿姨建议的。那时的校长曾钰成教女儿他们班的数学，他后来当过香港立法院院长。

九龙塘小学每个班每年都要拍张集体照，可惜我唯一的一张集体照也在"文革"中葬身火海，使我失去了寻找往事与故人的证物。每个班每月还要给当月过生日的同学举办庆祝活动，寿星们会分食一个蛋糕，其他同学当然也有点心吃，那是每天都有的下午茶点。我是五月过生日，班上只有我一个，于是我独享了全班同学的祝贺，我请老师把蛋糕分给大家吃了。我一生中也就过了这样一次欢愉而热闹的生日。

"北归"

"北归"这个词来自上世纪 80 年代后期交通部的一个文件,事缘如何看待民生公司当年保产有功、驾船归来的老员工。在此之前,因招商局是官僚资本企业,国家对原招商局的老员工,一律看作是起义人员,退休之后仍领取百分之百的工资,不打折扣。而对不属于官僚资本企业的民生公司老员工则视为一般退休人员,工资打了折。经民生公司老员工多次反映,交通部研究决定,将民生公司这部分老员工定位为"北归"人员,与招商局的起义人员同等待遇,退休工资按原工资发放,也不打折。在此借用来作为本节的标题。

祖父 1950 年 6 月离开香港返回大陆之前,为了排除外界干扰,香港民生公司在九龙柯士甸路柯士甸公寓租赁了一套三室一厅的房子暂借给我们住。6 月 1 日前后,我们搬进了临时的新家。过了两天便将祖父和前些时到香港照顾祖父的二姑,从港岛的新宁招待所接过来与我们同住。祖父住在我家的这段时间,一家人温馨和美,其乐融融。谁也没有料到,这已是我们和祖父最后相处的日子。

祖父离开香港,先到北京参加全国政协第一届第二次会议。在此之前,他已周密部署了香港民生公司所有船只北归的计划。那天上车送了祖父一程的父亲在一篇回忆文章中写到:"在中国旅行社的缜密安排下,6 月 10 日这个难以忘怀的日子终于来到了,……汽车很快就穿过九龙市区,进入新界农村,在沥青路上疾驰。父亲抑止不住内心的喜悦,不时探头张望公路两侧的原野,对嫩黄一片的早稻和各色各样的蔬菜很感兴趣,但他说究竟赶不上江南和成都平原,还说想不到在香港的农村还看不到一辆拖拉机。在离开沥青路转入山坡高地的碎石路时,父亲充满信心地自言自语:'甚至香港和九龙半岛(收回）都不成问题了。'"

汽车在山岗上走着走着，不一会儿前方出现一大片茂密的树林，密林前沿是一个岔路口，右边路旁停放着一辆盖篷卡车，按照事前约定，这便是转接祖父的车辆。祖父乘坐的轿车缓缓地向那辆卡车开过去，卡车司机和一位中国旅行社的职员微笑着迎上前来，他们向祖父问好后，祖父便转上了卡车，在预先安置的椅凳上坐好，二姑和通信员也上了卡车。父亲和轿车司机遥望着他们的卡车绕过树林，直到身影消失，才上车掉头回去。后来听通信员说，他们一行在新界途中又换了两辆小轿车，直到深圳才换乘火车去广州，沿途都有专人招呼。另据二姑回忆，到达深圳时，祖父的情绪特别好，在与同行人员和接待人员言谈间不时发出朗朗的笑声。

这时的祖父不知有没有想起，上世纪 20 年代初他在四川泸州开展"新川南、新教育、新风尚"运动时的挚友恽代英。1925 年，祖父在上海监造民生公司第一艘船"民生"轮时，恽代英从广州北上，代表毛泽东和周恩来，力劝祖父南下广州与他们共襄大业。祖父则表示，自己的事业刚刚起步，不能放弃对董事、股东和员工的责任。据旅馆经理事后告诉四祖父，他俩"舌战了三天三夜"，最后达成口头协议：一个干革命，一个搞建设，相辅相成，殊途同归。三祖父也曾回忆，祖父常向他称赞恽代英"多识有志、品学兼优、又对进步事业工作热情，确有协作的精神。继而不久在无旁人时，暗中告诉我，他们对挽救国事的看法和设想，打算走殊途同归、相辅相成两个（条）道路，分别试行来达到共同的目的"。[1] 恽代英于 1931 年牺牲，没有活到新中国的诞生，祖父一定是很惋惜的。当他听四祖父告诉他恽代英牺牲的消息时，最初的反应是不相信，他认为像恽代英这么好的人，是不会被杀

---

1 卢尔勤回忆录，卢国模抄正。

的。得知消息属实以后，他深感悲痛。

为了对外保持平静，我们在祖父北上后，继续在公寓住了五六天才搬迁到九龙界限街的公司宿舍，一直住到1952年3月离开香港回重庆为止。

6月14日，全国政协第一届第二次会议在北京怀仁堂召开，香港大公报和其他许多报纸逐日在头版重要位置刊登了有关报导。祖父抵达北京时，曾要求中央宣传部门不要将他回北京的事予以登报或广播，以免尚在香港的众多船只的安全受到影响。中宣部请示总理后，同意了这个意见。祖父作为特邀代表出席了全国政协会议，随后又被任命为西南军政委员会委员。1951年10月还按第一次会议预留的名额，被补选为政协全国委员会委员。

祖父在北京期间，两次受到毛泽东接见。据古耕虞先生去香港时介绍，毛泽东举行了两次也有古老在坐的便宴，一次为工商界人士，一次为西南地区民主人士，祖父均与毛同桌，座位紧挨着毛。周恩来和陈云也在百忙中多次约晤祖父，每次都就新中国的经济建设、民生公司的作用和其他一些问题进行长谈，听取祖父的建议。祖父的老友、著名民主人士张澜和黄炎培等，也对祖父的到达表示了热烈欢迎，并多次在一起叙谈。

这次在北京期间，祖父游览了长城，还留下一张珍贵的照片。他面对蜿蜒起伏的长城和巍峨峻峭的山脉，都想到了什么，我们已无从知晓。

回到重庆，祖父又受到邓小平、刘伯承的欢迎和接见。到达重庆的当天，西南军政委员会还派了曹荻秋到朝天门码头迎接。

关于滞港船队和物资，祖父将离港前已初步研究的、分别撤回上海和广州的方案，向周总理作了汇报，请求中央转告各地人民政府给予协助，得到了总理的全力支持。同年深秋，祖父还为此专程到上海和广州,会同当地航运、港务主管部门和民生公司分部负责人,作了妥善安排。这之后,民生公司所有在港轮船都回归了新中国。

1950年8月,祖父和时任交通部长的章伯钧签署了民生公司公私合营协议。祖父所构想的公私合营,是国家投资以公股形式与民间资本合作,共同组建董事会,通过董事会对企业的经营管理进行监督,以促进民族工商业的健康发展。而当时的民生公司公股代表刘惠农,在上世纪80年代中期所撰《回忆民生轮船公司的公私合营》一文中写道:"最初,卢先生提出的公私合营和党的公私合营并不是同一概念。卢先生是希望政府作为公股,投资民生公司以使之渡过难关。公股代表只是参加董事会,并不直接参加公司的行政工作。我们党同意公私合营的目的,是要将民生公司这艘资本主义企业的轮船引入社会主义航道。因此公方代表不仅参加董事会,而且要起领导作用,彻底改革民生公司。"[1]

祖父用毕生的奋斗把他的理想变成了现实,作为"小至于乡村大至国家的经营的参考"[2]。他的生命终止于1952年2月8日。那天夜晚,他毅然决然去了彼岸世界,只留下五十多字的遗嘱,没有一个字提到批判他、背弃他、诬陷他的人与事。祖父一生曾做过多次选择,却从未偏离初衷。自我结束生命、魂归理想是他最后的选择。那天我祖母去了铁路局我三叔家,尚未归来,家里只有厨工和我的大弟及堂妹。祖父回家比往日早,对他们说,他累了,想休息一会,不要打搅他。大弟和堂妹很听话,待在屋里一直没有出声,直到祖母回来,吃晚饭时要大弟弟去请爷爷起来吃饭,大弟弟打不开门,大声呼喊,

---

1 刘惠农:《回忆民生轮船公司的公私合营》,参见《卢作孚追思录》,周永林、凌耀伦主编,重庆出版社,2001年10月第1版,第325页。
2 卢作孚(1934):《四川嘉陵江三峡的乡村运动》,参见《卢作孚文集(增订本)》,凌耀伦、熊甫编,北京大学出版社,2012年第2版,第278页。

却再也没有叫醒亲爱的爷爷。那晚的经历，是我大弟和堂妹永远不能愈合的心伤。

祖父去世时，我不满六岁，懵懵然完全不知情。只记得有天晚上，昏黄的灯光下，父亲坐在家里的藤椅上，手里拿着一张报纸，一句话也没说，眼圈红红的。由于当局封锁消息，祖父的死讯我们最早是从香港的报纸上得知的。

过了不久，父母就开始收拾行李。我们家的缝纫机、照相机……但凡值点钱的东西悉数都不见了踪影，后来才知道是父母把它们卖了，攒点钱回重庆安家。听说要回重庆了，我傻乎乎地一个劲儿地高兴，天天嚷着"要回爷爷、婆婆家了"，还把选出来的几颗特大的花生和其他一些小玩意放进铅笔盒，准备带回去送给亲人。在火车、轮船上，我哪儿也不去，天天在我乘坐的上铺摆弄铅笔盒，把里面的花生依果仁的多少排成队，准备把最大的、里面有五粒花生仁的一颗送给祖父，次大的送给祖母，依此类推。父母强忍住悲痛，没有告诉我实情。我们从香港乘火车经过广州、武汉，再乘船回重庆。在广州和武汉中转时，当地的领导都接待了我们一家，劝慰父亲节哀顺变，为新中国的建设做出贡献。

回到重庆祖父祖母家时，祖母出门办事去了，天擦黑才从外面回来，我立刻起身跑去迎接，她紧握我的手，一句话也没说就直往屋里走。见到我父亲，两人抱头痛哭。我这时才开始明白，再也见不到疼我爱我的爷爷了。后来在一次清明节给祖父上坟的时候，我含着眼泪悄悄把那粒大花生埋在了他坟前的泥土里。我以为，有这粒花生做伴，祖父不会孤独。

晏阳初得知祖父去世的消息后，悲痛地写下悼文："……像作孚这样一位正人君子、爱国志士、了不起的实业家，国人应当敬重。然而,他的结局竟是如此悲惨。我为国家伤心,我为至友哀痛。"[1]黄炎培先生也悲痛地写下一首《卢氏作孚先生哀词》,结尾处写到:

……
识君之抱负,

惊君之才,

知君之心。

呜呼作孚!

今乃为词以哀君之生平。

君其安眠吧!

几十百年后,

有欲之君者,

其问诸水滨。[2]

祖父去世前住的是金城银行的朋友借给他的房子。他去世后,祖母便跟随儿女生活,将房子退还了朋友。祖父的墓是家人用泪水和黄土堆砌而成的,连一块墓碑也没有,位于重庆南岸的一座山坡上,正对着长江和嘉陵江在朝天门的交汇处。滔滔两江水见证了祖父波澜壮阔的一生。2000 年,我们在祖父亲自规划和主持建成的北碚公园内,修建了祖父的陵园,分别了 48 年的祖父和祖母的骨灰终于合葬在一起,永远不分离。

---

1 晏阳初:《敬怀至友卢作孚兄》,参见《卢作孚追思录》,周永林、凌耀伦主编,重庆出版社,2001 年 10 月第 1 版,第 46 页。

2 参见《卢作孚文集(增订本)》,凌耀伦、熊甫编,北京大学出版社,2012 年第 2 版,第 503 页。

下篇　香港—重庆

父亲在遭遇祖父去世这一巨大痛苦之时，没有忘记祖父生前要他"早点回来，参加新中国建设"的嘱咐，作为长子，他还要承担为中年丧夫的母亲尽孝的责任，所以义无反顾地携家北归。又因为祖父曾在给父亲的信中嘱咐他，"要到工厂去，多向工人学习"，父亲回来后放弃了去北京、上海、重庆等地的研究院所或机关单位工作的机会，带着母亲和六岁的我、五岁的大弟弟及两岁的小弟弟，毅然落户到位于重庆郊区的民生机器厂。很多年以后，我才知道这家工厂是祖父在1928年底创办的。

　　祖父看上这个地方，图的是它所处的位置，方便长江和嘉陵江两江流域航行的轮船上落，而且它临近朝天门码头，自然成为了重庆的门户。更主要的是它依山傍水，河滩开阔，便于停泊和修造船只。冬天枯水季节，堆上木墩就能作业；夏天洪水季节铺上浮筒船坞便可开工。与现代化的大型船厂相比，条件不免十分简陋，但当时有了这个舞台，民生公司便可以为自己的船队修船、造船，也为其他企业生产锅炉、机器等设备。不久以后，它便成为重庆乃至四川最大的民营机器厂，抗战期间亦是后方最大的民营机器厂。

　　船厂靠山的好处，到抗战时期方显现出来。那时的民生机器厂硬是在石头山内凿开了一个可容纳千余人的大山洞，绵延一英里，既能躲避空袭，又能坚持生产，保障了长江这条黄金水道的畅通。上世纪50年代"大炼钢铁"时，我正上小学，因家里可以抛进"鸡窝炉"的金属物件都已悉数交公，于是常和同学们到河滩上或者防空洞里淘

"宝"——捡拾破铜烂铁,每次都有所斩获。

民生机器厂在上世纪50年代,被更名为东风造船厂。

回到重庆后,我被告知要听党的话,七岁才能上小学。这么一来,我不得不放弃了九龙塘小学的学业,在家里闲待着等到满七岁。记忆中,这是"听党的话"给我最初的印象,我的个性朝着党性的归顺便由此开始。与此同时,我的命运也有了很大的改变。我当时如果继续读下去,应该在1963年高中毕业,那时正是"三面红旗"和"三年灾害"折腾结束后百废待兴的大好机会,大学招生基本上做到了"有教无类",只看成绩不看出身,我考上大学是没有问题的。而这一休一留之后,我便推迟到了1965年高中毕业,刚好撞上教育战线大力推行"让地主资产阶级在文化上断子绝孙"的"阶级路线",我成绩和表现再好,也属于大学"不宜录取"之类。

民生机器厂所在地名曰"青草坝"。青草坝方圆不过两里地,既无楼堂馆所,也无风景名胜,只是一座普通的山丘,山不算高,属于重庆一带典型的丘陵地形。薄薄的土层掩盖着坚硬的石头。青草坝坐北朝南,面对长江,滔滔长江水日夜从山脚流过,浸润着我的梦境,伴随着我成长。在我屡遭打击、自我流放到川北大巴山后,每逢回家,踏着那熟悉的山路,听到那滔滔的水声,心里就得到些许安慰。多年后,我在写一篇纪念祖父的文章《与长江同在》时才恍然大悟,引领我过峡谷、闯险滩、冲激流、越暗礁,最后归向大海,使我在人生道路上永不止步的领航人不就是我的祖父吗?而青草坝这个活教材则让我对祖父的理想追求和奋斗实践有了最真切的感受。

青草坝家园

我们家就安在船厂后面山坡上的职工宿舍区,从父亲1952年进厂到 1980 年上调武汉长江航运管理局,在那里一共住了 28 年。民生公司很早就为员工提供条件尽可能好的单身或家庭宿舍,在当时是绝无仅有的。我家起初是住在山顶的平房,属于一村。站在门外的院子里,山下便是滔滔长江水永无止息地奔流向东;透过薄薄的水雾放眼西望,即可看见长江与嘉陵江交汇处朝天门码头伟岸的身影。在我们的青少年时代,朝天门无异于是重庆最具象征意义的大门和地标,那里大大小小的码头,不仅与祖父的航运事业有着密切的关系,也是我们进城和乘船去外地的必经之路。虽然有高高的石梯要爬,但唯此才能感受到朝天门傲视天下之雄伟。然而世道变迁,朝天门已几经改头换面。三峡大坝蓄水之后,它顿时矮了一大截。如今出租给一个外国地产商,硬是在它上面盖起六座超高层塔楼,其中的四座塔楼之上,还有一个超长的空中连廊。这些高楼涵盖了购物中心、写字楼、公寓住宅、豪华酒店。看到这些令人眩目的照片,我深深地为朝天门难受,它如何能够承载如此之重!

船厂在山下,大门开在长江边的沙滩上,不知疲倦地接纳着风尘仆仆的大小船只,将它们梳妆打扮,修葺一新,再送回长江的怀抱。于是,工厂里机器的轰鸣声、榔头的敲打声、新船下水的号子声、上下班报时的汽笛声、一日三次用普通话念稿的广播声,组成了耳熟能详的时代交响乐,伴随着我度过了许多热血沸腾的日子,直到"文革"兴起,工厂停产,抑扬顿挫的乐曲声才戛然而止。

我们在山顶的平房是砖土结构的,在白色的石灰涂层里面,还有一层黑色的涂料,那是抗战时为躲避日机轰炸而做的掩护。屋里的地面是用石灰、黏土和砂加水拌和而成的"三合土",很容易起灰。室内有一大一小两个房间。大房间 20 平米左右,是全家人的起居室、会客室,也是我和两个弟弟的卧室。父母住在隔壁的小房间,仅够摆下一张床、一个写字台和一个小衣柜。另有一个小房间以及厨房和杂物间则在屋后山坡上建的平房里,平房与下面的居室有能遮雨的石头阶梯相连。厨房和杂物间都是与另一家邻居共用的,小房间是吃饭的地方,也是我外婆的卧室。有保姆的时候保姆住,外婆就与我共一床。母亲起初在长江对岸(俗称南岸,我家这边俗称江北)的一家制药厂工作,每周回一次家。后来调进了父亲这间工厂的职工医院,在药房工作。他们平时工作都很忙,管理家务和我们三姐弟的主要是外婆。有关外婆的来历和故事,请容我后面再讲。

刚搬去的时候,起居室里挂着一张祖父的大照片。我们上学时,要对着照片说:"我们上学了,爷爷再见!"放学回家要对着照片说:"爷爷您好,我们放学回家了!"吃饭的时候,要在餐桌上多摆一双筷子和一只碗。开饭时先说,"请爷爷吃饭",我们再吃。这几句话都是由我代表大家说的。

我们的小学都是在青草坝上的。从小父母给我们订了《小朋友》《儿童时代》《中国少年报》《少年文艺》等报刊,还给我们买小人书。记得小学五年级时,我突然对浩渺的星空充满了好奇和兴趣,父母就给我订了《天文爱好者》。可惜我后来没有机会与天文结缘,倒是下乡修理地球了。

家在山顶的时候,还有个好处就是与山背后的农村只有一竹篱笆之隔。我们在竹篱笆上扒拉开一个洞,钻出去就是广阔天地任逍遥。我们和农民的孩子一块玩打仗、捉迷藏的游戏,分享各自的零食,有时还一块野餐,不分彼此。母亲有空时也带我们去采集野葱、鱼腥草、清明菜,回家佐餐,做清明粑(即上海人叫的青糰),当然就不是钻洞了,竹篱笆上开了一个门方便进出,只不过那门离开我家有段距离,不如钻洞来得快。对农村、农民的认识自幼开始,兴许也是我后来不畏惧下农村的原因之一。

1961年搬到半山腰,是砖墙水泥结构的宿舍楼,地面是木板,条件好了许多。这栋楼共有三层六个单元，我们住一楼朝江的单元，不出门就可以望见长江和朝天门，感到很亲切。屋里有三室一厅，还有专门的厕所和盥洗室，也有了抽水马桶和浴缸。三年灾害和"文革"时期，我们家的浴缸和马桶还派上了非同寻常的用场。这里原本是厂里的领导住的，因为这时工厂已搬迁到20公里远的唐家沱，所以领导们已陆续搬走，楼房就空了出来。我的父母也先后去了唐家沱新厂，而我们三姐弟当时先是在城里读中学，后来又陆续下了农村，为了我们回家方便，父母保留了青草坝这个住宅。他们自己则分别住在厂里的男女单身宿舍，这一住就将近20年，只能每周末回一次青草坝的家。

新的住所属于三村。在我们这栋楼房的下面，有一长排平房，也属于三村，年代比较久远了。在这排平房宿舍里，住着曾四次出任民生机器厂厂长的陶建中先生的女儿一家，女儿也是厂里的职工。陶厂长为民生机器厂立下了汗马功劳，解放初却被扣上莫须有的罪名判了死刑，行刑地就在工厂外面的沙滩上，围观者多是工厂的工人和家属，给亲人留下的是锥心的痛。在我记忆中，他的女儿总是低垂着头，从来没有笑过。改革开放后，陶厂长被彻底平反。

祖父曾给我上金陵大学园艺系的大姑的好友鲜继桢题词："愿人人皆为园艺家，将世界造成花园一样"。他是这么想的，也是这么做的，凡属兴办的事业，只要能建花园、建公园的，他一定会竭力兴办起来，哪怕是工厂的职工宿舍区。

于是青草坝这块不毛之地，也建成了一座远近闻名的大花园。船厂后面的山坡上，错落有致地分布着形态各异的房舍。山顶是一村，顺山而下是二村和三村。这些职工宿舍多为土木或砖木结构平房，与现代水泥结构的高楼大厦相比未免有些简陋，但多数房舍无论是单独的还是连排的，朝江的一面都有宽宽的走廊，周围则有精心部署的花园景观,却是今人很难享受到的。村与村之间有蜿蜒起伏的用青石板砌成的小道相连。小道的路面几乎任何时候都一尘不染。路的两旁种满了常青灌木和花草,匍匐在地上的是麦麦冬,高过它的是万年青,万年青上缠绕着牵牛花,被万年青环抱的有桂花、茉莉、腊梅、紫金花、玫瑰、月季、菊花等各种应时的花卉,夜来凉风习习,芳香扑鼻。还有槐树、皂角树、梧桐树、黄桷树穿插其中。青草坝一年四季有草常青,有树常绿,有花盛开,色彩缤纷,芳香四溢。还有燕子、喜鹊、知了、螳螂、金龟子……,伴随我们一起成长。

打理这个大花园的只有一个船厂长年聘用的园丁"花儿匠"。记忆中似乎从未听他讲过一句话,但我清楚地记得他的名字叫蒋三元。有时在放学的路上,我们忍不住"顺手牵羊"摘几朵花戴在头上,蒋三元见了不但不发火,反而松开满脸的皱纹,笑眯眯地望着我们,那神情像是发现园子里又多开了几朵花。

生活在这个大花园里的"村民"们,彼此都相敬如宾亲如一家,不分职务高低,收入多少,一律平等相待,和睦相处,从未见过邻里之间有争吵斗殴的事发生。最初住在山顶时,与我家紧邻的是一位八级技工之家,主人姓熊,夫妇俩有四个儿女。我们的住房都不宽敞,厨房是共有的,杂物间是合用的。谁家做了好吃的就彼此分享,谁家有困难就相互帮助。我们朝夕相处了六七年,亲如一家人。现在,两家的老一辈都过世了,下一代还是好朋友,常来常往,亲密无间。

1961年搬到半山的宿舍楼以后,我们和新的隔壁邻居也相处很好,友情延续至今。邻居的主人姓谭,是船上的大副,家里有五个孩子,比较拥挤。60年代中后期,我们三姐弟陆续下乡后,母亲便主动让出了一室给邻居。大副小时候因家穷,很早就在轮船码头提着灯笼接送客人挣钱养家。祖父见他聪明伶俐,服务态度好,便招聘他到民生公司,从水手做起,最后当上大副(船上驾驶部的最高技术级别），工资很高[1]，人称"灯笼"大副。民生公司的服务很好，无论小船大船都一个样。不仅船员要培训，茶房（船上的服务员）要培训，岸上的服务人员也要培训，因为船上的服务都要延伸到码头上。从码头开始接待客人上船，替客人拿行李，彬彬有礼，周到细致。晚上要给客人打灯笼照亮。在物资匮乏的年代，"灯笼"大副经常在上海或其他经过的码头买回一些稀有食品，比如鲜鱼、猪牛肉、白糖以及糖果点心等，每次都会分一些给我们家。大约70年代中期，他们家就有了黑白电视机，1974年出生的我女儿成了他们家的常客。我们回家时也去看过，那是我们最早接触的现代电子产品。在此之前，我们多半在厂里的礼堂看电影，礼堂能容纳数百人，是上世纪五六十年代建的。"文革"前看电影的人还是很踊跃，有时买票还要排长队。"文革"中没什么电影可看，礼堂门可罗雀。"文革"后电影多起来，我们却都离开了家。只有我女儿时不时光顾，有时没有票就趴在地上从门缝里看看银幕上的光影，满足她幼小的心灵对电影的渴求。

女儿从半岁到六岁是在青草坝度过的，那时的青草坝已大不如前。五岁时，母亲想送她就近上幼儿园。此时民生机器厂的旧址已被四川省造船厂接管。省船厂有一个幼儿园。母亲拜托一位在省船厂当管理干部的邻居，帮忙联系女儿上幼儿园的事。过了两天，邻居回话说，幼儿园已经满员，没有名额了。事后才知道，因为我父亲还没落实政策，"出身不好"的阴影又继续殃及我女儿。母亲便在与青草坝接界的溉澜溪找了一家民办学前班，离家有两三里路远。因为这条路一边依山，另一边靠近长江，所以开始是我母亲接送她，中午带饭去学校的教师食堂蒸热吃。所幸学前班的老师对我女儿很好，没有另眼看待。有位老师住在我家附近，就主动帮忙接送我女儿，减

---

1 公私合营时，对原民生公司员工的工资参照了原有的基数，所以高于一般非民生员工。

轻了母亲的负担。家住学校附近的老师,有时还把女儿接到自己家里吃中饭。女儿见了世面,得了锻炼,胆子也大了起来,后来就自己上学不用接送了。这段经历使她从小学会了自立,一生都管用。她最近还说,"在青草坝的那几年,对我有很大的、潜在的影响"。

我们1952年搬到青草坝后的三四年,是记忆中青少年时代日子过得最顺心的时候。父母靠他们的工资所得,尽量让我们过上了中等水平的生活。国家那几年也比较景气,物价很便宜,好些人家吃甘蔗都是几十斤上百斤地买,我家也买过。记得有一年春节,因为猪肉过剩,实行"摊派",每人七斤。我们家加上保姆有七人,就分到了49斤。多出来的肉,我外婆就搭个棚,用柏树丫枝和细木屑熏腊肉,那香味令我垂涎。那时我们最快乐的事,就是周末父母亲带我们进城去玩。在城里的旅馆住一晚,那时一张床住一晚七毛钱,第二天下午回家。在城里有时会看场电影,我还记得有一次父母买了两场电影票,一场是苏联的纪录片,一场是苏联的故事片《萨特阔》。父母要我们从中挑选一场。我让两个弟弟先挑,他们都挑了纪录片,因为纪录片是下午的,故事片是晚上的,他们想先睹为快,正中我的下怀。我看的《萨特阔》虽然故事情节已经忘光了,但那些以蔚蓝色的海洋为背景、色彩缤纷美不胜收的画面,却一直留在我的脑海里。我们在城里度假还有一个颇有吸引力的节目,就是到一家陪都时期开办的心心西餐馆吃地道的西餐。餐馆里弥漫着的特殊香味和精致地道的佳肴,我至今很难重逢。正是在那里,父母亲教我们如何用刀叉,如何小声讲话不喧哗。"文革"中西餐馆被取缔,"文革"后改为火锅馆。

在青草坝的大花园里,还点缀着一个个各具特色的小风景,那便是孩子们的杰作。我家门前的山坡上有两块菜地,一年四季都种着节令蔬菜,如西红柿、玉米、丝瓜、茄子、四季豆之类,赤橙黄绿青蓝紫也算一景。到了夏天,地里还有金龟子、萤火虫供我们开心取乐。我们用根线一头拴在金龟子的一只腿上，再用手拽住线的另一头，金龟子就在眼前翩翩起舞；我们把许多个萤火虫放在一个无色透明的玻璃瓶里，就像点燃了舞台上的聚光灯。最让我刻骨铭心的是"金蝉脱壳"的现场表演。

当丝瓜藤吐须攀竹竿的时候，蝉蛹便从地底下钻出来悄悄爬上丝瓜架。每逢这样的夜晚，我们准能顺藤摸到几只蝉蛹，然后把它们带回家，放在洗干净了的白瓷缸里，再以少有的耐性，屏息观看翡翠般的幼蝉怎样从金黄色的硬壳里爬出来，像模特儿做时装表演似地缓缓展开那对浅绿色的翅膀。可是不一会，幼蝉却吐出一团团"墨汁"，把自己从头到脚染个漆黑，直到变成通常在树上整天叫着"知了""知了"的成蝉为止。每当看到这一幕，我的心都会"格登"一下，想不通原本很美丽的蝉为什么要这样作践自己，还弄脏了我家的白茶缸。长大以后，当我看见周围的人们在一次又一次的政治运动中，为了换取生的希望，被迫往自己身上泼"污水"时，才仿佛明白了蝉的用心。蝉涂黑了自己，便可以在树上大鸣大放，人抹黑了自己，却只能在黑暗里苟且偷生，这不能不是人类的悲哀。

在当年的小风景中，最上乘的作品，要数三村孩子们自己设计、自己建造的小凉亭。三村的孩子中有两兄弟当时已进了中学，很令我辈望尘莫及。他们用石头、木棍在蒋三元建造的大花园里搭起一个个圆的、方的或六角形的凉亭。凉亭的顶棚爬满青青的葡萄藤，凉亭里安放着石头桌椅。每逢夏天的晚上，三村的孩子都聚集在凉亭里，一边听故事，一边吃葡萄、闻花香，如此良辰美景很令我辈眼红。于是有一天，我们一、二村的孩子联合起来，趁着夜色，一举捣毁了三村孩子建造的小凉亭。一夜之间，一个个精致美丽的凉亭变成了一堆堆让人目不忍睹的废墟。第二天晚上，余兴未尽的我们，还跑去偷看三村的孩子如何伤心落败。哪知我们所见到的是，三村的孩子正挑灯夜战。他们把几个小凉亭的石头、木棍集中起来,重新建造了一个更大更美的凉亭。一切都在有条不紊地进行着,连三岁的孩子也没闲着。因为天黑又相距较远的关系,我看不清他们脸上的表情,却清楚地看到我们这些"胜利者"一脸的尴尬和愧疚。从此以后,我再也没做过如此下作的事。

到了三年灾害时期,三村的孩子也没有了栽花种草搭凉亭的闲情逸致,反而学我们的样,种起了菜地。对饥饿的共同感受使我们摈弃前嫌,成为同一条战壕的战友。菜地里的土豆、玉米、牛皮菜支撑着我们度过了那难熬的岁月。有一次我和弟弟正在我家的玉米地里啃玉米杆,没察觉下班的汽笛已响过,父亲回家撞了个正着。一向极爱干净的父亲,为处罚我们不洗手就在地里吃东西,用尺子打了我们一人十个手心。

然而到了"金猴奋起千钧棒"时,挨打的却变成了长辈们。"文革"中父亲受尽污辱和折磨,我们远在他乡却一概不知。"文革"后才陆续听到厂里的工人给我们讲述当时的情况,而父亲直至终老也没有启齿。三村那两个令我们羡慕的中学生的父亲,曾经是民生机器厂的总工程师,后来是省船厂的总工程师,"文革"中也饱受凌辱,被革除公职,天天打扫厕所,最后得了精神分裂症。工程师们都靠边站了,船厂从此沉寂下来,天长日久尘埃堆积的车间里长出了半人多高的荒草。蒋三元在"文革"初期就无疾而终。红卫兵小将们以反"封资修"为由,当着他的面,把他用几十年心血浇灌的花草苗木铲了个一干二净。蒋三元一口气上不来堵在心窝里,没过两天便撒手人寰。

到青草坝不再有美景有欢笑的时候,我和我的弟弟都被蛮荒的洪流抛弃到偏远的山乡插队落户。因为家还在青草坝,我每逢探亲都得故地重游。只见从前走过千百遍的青石板路,或是断裂,或是塌陷了,也许是承载不起太多的历史负荷。路边再也看不见麦麦冬、万年青,更没有四季飘香的鲜花一族,疯长的荒草淹没了一切。每到这时,我都会想起那位一生都在创造美丽的"花儿匠"蒋三元。

民生机器厂子弟学校

1953 年,我终于满七岁了,到了可以上小学的年纪。以"教育为救国不二之法门"[1]为毕生理念的祖父,上世纪二三十年代在北碚接连创办了实用小学(后改名兼善小学)、兼善中学之后,又于 1936 年创办了民生机器厂子弟学校,简称"民生厂子弟校"。祖父在 30 年代初就明确提出了以"现代化"为"公共信仰",以"新的集团生活"取代旧的家族制度,让个人与社会之间,而不仅仅是与家庭之间产生相互依存关系。他说:"凡你需要享用的,都不需要你自己积聚甚多的财富去设置;凡你的将来和你儿女的将来,都不需要你自己积聚甚多的财富去预备;亦不需要你的家庭帮助你,更不需要你的亲戚邻里朋友帮助你,只需要你替你所在的社会努力地积聚财富,这一个社会是会尽量地从各方面帮助你的,凡你有所需要,它都会供给你的。"[2]哪怕在炮火连天的抗战中,祖父的理想也没有中断。曾任民生机器厂厂长的周茂柏在《抗战第六年之民生机器厂》一文中写道:"除优给薪资外,并加给生活津贴,食米津贴以及各项奖金特酬",日常生活"则有消费合作社为之供给米油盐柴炭","一切日用品,均拟以廉价供给";孩子教育,"则有职工子弟学校,免费收纳职工子弟就学";工厂安全和员工医疗,"均有特殊之设备,以达到生活安谧之地步"。

这里提到的职工子弟学校,便是民生厂子弟校。我和我的两个

---

1 卢作孚(1916):《各省教育厅之设立》,参见《卢作孚文集(增订本)》,凌耀伦、熊甫编,北京大学出版社,2012 年第 2 版,第 1 页。

2 卢作孚(1934):《建设中国的困难及其必循的道路》,同上书,第 270 页。

弟弟因而能就近入学,但当时却完全不知晓学校是祖父创办的,直到两年前,母校找到我,请我给学校写一段寄语,我才得知它的来历。

我上学之初,小学设在青草坝半山腰,下面不远处就是位于山脚的民生机器厂。我们家则住在山顶的平房里,每天上学放学都要下坡上坡,好在路不算远。上学不久,学校要拆迁,新校舍还没建好,学校就在工厂与长江之间的河滩上,盖起了临时校舍。临时校舍用木头和竹篾席搭建。木头做梁柱,竹篾席做隔墙,学校直接坐落在沙滩上。竹篾席是不隔音的,上课时免不了互相干扰,但奇怪的是,留在我记忆里的没有噪音,而是一片朗朗的读书声。课间休息,我们就在教室外的沙滩上尽情玩沙,教室里的课桌上却一沙不染。临时校舍与长江相距不过百米左右,我们在那里上课数月,却没有发生过一次学生溺水的事故。可见学校的管理是如何地到位。

新校舍建在山顶,和我家当时的居所相隔不远,课间休息还来得及回家喝开水。新校舍是两层楼的灰色砖瓦房,楼上楼下都是教室,每间一样大小,都宽敞、明亮、气派。校长、教师的办公室则在旁边一排刷了白石灰外墙的平房里,显得有些矮小和拥挤。校园里还有大大小小四个活动场地,滑梯、秋千、跷跷板、篮球架、单双杠等设施一应俱全。最大的一个场地可容纳全校几百学生做体操。有一段时间提倡美化环境,我们就给学校捐盆花,将大操场围了几圈。校内校外的鲜花与我们的笑脸交相辉映。

因为在九龙塘小学打了点基础,再从头上小学就一点不费劲。那时我们用的语文课本也很人性化,60多年过去了,我现在还背得出语文课本的开头儿课:"一,开学 开学了。二,上学 我们上学。三,同学 学校里同学很多。四,老师 老师教我们,我们要听老师的话。五,放学 放学了,老师说,同学们再见。我们说,老师再见。……"从民国走来的老师们大多有很好的学养,对我们的教育充满着人性的关爱,对我的祖父和民生机器厂也知根知底,尽其所能地保护我闯过了一个又一个阶级斗争的暗礁、风浪。我在这个一年四季都绿茵葱茏、鲜花盛开的大花园和民生厂子弟校里,度过了快乐纯真的童年和部分少年时代,在班上也一直担任班长、中队长、大队委。

我们学校的合唱团也不可小觑。大约五年级时,我们参加了歌咏比赛。从学区比赛到江北区比赛,我们过五关斩六将都夺得第一,最后参加了在重庆市人民会堂举行的市级比赛,并取得优异成绩。记得我们唱了两首歌,一首是《蓝蓝的天上白云飘》,另一首是《我有一双万能的手》,我都是领唱。

1956年,到了三年级下学期,不满十岁的我,初次尝到阶级路线的滋味。船厂通知学校,过几天有个苏联专家代表团要来厂里参观,要学校挑选几个女少先队员去给客人献花。大队辅导员把我和其他几位入选的同学叫去,给我们交代了任务,并要我们自己准备服装。放学回家后,我兴高采烈地告诉了母亲。母亲一向很支持我参加集体活动,专门去城里为我买了一件毛衣。毛衣是用驼毛色的细绒线编织成的,上面还有许多明暗相间的花纹,我穿上非常合身。那天晚上美得我睡不着觉。

苏联专家到来的前一天,我们都把准备好的服装带去学校彩排。我穿上新毛衣,戴上红领巾后,同学们一阵喝采,夸我的衣服颜色和红领巾很陪衬,而个别没有找到服装的同学则不好意思地躲到一旁。正在我陶醉其中之时,大队辅导员走进教室通知我,我不参加给苏联专家献花了,而且就我一人被取缔。

我不明白这是为什么。辅导员看了看我,背过脸去,没有再说一句话。同学们都傻了似地望着我,谁也不曾料到,临阵前我会被"踢"出局。家里家外都受宠、从未受过打击的我,不记得那天是怎样迈开双腿,走出大家火辣辣的视线离开教室的,只记得当时身上还穿着母亲特地为我买的那件新毛衣。

回到家,我对着母亲伤伤心心地哭了一场。母亲问明了原委,没作任何解释,也没有一句抱怨,反而作出一个完全出乎我意料的决定,她要我把毛衣脱下来,马上送去学校,借给没有找到服装的同学穿。开始我真不敢相信自己的耳朵,等回过神来,看到她那温柔而笃定的眼神时,才相信她是认了真的。于是我忍住了抽泣,擦干了眼泪,换下了毛衣,转身向学校走去。

第二天,同学们顺利完成了献花任务。她们仿佛约好了似的,谁也没有再和我提起这件事。班主任把毛衣还给了我,目光还是那样亲切,我也从没打听是谁穿了我那件新毛衣。就在那些时候,我们家中凡与祖父有关的物品,比如他的照片、他的著作等,都悉数不见了踪影,我们上学、放学时再也不能对着祖父的照片说"爷爷再见!""爷爷好!",吃饭时也没有再摆放祖父的碗筷。我们回到重庆后,曾在每年的清明节都给祖父扫墓,这时也不经意地取消了。父母原本想用这些简洁朴素的纪念仪式让我们记住祖父,现在这条路也被堵死了。

但始作俑者未曾料到的是,承自祖父、父母及其他亲属言传身教的家风家规,却无时无刻不在熏陶感染着我们,点点滴滴地融入我们的血肉筋骨之中。比如忠实地做事,诚恳地对人;为而不有,好而不恃;宽以待人,严以律己;勤学苦练,奋发有为;勤俭朴实,不慕奢华;不能随手扔垃圾;遵纪守法,打不还手,骂不还口;接受了别人的礼物或服务,要说谢谢;给别人带来不便,要说对不起;什么钱都可以省,读书和有关健康的钱不能省等等。大概是看我被教化得有点过头,在我们90年代初重返香港前,父亲对我有三点告诫:一是香港的汽车是靠左边行驶,过马路要当心;二是成年女士要穿长裤,不能穿短裤;三是在餐馆吃饭,不要代替服务员做事,服务员服务后说谢谢就行了。后来的事实证明,这三点都很重要,尤其是第一点,因为关乎生命。但我最难做到的还是第三点，很用了点劲才管住自己没去帮服务员的忙，当然都说了谢谢，那几乎是与生俱来的口语。

我每次去美国，都去看望住在洛杉矶的大姑。她1947年去美国读研究生，继续学园艺。姑父何尔俊，西南联大毕业后去美国留学，后在美国休斯公司工作，曾任该公司总工程师，贡献卓著，不幸于上世纪70年代中病逝。他们的婚礼是晏阳初先生受祖父的委托主持的。大姑亲口给我讲过祖父对孩子们的教诲："大约在我五六岁的时候，爸爸就鼓励我记日记。""爸爸常问我们一些训练智力的题目，比如'树上三只鸟，猎人开枪打下来一只，树上还有几只？''一张方桌砍掉一个角还有几个角'等。""爸爸很注意在生活中培养我们的文明礼貌习惯。比如，饭后自己把椅子推到饭桌底下，他就马上鼓励说：'这是好习惯。'""在我们心目中，爸爸很有权威性。我七八岁大的时候，一个年纪比我大的女同学擦脂抹粉，我也学她。爸爸见了没有训我，只说了一句：'把脸洗干净'。我从今以后就再也不那样做了。""在重庆时，有亲戚教我们唱歌，如果歌词不干净，爸爸就不许我们唱。"等等。

即使在后来的岁月中，我们也有过盲从、有过愚昧，也曾随大流、做过荒唐无知的傻事，但来自家庭的深藏在心底的道德底限，却始终在无形中管束着我们，督促我们不要干损人利己、打砸抢抄抓、诬告栽赃陷害等等伤天害理的坏事。

四年级时，反右运动开始了。父亲的工厂里也揪出了几个"右派"分子。我们不懂事，只知道右派是坏蛋，于是就跟着小伙伴们瞎起哄。其中有一个"右派"分子原是厂里宣传科的，很会写文章，也住在我们一村。每逢他下班回家，我和小伙伴们就追着他唱当时流行的童谣："右派，右派，全身都坏，脚上长疮，头上长癞。右派想飞，喷气式追，右派钻地，挖土机去……"见邻居总是低垂着头，沉默无语，一脸的痛苦和无奈,我们还得意洋洋地接着唱:"社会主义好,社会主义好,……右派分子夹着尾巴逃跑了!"

没想到我很快就尝到了被诬陷的滋味。有次全校做早操,我的同班同学、厂党委书记的女儿,气势汹汹地领着两个女同学走到我跟前,说我偷了她的钱。我受家庭熏陶,很看重人品,听了此话不由怔住,脸"唰"地一下子就红了。她见状越发得意,并借题发挥在班上孤立我。她污蔑我偷钱的理由是,前一天我看到她口袋里掉了两毛钱在地上并告诉了她,所以只有我知道她身上有钱可偷。这件事让我难过了好几天,不知怎么给校长知道了,她很快就在全校大会上不点名地批评了那位同学,还说了句我一生一世不曾忘怀的话:"像卢晓蓉这样的家庭教育,别说两毛钱,就是 20 块钱她也不会偷!"校长是女的,叫周淑芬,人和名字一样文静。我真不知道斯文瘦弱的她,哪来那么大的勇气公开批评党委书记也就是她的顶头上司的千金,为小小的我讨回公道。

大约上小学三年级时,老师要我们以"一件小事"为题,写一篇作文。我写了这样一件事:有一次,我和堂弟在马路上边走边聊天,走来一位警察叔叔,很和蔼地告诉我们,行人要走人行道,遵守交通规则。我感到很不好意思,马上就改正了。也是这位周校长在全校大会上宣读了我的作文。这件事给予我的激励持续了一生,即使在人生的谷底,我也没有放弃对文学的爱好。

就在"偷钱"事件之前不久,正是这位党委书记亲自爬到住在山顶的我家,动员我父亲给党提意见。父亲很真诚地回答:"我有意见平时都提了,现在没意见了。"因而让唯一一次来我家做"客"的书记白跑了一趟。好长一段时间,父亲为自己的谨慎感到庆幸。因为父亲的忠厚与机智,"反右"运动时算是躲过一劫,但后来他终究没有逃过"文革"的炼狱,而且他那时才知道自己早就是"内定的历史反革命",原因就是参加过中美远征军。

我的一位当时在北碚一所大学工作的亲戚,却没有躲过反右运动,被打成了"右派"。他的妻子为了两个女儿,被迫与他离了婚,还不得已哄女儿说,父亲调到旁边的师范大学工作了。小女儿才三四岁,他特别惦念,平时不敢见面,就趁女儿幼儿园放学回家时,在路边的一个亭子里偷偷看上几眼,知道这事的朋友将那个亭子称作"望女亭"。周日他便到北碚城我大祖母的家里和小女儿相聚。有一次我去看望大祖母,那位亲戚已经回校了,小女儿还在,大祖母就要我送她回家。小女儿模样很乖,嘴也很巧,我把她背在背上,她一路走,一路给我讲她爸爸怎么怎么好。经过那所师范大学时,她指给我看:"我爸爸就在那里面工作。"我的眼泪止不住地流,将心比心,很后悔自己做的对不起那位同村邻居的荒唐事。

不仅是小学校长,我的班主任也不止一次地保护我。就在我被那位"千金"孤立的时候,班主任不但没有对我另眼相看,还照样让我当班长和三好学生,而且还带我和她一起去家访,让家长们看到她还是一如既往地信任我,也就等于向同学们宣告,我没偷钱。我当时的感动,现在还记忆犹新。小学五年级时,班主任向全班同学宣布,学校要成立一个秘密儿童团,任务是统计大家消灭苍蝇的数字以及监督男生不准在地上拍"洋画"。洋画是当时流行的一种印在硬纸上的图画,由若干张小画组成,连起来是一个历史故事,剪开来每张小画约有一个火柴盒面那么大。男生们常在地上拍着玩,谁能把一小张洋画拍翻面谁就赢。这个游戏不仅影响学习,也很不卫生,学校是禁止的。班主任接着说,秘密儿童团的团长由我担任,其余还任命了几个副团长和团员。但凡参加了秘密儿童团的同学就不再担任班级干部了,也就是说我不再担任班长了。那时候,儿童团在我们心目中的地位何等崇高,能参加儿童团而且还是秘密的,更是无上光荣。我们怀着天真的豪情,很负责任地履行使命,检查打死苍蝇的数目真是一个一个地数的。直到五年级结束,大队辅导员在校会上宣布:这一年,工农子弟在本校学生干部中的比例大幅度上升,我才恍然大悟:所谓秘密儿童团,原来是校长和班主任呕心沥血想出来,保护我们这些非工农出身的学生的。既然一开始就在班上宣布了名单,哪来秘密可言!

也是在五年级时,《重庆日报》用整版篇幅刊登了长篇报告文学《江竹筠》(即江姐)。班主任是教我们算术的,却用了一堂课的时间,饱含真挚而崇敬的感情,给我们全文朗读了这篇报告文学。从此,江姐英勇不屈的形象便深深地扎根在我的心中,同时我还记住了她有一个儿子叫彭云。

上六年级后,学校让我当了大队委员,并在该年(1959)的六一儿童节,将我和另一班的一位男同学评选为江北区的优秀少先队员,全校仅有两名。

小学阶段,我初遇了阶级斗争的几次风浪,都是校长和老师们用她们的良知、智慧和身躯替我遮挡了污泥浊水,让我心中的阴霾一扫而光。小学毕业,我考上了重庆市重点——巴蜀中学。我的两个弟弟也先后考上了市重点中学。大弟弟初中在祖母救助过的刘隆应叔叔当校长的十四中上学,高中也读的巴蜀中学,和我同校,小弟弟初中、高中读的都是市一中。

我给母校写的寄语是:"爱的教育惠及终生,母校恩泽源远流长"。这是我心中孕育了60年的感恩情结。

然而"树欲静而风不止"。我们被告知"红领巾是党旗的一角","党叫干啥就干啥"。党号召"向科学进军",我们就推行"小五年计划",比如把梧桐果炒熟以后在锅里熬成汤再加点盐做成"酱油",自己都不敢喝,却被选送去市里参加成果展;党宣布"总路线",我们虽不能领会,也披星戴月、载歌载舞到城里做街头宣传;党发动"大跃进",我们就搬进学校,晚上睡在教室的课桌上,半夜起来背石头砌土高炉"大炼钢铁";党下令"除四害",我们就停下功课到郊外轰打麻雀……作为少先队和班级的主要干部,我是这些活动积极的参与者和组织者。只要是党的需要,无论有多大困难,造成多大损失,我都率众趋之若鹜。集体消灭麻雀我还嫌不过瘾,有天放学回家,自己拿了个米筛,抓了一把米,在家后面的山坡上,捡了根小木棍套上一根长绳,用木棍支起筛子,把米撒在米筛下面的地上,心里想得很美,只要麻雀来吃米,一拉绳子就能逮住。打好了如意算盘,我就躲在旁边的岩石下面,一动不动地静候麻雀上钩,哪知等了差不多三个小时,麻雀连影儿都没有。就在不久前,我们有次晚上进城宣传总路线,曾看到一个自然界罕见的奇观:在重庆朝天门到小什字马路边层层叠叠的电线上竟站满了麻雀,至少有两里路长。麻雀们摇头摆尾、叽叽喳喳、热闹非凡,以至于周围的行人都把目光集中到麻雀身上,赞叹不已,没人看我们的宣传表演了。可这时候它们都去哪儿了呢?麻雀没逮住,却得了外婆的表扬,说我做事有耐心,一蹲就是三个小时不挪窝,要两个弟弟向我学习。五年级时,学校带领我们下乡劳动十天,我一边想家想到抹眼泪,一边却给学校出的《简报》写了一首小诗《青松赞》,表示"要像青松一样,不怕风吹雨打,傲然挺立在山崖上"。

我从母亲的宽容博爱学到了善良,从父亲的笃行慎言学到了忠厚,从校长和班主任的侠肝义胆学到了正直。然而,时隐时现的阶级斗争、血统歧视和人格侮辱所引致的恐惧感和疏离感,却像黄曲霉菌一样在我的血液中发酵生长,从此潜入思维模式并开始左右我的选择。为了取得"组织"的信任,我唯有不断努力紧跟主流意识,却无形中掐断了智慧树上独立思考的嫩芽。我曾隐约地感到"取消献花资格""偷钱"事件和其他一些突如其来的波折都与祖父的"消失"有关,但又很快就忘到了脑后,因为我相信祖父是个好人,这是在青草坝这块土地上时时可以感受到的。

观音庙传奇

最近得知,青草坝老家附近的一座观音庙,已隆重搬迁到五里地外"真实再现"。和老庙一样,新庙也依山而建,也有三个殿,两边是厢房,中间是院坝,占地 2000 平米,造价 1700 万元人民币。新庙的规模和格局与我记忆中的观音庙大致相同,但身价却翻了不知多少倍。老家的朋友来电话说,有关方面重建观音庙的原因是"怕得罪菩萨"。令我好奇的是,菩萨"人间蒸发"已有半个多世纪,原先的观音庙只剩下断壁残垣,要得罪不早就得罪了吗?而与观音庙紧邻并年龄相仿曾名扬中外的民生机器厂,历尽沧桑岁月已荡然无存,至今却无人问津。

观音庙离我们在青草坝的第二个居所,只有步行几分钟的路程,我和弟弟小时候常去里面玩耍,所以有幸多次见到当年观音庙里的菩萨。庙宇的建筑属土木结构的平房,顺山势而建。那时庙里既没有和尚,也没有尼姑,只住了七八户普通人家。中间的院坝用石块砌成,面积比较大,在出门便是坡的青草坝实属难得,所以一度成为大人们跳交谊舞的场所。我弟弟还记得院坝的地上为舞者洒的滑石粉。我印象最深的,则是被遗弃在一间堆放杂物的屋子里的菩萨像,她身上披满灰尘和蛛网,脸上却掩不住体恤苍生的笑靥,曾令我百思不得其解。时隔不久,尽管中南海内的交谊舞每周照跳,但地方的交谊舞却被斥为"资产阶级腐蚀剂",舞池便冷落了。"文革"伊始,菩萨也在"破四旧"的红色狂飙中不见了身影,我和弟弟都下了农村,从此再没有踏进观音庙的门槛。

观音庙虽然其貌不扬,却与著名作家李劼人有段难解的渊源,并见证了青草坝曾经的昌盛与辉煌。

　　上世纪30年代中期,李劼人家就安在观音庙下面的一个小院里。小院的位置就是后来建礼堂看电影的地方。据李劼人的女儿李眉回忆:"小院外边右侧,有一道弯弯的山路通向山顶。半路上有一座庙。左侧,有一户农家小茅屋,屋前一大丛竹子,十几只鸡在竹丛中觅食。茅屋中住着一对姓钟的夫妇。"文中提到的"庙"就是观音庙,而那对邻居夫妇中的"钟幺嫂",便是李劼人名著《死水微澜》中"风风火火,爱帮干忙"的钟幺嫂,小说人物与生活原型同名同姓,是李劼人创作的一大特点。钟幺嫂先与庙里一个和尚相好,不料想和尚后来"和山上一户殷实人家的大小姐混在一起",就把她"丢开了"。和尚如此风流潇洒,可以想见当时庙里的香火和人气不会不旺。

　　李劼人一家刚搬到青草坝,钟幺嫂就常去串门。日子一久,她又和李家的厨师"勾扯"上了,天天到厨房帮厨师做事。因此,李眉对钟幺嫂印象特深:"我每每看到《死水微澜》中描写钟幺嫂为顾天成奔走、入教、办顾三奶奶丧事时,几十年前那个与我家比邻而居的钟幺嫂的影子又活灵活现地浮出来了,似乎我还闻得到她背上的汗酸味呢!"如今想来,如果没有观音庙和庙里的和尚,钟幺嫂可能早跟上了别的男人;如果和尚困窘只能屈就钟幺嫂,钟幺嫂就不会看上李劼人家的厨师,也就与《死水微澜》擦肩而过了。

　　住在青草坝的李劼人,时任民生机器厂厂长,他与该厂创办人我的祖父是志同道合的挚友,其关系可以追溯到"五四"运动前后。两人珠联璧合使《川报》在西南地区为传播"五四"新文化发挥了重要作用。李劼人1919年8月参加勤工俭学留法以后,将《川报》社务交给了祖父。祖父1925年在家乡合川创办了民生实业股份有限公司,1928年又在青草坝创办了民生机器厂。民生厂不仅承担了民生公司大小船舶的修造任务,也生产机器设备远销省内外。1933 年祖父邀请留法归来的李劼人出任民生厂厂长,历史为这位杰出的小说家提供了一个书写民族传奇的大好机遇。

上世纪初期,长江上游一带的航运业务几乎被外国轮船公司垄断,触目可见外国国旗,倒不容易看见本国国旗。外国轮船在江上横行霸道,欺压、冲撞中国民船的事件时有发生。1926 年 8 月 29 日,英国太古公司"万流"轮在四川云阳江面故意疾驶,浪沉杨森部[1] 载运军饷的木船 3 艘,淹死官兵和船民 50 余人,饷银 8.5 万元和枪支 50 余支沉入江底,激起万县军民强烈愤慨和抗议。8 月 30 日,英国太古公司"万通""万县"两轮由重庆驶抵万县,被杨森部下扣留。9 月 4 日,英国领事向杨森发出通牒,限 24 小时内将"万通""万县"两轮放行。9 月 5 日,英军舰"嘉禾""威警"和"柯克捷夫"三轮进迫万县江岸,强行劫夺被扣的轮船,并开枪打死守船的杨部士兵。杨森部队按事先的预备给予回击。英舰竟开炮轰击万县人口稠密的繁华市区近 3 个小时,发射炮弹和燃烧弹 300 余发,中国军民死伤以千计,民房商店被毁千余家,这便是史上著名的"万县惨案"。

在此之前不久,杨森曾邀请我祖父出任万县市副市长,早在上世纪 20 年代初,他就聘任祖父担任川南道尹教育科科长。祖父邀请少年中国学会的同道恽代英、王德熙等,一起在川南发起了"新川南、新教育、新风尚"运动,成就卓然,给杨森留下了深刻印象。但此时祖父只能以民生公司的事业已经开始为由,婉谢杨森的邀请。1926 年 7月,祖父在宜昌接到上海建造的民生公司第一艘船民生轮后经过万县时,杨森再次邀请祖父留下,祖父再次婉言辞谢。但是在轮船停泊万县之夜,祖父特地为杨森草拟了万县城市的建设规划,并在轮船离

---

1 杨森,四川军阀,其时刚由吴佩孚委任为四川省省长。

开万县前寄出。后来的万县市区建设便是以这份蓝图为基础的。1975年,父亲带我去上海看病时路经万县,特地领我一一观赏了当时的万县市容,最后去了西山公园。父亲告诉我,这个公园也是祖父规划的。

老天有眼。1932年5月,"万县惨案"的罪魁祸首——英商太古公司的"万流"轮因触礁而沉没于四川长寿县境内柴盘子江段。为了打捞这艘造价60万两白银的川江头号大船,太古公司煞费苦心请来多家中外专业打捞公司都无果而终。祖父派出民生公司的工程技术人员对沉船作了仔细考察后,用5000银元低价买下这艘沉船,用至今仍被人们视为"悬念"的绝技,于1933年5月19日将"万流"轮打捞出水,当天便由民康轮拖运到李劼人主政的民生机器厂。该轮全长206英尺,燃煤蒸汽机动力,主机2776匹马力,载重1197吨。大修时将船身加长到219英尺,到上海修葺一新后,祖父特地将它更名为"民权"。"民权"轮成为长江川江段名副其实的巨擎,大涨了民族的志气和威风,也兵不血刃地报了英军舰艇炮轰万县之仇。李劼人因而在《自传》中写道:"这件事震动了船业界,尤其震惊了外国人。他们做梦也没有想到他们办不到的事,民生公司办到了。太古公司十分震怒;日本人也专门派人到民生机器厂刺探情况。谁也搞不清中国人怎么会有这么大的本领。"

1935年,李劼人离任并开始创作《死水微澜》。想必青草坝的礼堂也曾放过根据《死水微澜》改编的电影《狂》,只不过观众们不知道他们脚下这块土地曾经是原著作者的屋基。

不知新建成的观音庙,在迎回菩萨之时,能否再现当年这段历史传奇。而我在这块埋藏着无数历史遗迹,闪耀着人性与智慧光辉的土地上曾经生活往返了28年,却从未想到去探寻这方面的史料,开发这座历史的"金矿"。我与盲从迷信越走越近,就注定与祖父和他的精神事业越来越远。

我长大以后，父亲给我讲了打捞"万流"轮的"秘密"。当年祖父根据工程技术人员的考察，组织有关人士商定打捞方案：利用木头比水轻的原理，造了八艘大木船，装上一筐筐的鹅卵石沉入水底，再请潜水员把木船捆绑在轮船上，随后把船上的鹅卵石筐扔到水里，沉船便随着木船的浮力上升到水面。后来我看过一篇老民生前辈的回忆录，也是这样写的。

如果说，打捞"万流"轮创造了"四两拨千斤"的记录，民生公司于1935年一举买下美国捷江公司的七艘轮船，则创造了"蛇吞象"的奇迹，因为当时民生公司的所有资产加起来，还不足这七艘船的身价多。这件事得到上海多位银行家的大力支持，例如中国银行总经理张公权（即徐志摩前妻张幼仪的哥哥）、金城银行总经理周作民、上海商业储蓄银行总经理陈光甫等。他们早就了解祖父的理想和才干，知道他不是经济困难，而是为了更快地发展民族航运业，所以很快就联合发行了100万元的公司债，解决了购船资金问题。这也是上海的银行第一次为外省企业发行公司债。他们也都是祖父从东部引进的银行家，后来都在重庆开设了分行。

张公权不仅是祖父事业的有力支持者，抗战中他们俩还在中央政府共过事，张公权任交通部部长，祖父任交通部常务次长，合作密切。2017年4月徐志摩的长孙徐善曾携女到香港和大陆多地寻踪，在北京期间曾来我家拜访我先生，我先生告诉他，他的祖父在文学史上做出了不可磨灭的贡献。我顺便和他聊起他祖母张幼仪的哥哥张公权与我祖父的关系，他听后很开心地说，"想不到这次回来有这么多的收获！"金城银行的总经理周作民和总行协理、汉口及重庆分行经理戴自牧也都是祖父多年的朋友，对民生公司帮助支持很大，特别是民生公司在香港的发展。戴自牧曾担任民生公司多届董事，抗战时还任过民生公司代总经理,祖父一家在南京岳麓路住的房子是他安排的,祖父生前最后的住处重庆民国路20号小院也是问他借的,可见他们的情谊之深。陈光甫与祖父的关系可以追溯到1930年。那年底,他委派上商银行天津分行的经理资耀华先生去重庆与祖父联系。祖父热情陪同资耀华参观了北碚的学校、医院、纺织厂、温泉公园等,对上海商业储蓄银行到四川开设分行深表欢迎,并表示四川是天府之国,有做不完的事业和生意。陈光甫根据资耀华的调查结果,在重庆、成都、自贡等地先后设立了上商的分行,为抗战期间上商行的内迁奠定了业务基础。祖父与陈光甫的交往由此开始,后来陈光甫更把卢作孚与张謇、范旭东、刘国钧一道视为平生最钦佩的实业家之一[1]。而资耀华先生正是当今著名学者资中筠先生的父亲。

祖母教我学刺绣

我虽是女孩,但因为是家中老大,所以从小父母就对我寄予了厚望,经常在我耳边提示:"我们是把你当男孩来培养的。"于是,我就真把自己当成了男孩子。上小学的时候,滚铁环、弹珠子、玩弹弓、捉迷藏,处处可见我的身影;爬树、上房、打游击、钻防空洞,次次都有我的份。久而久之,朋友也是男的多,女的少,唱歌也变成了男中音。何况还有"时代不同了,男女都一样""妇女能顶半边天"的最高指示为我呐喊助威,于是浑浑然到了分不清自己是男还是女的地步。

尽管如此,在我心目中却始终珍藏着一块属于女性的天地。只要记忆的触角一进入这块领地,我就顿时宁静、柔顺了下来。

这份温馨的记忆与我的祖母密不可分。

---

1 孙晓村主编:《陈光甫与上海银行》,中国文史出版社,1991年版,第59—61页。

我的祖母不仅容貌端庄秀丽,而且心灵手巧,做得一手漂亮的"女红"。在我记忆中,刺绣大抵分为两类:使用十字交叉针法的称之为"挑花";使用平行针法的称之为"绣花"。无论是挑花还是绣花,祖母的作品件件都雅致精到、栩栩如生。小时候,我们的衣服上、围裙上、枕头上、被褥上,甚至袜套和鞋面上,到处都有祖母精心制作的绣品,有梅兰竹菊,也有蝴蝶、燕子、青蛙、金鱼。绣什么像什么,煞是招人喜爱。我们最早的看图识字不是来自书本,而是来自祖母这些鲜活水灵的作品。祖母出嫁前识字不多;出嫁后,祖父教她学文化,手把手教她写毛笔字,还让她参加了扫盲识字班。仅有初小文化水平的祖母,从此写得一手标准的毛笔小楷,几可与街上卖的字帖乱真。我最早练习写作,就是和祖母通信。后来我的先生就是从我的信中发现,我有写散文的潜质,那得归功于祖母。当时祖母住在长春二姑家,只要我去信,她一定回。整封信一笔一划工工整整,没有一个墨团或污迹。祖母的毛笔字写得好,大概也是因为她刺绣的功夫很深。

　　祖母教我学刺绣,大约是在我上小学三年级的时候。有一次,祖母很"郑重其事"地找我谈话。详细内容我已记不清了,但主题思想大抵是,一个女孩儿家,成天跟男孩玩儿,不学点女人的本事,总不是个办法,将来长大了嫁不到一个好人家。祖母心目中的"女人的本事",当然指的是刺绣之类的针线活。我对她说的话似懂非懂,但至少有一点是明白的:祖母大概就是因了一手女人的绝活,才嫁给了我祖父这样的好人。于是,我爽快地答应了祖母的要求,祖母顿时喜出望外。祖孙俩就这样开始了短暂的却又是刻骨铭心的教学生涯。

　　在祖母的心目中,教我学刺绣好比是行女人的"成人礼",丝毫也马虎不得。为此,她给我宣布了许多规矩。比如,干活前,要把手洗干净,不能让作衬底的白布染上任何污点;衬布要用绷子绷紧,不得有任何皱折；行针的时候，心要静，不能有任何的杂念；数纱子要细心，数错了必须重来，否则会毁掉整件作品；针头不能生锈，线头要保持湿润等等。这些要求对于祖母而言，不过是手到擒来的基本功，但对于我这个假小子来说，却比登天还难。首先，绣花针比一般的缝纫针小得多，我这放任惯了的手，是怎么也拿不稳的。不是手被针扎出了血，就是数错纱，让针头扎偏了方向。要不，就是使的劲太大，一会儿把线扯断了，一会儿又把衬布拉皱了。我费了九牛二虎之力做出来的"东西"，连自己都不忍瞅一眼，祖母做的绣品背面翻过来都比我的正面好看。为此，我常常是一边干活，一边找碴儿出气；一件活还没干完，气就泄了一大半。每当这个时候，祖母总是想方设法鼓励我重新来过，不要轻言放弃。后来在农村栽秧时，老乡们夸我栽的秧均匀整齐，一定来自于祖母教我的刺绣手艺。

那时候，重庆市中心有条有顶盖的小街叫"群林市场"，市场的大门很高，像是欧式建筑。市场里面排列着一间间的店铺，有点像上海的城隍庙，专卖针头麻线等小商品。祖母鼓励我学刺绣的最高奖赏，就是带我去这个市场采购刺绣的工具和原料，不外乎丝线、竹绷子、绣花针之类。每逢这时，祖母总是一边和那些早已熟识的店主打招呼，一边挑选她所需要的物件。我则饶有兴味地盯着那些五光十色的玻璃柜子，仿佛走进了琳琅满目的玩具世界。尤其是那些摆放在柜子里专供刺绣用的各种各样的丝线，像磁石一样地吸引住了我的眼球。这些丝线每一根都制作得很精致，不仅光洁润滑，而且每一根的色泽深浅都不一样。分开看不单调，聚拢来像彩带。祖母的绣品绚丽生动，这些丝线的功劳也不可没。每次去群林市场，我都会请求祖母给我买一大堆丝线，带回家做刺绣、缠"粽子"、结发带，而祖母从没让我失望。这些丝线像一道道彩虹点缀着我的童年，又像一条条彩带把我拉回到"女人"的轨道上来。

抗美援朝时期,平时在家相夫教子,几乎足不出户的祖母,不知哪来的勇气,当上了重庆市妇女互助会的头头,起早贪黑地带领一帮女同胞挑花、绣花、做针线,有时还带她们到自己家里干活。做出来的女红都捐给了前线买飞机大炮。试想,如果全国人民都"不爱红装爱武装",我祖母和她的姐妹们恐怕就断了爱国的门路。

在祖母门下,我好像最终也没做成功一件像样的刺绣,但祖母恪守原则、刚柔相济的品格,却随着她那娴熟的手姿,一针一线地镌刻在我的心底;祖母的痴情与慈爱,也和她那些美不胜收的绣品叠印在一起,定格在我的记忆之中。

在后来"万户萧疏鬼唱歌"的日子里,祖母和我都被下放到农村。祖母在东北,我在川北,由于武斗互相不通音信。唯有祖母教我学刺绣的往事,常常潜入我的梦乡,鼓舞着我去战胜许多连七尺男儿都难以抵御的艰难困苦。而那些用丝带架起的彩虹,也一次次把我带回到祖母的身边,抚慰着她那饱受思念煎熬和没有刺绣可做的空落的心。那时候的群林市场也难逃厄运地走向了衰落,再也看不到丝线、竹绷子和绣花针,也没有人再有心思去买它们做女红。

打倒"四人帮"以后,记得是 1980 年春节,群林市场大门口从上到下赫然挂出"恭喜发财"四个巨型大字,像一声春雷,炸开了人们久闭的心扉,成了传遍全国的大新闻。我当时正在上海的一所大学读书,受到这个消息鼓舞,还专门写过一篇文章,内容大抵是歌颂改革开放,祝福群林市场新生之类。这篇文章曾被老师当作范文在课堂上宣读,不过他并不清楚群林市场在我心中无可取代的地位。而现在,群林市场已被高楼大厦所替代,市场原址外面的广场,变成了全国最大的常年性"时装秀"舞台。每到傍晚,浓妆艳抹的姑娘妇人们,都忙不迭地穿着新潮服装去"秀"一番,成为外地人心目中对重庆印象最深的风景之一。

可是,群林市场的丝线呢?祖母和她的姐妹们做的女红呢?不会做女红的女性,"秀"在哪里呢?

永远的北碚

儿时每逢放长假,父母都会带上我们姐弟去北碚游玩。尽管那时重庆市区到北碚之间的交通,只有一条拥挤的土路和破旧的客车,加上我们还要过河乘船,单程都需要两个多小时,我们却乐此不疲,因为北碚在我们心目中的地位,就好比迪士尼之于现代儿童。我们在北碚蜿蜒洁净的街道上漫步,在法国梧桐浓郁的绿荫下纳凉,在西南师范学院(现名西南大学)美丽的校园里嬉戏,在北碚公园看动物,在兼善餐厅吃地道的卤水豆花……北碚公园里的火焰山道路旁,有一座两层楼的亭阁,雕梁画栋,精巧别致。亭阁的由来有个小故事:1935年我的曾祖母满60岁,北碚民众捐款在那里修建了一座亭阁为她祝寿,并请川籍著名书法家赵熙题写了"慈寿阁"的匾额。祖父知道后,建议将慈寿阁改名为清凉亭。后国民政府主席林森到北碚游览,祖父请他题写了"清凉亭"三字作为牌匾。抗战时,陶行知先生曾在亭内居住、写作。有一次,我父亲奉命前往清凉亭,邀请陶行知先生到北碚兼善中学参加一个大型活动,巧遇早先到达那里并与陶行知先生相谈正欢的林伯渠和董必武先生。林、董二老还饶有兴味地和我父亲寒暄了一阵。现在这个亭子还在,重新仿旧做的牌匾刚刚挂出。

我们最心仪的去处当然是温泉公园,即人们昵称的北温泉。它就像一个巧夺天工的大盆景,矗立在嘉陵江边的百丈悬崖上。那些掩映在花草树木中的亭台楼阁,融合了东西方的建筑风格,却都有一个富于诗意的中国名字,如度假别墅有:数帆楼、琴庐、竹楼、柏林楼、花好楼、益寿楼、四桂堂、霞光楼、夏观楼、松林别墅、吞日庐、磬室……；亭阁有：听泉亭、菱亭、白鸟亭、畅晓亭、夕照亭、孔雀亭、碑亭、望江亭、飞来阁、天凤阁、涛声阁……；石雕有：观音像、芭蕉麒麟图、飞龙图、阿弥陀佛像、摩岩罗汉像、双将图、盘龙香炉……；石刻有：矗翠连云、顿洗客尘、功德碑、诗碑……；泉池有：飞泉、戏鱼池、半月池、荷花池、观鱼池、古温塘、千顷波、五潭映月、桃花流水……；寺殿有：关帝殿、接引殿、大佛殿、观音殿……；还有古香园、兰草园、石刻园、乳花洞、舍利塔、盘龙塔等等。园中林木葱茏，繁花似锦，百鸟啾啾，泉水潺潺，曾引来无数名人雅士吟诗作画、流连忘返。连同隆恕和尚主持的那大小寺庙里传出的缕缕香火，真是步步有景，处处显灵，令我次次都陶醉其中：莫非真有人把天国移到了人间，把凡人渡到了天上？[1]

记得第一次洗温泉，我还闹过一个笑话。我在浴室里打开水龙头，待水淹过了脚背，就赶紧关掉。服务员走来好奇地问："你嘟个才放这点水？""我怕浪费。"她听了不由大笑："这是温泉水，你不用，它也流走了啊！"我于是才放心大胆地放了满满一池子水，浸泡在温泉里美美地享受了一回。

北温泉自对外营业开始，就面向普通民众。公园有的入口只收一点象征性的门票，有的入口则分文不收。我的三叔告诉我，他念中学时，常与同学结伴去北温泉游玩，都是从嘉陵江边的入口进的，因为那里从来不收费。1929 年 6 月《嘉陵江日报》所载北温泉的收费标准为："凡园中一切设备，于同时同地，为众人所共享者，均不征费，故不售门票，任人观览"，还有"不取费之浴池数处"。北温泉低收费的惯例一直保持到本世纪初，仍然是普通人休闲养身的好去处。直到

---

1 参见卢作孚(1930)：《四川人的大梦其醒》，《卢作孚文集（增订本）》，凌耀伦、熊甫编，北京大学出版社，2012 年第 2 版，第 66 页。

前些年被某地产商承包，改装成豪华高档消费场所，仅门票就卖到几百元，引起北碚市内外民众的强烈愤慨，至今未平。

有一次，我父母又带我们三姐弟去北温泉游玩，在北碚城里的公交车站候车时，眼前驶过两辆小车，前面一辆是伏尔加，后面一辆是吉普。我随口说，"那是四爷爷的车就好了。"父母和两个弟弟都没有附和。进了温泉公园不远，真的巧遇四祖父，原来他正陪同国家林业部一位领导到北温泉和缙云山视察。当时四祖父的职务是重庆市农林水利局副局长。我和两个弟弟高兴极了，一呼隆就跑了过去。四祖父身材魁梧却慈眉善目，见到我们就立刻弯下腰，伸出两只长长的手臂，把我们姐弟仨来了个大合围。接着他又走去和那位北京来的领导耳语了几句，然后转回来对我们说："那位爷爷说啦，你们三个小鬼很可爱，他要带你们一起上缙云山！"我估摸这一定是四祖父出的主意。

缙云山就在温泉公园附近，也是祖父当年主持开发的。父亲曾给我回忆：大约在 1932 年前后，缙云山经营者隆恕和尚准备筹资搞两个旅游点，那里有绍隆寺、福兴寺、石华寺，山顶狮子峰有个缙云寺等，都有几百年的历史，但没经营好。还有黛湖、杉树林等自然风光也相当不错。当时父亲正好小学快毕业，曾陪同祖父和隆恕和尚三人各乘一台滑竿上山考察。后来祖父主持开发了缙云山为旅游区，并与温泉公园连为一体。温泉公园的温泉寺也是隆恕和尚经营的。缙云山有着悠久的佛教传统。1930 年 11 月中旬，著名佛学家太虚法师到访缙云山，并由祖父陪同参观北碚。1932 年 8 月 20 日太虚法师的世界佛学苑汉藏教理院在缙云山开学。

缙云山上古树参天，植物品种繁多，风景迤逦。听到这个好消息，我们立刻欢呼雀跃，因为这意味着不仅可以去游览那座著名的珍稀植物园——那次我印象最深的是，见到了做保温瓶软木塞的软木树(它没有树皮,树干上的"肉"可以用手指头抠下来)——而且还可以乘他们的小轿车去。要知道,在上世纪50年代的重庆,能坐上小轿车的人可是凤毛麟角,四祖父却让我们几个小字辈开了一次"洋荤"。不过我们"沾"四祖父的"光","揩"公家的"油",这也是仅有的一次。上山时那位领导让我坐他们的伏尔加,两个弟弟坐吉普。下山时我就跑去和弟弟们一起坐了吉普。哪知吉普没开出多远就出了故障,司机抱歉地对我们说,车坏了,要我们自己下来步行。我就带着弟弟下了车,那时我十岁,大弟弟九岁,小弟弟六岁,我们手拉手兴高采烈地往山下走,既不知道回北温泉的路有多远,也不知道父母在哪儿,前面的伏尔加早已远离了视线。走了十多分钟,吉普修好了,又把我们接上了车。回到父母身边,我们才知道,如果吉普车没修好,我们即使不迷路,也要走到天黑才能到北温泉。看来,公家的油还是不好揩的。最近听说,缙云山已被定为国家森林公园,正在有计划地采用"赎买"的办法,把山上的农家乐等休闲娱乐设施搬走。相信祖父的在天之灵一定会深感欣慰。

四祖父是黄埔军校第四期学生,在校时他经恽代英介绍,加入了中国国民党,新中国成立后他一直是国民党革命委员会重庆市副主任委员。离开黄埔军校后,四祖父到上海护送刚造好的民生公司第一艘船——民生轮回到家乡,适逢我祖父倾其心血所主持的嘉陵江三峡乡村模范建设刚刚起步。清剿和改造土匪、维持社会治安、扫除封建迷信、普及科学知识,是整治和建设北碚的起点和重心。四祖父在黄埔军校学得的军事和科学文化知识,正好有了用武之地。他被祖父任命为峡防局学生队和少年义勇队队长,后来又历任督练长、代理局长、嘉陵江三峡乡村建设实验区区长、北碚管理局局长,一直到解放。四祖父在北碚一住就是二十三年,把他的青春热血全都洒在了那片土地上。抗战中,四祖父曾想上前线杀敌报国,他的军中朋友对他说,按照他的资历和能力,他起码可以当个中将。但祖父却情真意切地对他说:"中国现在有一两百个中将,但只有一个北碚管理局。"四祖父听从祖父的劝告留了下来,继续担当祖父的得力助手、北碚的管理者。

抗战爆发以后的北碚,成为了安置和接待众多政府机关及科研文化机构和著名学者、文化人,包括共产党要人的重镇,北碚因此而在中国现当代史上占有不可替代的地位。长大以后,我慢慢知道了,喜欢北碚和温泉公园的还大有人在。

杜重远先生 1931 年到此一游,深有感慨:"……北碚面积纵横一百二十里,昔称野蛮之地,今变文化之乡,以一人之力,不数年间而经营如此,孰谓中国事业之难办? 党国诸公对此作何感想?"[1]

1934 年中,随同中国银行总经理张公权到北碚游览、考察的经济学家张肖梅赞叹:"与教育有极深切关系的三峡地方,实为川中之洞天福地,不啻世外桃园。……其地有精神饱满、武器改良之民团,以捍卫地方;有完善之教育机关,以启迪民智,其设备如仪器馆、图书室、医院、研究室、卫生馆、学校、工厂,以及改良茶馆,改良戏院等等,无一不备。道路之清洁,布置之整齐,为全国各地所无,上古盛治之世,道不拾遗,夜不闭户者,仿佛似之。"[2]

1936 年前后,黄炎培先生游览北碚后著文:"北碚两字名满天下,几乎说到四川,别的地名很少知道,就知道北碚。""卢先生不慌不忙,施展他的全身本领,联合他的同志,……把地方所有文化、教育、经济、卫生各项事业,不上几年建设得应有尽有,有小学,有中学,有报社,有图书馆,有博物馆,有公共体育场,有平民公园,有地方医院,有民众会场,有农村银行,有科学院,名中国西部科学院,其中有地质

---

1 杜重远:《从上海到重庆》,《狱中杂感》,生活书店 1937 年版,第 184—187 页。
2 《张肖梅谈考察观感》(续),《商务日报》1934 年 6 月 21 日,第 6 版。

研究所,有生物研究所,有理化研究所,有农林研究所。"[1]

田汉 1940 年夏到北碚演讲,与赵清阁女士等友人同游温泉公园和缙云山寺,似觉"唐代画家嘉陵三百里画卷重展眼帘",即赋《登缙云山赠赵清阁》诗。

"九一八"事变致东三省失陷后,北碚用每一个沦陷城市的名字替换一条路名,让市民们"梦寐勿忘国家大难"。例如将原来的清合路改为辽宁路,西山路改为吉林路,歇马路改为黑龙江路。"七七"事变的消息传来,即将东山路改名为卢沟桥路。不久北平沦陷,又将文华路改成北平路。日寇占领了天津,便改人和路为天津路。上海失守,改金佛路为上海路。南京撤退,即改均合路为南京路等等……还有两条以抗日英雄命名的路,一条以台儿庄战役阵亡的川军师长王铭章命名,一条以抗战牺牲的首位军长郝梦麟命名。抗日名将张自忠将军在前线阵亡后,民生公司派民风轮将他的灵柩运到重庆,国民政府举行隆重葬礼将其安葬在北碚梅花山。每到将军殉国之日,国家军政要员与各界知名人士,都要亲临将军墓前,祭吊英灵,缅怀英雄,决心抗战到底。前些年我回重庆,也和朋友们一起到将军墓前祭拜,说到动情处我也泣不成声。

抗战爆发后,北碚被划为迁建区,先后安置了国民政府立法院、司法院、最高法院、最高法院检察署、行政法院、国民政府主计处统计局、财政部税务署、经济部日用品管理处、全国度量衡局、国防部最高委员会文卷管理处、军政部兵工署驻北碚办事处等政府机关;设立了中央研究院动物研究所、植物研究所、气象研究所、物理研究所、心理研究所、中国科学社生物研究所、中央工业实验所、经济部矿冶研究所、中央地质调查所、农业部中央农业实验所、中国地理研究所、军政

---

1 黄炎培:《蜀道・蜀游百日记》,上海・开明书店 1936 年 8 月,第 114—119 页。

部陆军制药研究所等科研机构;迎来了复旦大学、江苏医学院、国立国术体育师范专科学校、国立歌剧学校、国立戏剧专科学校、电化教育专科学校、立信会计专科学校、中国乡村建设学院等大专院校。在北碚落户的还有教育部教科用书编纂委员会、中华教育全书编纂处、国立编译馆、中国辞典馆、国立礼乐馆、中国史地图表编纂社、中华教育电影制片厂、中苏文化杂志社、文史杂志社、通俗文艺杂志社、《新华日报》发行站等各种文化教育传媒机构。一时间,北碚便有了"陪都中的陪都"之称。关乎中华文化命脉的人才和文物史料,在此得到尽可能安全的保护和存续。

许多名人包括美国副总统华莱士,国共两党要人蒋介石、宋美龄、林森、董必武、吴玉章、周恩来、邓颖超、叶剑英等,都曾到北碚和温泉公园游览或居住。更有数以千计的文化人在北碚为存亡继绝而教书育人、著书立说。

在灵秀静谧、祥和开放的气氛中,忧国忧民,向以天下为己任的文化人迸发出创作的灵感,一部部文学、艺术、文化精品应运而生。老舍在这里创作了长篇小说《火葬》《四世同堂》、话剧《张自忠》并与他人合写了话剧《桃李春风》《王老虎》;路翎写下了《饥饿的郭素娥》《财主底儿女们》《在铁炼中》《蜗牛在荆棘上》;萧红创作有《旷野的呼喊》《朦胧的期待》及《回忆鲁迅先生》并开始写《呼兰河传》;田汉、夏衍在北碚创作了四幕话剧《水乡吟》;赵清阁在北碚著有话剧《女杰》《生死恋》《潇湘淑女》《此恨绵绵》;姚雪垠在北碚完成长篇小说《春暖花开的时候》;洪深写就四幕话剧《包得行》,被誉为"抗战以来可喜的丰收";胡风在北碚如鱼得水,继续编辑出版《七月》半月刊,并形成了"七月"诗派;梁实秋在北碚"雅舍"发表了多篇脍炙人口的小品;曹禺在北碚主持演出了《清宫外史》《春寒》《日出》《家》《蜕变》;杨宪益在北碚将《资治通鉴》和郭沫若的《屈原》、阳翰笙的《天国春秋》译成英文;梁漱溟在北碚写成了《中国文化要义》;翦伯赞在北碚撰写了《中国史纲》第一、二卷和《中国史论集》两辑;顾颉刚在北碚主持通俗读物编刊社,编辑出版了157种宣传抗战的通俗读物。冰心夫妇虽然没住北碚,但也常常"搭上朋友的便车",去北碚与老友欢聚,"虽在离乱之中,还能苦中作乐"。北碚随着他们的不朽文字而名垂青史。

著名辞典学家、《中华大辞典》主编杨家骆先生,到北碚考察后说:"北碚是兄弟久萦梦寐的地方,此次身履其地,眼见一切苦心经营的设施,不胜叹服! 而诸位蓬蓬勃勃的朝气,尤非他处所易见到,故称北碚为中国曙光所在之地,亦非过誉!"抗战期间,杨家骆也来到北碚安家落户,在此编辑出版了《世界百科全书》《国史编纂》《合川县志》《大足县志》《北泉丛刊》、汉藏教理院《院刊》以及陶行知的连环画册《武训传》、李宗吾的《厚黑学》、刘师亮的《对联集》《李清照词选》和《孙子兵法》英文版等许多书刊。他创办北泉图书馆,藏书三万多册,抗战胜利后转入了北碚图书馆。杨家骆还牵头编修了《北碚志》,定名《北碚九志》,1976年12月在台湾出版发行。

张瑞芳、金山、白杨、秦怡、陶金、项堃、王莹、戴爱莲等众多明星,都在北碚青山绿水的大舞台上留下了他们熠熠闪光的形象。张瑞芳在话剧《屈原》中饰演婵娟,郭沫若赠诗云:"风雷叱罢月华生,人是婵娟倍有情。回首嘉陵江畔路,湘累一曲伴潮声。"《屈原》在重庆上演时受到阻扰,四祖父特地打电话邀请中华剧艺社到北碚公演《屈原》和《天国春秋》,结果好评如潮。据新华日报载:"《屈原》在此连演五日,每日售票约七千元之谱……场场客满,卖票时摩肩接踵,拥挤之状一如重庆'国泰'门前。"

还有陈望道、周谷城、马寅初、潘序伦、张志让、童弟周、顾毓琇、吕振羽、邓广铭、吴觉农、卢于道、梁宗岱、卫挺生、竺可桢、孙伏园、熊东明、陈亚三、吴宓、邓少琴、章靳以、任美锷、陈子展、马宗融、方令孺、樊弘、李蕃、张明养、潘震亚、韦悫、张光禹、李仲珩、钱崇澍、秉志、陈维稷、严家显、毛宗良、陈恩凤等等，多个学科的泰斗都与北碚结下了不解之缘。在离乡背井的艰苦岁月里，他们安贫守道，教书育人，著书立说。

父亲告诉我，抗战爆发后，祖父为了国家民族的需要先后担任数个公职，异常繁忙，北碚的日常管理基本上交给了四祖父。但他常常在周末赶往北碚，一方面部署安排北碚的工作；一方面邀请文化与教育界的著名人士餐聚，开怀畅谈国际国内大事。

北碚至今仍然是重庆市的风景名胜之地。一对外地夫妇慕名到北碚旅游，向当地人问路："这个公园的出口在哪里？"原来他们把北碚城区当成了一座大公园。不仅北碚城区像个大公园，城内还有精巧别致的北碚公园，城郊还有美丽如画的温泉公园、黛湖公园和缙云山珍稀植物园。让国人不仅有工作的技能，还有欣赏的乐趣和艺术的修养，正是祖父为人民创造幸福生活和精神文明不可分割的部分。

祖父曾说："人生的快慰不在享受幸福，而在创造幸福；不在创造个人的幸福，供给个人享受，而在创造公众幸福，与公众一同享受。最快慰的是且创造，且欣赏，且看公众欣赏。这种滋味，不去经验，不能尝到。平常人都以为替自己培植一个花园或建筑一间房子，自己享受，是快乐；不知道替公众培植一个公园或建筑一间房子，看看公众很快乐地去享受，或自己亦在其中，更快乐。"[1]祖父如泉下有知，想必会为北碚人民，为到过北碚又热爱北碚的所有公众对北碚的欣赏和向往，感到由衷的快慰。

在北碚我有许多肝胆相照、无话不说的挚友，他们都是北碚的发烧友，说起北碚来，犹如那儿时夜晚的茉莉香，又如那清澈暖心的温泉水，让我在这充满纷争和铜臭味的世界里有了一个永远的家园。

---

1 卢作孚(1930)：《四川人的大梦其醒》，参见《卢作孚文集（增订本）》，凌耀伦、熊甫编，北京大学出版社，2012年第2版，第69页。

中学时代

我的初中

我在民生厂子弟校读书的六年,学习上没让父母操过心,唯有小学毕业填志愿,父亲不得不出手干预,并且一生中唯一一次为了我而有求于人。

1959年小学毕业填志愿前,父亲叮嘱我第一志愿一定要填位于重庆市中区的四十一中即现在的巴蜀中学,无论在当时还是现在,它都是重庆市名列前茅的重点中学。而班主任则按照上级划分学区的规定,要我们第一志愿必须填报考场所在的学校,即江北区十六中。我按照老师要求,第一志愿填了十六中,之后的两个志愿填了巴蜀中学。中午回家吃饭时,父亲问我:"志愿填了吧?"我回答:"填了。""第一志愿填的哪所学校?""十六中。"父亲一听,急得把筷子一放,拉着我的手就出门,径直到了班主任家里,并恳求班主任让我修改志愿表。班主任听后,很温和地表示理解和赞同。第二天,她把志愿表发给全班同学再检查一遍,看有没有填错的地方,如果填错了可以修改。我便借此机会作了修改。哪知这一改,决定了我后来命运的大逆转。而且我1962年考高中、1965年考大学竟然都修改了志愿表,但当时是做梦也想不到的。

巴蜀学校由四川军界著名人士王缵绪于1933年创建。在庆祝80周年校庆时,巴蜀中学出了一本《校史》,里面有这样一段话:"卢作孚先生曾与王缵绪多次共事,……更重要的是,他们都有改进地方教育的共同愿望,是志同道合的朋友。巴蜀学校创设后,卢作孚先生先后出任巴蜀小学董事会董事、巴蜀初级中学董事会董事、巴蜀文商学院董事会董事,是巴蜀学校发展过程中始终如一的参与者和组织者,为巴蜀学校的建立和发展做出了巨大贡献。"王缵绪还请卢作孚帮忙聘任校长。祖父便请黄炎培先生物色并聘请了江苏教育界知名人士、时任苏州景海女子师范学校兼附小主任的周勤成赴任。这本《校史》还引述了黄炎培先生的话证实了这件事:"民国二十一年,我在上海。老友卢作孚先生从四川写给我一封信,说军界领袖王治易先生缵绪,要办一个小学校,因为江苏新教育开发较早,指定向江苏教育界请一位专家来担任校长,全权托我物色。……有位周勤成先生,是师范毕业,办过多年小学,深得各方信仰,大家认为四川一席,最好请他去,周先生就慷慨入川。"我这才清楚地知道,父亲当年为何非要我考巴蜀不可。

好在我凭借语文、算术两门功课平均95分的成绩考上了巴蜀中学。这所中学与同名小学及幼儿园统称巴蜀学校。我的父辈中有不少人在那里读过书,当时都是只看成绩不看出身的。到我进入这所学校时,它被坊间称为"两头尖",即干部子弟和统战对象子弟都比较多。这一点我父亲是不大清楚的,他对自己的判断和我的学习成绩很有信心,我一举中榜,父亲如愿以偿。但他后来很可能为这个决定后悔不已。为了宽解他的自责,我从未和他提起这个话题,直到他离开人世。

去中学报到那天,我人生地不熟,便约上我的堂妹一起去。她小学读的巴蜀小学,中学也是巴蜀。巴蜀小学就在巴蜀中学旁边,两所学校紧挨着,所以她是熟门熟路。报到时方知,我和堂妹分在同一个班并保持到高中毕业。这种巧合的概率很小,我们没有辜负家教,关系一直很好。报到后,我们去看贴在墙上的初中一年级新生分班表,发现我们班里还有彭云的名字。因为曾听过小学班主任朗读有关江姐的报告文学，所以我知道他就是江姐的儿子，从此开始了与他同窗6年的中学生活。

刚进中学时，我也曾有过一次反叛。我们班是住读班，平时住在学校，每周只能回家一次。再说我家和学校隔山隔水，在那个交通不便的年代，也不可能天天回家，因此我很想家，很怀念小学同学。第一个周末回家，我哭了五次，缠住母亲要求转学到我家附近的中学走读，母亲没有生气却寸步不让。无奈之下我只好从命。在我侥幸考上重点中学的时候，阶级斗争的阴影并没有消逝。我小学班上有位好友，她的父亲是1949年前后民生机器厂的技术副厂长，解放后不久就被扣上莫须有的罪名，判了无期徒刑，发配到新疆劳动改造。后因他技术过硬，有重大立功表现，改为有期徒刑释放回家。我这位好友成绩也不错，那年却考上一所只有初中的民办学校。毕业以后，她回到浙江老家务农，并在老家结婚。我一直为她感到莫大的遗憾。后来听说，她的两个孩子很不错，都考上了大学，很为她高兴。

为了班级的荣誉

我们班的同学主要来自重庆市的三所重点小学，即以地方干部子弟为主的人民小学、以军队干部子弟为主的八一小学以及也是"两头尖"的巴蜀小学。有不少同学的父兄都是令人敬仰的革命前辈。他们中既有江姐、彭咏梧、双枪老太婆那样红遍大江南北、家喻户晓的英雄人物，也有当时正在重庆市委、市政府各部门担任要职的领导干部；有曾经战斗在敌人心脏的地下党负责人，也有横扫敌军如卷席的正规军首长。来自其他小学的"散兵游勇"，也是各自学校的拔尖人物。

祖父小学毕业时，一是因家贫，二是感到在校学的知识不够用，便自己决定放弃升学，改走自学之路，完善和成就了自我。而我在相当长的时间里，除了服从命令听指挥，完全没有自己的思想和打算。如果在巴蜀的路让我自己走，我只需管好自己，有时间读一些课外书，也许会养成独立思考和自主选择的习惯。然而，开学不久，班主任就把少先队中队长的职务交给了我。因为初中同学大多还是少先队员，所以中队长不是一个闲职。我要么坚持不就；要么不负责任，放任自流；要么挑起重担，让这个原本就非同寻常的集体名副其实。我的天性和潜意识决定了只能选择后者。我内向而不善言，和一个个背景、资历、见识、能力都在我之上的同学相比，就像一头"大驴子"（我在中学的外号叫"大卢子"，四川话中"卢"和"驴"发音相同），我只能靠"勤能补拙"为全班同学服务，为班级争荣誉，不惜把几乎所有的课余时间都用在了社会工作上。脑子里始终响彻着少先队队歌的主旋律，尤其是"团结起来继承着我们的父兄，不怕艰难，不怕担子重！"，每一个字都不是从嘴里唱出来的，而是从心里蹦出来的。

同学的前辈就等于我的前辈，同学的父兄就等于我的父兄，大家都为自己能生活在这样一个班级而感到无比自豪和光荣。我曾经策划过中队的一次主题活动"听爸爸妈妈讲过去的故事"。我们这家进、那家出，受到"爸爸妈妈"们亲切热情的接待，感觉上他们并没有把我们当外人。印象最深的是拜访重庆市红十字会的党支部书记谭正伦妈妈。谭妈妈是彭云父亲彭咏梧的前妻，也是江姐儿子彭云的养母，为人善良、真诚、朴实。她热情地接待了我们，强忍悲痛给我们讲了不少彭咏梧烈士的成长经历和英勇事迹，也讲了重庆解放后她带着彭云寻找江姐的曲折经过。在彭咏梧牺牲，江姐决定继承他的遗志，前往华蓥山之时，写信给谭妈妈，请她帮忙照看彭云。谭妈妈就从老家云阳到重庆接管了彭云。在江姐被捕之后，她又带着彭云东躲西藏,摆脱敌人的追查。解放前夕,有位自称是地下党员的陌生人,突然来到谭妈妈的住处,说江姐已经逃出来了,住在重庆江北的战友家里,要她带着彭云去江北找江姐。谭妈妈警觉地想到,来人身份不明,要她去找江姐说不定是个诱饵,弄不好会暴露那位战友的住址。解放军的炮声都听得见了,重庆马上就要解放,如果江姐真的已出狱,到时候再见不迟,就没有上当。重庆解放后,她到处打听,天天翻看报纸上的寻人启事,却一直没有找到江姐的下落。大约过了半个月,她才在报纸上看到一条新闻,解放军刚在歌乐山发现了两座监狱(即渣滓洞、白公馆)和不少难友的遗体。谭妈妈立刻前往寻找,才得知江姐已经牺牲。从此她便视彭云为己出,对他关爱备至,这都是我们亲眼见到的。谭妈妈和彭咏梧烈士也有个儿子,叫彭炳忠,曾任四川大学党委副书记,为人就像他母亲那样忠厚善良,我们都很尊敬他,称他彭大哥。

我们班既有屡战屡胜、成绩总在 95—100 分之间徘徊、老师最最喜欢的乖学生,也有看破分数红尘、追求个性自由的"独行侠";既有"大哥大""大姐大"一级的模范榜样,也有上课看小说、劳动看电影、一有机会就调皮捣蛋的"老顽童"。有一次支农劳动,我们曾经尝试把大哥大、大姐大和老顽童整编在一个小队里,看看能否让老顽童改"邪"归正循规蹈矩,其结果是老顽童本性难移,大哥大、大姐大反倒被老顽童创意选出的搞笑段子所折服,并且心甘情愿地帮他们完成了落下的劳动任务。

尽管这三个组成部分难分高下,"散兵游勇"也各显神通,我们班却是活而不乱,张弛有度,但凡与集体荣誉有关的事,大家都是心往一处想,劲往一处使,绝不给集体抹黑。那时候,学校规定少先队员必须每天都要佩戴红领巾。红领巾是烈士的鲜血染成,象征国旗的一角;三角形则代表党团队三结合,意义无比重大,尤其是举行全校活动,更是一个不可或缺的评分项目。我们班每逢参加全校活动,即使平时不戴红领巾的同学,也会在踏进会场的最后一刻,从裤兜里扯出来戴在脖子上,恰到好处地确保了全班"一片红"。有一次,学校搞文艺汇演,当台上的主持人宣布,请下一个节目初六二级二班的五人口琴合奏作准备时,这五个"演员"连影子都不见。我焦急万分地四处寻找未果,正打算请主持人设法和后面的节目调换一下时,舞台的帷幕已徐徐拉开,台上一本正经地站着五位仁兄,前苏联经典乐曲《喀秋莎》欢快、豪迈的旋律顿时回荡在学校大礼堂的上空。

记得初中毕业时,我们同吃同住同学习同劳动了整整三年之后,竟然还有来自巴蜀小学的同学以为我是人民小学的,又有人民小学的同学以为我是巴蜀小学的。其实我哪个学校都不是,而是来自名不见经传的江北区民生机器厂子弟小学。我们班那时候没有门第之见、等级之分,由此可见一斑。有位初中没读完就转学的好友前些年对我说,她当时就发现我在班上因出身受歧视,为我打抱不平,可是我却浑然不觉。

有了"团结起来继承我们的父兄",我们就有了无穷的力量,就"不怕艰难,不怕担子重"。刚上中学不久,学校要求每个中队都要出墙报庆祝国庆节,那时离开国庆只剩下十天时间,我顿时傻了眼,墙报我连见都没见过,更遑论怎么"出"。虽然我掌管着班费,却自己掏钱买来一支炭精笔、一张白磅纸放在讲台上,召开班会请会画画的同学自告奋勇上台来"画"墙报。第一个大摇大摆走上台的同学,大笔一挥,整张白纸就变成了一棵大树,树上还挂了几个大苹果,象征新中国在毛主席和共产党领导下取得了大丰收。"大丰收"的喜悦令他手舞足蹈,却急得我当着全班同学的面流出了眼泪。没想到这一急,竟激出了几位颇具绘画特长的同学打主力画墙报,激出了全班同学踊跃投稿,稿子多得用不完。经过课余几个熬更守夜的苦战,我们班的墙报不仅按时出了，还得了全校第一名，而且连续三年蝉联第一。我们班墙报比赛蝉联第一的传统，一直延续到高中，墙报班子虽然换了人马，但还是连续三年得冠军。为班级争荣誉成了我的主导思想，我在小学时唱歌跳舞的个人爱好，也都悄然隐退，从此再也没有与文娱表演沾边。

初中二年级，我到了入团的年纪，写了申请书，团支部在重庆市西区公园讨论并通过了我入团。当时有位市委副书记正好去那个公园视察，他的养女是我的同班同学，所以我们还拍了张合影留念。过了不久，团支部又讨论通过了另外四位同学入团。到了"五四"青年节，那四位后讨论的同学被学校团委正式批准，我一人落选。事后入团介绍人告诉我，落选的原因是我不爱汇报思想，不像有的同学连做个梦都要汇报。说实话，我是真不会汇报思想，这个毛病保持了一辈子。为了对得起入团介绍人，我用了巴掌大的一张纸，拼凑了几条思想汇报，很快就被批准了。

同一条路

1959年秋天，我和江姐的独生儿子彭云都考进了重庆市巴蜀中学，而且同窗共读了六个寒暑，还成为并肩工作的同事：初中时他任团支书，我任中队长；高中时他仍任团支书，我任班长。他的学习成绩很好，我们曾互相交换一些从别处找来的难题来做，他常常是率先解出答案。有时他上课偷偷看小说，老师因为他成绩好，也睁一只眼闭一只眼。班级工作上的事我和他很好商量，记忆中从未产生过分歧。

中学时代的彭云从外表看，除了脑袋特别大——因为这个原因，小时候江姐的战友们都戏称他为"小老虎"——和戴着一副"缺腿"的眼镜(掉了一根眼镜腿,他一直用棉线编成的细绳套在耳朵上)以外,没有任何特殊之处。然而我们这个班却因为有了他而与众不同。不仅学校对我们关爱有加,为我们选派优秀教师,创造尽可能好的学习条件,而且市里对我们也另眼相看,有什么重要活动常会邀请我们参加。只要彭云在公众场合亮相,必然会造成轰动效应。有一次我们在曾囚禁江姐的渣滓洞监狱——那是我们每年都要去的地方,或者是清明节,或者是烈士遇难日——举行纪念活动,彭云一不小心"暴露"了身份。"牢房"楼上楼下顿时挤得水泄不通。为了安全起见,我们班一位男同学赶紧换上彭云的衣服,戴上他的眼镜,和他调了个"包"。另外几个比他高大的男同学则架着他往外"突围",好不容易才"越狱"成功,摆脱了"追兵"。

我们班最出名也最繁忙的时候,要数小说《红岩》出版发行之时。在那以前我们有幸先睹为快,小说原先的名字叫《禁锢的世界》,正式出版时才改为《红岩》。从此《红岩》不仅风行全国,而且漂洋过海,一发而不可收。小说的成功又一次将"江姐热"推至高潮。来自全国乃至其他国家的信件雪片般飞来。这些信件洋溢着对革命先烈的崇高敬意,也充满着对烈士后代的深切关怀。彭云总是与我们一道分享这一份份浓情厚意。我们的心被温暖、被融化。彭云却从不声张、从不骄傲,始终如一地保持着低调。我曾经纳闷,小小年纪的他为何能够如此冷静。直到有一天,我见到了江姐在狱中写给她亲戚谭竹安先生的一封信。信是用竹签子蘸着用烧焦的棉花和水调制成的"墨水",写在一张毛边纸上的。虽然随着岁月的流逝,纸有些发黄,字也有些褪色,但是江姐那苍劲有力的笔锋,那对时局入木三分的精辟分析,那对理想和信仰毫不动摇的忠诚,那对儿子和亲人难以割舍的深情,都融入其中,让人过目难忘。更何况,那时的江姐正身陷铁牢,饱受酷刑而且生死未卜!我还是第一次这么直接、这么贴近地读到一封烈士的家书。我为这封信所迸发出的精神力量和理想之光而深受震撼,同时也明白了彭云的谦虚和自律来自何处。

从此,我们教室的墙上挂上了江姐语录:

"孩子们决不可骄(娇)养,粗服淡饭足矣。"

"盼教以踏着父母之足迹,以建设新中国为志,为共产主义革命事业奋斗到底。"

我们上初中时,正值"三年自然灾害"时期,全国人民都在挨饿。虽然政府和学校对我们班有特殊照顾,让我们自报口粮标准,但我们全班同学都不约而同地选择了最低等级,彭云也不例外。因为身体消瘦,他的头显得更大,可深度近视眼镜后面那双酷似江姐的眼睛却仍然炯炯有神。"粗服淡饭"虽然亏欠了我们的身体,但是,江姐的形象鼓舞着我们,这点困难算不了什么。但凡学校里有什么学习竞赛,彭云一定名列前茅;有什么评比项目,我们班一定榜上有名。

彭云的父亲,即江姐的丈夫彭咏梧,也是一个响彻巴山蜀水的英雄名字。在一次群众集会后的突围中,他为了掩护战友和群众,只身一人将敌人引到相反方向,终因寡不敌众而英勇牺牲。惨无人道的敌人将他的头砍下来,悬挂在县城的城门上示众,而江姐那时正满怀激情赶来与他并肩战斗。在事后写给谭竹安先生的一封信里,江姐倾诉了这个消息给她带来的那种"叫人窒息得透不过气来"的痛苦。但紧接着,她又写道:

"……你别为我太难过。我知道,我该怎么样子活着。"

"……我记得不知是谁说过:'活人可以在活人的心里死去,死人可以在活人的心中活着'……所以他是活着的,而且永远的在我的心里。"

被彭咏梧救出的老百姓怀着极度的悲痛,冒着生命危险,分两处掩埋了他的头颅和身体。1961 年我们读初二的时候,当地政府特地邀请彭云前去,隆重举行了彭咏梧烈士的遗体合葬仪式。现在当地已修建了两位烈士的陵园,一批又一批的倾慕者前往拜祭。人民的英雄虽死犹存,江姐和彭咏梧应可含笑九泉。

"文革"中,"四人帮"出于不可告人的目的,竟然诬蔑彭咏梧、江竹筠所领导的川东地下党和游击队是"叛徒",是"黑帮",并且关闭了纪念场馆,毁掉了珍贵文物,企图抹掉这段历史,然而却无法撼动矗立在人民心中的丰碑。那时我正在四川最贫困地区之一的大巴山插队落户,无论是肉体之苦还是精神之苦,都令我和知青同伴们濒临绝境。支撑着我们勇敢地活下来,为自己曾经有过的理想和信念奋斗到底的一个重要原因,就是江姐、彭咏梧们的光辉形象与我们同在。无论在任何政治高压下,我从不相信用自己的生命去拯救战友和乡亲的彭咏梧,以及明知新中国已经诞生,却大义凛然、英勇牺牲的江竹筠会是叛徒!也许他们当时没有想到,他们用生命换来的新中国,会出现那么多偏差和错误。他们所怀抱的理想是真实的、美好的,与我的祖父及其同道的追求是基本一致的,只不过在具体方法上有不同的选择。祖父曾与自称是"炸弹"的好友恽代英相互勉励,一个搞革命,一个搞建设,"相辅相成,殊途同归"。祖父还对三祖父卢尔勤说过,"干革命就不宜单一地为革命而革命,必须要多方面努力创造条件,以资协作。所以还要做造福人民,使他们看得清、受得着、深信不疑的实际好事,首先转变其社会不良的倾向,那才能将伟大的革命事业贯彻到底"。还说,"我们自己没有钱,办轮船公司不需要太多的钱,而且轮船公司是服务性行业,我们可以通过搞好服务,让人民亲自感受到革命的好处"。[1] 他创办的民生实业公司首选便是轮船的客

1　卢尔勤回忆录,卢国模抄正。

运而不是当时更赚钱的货运,利用这个窗口,为民众提供"看得清、受得着"、最具现代文明的优质服务。民国著名学者、北京大学教授陈衡哲记述她 1935 年 12 月从汉口乘坐民生公司的民权轮到宜昌转重庆的经历时写道:"我们坐在里面,都感到一种自尊的舒适。"[1] 抗战中的 1938 年 11 月,即最为紧张的宜昌大撤退期间,著名作家胡风在宜昌搭乘民生公司的轮船去重庆避难。事后撰文回忆道:"民生公司是以服务周到,没有一般轮船的积习而出名的。……一个穿白制服的年青服务员领我们到舱里。一看,里面床上铺着雪白的床单和枕头,小桌上放了茶壶茶杯,井井有条,非常整洁,的确和别处的官舱不同……在这里只要不出房门,不走下去,就仍和太平年月的出门旅行差不多。"[2] 船到万县,"进来了一个很年青的小服务员帮我捆行李。这时我正拿它没办法呢,因为我在铺盖里还得放上换洗衣服等杂物,很难捆好。而在他手里,用棉被将它们一包,用绳一捆,一个四四方方、有棱有角的铺盖卷就打好了。他们是经过训练的,学了一些本领。他很有礼貌地送我们下到划子[3]上,还不肯收小费。我亲身体验到了民生轮船公司良好的服务态度和经营方针,如果不是战争,他一定能够击败外商的轮船公司。"[4]

最近为了写一篇书评,我读了双枪老太婆陈联诗的外孙女林雪为她的父亲林向北写的传记《亲历者》,有一个新的发现和感悟:林向北及其父亲林佩尧与陈联诗及其女儿廖宁君所组成的大家庭,其两代人都是民国时期的地下党员,也曾发动和参与过武装斗争,但更多的时候却是在做改良工作,为人民做"看得清、受得着、深信不疑的

1　(陈)衡哲:《川行琐记:一封给朋友们的公信》,《独立评论》第 190 号,1936 年 3 月 1 日,第 15 页。
2　胡风:《回忆录》,《胡风全集》第 7 集,湖北人民出版社 1999 年版,第 409 页。
3　即轮船与岸边接载用的小木船。
4　胡风:《回忆录》,前引书,第 413 页。

实际好事"。因革命的需要,他们辗转了不少地方,更换过不少岗位,但无论在哪里,都兢兢业业,忘我无私。

读了这部书,我才知道1928年就入党的双枪老太婆,曾因组织遭破坏,与党脱离关系竟达10年之久。其间她也曾有过"英雄末路"的处境,有过对儿女的愧疚,有过谋生的艰难,她教过书、开过服装店、卖过姜、卖过煤、运过军粮……,但无论做什么工作都身先士卒、倾情投入、一丝不苟,身边总是簇拥着一批批忠于理想、追求进步、愿意为改良社会做好事的人,传主父子就是其中的典型。而陈联诗和她和丈夫廖玉璧,当年都是东南大学的学生,学的是教育,为的是教育救国,共同的理想和追求使他们走到一起。廖玉璧送给她的定情物是一对碧玉镯。

1944年秋天,陈联诗的亲家、传主的父亲林佩尧应邀进入民生公司担任事务课长,其间曾在北碚主办茶房(即服务员)训练班。为此总经理卢作孚亲自找他谈话:"现在事务部门要做的事很多,我希望你先把茶房的训练抓好,不要看茶房工人做的都是些鸡毛蒜皮的小事,他们的一举一动都对顾客产生直接的影响,都关系着公司的信誉。我已在北碚办了十几期茶房训练班,效果很好,现在希望你去把这个训练班接着办下去,更上一层楼,办出更好的成绩来。"年轻时在民生公司工作过四年的北京大学著名教授杨辛曾对我说,他听过祖父的多次演讲,印象最深的一句话是:"就是做茶房,也要做世界上最好的茶房!"足可佐证林佩尧的记忆。而林佩尧也没有辜负祖父的期望,吃苦耐劳,积极能干,直到在这个岗位上病逝。

巧的是,林佩尧的长孙、林向北的长子、陈联诗的外孙即林雪的哥哥也是我和彭云的初中同班、高中同级学友。因而读初中时,我就知道双枪老太婆不仅能使双枪,还画得一手好画,而且她用的颜料多半是自制的,有石头、矿物、中草药、花卉种子里的粉末等等。

1957 年她受到"百花齐放、百家争鸣"的感召,画了一张同名画。还画了一张《百蝶图》,两丈多长,一尺多宽,共有 104 只颜色、大小、形态各不相同的彩蝶,在草地和花卉间飞舞嬉戏。她极其细心地用铁丝串起一种中药的种子在火上熏烤,然后将烤烟收集起来,点缀在蝴蝶的翅膀上,使其看上去很有绒感。这两幅画都被选中参加了全国美展。没想到这么一位文武双全的老前辈,1952 年 6 月竟因莫须有的污蔑被"劝其退党"!事后她多次要求恢复党籍未果。1960年老人身患癌症病危,当年整过她的一位女干部,有悔过之意去医院看望她,见到被疾病折磨的老人,不禁痛哭流涕。老人还反过来安慰她,把手上戴了几十年的一只定情物——碧玉手镯,取下来送给这位干部,另一只留给了女儿。过了不久,老人含冤去世。1982年 8 月 16 日《重庆日报》在头版头条的一篇重要文章中宣布,为地下党老党员陈联诗同志平反,并恢复党籍。这时离开她被"劝其退党"已超过30 年。

据前些年披露的材料得知,当年被关押在重庆渣滓洞、白公馆监狱的难友们,曾经冒着生命危险给党组织写过报告,批评了党内存在的不正之风,提请党组织千万要警惕官僚作风和贪污腐败问题。

高中毕业以后,我和彭云天各一方,至今已有 50 多年,但我们从未中断过联系,有机会就一起相聚。虽然历经磨难,我们还都始终保持着中学时代那份纯真的友谊。也许是因为无论身在何处,我们走的仍然是同一条路:一条先辈们用热血和生命铺成的路,一条通往全人类美好明天的路。

挨饿的日子

我 1959 年上初中，1962 年毕业，几乎与三年灾害同步。我们集体所遭遇的标志性事件和最大考验，莫过于饿肚子。那时正是我们长身体、长脑子的关键时期。学校把粮食定量分成了 21 斤、23 斤、25 斤三个档次，要我们自己选择。被红岩精神武装的我们，毫不犹豫都选择了最低等级。党和国家遇到困难，我们不带头谁带头！当时我们在学校住读，除了周六晚饭和周日外，一日三餐都在学校吃。21 斤名义上是大米，实际上差不多一半都是用无法准确换算，明显少于同等大米定量的粗粮，如豌豆、蚕豆、红薯等来顶替的，加上食堂炊事员的多吃多占——因而长得又白又胖，学生给他们取的绰号是"米猪儿"——每个月的粮食吃到嘴里的就没有 21 斤那么多。情况最严重的时候，学校买进了"土茯苓"（一种野生植物的根茎），掺杂在面粉里做成花卷给我们吃。此种状况下，肚子饿是硬道理，每当学校的吃饭钟响，同学们就一窝蜂奔向食堂。食堂发放饭菜的窗口立即出现数条躁动不安的长龙。但食堂最拥挤的地方不是发饭菜的窗口，而是盛汤的大木桶跟前。因为粮食都定了量，菜式也"一刀切"，八个人一桌，每桌一盆菜，吃什么、吃多少，我们无从选择，而木桶里的汤是不定量的，先来先得，后来没得。其实那汤不过就是洒了几把盐的白开水，里面最多漂着几片菜叶子，但因其可以相对扩张饭菜的份量，还是被大家视为珍宝。有一次，当一拨人抢完了一只木桶里的汤后，竟然发现桶底下躺着一只煮熟了的老鼠。喝了那桶汤的同学自我解嘲，"就当是打了一回牙祭。"

由于"饥饿感"的全面性、长期性和顽固性，在那三年时间里，全国人民以前所未有的规模和智慧，打了一场对抗它的人民战争。当吃杂粮、吃野菜、吃草根树皮等各种传统办法都用上了，还是不解决饥饿问题的时候，人们就"八仙过海，各显神通"了。其花样之多、创意之新，足够编一部《抗饥食谱》，不但可以弥补中华饮食文化之不足，还可以提供给世界上还没有摆脱饥饿的人们参考。当年的报纸上曾刊登了一条煮大米饭"放卫星"的新闻。消息说，平常用大米煮干饭，1斤米大致可以煮出3斤干饭，但现在发明了新技术，可以用1斤大米煮出6斤干饭。办法是先将大米煮成干饭，然后把米饭晒干，再把晒干的米饭放到锅里加水煮，煮好再晒干……如此这般地举一反三，"卫星"饭就做成了，但实际上饿死人的事却并未断绝。

　　"鱼有鱼路，虾有虾路"，我们没有大人的能耐，也有自己的办法。我们班不知是谁发明了用盐巴可以止饿。当然不是普通的盐，而是经过加工的盐，即把盐放在锅里和一点香油、辣椒、葱花一齐炒。炒"熟"了的盐黄橙橙、香喷喷的，用个小瓶装好随身携带，实在饿得受不了的时候，从衣兜里摸出来用手指头蘸点舔舔解馋。用盐解馋的好处是，所需份量不多，一丁点就可以管一阵子，而且不论何时何地都可以进行，就是上课偷着吃点，老师也看不见。这个办法很快就在我们班推广开来，先是女同学纷纷效仿，后来男同学也加入进来，几乎达到人均一个盐巴瓶的程度，而且还竞相比赛谁的盐炒得最好吃。有一次上代数课，老师戴着深度近视眼镜，他随意点了一位男同学的名，要他站起来回答问题。男同学站了起来，却不说一句话。老师再三叫他发言，可他憋得脸红脖子粗就是不开口。这时候，老师气坏了，问全班同学是怎么回事，一个嘴快的同学看到他的腮帮子在动，就抢着回答："他在吃盐巴！""错！噗……"那男同学终于张开了口，后面的话还没说出来，已喷出满嘴的炒面，引得教室里一阵哄笑。原来那位男同学是干部子弟，家境较好，故而把"炒盐"升级为"炒面"，却忘了两者虽然只有一字之差，游戏规则却完全不同。

学校为了改善学生的伙食,在校园里养了十多头猪。于是每个礼拜我们都要停一天课去郊外打猪草。到了这一天,学校伙食团发早餐的时候,把中餐也一并发给我们。中餐多半是一个馒头,理论定量为"三两",实际上最多二两。女同学领到馒头就赶紧用手绢包起来藏到书包或衣兜里,不到中午时间舍不得吃。吃的时候,尽管满手粘着猪草带出的泥,也要一小块一小块地掰下来送进嘴里慢慢咀嚼。其实并非卖弄斯文,只为尽量延后饥饿感再次到来的时间而已。可男同学就没有这份耐心了。馒头既已到手,他们就有了支配权,相当一部分人还没走到打猪草的地方,就把"中饭"给解决了,有的甚至还没走出校门馒头就下了肚。中饭没有了,猪草还得打;人吃不饱,猪可不能饿着。有几个鬼点子多的男生,没有中饭吃,索性去看电影混时间。我就曾经去重庆市当时最气派的和平电影院(即过去的国泰电影院)抓过"现行"。进得影院,就看见门厅墙边撂着好几个打猪草的背篓。看完电影,他们便去挖几棵芭蕉树根交差。芭蕉树根挖起来既利索又够斤两,猪也喜欢吃。不过,学校周围从此不再见芭蕉,而我们的餐桌上也并没有增加多少油荤。

那时候还有个规定,就是无论农村还是城镇人口,人人都要吃公共食堂,也就是说,要在食堂吃饭,不能随便在家里开伙。我们家6个人,就加入了5个食堂。父亲在迁往远郊的工厂食堂,母亲暂时还在青草坝的医务室工作,就在留驻的职工食堂,外婆年纪大了,被批准在家里做饭吃,我和两个弟弟则分别在各自学校的食堂搭伙,晚上、周末或放假,才能回家吃饭。我们回家吃饭时,外婆就挖空心思给我们扩充饭量,比如在山坡上的零星空地里种点土豆、玉米、蔬菜加餐;或者用面粉做一个大饺子,每人一个,里面最大限度地塞满青菜、野菜,让我们看着比吃着更舒服;还有就是把玉米芯或苋菜根晒干了磨成粉,加在面粉里提高一点定量等等。我们家一直有个小石磨,世道好的时候,用来磨花生酱和磨豆浆点豆花吃。后来生活窘迫,石磨就闲着没事了,三年灾害时才重新派上用场。

小弟弟那时还在民生厂子弟校读书,中午饭在学校食堂吃。有一次我生病在家,中午见他从学校下山回来,手里全神贯注地捧着一件东西,一步化作三步地"移"下山来,恰如电影里的慢镜头。进了家门,他才大大松了一口气,兴奋地说:"我们学校打牙祭了!端回来给你们尝尝。"走近一看,弟弟的手里擎着一个比酒杯稍大的小碗,里面盛着半碗酱油,酱油上面浮着几圈透明的猪油。猪油散发出来的香味顿时弥漫全屋。为了不让碗里的酱油洒掉一滴,弟弟平时放学回家最多走十分钟的路,这天足足走了半个钟头!有一段时间,他变得又黑又瘦,问他是不是哪里不舒服,他说不是。后来母亲去学校了解,才知道是高年级的同学把他的饭票抢了,他好些天没吃中饭,靠打乒乓球赶走饥饿感,却没有对家人吐一个字。我每逢想起这一幕,鼻子就发酸。

我们学校最大规模对抗饥饿的行动,莫过于变足球场为牛皮菜地了。学校的领地分布在一条狭长的山谷里,两侧是起伏不平的丘陵,山不高,坡却比较陡,谷底一块较大的平地,刚好能开辟出一个足球场,让学生们有地方上体育课,开运动会。我们学校能种蔬菜的地方都给种上了,但对于上千副辘辘饥肠而言,仍然是"杯水车薪"。最后学校领导终于想明白了一个道理,首先得解决我们的生存问题,才谈得上"德智体全面发展",所以决定把学校唯一的足球场统一分配给各班种菜。于是那段时间我们上体育课的内容清一色是挖足球场,种牛皮菜。牛皮菜因其生长快,产量高,在三年困难时期很是走红,我们学校的食堂就经常做这种菜给我们吃。但牛皮菜的氢氰酸含量较高,如果烹饪不当或吃得过量便会中毒。吃牛皮菜致死的事在我们周围时有发生,但饿起来就管不了那许多了。我们班一直是学校的优秀班级,种牛皮菜也不例外。被历代校友踏压了几十年的足球场坚如磐石,我们发扬"蚂蚁啃骨头"的精神,硬是把它翻了个底朝天,并且夺得了牛皮菜大丰收。学校那时有个政策,哪个班的牛皮菜产量高,吃饭的时候每桌就多发给一盆牛皮菜。两盆没有油水的牛皮菜吃下肚,过不了一个时辰就头晕眼花心发慌。所以有同学戏称:"学校不如奖励我们不吃牛皮菜!"

不吃牛皮菜的日子终于盼来了。学校又让我们在上体育课的时候把菜地重新变成足球场。于是,我们排成方阵,"一二一"地在菜地上进行队列操练,每个人都使足了浑身的劲,在牛皮菜地上踏上一只脚,再踏上一只脚……叫它永世不得翻身。

初三那年(1962年)的墙报主题,是庆祝毛主席生日。我建议对墙报实行改革,不必老是长方形,换成一个花篮形,里面摆上几个寿桃,寿桃周围摆满鲜花,再把同学们衷心祝愿的稿件写在寿桃、花瓣和花篮上。这个点子无疑是受到饥荒年终告结束,以为人民又可以吃饱饭的启发。

庆祝毛主席生日那张墙报贴出的当晚就被偷走了,偷得连渣渣都不剩。见到我们万般痛苦状,大队辅导员安慰道:"肯定是有人妒忌你们,这正说明你们的墙报有水平!"好在学校头一天已有先见之明地为我班的墙报拍了照,所以我们还是众望所归地得了第一名。至于墙报被偷还有没有其他原因,已经被胜利冲昏了头脑的我,哪有工夫去细想。而三年灾害的真实背景和严重程度,我是后来看到大量资料,得知事情真相才搞清楚的。

同学们自觉自愿降低粮食定量,选择挨饿,给我们这个班级争了光,却让我的奴性不减反增。其实我当时就知道,有的干部家庭实际上是不受所谓定量限制的,在家里米饭馒头、荤菜素菜随便吃。可我以为江山是他们打下来的,他们不享受谁享受。而我们班非干部家庭的同学都在挨饿,特别是一些饭量大的男生,不知道那些日子他们是怎么熬过来的。几年之后,我和一批因"出身不好""没考上"大学的同学去了农村,又一次经历了饥饿的煎熬。由于定量低、缺油少菜见不到肉,还要参加重体力劳动,我们常常饿得前胸贴后背。有的同学就用家里带来的零用钱到集市上加点餐。上级知道后批评我们,进餐馆说明还有资产阶级思想,改造不彻底。我当时担任农场团支部书记,当即从命把一个到场里来卖包子的小贩赶了回去。这虽是后话,但两件事说明同一个问题,个性的泯灭必将带来人性的麻木。我一心一意听党的话,却闭目不见身边的同窗和知友。无论他们是否责怪我,我都要向他们赔礼道歉。

几年前,我给黄炎培先生的小儿子黄方毅先生打电话,方知他去了重庆,而且正在巴蜀中学参观,因为他的母亲姚维钧女士曾在巴蜀中学任教,父亲也是巴蜀中学的热心支持者,巴蜀学校的第一任校长就是他父亲帮忙聘请的。那天带领黄先生参观的正是当年的大队辅导员,辅导员接过电话对我说,"你是我们学校的优秀学生干部啊!"我听了心中涌起的既有感动,也有莫名的惭愧。

我的高中

如果说,初中在我的记忆里还是彩色电影,那么高中就是逐渐被精神雾霾笼罩的黑白片了。

1962年初中毕业时,我又一次填写了升学志愿表。当时班上有几位成绩冒尖的同学,心血来潮打算报考同样是重点学校的一中和三中,我也凑热闹把这两个学校填在了巴蜀中学的前面。哪知志愿表交上去以后,校长亲自找我们座谈,劝说我们继续留在母校就读。校长叫王霞量,是随军南下的文化干部,高高的个子,斯文而和善,很受学生敬重。见他亲自挽留我们,我们却不过情就照改了。这是我一生中第二次修改升学志愿表,为我今后的命运铁板钉了钉。

中考结束后,我和几位女同学在校园里散步聊天,正好遇见了王校长。大家一拥而上,纷纷向他打听自己能不能升上高中,他慈祥而和蔼地望着我说:"像你这样的好学生我们怎能不要!"那年我没有辜负他的期望,以全年级第一的成绩中榜。

上高中后,新的班主任要我当班长。政治老师也找我谈话,先是告诉我中考成绩年级第一,然后要我担任年级主席。我坚辞不就,她便做我的思想工作,要我听党的话,大公无私为同学服务,我不得不再次顺从。高中一个年级有八个班,做年级主席的社会工作更多了,课余时间几乎全部占满。据说有一次团市委来学校检查学生干部的课外负担,把"卢晓蓉一周开了23个会"作为典型上报。这个调查结果不知从哪儿来的,未免太过夸张。但真实的我,确以"听党的话"为宗旨,以当好"砖头"和"螺丝钉"为奋斗目标。由此换来的是,我们班从初中到高中一直是先进集体,墙报比赛蝉联第一的传统一直延续到高中。江姐的儿子彭云依然与我同班,我们班的墙上依然挂着江姐语录:"孩子们决不要娇养,粗服淡饭足矣。""盼教以踏着父母之足迹,以建设新中国为志,为共产主义革命事业奋斗到底!"

但是班上同学之间的裂隙却不觉而生,而且逐渐扩大。也许有些先天不足,原因是进入高中的分班。我们初中四个班,高中八个班,初中四个班考上巴蜀的同学组成了高中的6、7、8三个班。我们是7班。初中同班的同学进入高中后,自然就以原来的班级为阵,后来逐渐演变成以干部子弟为主的一拨,其他成分的子弟一拨。如果顺其自然,我会靠近干部子弟一边,因为我和彭云及其他几位干部子弟初中同班,彼此更熟悉。但我是班长,责任感令我很想把两拨同学团结在一起,可心有余而力不足。这情形在初中时从未遇到过,尽管初中那个班也是多个学校合成的,但许是因为年纪尚小,比较单纯,没多少出格的想法。高一高二还算可以,大家表面上还是一团和气,但在一波又一波的阶级斗争风浪冲击下,进入高三之后,这个矛盾就公开化、激烈化了。

1963年我们上高二的时候,一边学习"红岩精神",一边"向雷锋同志学习"的题词又掀起了学习雷锋的热潮。雷锋是新时代的典型,很容易学以致用。为了学雷锋见行动,我在回家的路上,从重庆的一号桥到临江门,曾几次帮搬运工人推沉重的平板车上一个大坡;我和小弟弟有次在上学的路上,还把一个迷路的小女孩送回家,并相约做了好事不留名。也是那一年,全国上下以军队为榜样,兴起过一阵"评功摆好"活动。自我记事以来,就那次群众运动不是批判人给人抹黑,而是表扬人给人长脸的。这个活动开展以后,班级曾空前团结和谐。

可惜好景转瞬即逝,"七八年再来一次"的阶级斗争之弦再次绷紧。先是教课教得好的老师,一个接一个被拔"白旗",下放到非重点学校去了。然后是"评功摆好"让位于"批评与自我批评",人人都争先恐后抹黑别人也抹黑自己。阶级斗争观念统帅一切行动,比如政治课要我们讨论,见到老人过马路,是否应该先搞清楚老人的出身,才能决定要不要上前去搀扶。答案不言自明。有一阵还刮起了虚无附会寻找阶级敌人之风,比如几乎同时在全国传播一个谣言,说是在一本《中国青年》杂志封底的"秋收图"中,隐藏有"蒋介石万岁"几个字,于是舆论一片哗然,纷纷仿效,捕风捉影,鸡蛋里面挑骨头,甚至胡编乱造,随意制造阶级敌人。

进入高三,我也被阶级斗争的浊流推到了风口浪尖。

首先是得知高我一届的几位品学兼优的学哥学姐,因为"出身不好","没考上"大学,响应党的号召,到川北大巴山脱胎换骨炼红心了。

接着是一开学我就被莫名其妙地孤立,过去要好的同学突然不和我说话了。后来得知是市委派来工作组到我们班蹲点,成立了"工农革干子弟小组",组织他们学习《中国社会各阶级的分析》,并以此为依据,按照家庭出身,把我班同学划分为"依靠对象""团结对象""孤立对象"和"打击对象"。我在毫无思想准备的前提下,一夜之间从班长、年级主席、三好学生沦为"打击对象"。一把"贯彻阶级路线"的左刀,把好端端的一个班拦腰劈成两半。有的老师为了挣表现,上课时,让"一半"坐前面,"另一半"坐后面;复习时,"一半"有老师辅导,"另一半"自力更生;考试时,"一半"开卷,"另一半"闭卷;政治试卷,"一半"的题目是"长大要接革命班";"另一半"的题目是"出身不由己,道路可选择"。

升入高三不久,高一时曾动员我担任年级主席的政治老师又找我谈话,这次是要我批判我祖父,说他当过国民党政府的高官[1],与人民公敌蒋介石有过来往,等等。这时我才搞清楚了我被孤立打击的来由。接着班上的"工农革干子弟小组"也要我揭发批判祖父的"罪行"和交代自己与家庭划不清界限的问题。所举例子有,我说过祖父是靠勤俭起家的,不是靠剥削起家的;还说过,我是家里的孝子贤孙。其实有些话我没说,例如前一句;有些话是断章取义,例如后一句,我是给同学写信时随便涂鸦的。高三的班主任对我也有意见,说我把班上的事情都做了,把她架空了,还到校领导那里去哭诉。我有些想不通,我是班长,把班里的事情都做了,不是为班主任好吗?想不通也得想通,早已习惯单向思维的我,盲目地选择了顺从现实。尽管我当时并不知道祖父有哪些丰功伟绩,但在家里、在青草坝的耳濡目

---

1 祖父在1938年1月临危受命担任国民政府交通部常务次长,负责组织指挥抗战运输。

染,使我无论如何对祖父产生不了怨恨之情。对父母的言行挑不出什么原则问题。要我划清界限,也不知道界限在哪里,如何才叫划清。每周我还是照常回家,只不过什么也没对父母说。我所能做的就是不断地"深挖"自己的"资产阶级思想",比如恋家呀,注重学习成绩呀,工作作风主观急躁呀,缺乏斗争精神呀,等等,实在找不出什么了,就怀疑自己的资产阶级思想是不是已经严重到不知道有资产阶级思想了。

其实我的祖父一生确以节俭朴素著称,父亲给我讲过不少他的轶事。比如有一次,祖父到上海国际饭店办事。此楼1934年建成,当时是上海最高的楼。当他想乘电梯上楼时,电梯管理员见他衣着普通,不像有钱人,不准他上。他便自己爬了十多层楼。还有一次,祖父去四川军阀、省主席刘湘府上办事。卫兵见他穿的是麻布中山装,以为他是个平头百姓,怀疑他有什么意图,不准他入内,还把他扣留起来关了禁闭。祖父不愠不怒,待在禁闭房里思考问题。直到刘湘回来看见才赶忙向他赔不是,并训斥了那个卫兵。祖父连声说"没关系,没关系",还替那士兵说情。最有意思的是,1944年10月祖父代表中国实业界到美国参加国际通商会,去之前听从晏阳初的劝告,理了西式发型,穿了西装。结果到了美国机场安检处被扣下来折腾了好一阵。原因是,他护照上的相片还如往常一样留的是平头,穿的是麻布中山服,加之相片是在上海王开照相馆拍的,相片的衬底上印有"王开"二字,所以安检人员以为他是王开而不是卢作孚。当然,交涉了一阵之后,事情还是搞清楚了。

再说,我祖父"起家"创办的民生公司和多项事业,都不是属于他的。他自己没有资本,不过是利用社会上的资本,为社会办事,所以民生公司刚一成立就叫股份有限公司,从来不姓卢。因为他没有资本,有相当长的一段时间,都没有资格进入董事会。后来公司的董事们感到，他经营公司功莫大焉，而且不在董事会里，有些重大问题无法讨论决定，才送了一些干股给他。他把这些干股的分红，连同他兼任多家企事业职务的酬金和车马费，全都捐给了他创建的科学、文化、教育事业，自己只拿一份工资养家。但高三时的我，对上述这些史实毫不知情。

这一次，再也没有民生厂子弟校正直而仗义的校长和班主任出面保护我了。面对这样的形势，我已无权办理任何公事，便接连七次口头及书面申请，辞去了班长和年级主席的职务，把头脑缩回自己的躯壳，过起了独来独往的生活。祖父一生也多次谢绝或辞去公职，然而都是他主动而不是被迫的。辞职以后，他仍回到他的主业——继续进行现代集团生活试验，为国家现代化做示范。我辞职以后却是一门心思地等待最后结果：向高年级的学哥学姐看齐，下农村脱胎换骨。

如果小学考初中时，我按照规定上的是江北区那所普通中学，或者高中上的是一中、三中，就不会有市委工作组青睐我所在的学校和班级，也就不会有"工农革干子弟小组"对我们的"专政"，我即使不能报考大学，也不会有在巴蜀中学这样冷酷无情的遭遇。

长明的烛光

在我遭逢阶级斗争浪头正面撞击的时候，有一位正直的中学老师给了我莫大的精神慰藉，他就是我高中三年的语文老师，姓罗，名光鑫，至少在我的心目中，他人如其名。

学校贯彻阶级路线，不仅拿学生开刀，对老师也不例外。由于我们班集中了好几位市级干部子弟和烈士后代，凡任课老师都要经过严格筛选，以保证"政治"上绝对可靠。即使被选中的老师，稍不留神往往也消失得无影无踪。比如平时不修边幅、上课却极其认真的俄语课牟老师；头发梳得溜溜光、讲课从不用讲稿的几何课张老师；动不动就用考试来证明"物理不是豆芽科学"的物理课刘老师等等，都是中途莫名其妙地"蒸发"掉的。物理课刘老师有一次又要考试了。他教的另一班有位女同学问他，题目难不难，他故弄玄虚地笑着说："多准备几张手绢吧。"言下之意是考题很难，女同学会哭鼻子的。说完转过头对我说："你就不用准备啦。"还有一次，他把题目出错了，少了一个已知条件。他发现后当堂宣布，取消这道 15 分的题，满分还是 100 分。我自己琢磨着把已知条件补了进去，他给我打了 115 分。香港小学培养了我对物理课的兴趣，但我对物理知识的学习却到高中毕业为止，这一点刘老师就不知道了。

罗老师却是个异数。我们刚从初中升上高中，他就接手教我们语文，一教就是三年。罗老师的出身并非"红五类"，又是走"白专道路"的典型，为什么能逢凶化吉，教完我们最后一课，在我心中一直是个谜。

罗老师有着修长的身材，在个子偏矮的四川人中显得有些"鹤立鸡群"。他与当时红遍大江南北的电影《青春之歌》的主角"卢嘉川"不仅形似，而且神似，才二十六七岁的年龄却显得老成持重。我们上高二时，罗老师和他那位青梅竹马、在工厂当工人的女友结了婚，我们曾争先恐后去目睹师母端庄贤淑的风采。三十多年后，我去罗老师家拜望，给我开门、让座、沏茶的仍然是这位师母，头发虽已斑白，风韵、仪容犹存。

语文老师首先要过普通话关。罗老师是地道的四川人，有言道："天不怕，地不怕，就怕四川人说普通话"，大抵是因为"四川普通话"没有卷舌音、鼻音之分，很不受听。可罗老师却说得一口标准的普通话，原来他身上总是揣着一本字典，为了不让谬误与普通话一起被推广，凡有吃不准的字，他都要查过字典才发声。罗老师不仅在课堂上坚持讲普通话，课下也讲；不但在校内讲，校外也讲。记忆中我从未听见他讲过一句乡音。在我的家乡，推广普通话的阻力很大，一个四川人对其同乡不讲四川话而讲普通话，常会遭到嘲笑。轻者说你"鹦鹉学舌"，重者骂你"贵州驴子学马叫"。罗老师此举实在有些曲高和寡。我离开中学十三年后，从大巴山考进上海的一所名牌大学，罗老师千里迢迢到上海出差来学校看我，说的还是一口纯正的普通话。有时我甚至想，罗老师如果改口说四川话反倒有些做作了。

罗老师到学校看我很有一点迂回曲折。他一开始去数学系找我未果，又去物理系、化学系，直到去了我们隔壁的生物系，才打听到我在政教系。当罗老师兴致勃勃地告诉我这段寻人经历时，我心里不免有些抱屈。其实中学时代我虽然也受了"学会数理化，走遍天下都不怕"的思潮影响，但对罗老师的语文课自始至终还是很喜欢的，而且 1978 年高考如果不是政治成绩考了 96 分，也许我就进了中文系的门。尽管如此，我的一生还是与中文结下了不解之缘。

大凡中学语文课，从时代背景到解释词语、分段、写段落大意、归纳主题思想、分析写作特点……总是免不了的，但是到了罗老师的语文课上，这些枯燥无味的程序却变成了引人入胜的"万花筒"。罗老师从不按教材的顺序讲课，而是按照课文的内在联系重新分拆、组合成不同的单元给我们讲解，有的课文侧重讲篇章结构，有的则侧重讲写作特点，让我们对他的语文课始终充满好奇心和新鲜感。他还将课文分为"重点""次重点"及"阅读"三种类型。属于"重点"的课文，罗老师必字斟句酌认真解析；对于"次重点"的课文，他就提纲挈领讲个大概，余下的让我们自己完成；而"阅读"类型的课文，则完全放手让我们自己咀嚼消化，但也马虎不得，因为罗老师会变换不同的方式来考核我们。

我们的高中语文教材曾选用过杜甫晚年诗作《羌村三首》中的一首,诗中写到:

　　峥嵘赤云西,日脚下平地。柴门鸟雀噪,归客千里至。
　　妻孥怪我在,惊定还拭泪。世乱遭飘荡,身还偶然遂。
　　邻人满墙头,感叹亦歔欷。夜阑更秉烛,相对如梦寐。

　　罗老师把这首诗归于"阅读"类型,在交代了杜甫写诗的时代背景后,他让我们做一篇作文,将这首诗改写成白话文。

　　作文成绩发下来,我竟然得了95分。这不仅是我本人中学时代作文的最高分,也是我所在的班级中学六年作文成绩的最高分。兴奋之余我心知肚明,凭我少不更事的年纪,何以能揣摩老年杜甫忧国忧民的沧桑情怀? 这只能归功于罗老师"传道授业解惑"给了我灵感。他向来很重视我们的作文课,认为写得一手好文章是人生最重要的技能之一。每两周一次的作文及作文后的评讲他都雷打不动。而每次评讲他都会挑选一两篇同学们自己写的作文来朗诵和分析,从中我们不仅获得了自信,同时也悟出了他所欣赏的文章离不开真诚、平实和富有内涵。

　　在我们高中三年的语文课本中,凡鲁迅的文章诗词都是罗老师的重点。"闰土""祥林嫂""小栓"和"老栓"、"破帽遮颜过闹市"的"我"等等鲁迅笔下的人物,经过罗老师绘声绘色的讲解,都在我们眼前变得鲜活起来,直到现在还栩栩如生。我还记得他在讲《纪念刘和珍君》时,显得特别激动,仿佛当年他也曾和刘和珍们一道面对敌人的枪炮,发出自由的呐喊。

　　语文课当然不是政治课。罗老师充分利用他的形象和语言的优势,把中学语文的结构美、文字美、韵律美、情感美等表现得淋漓尽致,就如他反复吟诵,又带领我们齐声朗诵的李白之著名散文诗《蜀道难》一样,虽然大部分原文我已不能流畅地背诵,可李白及历代文人留下的美文精品中那铿锵优美的韵律、那震撼心灵的气势、那精练简洁的文风和感天动地的爱国情怀却深深地渗透到我们的思维模式中,滋润着我们的心智性灵,规范着我们的行为举止。

进入高三,社会上的"左风"愈刮愈烈,校园不再鸟语花香,书声朗朗。我们班又一次成为全市的"重点",不过这一次不是"优秀班级"和"五好中队",而是"贯彻阶级路线"试点。教室后墙往日生意盎然的"学习园地",如今被"小字报"所取代,"小字报"者,"大字报"之前身也,里面的内容清一色是"出身好"的同学批判"出身不好"的同学。前不久,我还听到以前同年级其他班的一位同学讲,他们班曾被动员来看我们班的小字报。

罗老师此时也岌岌可危,平时闲话就少的他,更加沉默寡言。但是只要一站到讲台上,他依然焕发出昔日的光彩,腰板依然挺直,眼光依然一视同仁。有一次罗老师在课堂上突然宣布,要我们每人每天像小学生一样,在方格纸上用钢笔写一页小字,理由是我们的字都写得很糟糕,必须坚持练习方能进步。全班四十多位同学每人每天写一页,一年就有一万多页,而罗老师必一笔一划认真批改,改完了还要评分。仅此一项,他的工作量就可想而知。得了5分的写字作业,他都张贴到"学习园地"展览。开始时我的字只能得3分,后来渐入佳境,多半能得4分,偶尔也得过5分。而我得5分的小字也可以和其他同学的一样光荣地进入"学习园地",盖住了那些批判我的"小字报"。那一刻,方格纸上的红5分,就像黑夜里明亮的烛光在我面前快乐地跳舞。

高中毕业我被剥夺了上大学的资格便下了农村。凭借罗老师教给我的一手写字作文的绝活,我在当地小有一点名气,不时被抽调去帮这个领导写报告,帮那个会议写发言稿,包括几次县里的大会,不仅可以免去几日劳役之苦,还可以趁机打几顿"牙祭"。最后也是因为这个原因,我被县委驻我们公社的整党建党领导小组发现,从而告别了知青生涯,调去一所公社小学教书。事有凑巧,我在公社小学教的也是语文。没有受过正统中文教育的我,传授给学生的语文知识全都是从罗老师那里"复制"来的。在那个交"白卷"光荣、学文化可耻的时代,学校里的正常秩序完全被打乱。为了让学生能学到真本事,我坚持带学生早读,坚持给学生布置作业包括每天写字,也坚持批改评分,为此招来不少流言蜚语,但有罗老师作榜样,我充满了百折不挠的勇气。

打倒"四人帮"之后,我终于圆了大学梦,也就有了前面和罗老师在校园里久别重逢的一幕。大学毕业后我投笔从商,历经荣辱盛衰,后来嫁给一位教书先生。我先生在大学里教了一辈子中文,他鼓励我重新提笔,学习写作,使我在硝烟弥漫的商场上找到一片寄托灵魂的净土。

校园重逢以后,罗老师给我写了一封信,信中披露了一个埋藏在他心底十多年的秘密。由于"出身的低贱和血统的卑微",他在我轻信盲从、应该给我指点迷津的时候,却违心地选择了沉默,为此他深感内疚。可是在我看来,罗老师既没有"在沉默中爆发",却也没有"在沉默中灭亡",作为一位极富才华的语文老师,他以"保持沉默"的高昂代价,捍卫了自己的良知和人格,换来了连教我们三年的资格;而我则借助他教给我的行为准则和基本技能,在人生的磨难中学会了站稳脚跟。

改革开放以后,罗老师被抽调到市教师进修学院教中学教师的语文,我衷心祝愿罗老师的学生薪火相传,烛光长明。

一场骗局

我们是"文革"前最后一届参加高考的高中毕业生。在当时那样的形势面前，我只能接受上一届学长"出身不好"考不上大学的教训，选择不了自己的出身，就选择自己的出路。为此，我连续写了六份书面申请，要求不参加高考下农村。其实潜台词是，很害怕背上一个"考"不上大学的坏名声。三年前热情挽留我报考巴蜀高中的王校长单独找我谈话，眉宇间增添了几丝忧愁，口吻也绝无当年那么有把握："你不是说要'一颗红心，两种准备'吗？考大学也是祖国的需要嘛，你应该带头考好，考不上大学再下农村也不迟。"我知道这是老校长在当时自身难保的情况下，能够告诉我的心里话，寄托着他的祝愿和期望。自那以后，我再也没有机会听他讲话。最后一次见到他，是在"文革"中，他被扣上一顶高帽子，敲着一面锣，身上横七竖八地贴着标语口号，被一群"红卫兵"押着在游街。我看不清那些纸条上写着什么，也听不见他嘴里说些什么。只见他低垂着头，脸色蜡黄。我含泪的视线一直跟随着他消失在马路尽头。事后不久，我便听说他去世了，死于肝癌。

我就这样被动地参加了"文革"前最后一次高考。由于心灰意冷，我也没有好好复习。那一年正是反法西斯的二战胜利二十周年，上映了不少前苏联的影片，如《列宁在十月》《斯大林格勒保卫战》《他们有祖国》等等，我就在上晚自习的时候，一个人跑去看电影，为影片的内容、为自己的遭遇流了不少眼泪。就这样捱到了高考前夕又要填表了。我拿到表后，几乎想也没想，就在"重点大学"和"非重点大学"的十个空格里，无一例外地全部填上了农学院，排名从北京农学院到最后一个新疆建设兵团农学院。不是我对农业感兴趣，也不是我觉悟高,要为改变中国农业落后面貌作贡献,而是我以为像我这样的"出身",能考上一个农学院就算不错了。

表交上去后的第二天,平时和我划清界限的班主任罕见地找我谈话,声音压得比较低,笑眯眯地对我说:"学校研究过了,认为你的成绩和表现都不错,你可以报考北大化学系,那个系在全国都很有名。"听见班主任这番话,我仿佛钻进了云里雾里,头脑一片空白。类似这样的话,我以前听过不少。如今是著名高分子化学家、中科院院士的二姑父程镕时,就曾是北大化学系研究生,从我初中有了化学课起,他和我的家人就经常鼓励我报考北大化学系。我的一位表姐1963年考上北大化学系,特地到我家把她的校徽别在我的衣襟上,让我情不自禁地做了一回北大梦。但高三的经历让我连上北大的梦都没得做了。

而现在,班主任却对我说出了这样的话,勾起了我沉淀在心灵深处对北大的向往。再说学校说得也对,我的成绩和表现确实不错,莫非颠倒的历史又颠倒了过来?我下意识地掐了掐大腿,明明有痛的感觉,那就是说,这不是做梦!于是我毕恭毕敬地重新填写了一张表,把北大化学系填在了十个志愿的第一格里。

哪知重填的志愿表交上去的第二天,班主任又拿着一张空白表来找我。这一次,她省略了客套话,直截了当对我说:"北大化学系还不是全国最好的系,最好的要数清华大学土木建筑系,系主任就是梁启超的儿子梁思成。你可以报考这个系。"恕我孤陋寡闻,若她不告诉我,我还真不知道清华大学土木建筑系当时的系主任是梁启超的儿子梁思成。于是,我又一次坠进云里雾里,大笔一挥,在第三张表十个志愿的第一格里,端端正正地填上了"清华大学土木建筑系"几个字。这是我第三次修改升学志愿表,第一次是小学毕业升初中,修改的结果是考上了重庆市重点巴蜀中学;第二次是初中毕业考高中,原打算报考市三中、一中，后经校长说服更改过来，继续在巴蜀读高中；这是第三次，与前两次只改填了一张表不同的是，改填了两张表。

班主任要我改填清华大学志愿的消息，不知怎么传到了班里。于是传来了"癞蛤蟆想吃天鹅肉"的噪音，我有班主任的话垫底便装没听见。上了高三，团支部还分配给我两个平时成绩很差的干部子弟，要我负责辅导他们，保证他们考上大学。虽然不敢打包票，我还是尽心尽力去做。后来的结果不负众望，他俩都"考"上了。而我呢？

高考结束后，我心安理得地回家等通知了。一等二等三等，等到最次的大学录取通知都发完了，还是没有我时，我才意识到，我没考上大学！不仅没考上清华，而且连一个农学院也没考上——我私下留了一手，除了改填第一志愿外，其他九个志愿仍然照搬了农业院校。我们家同命相连没考上的还有我的同窗堂妹和她也在巴蜀初中升高中的弟弟。在遭遇了有生以来第一次考试名落孙山的打击之后，我拼凑起支离破碎的心情，去学校报名兑现"一颗红心，两种准备"的第二种准备：上山下乡。

在教师办公室里，我碰见了班主任，很不好意思地告诉她，"我没收到录取通知"，实在不愿说"我没考上大学"。只听她若无其事地"哦"了一声，然后说了句："大概是志愿填高了。"我表示同意。在此之前，我的亲朋好友无一不认为我没考上大学的原因是志愿填高了。尽管是班主任主动叫我改填的志愿，但毕竟是我亲自落的笔，我自不量力，只能咎由自取，无话可说。这时我高二年级的班主任正好在旁边，听到了我和高三班主任的对话。她像是自言自语，又像是对我说："没想到，我前后两个班的班长都没考上大学。"她说的是高六四级毕业的一位男同学，他品学兼优，曾担任过校学生会主席，每次学校举行数理化竞赛，他都位居榜首。因为"家庭出身"问题，他没有考上大学，便带头下了农村。多年后，我和他重逢，才知道他的家庭出身非但没问题，还为国家立过大功。他的父亲在抗战时担任重庆一家兵工厂的供应科主任，英语很好。那时美国的援华武器都用零部件方式先运到印度，再通过滇缅公路运往重庆的兵工厂组装。由于运输时零部件没有配套装箱，运到兵工厂后不能及时组装，从而延误了战机。为此工厂派他的父亲坐镇印度，将零部件一一配套后再装箱运回。他父亲在印度一待就是三年，保质保量完成了任务。没想到这段光荣的历史，在后来的运动中竟成了"无人证明"的"悬案"，不但自己受迫害，还殃及儿子考不上大学，女儿初中毕业考不上高中，两兄妹一起去了大巴山。将近四十年后，我们为了出版一部回忆文革前老知青的书重逢时，他给我道歉，说当年不该带这个下农村的头。我安慰他说，他不带这个头，我也会去的。因为脑子里没有自己的思想，唯有再一次选择听党的话，那一年我十九岁。

祖父"由十八岁起在社会上奋斗"，投身四川保路运动和辛亥革命。他还联系中国的实际，博览群书，学习别国的经验教训，并做了认真思考，"从中寻出一条可走之路"，这就是他毕生为之奋斗的"将整个中国现代化"的路。而我在他走上社会的年纪，却决心与贫下中农在思想、生活上"看齐"，其实质就是放弃知识、放弃上进、放弃独立思考，更放弃我应有的社会历史责任，彻底蜕变为愚昧无知的驯服工具。

1972 年 3 月，我在当了七年农民后，被上调到当地的县文教局（当时叫县革委文教办）工作。在我的档案从知青办转到文教办的过程中，一位好心的领导冒着"违纪"的风险，让我"偷看"了保密的档案。档案袋里除了有几页"照本宣科"我毫无兴趣的"政审"材料外，还有一张我 1965 年考大学时填写的志愿表。这张表引起了我的注意。

我迫不及待地打开它，查看当年我无权看到的另一部分内容。

视线从高三毕业"成绩"栏移到"优缺点"栏，一切还算正常，"成绩"栏里除了体育 80 多分，其余都在 90 分以上；"优缺点"栏里说我"高举毛泽东思想伟大红旗，成绩优秀，尊敬老师，团结同学……"，一个缺点都没有。再往下便是"此生是否录取"栏，上面竟然写的是"此生不宜录取"，还盖了一个母校党支部的大红印！我的身心顿时感到天崩地裂般的疼痛！既然我这个人"不宜录取"，为什么不批准我放弃高考下农村？为什么还要我一而再、再而三地改填报考志愿？为什么要设下冠冕堂皇的圈套，引诱一个中学生做那些她根本就没有权力做的梦?！刹那间，母校在我心灵上留下的美好印象，母校教给我的为人处世信条，都如雪崩一样地轰然坍塌了。

从我个人的感受出发，"文化大革命"应该从 1964 年算起。而它对于我来说，好比是伊夫堡监狱对于基督山伯爵：生活从此掀开了掩盖瑕疵和丑恶的面纱。区分真善美的标准，我得重新排列组合。后来得知，我们这一批"不宜录取"生，高考的卷子都没有开封。

祖父无论如何也不会想到，他最疼爱的长孙女，被他热心参与创建并作出"巨大贡献"的学校剥夺了受教育的权利，取缔了上大学的资格。

自我流放

在大学的校门向我关闭的同时，我便逆来顺受地关闭了通往知识殿堂的心扉。而我的祖父出身贫寒，虽小学毕业就没有上过正规学校，却没有丝毫的自卑。他十五岁就自觉走上自学之路，并且坚持终生，竟至能与当时中国众多一流学术文化大师交往。不仅教过小学、中学、大学，还创办过小学、中学、大学。

祖父有兄弟妹六个，他排行第二，自幼得长兄卢魁铨影响和辅导。七岁时与长兄一起进入合川县北门外李家私塾读书，进步迅速。八岁时与长兄进入合川县瑞山书院学习，对学习环境百般珍惜，对各门功课均感兴趣。小学毕业时，除成绩全优外，还自学完初中的代数、平面几何以及相当于高中水平的国文读物。求知欲驱使他迷恋阅读，手不释卷。他最喜欢数学，常说做事也要像做数学题，困难的事就是数学的"难题"。要像做数学难题那样去解决困难，主要是理出头绪，排列组合，抓住要点，各个击破。二十一岁那年，祖父赠送友人一条幅，上书："学到精微惟一，法随时世乃迁。"

在学以致用方面，祖父也是十分成功的。抗战中，祖父在组织指挥宜昌大撤退时采用的"三段航行法"，即把重要的物资和大件器材从宜昌直接运到重庆，其余物资和器材按轻重缓急次第卸在宜昌附近的三斗坪、三斗坪至万县各码头以及万县到重庆这三段，押后再陆续运到重庆；以及他担任全国粮食管理局局长解决前线后方粮食危机时采用的"几何运粮法"，即先用人挑肩扛从偏远乡村运到有公路或水路的指定地方集中，再用汽车、手推车和船只等较简易便捷的交通工具，运到交通要道上的各级政府粮仓，然后再根据需要运送到前方和后方目的地，仅在四川巴中一个地区，就曾一次性动员了三十万人运粮，都充分显示了祖父的数学才华。有学者指出："将复杂万分的粮食运输问题，缩小到易于管理的最小范围，变得简单明了，卢作孚真是深谙数学美学意蕴并将之成功导入实践活动的典范人物。"[1]

祖父自学数学时，把中文版的数学书都学完了，就自学英语攻读英文版的数学书。他二十一岁时，在重庆中西书局出版了《应用数题新解》，署名卢思，这是祖父正式出版的第一部著作。该书内容分两部分，第一部分为"四法揭要"，包括四则运算的定义、定理、演算规则

---

1 冉华德著：《创业雄略——卢作孚大传》，中华工商联合出版社，1998 年 6 月第 1 版，第 280 页。

等;第二部分为118道应用数学题以及解答。该书最后附有"卢思现将出版之著述"目录,计有:《最新中等几何学讲义》上卷(平面部)、中卷(平面部)、下卷(立体部),《最新中等平三角讲义》(全一册),《最新中等代数教科书》(全一册)等。[1] 但目前还不能确定这些书最后有没有出版。

祖父自学英语的习惯则保持了一生。抗战中他为更多地了解国际形势,常看美国的《生活》杂志、《时代》周刊、《纽约时报》、美国和苏联大使馆的新闻简报等。以这种孜孜不倦的精神坚持下来,到抗日战争胜利不久,他已读完丘吉尔的《第一次世界大战回忆录》厚厚两卷和《艾森豪威尔回忆录》全卷。另外还听了罗斯福演讲的多张留声片。40年代中期,他还常常同晏阳初先生交流阅读经验,令晏先生大为叹服。

祖父一生重视教育。五十多岁时,他到重庆大学商学院任客座教授,讲授自己撰写的《工商管理》,大教室挤满专业内外的学生和老师,连窗外通道都站立了不少院外听众,知道的人都认为是奇迹。其实这是他一辈子不倦自学和不断实践得来的,践行了"穷则独善其身,达则兼善天下"的古训。

"兼善"二字可谓祖父事业的标配。祖父在北碚创办了兼善小学、兼善中学,还创办了一家兼善实业股份有限公司,祖父任董事长,兼善中学的校长张博和兼总经理。张博和与周恩来是南开大学的同学。这家公司由兼善公司与民生公司合资组建,主要经营农场、机制面粉厂、机器碾米厂、营造、林场、木材、砖瓦、石灰、畜产、商品公寓、餐厅等业务,经营所得用于资助文化教育和农业科研等机构。著名画家黄苗子先生的夫人、同是画家的郁风女士,是我大姑在金陵大学

---

1 张守广著:《卢作孚年谱长编》(上),中国社会科学出版社,2014年3月第1版,第37页。

的同学。十多年前，旅居美国的大姑回国探亲来北京，我和家人陪同她与黄苗子夫妇聚会，席间黄苗子告诉我：当年他和郁风的新婚蜜月旅行去了北碚，下榻兼善公寓。半夜突然有警察敲门，要检查他们的结婚证。可是他们没带结婚证，正僵持不下时，黄苗子想起了我的四祖父卢子英，于是请来卢子英当场作证，才解决了这一难题。黄苗子一边说，一边笑，思绪还沉浸在那次兼善奇遇里。至于兼善餐厅，以其特有的"兼善汤""兼善面""缙云填鸭""清蒸裙边"等菜肴而闻名，去过的名人就很多了，如冯玉祥、孙科、老舍、郭沫若、梁实秋等。据说50年代期间，邓小平、刘伯承、贺龙也曾去那里进餐。

而此时的我却与祖父的自学人生背道而驰，不仅没想到兼善天下，连独善其身也放弃了。在巴蜀这个重点中学从初中读到高中，以品学兼优的成绩毕业，因莫须有的"家庭出身"问题，"没考上"大学后，我又一次面临两种选择：留城还是下乡。父母当然希望我留在城里。但我却头脑发热，无论如何要下农村，还要求到最艰苦的地方去"脱胎换骨干革命，广阔天地炼红心"。潜意识里则是要躲开同学、熟人，最好的隐身之处便是农村。

我祖母有位好友的儿子刘隆应，当时是重庆市八中的校长，他要我去那里教书。这位校长和他母亲早年流落重庆街头时，被我祖母发现，祖母将他们母子带回家中，后来又介绍他母亲到自己创办的民生公司家属工业社工作，赚了钱抚养儿子读了大学。祖母和他母亲的好友关系保持了一生。小时候我们就认识他母亲，亲热地称她"刘婆婆"，曾跟祖母一起去刘婆婆家，也就认识了她的儿子刘隆应。刘隆应还在我们家附近的十四中当过校长。但我去意已定，非下农村不可。父母也想过让我去北碚，那里还有祖父当年搞乡村建设的余温，但我嫌离家太近，不利于改造思想。还有一位世交在我祖父以前创办的位于四川江津地区的柑橘研究所工作，研究所也有实验农场。

她热情邀请我去，我勉强同意了，父母便给我买了火车票前往。哪知就在此时，我偶然得到消息，四川达县（现名达州）地区来巴蜀中学招收知青，那里离重庆更远、更艰苦，也更方便隐匿于世。我立即到学校报了名。下农村是不设任何门槛的，我被当场批准，去江津的火车票便作了废。父母没有阻拦我，而是尊重了我的选择。

还记得当时母亲给随工厂搬迁到远郊的父亲写了一封信，信上说："从今天起，我们就把女儿交给国家、交给党了。"我后来当了母亲，才体会到当年母亲的心中是多么悲戚和无奈。

就这样，我和本校三十多位同命相连的高、初中毕业生一道，去了四川最艰苦的地区之一、当年红四方面军的根据地大巴山区万源县，在那里劳动、工作了十三年。祖父进行现代乡村建设实验的嘉陵江三峡地区与大巴山一脉相承。祖父在1927年受命出任该地区峡防局局长，负责剿匪和维持治安。但祖父的志向却远不止于此，他不仅要消灭土匪，还要消灭产生土匪的土壤，要把以北碚为中心的这个区域"经营成一个灿烂美妙的乐土，影响到四周的地方，逐渐都经营起来，都成为灿烂美妙的乐土"[1]。

一位家住北京，在北碚度过童年和少年时代的周泰瑛老人对我讲过她的难忘经历，其中说道："卢作孚创办的兼善学校下有实验小学（后改名兼善小学）。我读过这所实验小学。小学是平房，很简朴，但教资很高。大门口有个很大的穿衣镜。每个学生进校时都要对着镜子检查自己身上、脸上是否干净整洁。如果有问题就得先洗干净才能进去。卢作孚的母亲60岁生日时（1935年），各界送了不少礼，其中一部分用来修建了火焰山公园（即当时北碚的平民公园，现在的北碚公园）的清凉亭，另一部分换成美元到英国进口了很多书和玩

---

1 《两年来的峡防局》，江巴璧合四县峡防团务局1929年刊，第2页。

具。我们很喜欢这些礼物。每次看书和玩玩具前都要把手洗干净。看了、玩了以后，要把书和玩具收拾好。这些书和玩具给我留下很美好的印象。""北碚有很大的公共体育场，经常开运动会。体育设备相当好。有一个网球场，用高高的水竹做的围墙。""北碚还有个大礼堂，经常演剧。还把当地一些恶劣的事情编成剧来演出，让大家受教育。那时的风气很先进、很文明，男女一块玩，没出过事。""北碚每逢升国旗的时候，都要吹号。只要号声响起，所有的市民都会驻足立正。这是我在其他任何地方都没看到的。""北碚在我印象中就像人间天堂，人与人之间的感情很深、很纯洁，小时候在北碚的生活影响了我的一生。"

时隔四十年后，我离开长江边的青草坝去大巴山万源县的草坝区草坝公社落户时，图的只是逃离打着"革命"旗号的阶级歧视，隐身于偏远的农村。我与当年祖父的理想、目标和实践几乎是逆向而行。

上山下乡

上篇　上山办场

星火茶场

根据四川省当时的政策,我们这样的老知青上山下乡,不是插队落户,而是集中起来创办属于人民公社的农场、茶场、林场,简称"社办场",据说在全国,四川省是独创。这些农场基本上都开办在山上,故统而言之称为"上山"。每个场里三五十个知青不等,公社再从生产队抽掉几个农民来指导知青干农活。也许上级认为这样集中起来便于管理,实际上是放任自流,让知青自己管自己。我们学校报名到川北达州的应届初高中毕业生有三十七人,其中五名初中生比我们早一个月出发。我们高中生是 1965 年 10 月的一天离开重庆的。头天晚上在汽车站附近的一家旅馆过夜,在那里过夜的还有不少别的学校的"没考上"上一级学校的初、高中毕业生。第二天天不亮就分乘十多部卡车连人带行李向达州地区出发了。有的家长赶来送孩子,我没要父母来,不忍心他们看到这样的场面。

从重庆到达州有四百多公里,那时还是土路,卡车要开大半天。每部卡车上坐三十人左右,我们学校的三十二个同学分乘两部卡车,加上行李,显得很拥挤。在一个拐弯处我身边有个箱子歪倒,压在我的腿上不能动惮,原先搁箱子的一小块空地很快就被另一条腿占据,我只好强忍着箱子的压迫,腿麻木得几乎失去知觉,直到车停下来小休时才移开。我当时只带了一床被子、一个装了几件衣服的手提袋和一个网兜,兜里放了一个洗脸盆和几件杂物,与上中学住读时带的东西差不多,所不同的是,知青安置办公室给我们每人发了一件棉袄。棉袄是深蓝色的,知青们统称劳改服。七年后,我从农村上调到县城工作,还是这副行头,只是劳改服已经破烂就放弃了。

比行李更简单的是我们的心情。我们一路唱歌,一路欢笑,像是出门旅游,而不是上山下乡扎根农村一辈子。记得我们前面的一辆车上,有几个学生站在车厢后面,脸冲着我们,其中一位男生一直在笑,不停地笑,我们中特幽默的一位同学就给他取了个外号叫"笑嘻嘻"。"笑嘻嘻"后来和我们分在一个公社,但在另一个农场。记不得他后来是不是还那么爱笑,因为我们的注意力都转移到对付应接不暇的艰难困苦上了。

到了达州后,当地的知青安置办公室看到我们这批人"文化水平高",年龄大,相对成熟一些,打算把我们分散到不同的社办场,起个带头作用。但我们坚决不同意,提出的交换条件是,宁肯到最艰苦的地方也不拆分。地区安置办最后满足了我们的要求,把我们分配到与陕西镇巴县交界的万源县,也就是著名的"万源保卫战"发生之地。后来的经历验证了地区安置办的确是与我们"等价交换"的。在达州住了一两天后,我们又乘上卡车一路向北,往与达州相距三百多公里的万源县城进发。那时的万源县城很小,也很闭塞。当地流行一句戏言:刮风的时候,可以把头上的帽子从城头吹到城尾。县城的居民看见我们,那表情就像看见了外星人。后来随着国家三线重点工程的迁入,特别是襄渝铁路的开通并经过万源县城,城区规模和开放程度就不能同日而语了。

县知青安置办公室的干部对我们很热情,请我们在城里住了两天,打了几顿牙祭,那是我们后来很长时间都没有享受过的待遇;告诉了我们的目的地是万源县草坝区草坝公社,任务是到山上创办茶场。第三天一早,我们再次乘卡车,经过两三百里蜿蜒曲折、惊险迭出的土筑山路,到达通往茶场附近的岔路口,下来步行五六华里才能到目的地,当时那里还没通公路。早我们一个月到达的三十多位各个学校的初中生,手里举着野花野果,早就等候在岔路口迎接我们,其中就有我们学校毕业的五位初中生。他们见到我们就像见到亲人般分外高兴,有的还流出了热泪。在以后的日子里,我们才体会到他们那天是什么样的心情。

大巴山的草坝和重庆长江边的青草坝一字之差,却有天渊之别,是出了名的贫困山区。我们茶场所在的那座山是视线范围内最高的山,据说有海拔一千三百多米,山上覆盖着原始森林。当地人叫这座山罗家寨,事缘山顶上有个防土匪的寨子。我们去的时候,罗家寨只剩下断壁残垣,我们在 1966 年五四青年节时,曾上去过了一次团组织生活。

这座山还有个别名叫"大坟包",因为民国时期有位叫张正学的区长死后埋在这里而得名。张区长的墓请了一百多位石匠,为首的是技艺超群的喻以明、喻以绪两兄弟,花了三年功夫才建成。墓园不在我们场的必经之路上,但老场员曾带我去看过。面积不大,却很气派,仅仅是墓前的一张石头供桌,就雕刻得精美绝伦。桌上摆着的各种祭品,如鸡腿、猪蹄、腊肉、鱼等等都活灵活现,其中最奇特的是一把仿真算盘,也是石头雕刻的。算盘的珠子竟然全都可以在同样是石头雕刻的一根根细杆上来回拨动。我当时就很惊诧,这得花多少工夫啊!其中的一雕一刻都马虎不得,一不小心就前功尽弃,而且这把石头算盘还与石头供桌相连,废弃的就不只是算盘了。墓上有这样一副主对联:

更不外月白风清似无半点尘埃
到此间地久天长又是一番世界

县长邹明光题

对那时的我们而言,此间何尝不是又一番世界?所幸没有地久天长。万源的老友发来了墓园的近照,已经是一片废墟,供桌连影子都没了。老友说,盗墓猖獗,稍好的石雕都被盗卖了。很可惜,它原本是可以作为一件稀有文物保存下来的。当然,没有保存下来的又何止于它?

　　说是茶场,却没有一株茶,放眼望去就是一片原始森林。刚在场附近的老乡家借住不久,有点文化的区委书记杜兴杰来了,带领我们在原始森林里走了一段,很大气地说:"你们这个茶场很大很大,用眼睛看得到的地方,都是你们的领地!"我们听了激动得忘乎所以,其实我们茶场因为山高,视线可达方圆二三十公里,而且多半都是已开垦的农地,哪有可能都是我们的。书记越说兴致越高,顺口给我们场取了个富有深意的名字"星火",我们便飘飘然地试图"燎原"。我心血来潮,信手写了一首歌词《星火赞》。茶场一位知青,也是我的中学同学主动谱了曲,歌词有两段:

红军战斗在巴山
千里冰霜脚下踩
豺狼虎豹何所惧
大刀阔斧把路开
一代忠臣
　　大巴山上献生命
英雄业绩
　　要在巴山传万代
红军开的路
我们脚下踩
鲜血浇的花

我们细心栽
大巴山上颗颗红心向着党
星火燎原成长革命新一代

大巴山上红花开
红军精神春常在
我们是山区建设者
我们是红军下一代
学习红军
　　　革命传统要继承
学习红军
　　　万里长征从头迈
红军开的路
我们脚下踩
鲜血浇的花
我们细心栽
大巴山上颗颗红心向着党
星火燎原成长革命新一代

这首歌当时传唱很远，并成了我们场老知青的保留节目直到如今。我后来才知道，祖父当年在北碚创办的兼善学校，收养了不少大巴山地下党的孤儿，学校待他们很好。按我们下乡时的阶级路线划分，这些孤儿才是正宗的"红军下一代"，我们则是"梦里不知身是客"，属于另类。

从1927年起，祖父出任北碚峡防局局长后，为了培养新型建设人才，面向社会公开陆续招考十六至二十五岁的文化青年约五百人，组成学生队、警察学生队和少年义勇队，全方位进行军事、文化、体育、卫生、科学技术、社会时事、行政与经济管理以及人品和思想修养等方面的培训,力求使他们成为大公无私为人民谋福利、移风易俗建设新乡村的得力人才。1928 年成立少年义勇队第一队,由四祖父卢子英担任队长,队员三十余人,学时一年,学员们集中住宿,培训生活生龙活虎、紧张有序。祖父勉励他们要"忠实地做事,诚恳地对人",并把这十个字写在他们营房的围墙外面。祖父还请周孝怀(善培)先生为少年义勇队写下了气势非凡的队歌歌词,请人谱曲,队员每逢训练必演唱。歌词谓:

争先复争先,争上山之巅。上有金璧之云天,下有锦绣之田园,中有五千余年神明华胄之少年。嗟我少年不发愤,何以慰此佳丽之山川?嗟我少年不发愤,何以慰此锦绣之田园?嗟我少年不发愤,何以慰此创业之前贤?[1]

无论是精神、境界、胸怀,还是文笔,两首歌的歌词差距之大,高下立判。而少年义勇队一方面成为建设北碚各项事业的骨干力量;一方面还多次爬山、涉水、住帐篷,到周边和边远地区进行科学考察,为祖父创办的中国西部科学院收集动植物、矿藏、物产、经济、教育、交通、治安、法制、民族、民俗及宗教等多方面的第一手资料,供科学院有关院所和有关政府机构研究参考,从中也受到多方面的训练。而我别说做不到,也压根儿没有想过。

自力更生建场

刚开始,我们的茶场还是一片原始森林,我们暂住在附近的老乡

---

1 张守广著:《卢作孚年谱长编》(上),中国社会科学出版社,2014 年 3 月第 1 版,第 142 页。

家,吃饭和睡觉各在一个院子,两处相隔两百米左右。每天吃了早饭就去一两里路外的原始森林劳动,干到太阳快落山再回来吃晚饭。我们下去不久就下了第一场雪,那是我们在重庆时从未见过的大雪,但与后来见到的巴山雪相比,就是小巫见大巫了。在大雪封山之前,我们最先受到的考验还不是艰巨的劳动,也不是想家的难受,而是因水土不合,几乎所有的知青脚上都长了疮,俗称"风水疙瘩",不小心擦破了皮就会流出黄色的液体,粘在袜子上,晚上脱袜子时常常撕破肉皮,疼得钻心。每天晚上都得过这一关。平时脱衣上床是须臾之事,此时却得花上不少时间,困极了也不得安睡。白天还没法请假,因为我们必须赶在大雪封山之前搬到场里去,这时候首要的任务就是盖房子。当然,这与我们后来插队时遇到的"水咬人"相比,就不算回事了。

当时流行一句话"要在一张白纸上画最新最美的图画",可是我们六十多位知青再加上五六位生产队的农民(我们称之为老场员),七十多号人要住的房子,却没有一张设计图,更没有工程师,全凭几位农民过往的经验直接搭建。所有建筑材料全都就地取材。不出一月,一栋两层楼的房架子在山头上拔地而起,利用的是古传的穿斗(也叫穿逗、穿兜)和榫卯结构。这种结构的房子一般来说比较牢固,也省钱,但天长日久,有的房子会发生偏斜。后来下乡插队,曾亲自参加过一次"正房"的劳动。我们院子里一户农民的房子年代久了,有些偏斜。队里的老乡就在生产队长的指挥下,在地上不同的位置安装了无数个杠杆组合,这些大大小小的杠杆组合被绳子串连在一起,然后大家利用杠杆原理,在几个主要的杠杆组合上一起用力,居然就把偏斜的房子拉正了,令我们真实验证了物理课上学的知识,充分体现了老祖宗的智慧和农民的精明。我们那座新房子的柱、檩、椽子和隔板全是用我们砍下的树做的,房顶的瓦是用牛踩得粘稠的泥土做成瓦坯，再用自己筑的瓦窑烧出来的。房子有两层楼，楼下前后各五间宿舍，每间房大约15平方米，楼上是会议室、图书室和堆放杂物的储藏室。从在原始森林里砍树、割草、修路、平屋基开始，到建房、盖瓦、搬进新家为止，我们一共用了不到两个月的时间，赶在了封山的大雪之前。不过这座新房还没等到歪斜，就与社办场一起消失了，这是后话，暂且按下不表。

祖父在1936年写的一篇文章《中国应该怎样办》里，也提到了在白纸上画画，他是这么说的："我们国家的未来，却可依了理想亘成。一般已经成熟了的国家，是已经染污了的纸，我们却是在一张白纸上去着丹青，因此她的美丽是可完全如我们的意，比世界任何国家值得努力，而这一幅美丽的图画是完全操在我们的手上，只看我们怎样画法了。"他还常常说：我们的头脑要有现代整个世界那样大，能够在非常明了的整个世界的状态之下决定自己的办法；要有整个国家那样大，在非常明了的国家紧急状态之下决定自己的任务。"未来的中国是要从现在的中国着手创造起，因此应得画出两幅图画。一幅是中国的现在，一幅是中国的未来，还要画出若干道路，使每人知道如何由这幅图画走进那幅图画"[1]，他还描绘出了这两幅画的轮廓以及从这幅画走进那幅画的道路和方法。而我建好安身之地就算大功告成，因为"我是一块砖，哪里需要就往哪里搬；我是一颗螺丝钉，哪里需要就在哪里发热发光"。

我们场有六十多位知青，由三部分构成：应届高、初中毕业生基本上各占一半，还有一位是北大数学系因病退学的肄业生和少数几位小学毕业生，平均年龄十七岁。上级分配我担任团支部书记，没有场长。尽管我们给学校赶了出来，起初却仍然冥顽不化地移植了学

1　参见《卢作孚文集（增订本）》，凌耀伦、熊甫编，北京大学出版社，2012年第2版，第344页。

校许多的"优良传统"到茶场,在没有任何比赛任务,也没有任何上级领导督促检查的前提下,继续过着学校生活。我们每天唱着歌出工、收工,还把山上的野花做成花环戴在头上陶醉其中。业余生活也搞得有滋有味。场里有手风琴高手,山上有取之不尽用之不竭的木柴,我们搞过多次营火晚会。晚会的舞台天然地坐落在我们新房前面的一块平地上。繁星点点的浩瀚苍穹为我们搭建了舞台背景,四周连绵起伏的崇山峻岭是我们忠实的观众。

场里也有能写会画的行家,我们每月出一次墙报,不需要任何评比。还记得第一个春节,初中毕业、无师自通的小画家,给每位场员做了一张贺年卡。贺卡是用白板纸做底,用山林里现成的金鸡毛做装饰,有的是孔雀开屏的尾巴,有的是苗族姑娘的舞裙,有的是彝族小伙头帕上的装饰……加上他的绘制而成,真称得上是美轮美奂,市面上绝无仅有。家长们收到这么精致漂亮的贺卡,苦苦思念的心情得到了莫大的安慰。五十多年过去,当时的小画家历经坎坷后重操画笔,自费印制了一本精美的画册,画下了自己的知青经历,取名《记忆》。有学者评价:"这本画册的文字是纪实的,画作也是纪实的。这种钢笔画,我们第一次遇见。用针管绘图钢笔,让山川大地、森林屋舍以及人物头发、树木的茎叶纤毫毕现,却不在意人物面容的逼真;其结构布局,又有气吞山河、风起云涌之势。画面震撼,意味深长。"我们在社办场的经历,随着这本画册形象地载入了历史。

大家还把带去的书籍捐出来成立图书室,我的父母坚持不懈寄来的图书、报纸,也充实了图书室的收藏。那时没有电话,更没有手机,了解国内外大事,除了报纸,还有一台美多牌收音机,也是父母给我买的,相当于父亲一个月的工资。我们如此团结乐观,"少年不知愁滋味",也许还有一个原因就是,在城里都因"出身不好"备受歧视,可是到农场以后,彼此从不打听对方的家庭出身,包括那位北大学生为什么因病退学，不是回家养病，而是来到我们场，也没人去追根究底。这个没约定而俗成的习惯一直保持到现在，故而让大家彻底放下了心理包袱，真正实现了生而平等。像我们这样有文化氛围的社办场当时很少，因此经常得到上级表扬，我也被选为县里、地区和重庆市的知青代表。

然而，现实生活的艰难困苦却是无法用乐观和平等消解的。虽然我们过去在城里也曾下过乡，干过农活，但那只是短期的锻炼锻炼而已，现在却是扎根农村一辈子，生活和劳动的考验才刚刚开始。最初的任务是砍树、筑路、建房、挖茶行（即种茶用地），每一项都是重体力劳动。比如砍树，这些百年老树又高又粗，唯一的工具就是斧头，一般由男同学操作。但砍倒的树得拖到一定的地方，沿途都是林木、荆棘和灌木丛，真是举步维艰，这些事女生也得做。又比如盖房烧瓦，牛用脚踩成的瓦泥又粘又沉，要从泥塘运到做瓦坯的地方，为了节省时间，我们就排成队传递，每一团泥都有十多二十斤重，这一接一放，每天上下近百次，腰酸背疼无法用语言形容，在农村落下的这些病痛纠缠了我们一辈子。再比如种茶需要挖茶行，要求是挖一尺八寸宽、两尺深的沟，然后往里面填上松土，而我们山上有不少是石谷子地，一锄头下去只能砸开薄薄一层碎石，一天挖不了一两丈远，手上很快就破皮流血。

还有就是再次袭来的饥饿。从下乡开始，到 1968 年底撤场插队一年后，即 1969 年底参加生产队分配为止，政府每月配给知青三十斤大米，半斤菜油。在撤场插队之前每人还有八元生活费。我们发给每位知青两元作零用，六元则用于买米买油解决伙食问题。每天每人平均一斤大米，听起来不少，实际上却远远不够。因为自己还没种菜，全靠四周的老乡自愿送点，有时多有时少，没有时就用放了盐的米汤下饭。炒菜的油也远远不够，肉是见不到踪影的，直到我们自己喂了猪才得以缓解。这样清汤寡水的伙食,加上建场的强体力劳动,男同学一顿就可以吃一斤米的饭,女同学也相差无几,所以饿肚子是常有的事。有一次,老乡给我们送了几十斤做种子的小土豆来,我们顿时兴奋莫名,没仔细看就洗了连皮一起倒进了锅,盖上了锅盖,盼望着尽快煮熟吃顿饱饭。哪知一餐下来,知青们吐的吐、拉的拉,我也头晕脑胀。这才知道做种的土豆都是发了芽的,发了芽的土豆是不能吃的,再加上没削皮,还盖了锅盖,毒性更大。还有一次,有知青在原始森林里发现了几棵春芽树,便奔走相告,大家争先恐后摘回好些春芽,准备打顿"芽"祭,老场员一看就说,这不是春芽,是漆树,吃了要坏事的。结果话音未落,好些知青的脸上、手上都红肿起来,又疼又痒,原来是漆树过敏了。

当然,上苍也有眷顾我们的时候。山林里除了金鸡,还有野鸡、刺猬、麂子、拱猪、野猪等,当然也有蛇,这些动物除了刺猬我们都吃过。山上还有不少野果,比如核桃、拐枣、猕猴桃、八月瓜等等,可以让我们临时性地充充饥。生猕猴桃不能吃,我们就一背篓一背篓地摘回来,塞到床上代替褥子的稻草里,放软了再摸出来吃,真个是"吃桃子按着软的捏"。拐枣和八月瓜是城里人从未见过的,我们却享受到了它们难以言说的美味。原始森林里还有不少蘑菇和木耳。我们常吃的蘑菇都是秋天长在松树下面的,当地叫松菌,最大的有小面盆那么大,厚厚实实的。我们采来洗洗就放在铁罐里煮。铁罐是大巴山农民主要的煮饭用具,用一个长长的铁钩勾住铁罐的提手,铁钩的另一头挂在屋梁上。在铁罐下面挖个正方形的坑,用石头砌好边,俗称火炉坑,放上木材就可以生火烧煮罐内的食品了。上世纪80年代有部电影《被爱情遗忘的角落》里就有这样的火炉坑和铁罐。我们把新鲜蘑菇采回来,煮上满满一罐,最多放点盐,就这么吃,味道鲜极了。木耳基本上也是得来全不费工夫。森林里原本就可以采集得到，但零零星星的量不大，我们就自己"种"。每年的四五月份，老场员带着我们去寻找直径八到十厘米的青枫树丫枝，砍断成一根根长八十厘米左右的木棒，在其中一头削个 V 字形的口，俗称"鸦雀口"。然后在森林里找个 45 度左右，可以晒到"花花太阳"的斜坡，把这样的青枫棒切口朝上一排排摆好。大约两周后，就可以采摘白木耳即银耳。下半年九、十月份便可采到黑木耳。白木耳可以加工成银耳，黑木耳则采来洗洗，放点盐或白糖就可以生吃。每逢用这些野生果实充饥的时候，我们就会暂时忘却生活的艰辛，沉浸在大自然宽厚多情的怀抱里。只是银耳最终不翼而飞，原来是一个陌生的男子来到场里，自称会将白木耳烘焙成银耳。我们便把采来的白木耳都交给了他。眼看银耳已经成型，可以到街上卖钱了，却与那男子一起不见了踪影。没想到农村也有骗子，我们既无法辨认，也无法索赔，只有后悔莫及。

祖父当年遭遇的何止是骗子，还有手持武器抢劫成性的土匪，他都机智沉着地对付下来，把一个土匪窝子建成了世外桃源。我三叔写过这么一件往事："有一次峡防局抓住了一个匪首，虽然明知他的姓名，但这个人却很狡猾，抵死不肯说出真名实姓，不承认他就是那个匪首。父亲决定亲自对他进行审讯，把这个人带来以后，父亲并不问话，经过一段时间的沉默以后，父亲突然疾呼其名，匪首竟应声而答曰'有'。于是这名匪首不得不认罪，经过父亲对他进行教育，他表示愿意改恶从善，受到了宽大。后来，他不但带领自己的部下放下武器，还以他的亲身经历劝说、动员其他的股匪改过自新，回家务农。"

雪浴

记得初中语文课曾学过伟大领袖的一首词《沁园春·雪》。做作文时老师要我们把这首词改写为白话文。这篇作文和我在高中时改写杜甫的《羌村三首》一样，得了全班最高分 95 分。老师在评语中说，我有较强的理解力和丰富的想像力。本来嘛，从小生长在南方的我，哪里见过真正的雪！直到因为"出身不好"，被逐出校门，还自我感觉良好地登上大巴山"欲与天公试比高"的时候，才看清了什么是"长城内外惟余莽莽"，"大河上下顿失滔滔"；才明白了为什么"一代天骄，成吉思汗"也不过是"只识弯弓射大雕"。

我们刚搬进新居不久，就下了一场罕见的大雪，厚厚的积雪把老树压弯了腰，把群山染白了头，也把我们冻结在大千世界之外。离家两三个月了，还没有洗过一次澡。不是不想洗，而是没水洗。平时我们的生活用水，都要到半里地外山沟里的一口井里挑。全场六十多号人，每人每天一盆洗脸水都难以保证，浴室也没有，洗澡当然连想都不敢想。然而，每天的超负荷劳动汗流浃背，日复一日，即使是冬天衣服穿得厚，也盖不住身上的臭味。此时吸血的虱子也趁火打劫找上门来，搅得我们坐卧不安。

虱子发展迅猛，与我们的居住条件有关。我们的新居下层是宿舍，男女之间一板之隔。每间宿舍约五米长，抵两头"安"了一张"通铺"，用木棍做支架，毛竹做铺板捆绑而成，上面再铺些稻草，这便是我们的床，俗称捆绑床。床底下就是黄土地，时不时长出点小草、彩色毒蘑菇之类，向我们招摇。每张这样的床要睡十人左右，半夜里一人翻身，其他人都得跟着翻；一人长了虱子，其他人也会接着长。我贴身穿了一件从家里带去的黑绒线衣，和虱子的体色相差无几，虱子有了保护色，便肆无忌惮地大量繁殖。"虱多不痒"，在我以为身上没虱子的时候，虱子却已成了堆，现在回想起来还是一身的鸡皮疙瘩。

为了对付虱子的大举进攻，我们决定洗一次澡，井水难挑就把雪烧化了用雪水洗，不仅可以解决水源问题，还可以利用煮雪的火取暖。没有浴室，就用毛竹、树枝搭。上方没封顶，属于半露天性质，男女各一个，互相不干扰。每个"浴室"每一批可以洗五六个人，其余的人就负责铲雪烧水。于是，在冰封雪冻的山头上升腾起直冲云霄的滚滚热气，无论是"银蛇"还是"蜡象"，一切跟想像力有关的尤物，遇到熊熊烈火都顷刻间融化成水。我们脚踏雪原，头顶蓝天，赤身裸体地陶醉在圣洁的雪浴之中。兴奋之极，有的知青干脆从地上抓起一把雪就往身上搓，有的则互相打雪仗，竟然丝毫不感觉冷。纯净而温馨的雪水洗掉了我们身上的污垢，赶走了吸血的虱子，也冲淡了我们对家乡和父母的思念。在1966年元旦到来之前，我们完成了一次从肉体到灵魂的雪的洗礼。

据我的回忆，在大巴山的十三年，像这样彻头彻尾的洗澡是唯一的一次，平常也就是打半盆水来擦擦身而已，不只是因为缺水，也因为没有地方洗。而虱子也未赶尽杀绝，伴随我们度过了上山下乡的漫长岁月。我们在山上社办场自我教育了三年多之后，又全部下放到生产队接受贫下中农再教育。那里的乡亲们从小就不洗头，据说是洗了头老来会头疼。他们头上的虱子之多可想而知。于是每到下地干活有机会休息的时候，他们便互相捉头上的虱子，捉住了就放进嘴里咬死。我开始见了感到恶心，后来竟也司空见惯了。乡亲们不仅一辈子不洗头，也一辈子不洗澡，理由还是缺水和没地方洗。即使我后来在当地参加工作，无论是县城还是镇上，也都既没有私人浴室，也没有公共澡堂可用。

而打扫公共卫生、做好个人清洁，正是祖父现代乡村建设的起步课。北碚小镇当时的脏、乱、差四处闻名。镇上的水沟从不打扫，都是臭烘烘的。街上还放着九口大尿缸，家家户户都往里边倒尿，更是臭气熏天。祖父带头跳下臭水沟挖刨疏浚，搬走大尿缸盖起公共厕所，动员各家各户锯掉伸到马路上遮挡房间阳光的屋檐，带领民众打扫屋里屋外清洁卫生,彻底改变了当地脏乱差的面貌。为了消灭苍蝇、蚊子、臭虫、虱子、老鼠,祖父想了各种办法,比如为了鼓励居民消灭苍蝇、老鼠,就规定打死苍蝇和老鼠可以凭死蝇和老鼠尾巴奖励多少钱,又规定用死蝇和老鼠尾巴可以换戏票和电影票。单就洗澡而言,祖父也动了不少脑子,早在成都通俗教育馆,后在北碚温泉公园,以及所有的轮船上都设置了浴室。北温泉辟有单人或家人共用的浴室。还特别指出,"凡厕所、浴室,须要随时清洁,无使有臭气、有秽物。"

1936 年 8 月 1 日,第二批赴川参加中华职业教育社第 16 届会员大会暨第 14 届职业教育讨论会的有关人员,从上海乘民生公司民权轮驶往重庆。其中有一名叫逸庐生的社员对民生公司轮船上的优质服务印象深刻,在其后来的有关记述中,称赞"卢作孚爱客如家人",文中写道:

……民权船上各级舱位里都有浴室,在下跨进浴室一看,墙上挂了一块牌子,上面写道:

旅客注意

1. 浴盆上有 H 字的是热水龙头,有 C 字的是冷水龙头。

2. 旅客自己放水时,请先放冷水,以免被热水烫伤。

3. 放水不宜过热,因过热容易使脑血管充血,有晕倒之危险,能洗冷水浴最好。

4. 水放足时,请将龙头旋紧,以免空耗水量。

5. 洗澡时先洗头,次洗上半身,后洗下半身。

6. 水和帕子都不宜入目,以防传染眼疾。

7. 沐浴后需擦皮肤,以免伤风。

8. 多洗澡的益处,可使汗腺不闭塞,并能使皮肤易于吸收氧气。

9. 饭后三十分钟内不宜洗澡;因血液要到胃里助消化。若洗澡则血液分散于皮肤各部,妨碍消化作用,有害健康。

哈哈,原来洗澡还有这样一番大道理![1]

看到这些史实,我羞愧得无地自容。当年在星火茶场,我们既然可以盖起楼房,为什么就没想到盖个厕所和浴室？那时所谓的厕所,就是用树干和茅草搭建的三角茅棚,一半有遮挡,一半是露天,寒冬腊月任其北风吹得透心凉。插队以后,老乡们都在猪圈里外大小便,我们也跟着学,就没想到大家齐心合力盖几个厕所,更别说浴室了。我们生产队有一位患心脏病的老人,就是蹲在猪圈的粪坑边上解手时,不小心跌进粪坑淹死的。脑子里塞满盲从的污垢,已使我蒙昧到看不见脏,闻不到臭,与现代文明相距十万八千里,错过了为农民老乡做哪怕是一点点清洁卫生科普和善事的大好机会。

雪中送炭

过了下乡后的第一个元旦,老乡们主动给我们送来的蔬菜已消耗殆尽,老根据地人民的日子原本就过得很艰难,我们没好意思再向他们伸手。冰封雪冻,我们自己又没法开荒种地,每天的下饭菜只剩下盐巴和米汤。在弹尽粮绝之际,我们没有想到向上级求援,因为不知道上级在哪里,送我们下乡的老师早已"拜拜"回了城,公社领导又从未到场里亮过相。我们能想到的便是搞点生产自救。议来议去,眼前突然浮现出《为人民服务》的张思德。张思德是为了烧木炭牺牲的,而我们山上最不缺的就是烧炭的木材和几十个知青前仆后继的青春活力。一打听,那时镇上的木炭可以卖到四五毛钱一斤,与我们

---

1 逸庐生:《游踪随录》,《旅行杂志》第 11 卷第 1 号,1937 年 1 月 1 日,第 4—5 页。

的生活费相比,这是一个不小的诱惑。于是,我们一边唱着"我们年轻人,有颗火热心,革命时代当尖兵……",一边干起了烧炭的行当。

那时,男女知青之间的友情真是形同手足。男知青为了照顾女知青,不准我们介入烧炭的事。但我们偏要显示妇女能顶"半边天",最后获准去山里拖运男同学砍倒的烧炭的木材。与建房拖砍倒的树不同,烧炭的木材必须是质地坚硬的青枫树一类,所以在当地木炭又称枫炭,而且是越大越老的树越好,烧出来的炭又粗又结实,才能卖得好价钱。所以,在纵横交错的林间雪地上拖运又大又重的树干,上坡复下坡,曲曲又折折,也是个重体力活。拖不了一会儿就累得我们上气不接下气,豪迈的歌声也咽进了饿得咕咕叫的肚子里。而男同学砍树和烧炭的任务则更艰巨。几天下来,又累又饿,一连病倒了好几个。其中一位我们同年级的老大哥,因为没日没夜地坚守在烧炭第一线,累得肺病复发,吐了不少血。如此这般地奋战了半个月,几乎是付出了生命的代价,我们终于有了一大堆上好的木炭。

面对建场后的第一个大丰收,我们不约而同地想到了一个问题:这一大山木炭如何才能运到集市上去。我们茶场离开镇上有十七八里山路和公路,没有交通工具,运东西只有靠人背。平时我们背上百十来斤的东西走这段路还过得去,可是雨天雪天山陡路滑,稍不留神就会摔跟头,不背东西都够呛。而现在,不仅是大雪封山,而且要背运的是一摔就碎,碎了就贬值的木炭。大巴山上的积雪要等到开春才融化,如果等到雪化了再去卖,木炭就卖不出好价钱了,况且远水也解不了近渴。左右为难之际,最后还是肠胃的基本需求占了上风。我们开会决定,除了留守人员外,全体场员一起出动背木炭上街。出发前,我们在鞋底套上了防滑的稻草绳,穿上了护身的劳改服棉袄,确定了行走路线和先后次序,便"雄赳赳、气昂昂"地踏上了"雪中送炭"的征途。

尽管一路上我们不停地相互提醒，但还没走出半里路，一个外号叫"姑娘"的初中男生就摔了一跤。因为他是近视眼，没看清山道上的积雪下面还结了一层冰，踩在这样的地上仿佛脚底板擦了油，稍不留神就会摔倒。他摔下去以后，没顾得上看自己伤着哪儿没有，而是赶紧检查背篓里的木炭摔断了没有，为我们树立了一个爱护公物的好榜样，同时也开创了摔跤的纪录。从他开始，我们就一个接一个地摔倒，无论近视还是不近视，无论男生还是女生，没有一人幸免。有的摔在暗沟里，有的摔在石坎上。有的上坡绊倒，有的下坡滑倒。摔倒了爬起来，爬起来再摔倒。脚上的草绳磨断了，棉袄被树枝刮破了，手、脸被木炭染黑了，这支别具一格的送炭队伍，在雪地里歪歪扭扭拉了百米长。平时只需要走两小时左右的路，那天走了四五个小时。

　　幸运的是，我们虽然摔得狼狈不堪，但和"姑娘"一样，背上的木炭却基本完好。为了保护木炭，我们每个人都不自觉地把腰弯到不能再弯的程度。这样一来，无论是向前摔倒还是向后跌倒，离开地面的距离都最大限度地缩短了，而且先着地的不是我们的头，就是我们的屁股，绝对轮不到装着木炭的背篓。一幅"令无数英雄竞折腰"的画面，无比真实地出现在我们眼前。

　　如今，我已记不得那天的木炭卖了多少钱，又用换来的钱买了多少生活必需品，却清楚地记得"姑娘"在雪中送炭的途中一共摔了十七跤，名列摔跤纪录榜首。

　　我后来才知道，祖父在抗战中也有多次"雪中送炭"的壮举。其中一次是1937年9月，国立中央大学亟待搬迁，但当时长江的运力已相当紧张，罗家伦校长焦急万分。这时祖父找上门来，表示可以利用运载川军开赴前线的返航船只，免费帮助中大撤迁。罗校长感激不尽。民生公司的船只不顾日机轰炸，开至南京下关，载运中央大学图书、仪器两千余箱。[1] 还搬运了航空工程系教学用的飞机三架和医学院供解剖用的泡制好的24具死尸。[2] 一个七吨多重、无法分拆、价值20万美元的风洞也完好地运到重庆。[3] 为了运送农学院从美国、荷兰等国进口的牛、羊、猪、鸡、鸭、兔等珍稀畜种，民生公司还特别改造了一层船舱。其艰难的程度，岂是背运木炭所能比的？为此，罗家伦校长将民生公司的轮船比喻为《圣经》中人与动物共一船的"诺亚方舟"。[4] 中央大学于当年11月就在重庆新址正式开学，被誉为抗战时期学校内迁最快速、完整和成功的典范。而罗家伦先生有一次应邀到民生公司演讲时说："在中国社会事业中，最使人钦佩者莫过于民生公司。贵公司创办人作孚先生在几年前到南京时，个人曾请其到中大讲演。卢先生当时笑语：'我怎么能在大学讲演，我仅仅是个被人称为小学博士的人！'我却介绍卢先生是个奇人。因能在国内独创一社会事业，能独自养成一种良好风气，是太不容易的事。"[5]

我当时是场里领头的人，不但要管好我自己，还要管好这六十多个知青的吃喝拉撒睡。在这种从未遇到过的生活反差面前，我做不到像祖父那样知难而进，设法去安抚知青们想家的愁绪，鼓舞他们增强克服困难的信心和勇气，千方百计地改善大家的生活，而是知难而退到自己也想回家。于是给父母写信称"病"，请他们批准我回去"治疗"。过了不久，母亲回了一封信，以她医务人员的专业经验，详细地询问我，身体有哪些不适，然后"对症下药"开了一串药方。最后嘱咐我，有病就赶快治，"没病就不要无病呻吟"。这封信的其他内容我都

1 《罗家伦先生文存·第5册》，台北"国史馆"，1988年12月版，第631页。

2 《罗家伦先生文存·第1册》，台北"国史馆"，1988年12月版，第596页。

3 《罗家伦先生文存补遗》，台北"中央研究院"近代史研究所，2009年版，第146—150页。

4 同上书，第150页。

5 张守广著：《卢作孚年谱长编》（下），中国社会科学出版社，2014年3月第一版，第761页。

忘记了，但最后这句话，我却记了一辈子。从此以后，无论我遇到多大的困难，都时时提醒自己，千万不要"无病呻吟"。父亲也给我讲过一个祖父爱孩子同时也讲原则的故事。他说，祖父不是一个为了工作而不顾家的人。他是父亲，又像母亲，可以说是慈父慈母。但同时祖父也是一个讲原则的人。有一次，父亲和二叔放暑假去成都旅游，返回重庆路经内江市郊时遇到车祸，汽车翻到路下边的田里，死伤不少。父亲两兄弟因为在去成都的路上听到朋友提醒，上车后要抓紧扶手，所以只受了轻伤。他俩就走到内江城里给祖父发电报，请祖父派车去接他们。但祖父从他们可以自行走到内江城里判断，他们的伤势并不严重，故没有派车。但他还是通知了民生公司内江办事处做了周到安排，使他们顺利返回重庆。回到家，祖父就很关切地问他们伤到哪里没有，说明他心里还是很牵挂的。

相信我的母亲当时还是很牵挂我，但是她希望我能更自立、更坚强。

风雨欲来

与"文革"后下乡的知青不同，我们这批老知青是在农村经历的"文革"，因此其内容和表现形式与城里的"文革"都有所不同。

下乡的第二年即 1966 年，场里知青的情绪已开始波动，劳累、挨饿、受冻、生病，还有不能不考虑的婚姻、家庭等等问题，都很现实地摆在我们面前。激情不是万能药，想家的念头相互影响与日俱增，回城的日子却遥遥无期。"扎根农村一辈子"，落到实处就不堪设想。有位高中毕业的女同学，平时说话不多，这时候突然发了精神病，只要天上有飞机经过，她的头就会剧烈疼痛；半夜里还常梦游，在场里到处乱跑，后来不得已病退回家了，不久就去世了。她的病和不幸去世,给留下的知青加重了思想负担,都猜她是想家想的。

就在这时,报上出现了批"三家村""海瑞罢官"的消息,知青对形势变化比较敏感,预料将有大事发生,便很快转移了注意力。加上一贯听党的话,听毛主席的话,也使我们一边倒地相信党报党刊,尽管没有上级部署,我们在劳动之余,也自发地组织起来开展批判,还自以为觉悟很高,响应党的号召跟得紧,其实所依据的资料,都是报刊杂志提供的,真实情况如何,都不得而知。

那年的6月8日是我永远不会忘记的日子。区里召开了夏收生产动员大会,我们全场知青都去了。那位给我们场取名的区委杜书记,在会上做了动员报告,不点名地批评了我们场没有把全部精力投入生产,而去搞什么大批判。一向听惯了表扬的我们很有些愤愤不平,认为杜书记公然反对毛主席的伟大战略部署,在回场的路上就酝酿给他贴大字报。此前的5月25日,聂元梓等人贴出的大字报《宋硕、陆平、彭珮云在文化大革命中究竟干些什么?》被毛主席称赞为"全国第一张马列主义大字报",为全国人民,也为我们树立了榜样。回到场里,大家就摩拳擦掌写了起来,我也积极参与。或许是中学吃过小字报的苦头,又或许是家教的影响,我写出来的大字报被认为"没有战斗力",为此后来还挨过批判。那是我一生所写的唯一的大字报。

次日,几十张大字报贴到了区委门口,没有受到任何阻拦。然而,很快就传来对我们不利的风声。这时,场里那位北大学生倡议给毛主席写封信,信中表示,我们上山下乡的目的,是和贫下中农打成一片,接受贫下中农的再教育,可是每个社办场只有几个农民,基本上是知青自己教育自己,不利于思想改造,所以要求直接插队落户到贫下中农中间去。这封信一共有七位知青签名,其中也有我。事后想来,我当时之所以参与签署,除了赞同信里写的内容之外,也有思想上的畏难情绪。全场六十多个知青生老病死的责任,我这个团支书实在担当不起。

我们这封信到了镇上邮局就被扣了,传来的消息是,给毛主席写信的人"思想反动",无形的压力愈来愈大,整个茶场处于白色恐怖之中。

北京上访

正当给区委书记贴大字报和给毛主席写信的问题,给场里知青的思想带来巨大的阴影和恐惧感之际,1966 年 8 月 5 日,最高领袖发表了"炮打司令部"的大字报,向全国人民宣告"轰轰烈烈"的无产阶级文化大革命开始了。知青似乎天生对"革命"充满激情,哪怕偷越国境舍生忘死替人家打仗卖命也心甘情愿。我们的心也蠢蠢欲动,听说北京有个专管知青事务的中央安置办公室,就想去为命运攸关的出身问题和头顶面临的巨大压力讨个说法。1966 年 9 月,我和另一位女知青有幸被全场知青推选为上访代表。

事情要从 1964 年说起。那年全国教育界雷厉风行贯彻"让地主资产阶级在文化上断子绝孙"的政策,规定中小学毕业生是否能升学,不看成绩和表现,只看"家庭出身",比如报考大学的"政审"分为三档:"出身好"的"可以录取保密专业"或"可以录取所有专业";"出身不好不坏"的"可以录取一般专业";"出身不好"的"不宜录取"。小学升初中、初中升高中以此类推。"不宜录取"就是"不予录取",中文的奥妙就在于一个字也可以忽悠。所谓"出身好"在"文革"中被定义为"红五类","出身不好"为"黑五类",出身"不好不坏"可据此推论为"灰五类"。"黑五类"字面上是指"地、富、反、坏、右",实质上涵盖一切与"阶级斗争的弦"不合拍的人并株连九族。现在看来,制定这一政策的用心是有深谋远虑的,但结果却适得其反。

全国贯彻这个政策的结果,有一百多万合乎品学条件的知识青年被划入"地主资产阶级"子孙系列,因"出身"问题没有升上初中、高中和大学。其中大部分无路可走,被逼"自我流放",成为被正史掩埋的"文革"前另类老知青,我们就是其中之一。

上访此举在当时可谓大逆不道,我们没做贼先心虚,不敢走大路,只能走小道、穿密林,渴了喝土坑里的水,饿了吃树上的野果,徒步百多里后乘上公共汽车,一路上头都不敢抬,怕遇见熟人。直到坐上从重庆到北京的火车,才找回正常人的感觉。在拥挤不堪、"哐当哐当"的列车上摇摇晃晃硬坐了两天两夜之后,好不容易进了河北地界,眼看目的地就要到了,广播里却突然传来震耳欲聋的吼叫:"老子英雄儿好汉,老子反动儿混蛋,要革命就跟着毛主席,不革命就滚他妈的蛋",还配合着"大刀向鬼子们的头上砍去……"的乐曲,似乎有大事要发生。接着就听见播音员郑重其事地宣布首都红卫兵司令部的通知:为了保障首都的纯洁安全,勒令车上的"黑五类分子"及其"狗崽子"必须在火车前方车站下车,否则绝无好下场!不一会儿,只见七八个首都红卫兵推搡着一个被揪出来、据说是地主出身的女乘客沿车厢批斗示众。女乘客约莫四十来岁,原先的短发被剪成了阴阳头,身上的衣服也被扯烂。幸好是秋天,里面的衣衫尚未撕破,还能蔽体。脖子上吊着个开了盖的手提箱,里面装满了散乱的物品。红卫兵还说,她箱子里竟藏有罐头,这不是地主过的日子是什么?!我和同行知青见状大惊:这车我们是下,还是不下?下吧,知青们交给的任务还没完成,回去如何交代;不下吧,又怕步那位女乘客的后尘。说时迟那时快,列车马上要进站,关键时刻,使命感占了上风。我们决定潜伏在非狗崽子中,冒着被揪出来的危险继续向首都挺进。多年后,每逢听到电影《红高粱》的主题歌:"妹妹你大胆地往前走啊,往前走,莫回头……"我眼前立马浮现出当年这一幕。

到了北京,艳阳当空,心中的阴霾一扫而光。在车上硬坐了两天两夜,没睡个好觉,也没吃顿好饭,找好住处,我们便去解决肚皮问题。殊不知刚踏进一家路边的餐馆,又听见喇叭里轮番播送首都红卫兵的"勒令":"红五类坐着吃,黑五类站着吃;红五类吃馒头,黑五类吃窝窝头……"我们进也不是,退也不是:进去"对号入座"站着吃窝窝头倒不打紧,在大巴山有窝窝头吃就算不错了,可这一来就暴露了"身份",随时可能被赶出首都;再者,我们来北京就是想搞清楚自己的出身究竟属于哪一类,此刻怎能决定是坐还是站、吃馒头还是吃窝窝头?最后是使命感逼迫我们"自欺欺人"地坐下来,买了白面馒头吃,个中滋味尽在酸甜苦辣涩之外。

接连挨了两闷棍,上访结果已可预料,但真实的见闻仍远超我们的想像:北京的街头巷尾贴满了大字报,多是互相揭短、谩骂、抹黑、栽赃,目不忍睹。在中央安置办的大门外,排着望不到头的长龙,好不容易轮到我们上访,接待人员只顾埋头记录,末了一个字的说法都没给,就叫"下一个"。我们不甘心折腾数千里满怀期待的上访就此结束,便斗胆去了团中央所在地,找到当时的团中央副书记路金栋。他在团中央大楼的大堂里找了个阶梯让我们坐下聊。我们便将老知青的经历和遭遇复述了一遍。他的态度很温和,使我们感到一阵久违的慰藉。但他的答复却令我们寒心:"我现在是泥菩萨过河自身难保,帮不了你们啊!"我们只好换位思考带着对他的同情离去。这时只见院子里正批斗田汉先生,他和一位陪斗者被反绑着手,站在悬空四米多高、面积约两平方米的门槛上,胸前挂着黑牌,上面写着:"打倒反动文人田汉",名字上画了个大红叉,"革命"群众的叫骂声此起彼伏在空中震荡。田汉低着头,五官和表情很模糊。后来我才知道,田汉和我祖父是好友,是祖父第一个把《义勇军进行曲》灌成唱片,在民生公司的轮船上播放,鼓舞中华儿女万众一心冒着敌人的炮火前进。祖父的在天之灵如果得知我和田汉的第一次也是最后一次见面竟是在这样的场合,情何以堪!

同行那位知青见我们没有任何收获,建议去北大找聂元梓想想办法。我当即就否定了。后来细思极恐,如果当时去了,不知会有什么样的结果,说不定也成了"文革"后被清查的对象。其实那时的我并没有丝毫先见之明,对聂元梓也完全不了解,只是到北京后的所见所闻已使我对"文革"彻底绝望而已。

我们的上访就在这样的噩梦中匆匆收场。

尽管如此,我并没有降低对"红太阳"的崇拜。离开北京之前,我们赶上了毛泽东第三次接见红卫兵,于是决定晚一天走,并设法混入了外地红卫兵的队伍。9 月 15 日一大早和他们一起赶到人山人海、红旗招展的天安门广场。当毛泽东出现在天安门城楼上时,我激动得眼泪都流出来了,一边挥舞语录,一边高呼"万岁、万岁、万万岁",形体和思维完全被淹没在百万红卫兵的人潮和声浪中,忘乎所以。

四十年后,分布在全国各地的"我们"撰写出版了《无声的群落》上、下两部,共计两百万字,在该书的序里写道:"尤其具有讽刺意味的是,当这些孩子服尽了苦役,盼来了改革开放和落实政策的春风,才搞清楚他们的父母其实并没有任何反党反人民的罪行,有的还为祖国、为人民做出过重要贡献。"[1]这部书不仅为我们自己的出身正了名,也为民族的复兴史填补了一个空白。

---

1 严家炎:《心泉也有喷发时》,参见《无声的群落》,重庆出版社,2006 年 3 月第 1 版,第 4 页。

"硬骨头"与"铁扫把"

北京一行,使我对"文革"失去了兴趣和希冀。回程经过重庆和达州市时,我分别去知青安置办公室报到,以证明我不是逃犯,并保证很快返回茶场,受到他们的热情接待。这时,地区派出的工作组已进驻我们场,正组织场里知青学习文件、搞大批判。场里因此分为两派,一派拥护工作组,一派反对工作组,大字报贴满了两层楼房,我一张也没看。我开始去了反派阵营,想给他们讲述我在北京和沿途的所见所闻,告诉他们"文革"与他们的想像相差甚远,不要寄托什么希望。但因为与我同去北京的女知青,已抢先一步讲了我对"文革"的态度,他们不想听我再说什么。在此情况下,我如同中学那样再次选择了保持沉默接受批判。在场里当过一年的团支书,工作上总有这样那样的缺点和错误,批判会听听大家的意见也好。其中有人提到我当初给区委书记写的大字报没有战斗力,除此之外也没有什么重量级的"炮弹",毕竟大家都是同命相连,对我的批判草草收场,工作组随即撤走了。但由此开始,场里的知青分裂为造反派和不造反派,不造反派即保守派。开始时两派势均力敌,后来保守派渐渐顶不住舆论的压力,纷纷参加了造反派,最后只剩下我和另外两位女知青,她俩都是我的校友,一位是高中毕业,一位是初中毕业,还有几位农民老场员。造反派遵照最高领袖"造反有理"的指示,停产停工,专职造反,取名"硬骨头"。保守派打出的旗号也是最高指示"抓革命,促生产",取名"铁扫把",寓意不言自明。双方都自以为在捍卫毛主席的革命路线,除了在一个锅里吃饭以外,互不搭理。

我天性使然选择了后者,成了"铁扫把"中的一员。我们除了包揽场里的常规农活外，还第一次在高山上开田栽种水稻并获得成功。"硬骨头"隔墙传话，我如果参加造反派，还是他们的头头，不造反就是运动后期的右派。我抱定当右派也不改初衷的决心。"硬骨头"也曾下战书要我们到镇上公开辩论，我们从容应约。那天是赶场的日子，街上很热闹。辩论从上午延伸到下午，没顾上吃中饭。双方的理论依据都是毛主席语录，都慷慨激昂，都以为真理在握。虽然他们人数众多，但四乡赶场的农民也来旁听，还把从家里带来充饥的干粮塞给我们吃。辩论坚持文斗不搞武斗，最后打了个平手。

"铁扫把"从未组织过批判会，但参加过批判会。我们向当地农民学习，定了一个规矩，凡看到有打人的事件发生就立即退出。我后来曾扪心自问，如果我有个"红五类"的出身，并因此而成为"文革"前最后一届大学生，有资格参加城里的"红卫兵"，我能洁身自好出污泥而不染吗？在面对专制强权的铁窗和极刑时，我能像张志新、林昭、遇罗克、王申酉们那样挺直了腰杆，为了捍卫真理而不惜忍受酷刑和精神折磨乃至献出生命吗？按照我当时的认知水平和心理准备，我不但做不到，而且很可能还会加入到批斗他们的队伍之中。

我的祖父历来反对暴力，他认为"微生物"的力量比炸弹大，"看见的不是力量，看不见的才是力量"[1]；"消灭社会上的罪恶，不是消灭在罪恶里的人，是要拯救出他们。"[2] 1927 年，他在北碚剿匪，以"化匪为民，寓兵于工，建设三峡"为宗旨，上任伊始，颁发的第一个文告竟是与剿匪无关的《建修嘉陵江温泉峡温泉公园募捐启》。1930 年前后，四川军阀杨森在英国购买了一批武器，消息传到刘湘那里，刘欲

---

1 卢作孚(1938)：《这才是伟大的力量》，参见《卢作孚文集（增订本）》，凌耀伦、熊甫编，北京大学出版社，2012 年第 2 版，第 370 页。
2 卢作孚(1929)：《怎么样做事——为社会做事》，同上书，第 54 页。

夺之而后快。眼看两军对垒，箭在弦上，百姓又要遭殃，重庆的士绅们都请祖父出面斡旋。祖父不辱使命，劝说双方制止了这场恶斗。他在当时写的《四川人的大梦其醒》一文中，劝告四川的军阀和人民团结起来用建设代替战乱，用竞赛代替争斗，"把它作为四川人的公共理想，我们相信，可以消灭各方的纷争，可以慰安一切感觉无办法的人的灵魂，可以把天国移到人间，亦可以把凡人渡到天上。"[1] 1931年6月，他进而联合重庆各界人士，促使四川几大军阀刘湘、杨森、刘文辉在重庆举行了三军长联合会议，旨在结束四川内战，实现川政统一。1931年8月，祖父邀请军方和上海银行界人士共商四川建设事宜，并以豆花咸菜招待。据《嘉陵江日报》载，"餐堂布置简单而又文雅，餐桌上以白纸铺面，并以杂色花瓣摆为'开发四川生产，促进西南交通'等字"[2]。1933年8月，中国科学社年会到北碚举行时，祖父出任年会会长，他推荐四川军阀之首刘湘担任名誉会长。此时，四川大规模的军阀混战基本结束。

1934年祖父又在《麻雀牌的哲理》一文中，以打麻将为例，归纳出几条哲理，再次倡导军阀与国人，将打麻将的兴趣转移到治理社会、建设国家上去：

几块麻雀牌儿，何以会使乡村以至都市的人，下层社会以至上层社会的人，无论男女老幼皆喜欢它，亲近它？这有一个很简单的答复，便是搓麻雀已经形成功了一个坚强的社会组织，在这个社会的组织当中，有它的中心兴趣，足以吸引人群，足以维持久远而不至于崩溃。

搓麻雀是在一个社会组织当中作四个运动：用编制和选择的方

1 卢作孚(1929)：《怎么样做事——为社会做事》，前引书，第66页。
2 转引自周鸣鸣：《论爱国实业家卢作孚的审美人生——兼论审美人生教育的超越价值》，原载于《美育学刊》2013年第1期第62页。

法,合于秩序的录用,不合于秩序的淘汰。把一手七零八落漫无头绪的麻雀局面,建设成功一种秩序,是第一个运动。

全社会的人总动员加入比赛,看谁先建设成功,看谁建设得最好,是第二个运动。

到一个人先将秩序建设成功时,失败者全体奖励成功者,是第三个运动。

去年偶同黄任之先生谈到此段哲理,他还补充了一点,就是:失败了不灰心,重整旗鼓再来,这是第四个运动。

这样的哲理,实质得介绍与国人,移用到建设社会、建设国家的秩序上去,也许一样可以吸引整个社会、整个国家的人的兴趣于社会秩序和国家秩序的建设上去。[1]

1999年7月,于光远先生在《泰山通讯》看到这篇文章,便写了篇短文说:"卢作孚把这样的哲学介绍给国人,我也就在六七十年后帮他一把,写这几百个字向读者介绍。"

祖父以他簇新的理念和特有的魅力,不仅赢得了各路军阀的敬重,抗战中还感召彼此针锋相对的不同船帮,先后动员了2000艘木船,与民生公司的轮船一起同仇敌忾完成了抗战运输。在国民政府的人事档案里,关于卢作孚(时任交通部常务次长)的鉴定中提到他"与张岳军氏(即张群)关系密切,并为张岳军氏与张公权氏间之沟通人"。[2] 我想,这就是祖父所说的看不见的力量使然。但由于真实的历史被加密加锁,我失去了指路明灯,连劝阻批斗会上打人、斡旋知青两派放弃纷争联合统一的念头都没有。

---

1 参见《卢作孚文集(增订本)》,凌耀伦、熊甫编,北京大学出版社,2012年第2版,第253页。
2 该人事档案现存于台北"国史馆"。

雪被

"文革"开始以后，场里的建制也发生了改变，来了一些草坝区其他社办场的知青住在场里，当然都是清一色的造反派。所幸在此之前，我们场的高中男生自己动手，搭建了一座土墙房，房顶盖的是麦秸秆。新鲜的麦秸秆在太阳照耀下闪闪发光，他们为自己亲手创建的新房好开心，给它取了个爱称叫"窝棚"。竣工以后高中男生全都搬了进去，原来的宿舍就腾出了一些空间。每间房的大通铺，都改成了小一点的单人捆绑床，每个人的床位稍为宽了一些。外来的知青也有了地方住。

1966年秋天，场里买了七八头猪，最大的一头已快满周岁，最小的不过两三个月，没人喂养。正好那时地里已没有活干，我便主动请缨当了饲养员。猪圈紧靠着粉坊。粉坊有三间屋，两边是宿舍，中间是做粉条的工场。制粉的原料是我们自己种的土豆、红薯。做出来的粉条除了换钱买点食物佐料，剩下没有看相的用于改善简陋的伙食，粉渣则用来喂猪。为了方便照看猪仔，我搬到粉坊的北头，南边一间原先空着。我一个人住那里，晚上还是有些害怕。后来调整房子，老场员就搬去南头住了，我便有了安全感。

不久，场里来了一个其他场的女知青，年龄不大，小学毕业就因"出身不好"没升上初中，在家里待了一年，成了社青（当时社会上把中小学的非应届毕业生统称为社青）。姑娘的模样很清秀，身材也姣好，神态有些腼腆。她起初住在场部的宿舍里，后来不知什么原因给赶出来了，于是来求我收留她。我见她可怜，就将她请进了屋。还没等我问她是什么原因被赶出来，她就像背书似的对我说，她有偷东西的习惯，见啥偷啥，管不住自己的手。到我们场后，又开始偷东西，就给赶了出来。这么可爱一个孩子，竟然干起了这种营生，还不怕丢面子，我一时不知说什么好，又不忍心将她拒之门外，就让她住了下来。这一住就是十来天，三餐饭都是我去食堂打回来和她一起吃，她待在寝室里除了上厕所，几乎没出过门。有一天，她主动给我讲起她的故事：她不知道自己的父母是干什么的，只知道他们家"出身不好"，父母天天干活很辛苦，没时间管她，家里生活也很差。饿肚子那几年，街道上有几个孩子专偷吃的，有时也匀点给她吃，时间长了便邀她入伙。她还记得第一次偷的是一个黑市肉贩子卖的羊头，她和那几个孩子就拿一个大茶缸，在山上无人处煮着吃了，觉得好香好香，从此就收不住手了。我尽其所能劝她改掉这个坏毛病，她答应了。到走的那一天，她收拾好自己的背包，然后递给我说："卢大姐，我没偷你的东西，你检查我的包包嘛。"我当时说不出是喜还是悲，哽咽着当即把包还给了她，对她说："我相信你没有偷，而且以后也不会再偷。"她点点头，转过身，走了。从此我们再也没有见过面，但心里常常想起她，不知道她后来有没有过上正常人的生活。

1966年底，刘少奇是"党内最大的走资本主义当权派"的消息，从北京传到了场里。"硬骨头"以为上山下乡是刘少奇的路线，必须抵制和批判——毕竟"知识青年到农村去，接受贫下中农再教育，很有必要""农村是一个广阔的天地，在那里是可以大有作为"的最高指示是两年之后才发布的——就把队伍拉回重庆去了，剩下少数人和"铁扫把"的成员留了下来。父亲当时来信说，不到大雪封山，不要擅离生产岗位回家探亲，我们"铁扫把"的三个知青也就没有离开。

由于整天和猪打交道，我和它们之间渐渐有了感情，从它们的眼神和叫声，我可以分辨出它们是开心还是不开心，是饿了还是饱了，是病了还是安然无恙。人们常以"猪相"来形容一个人又丑又懒，其实，猪在本质上是聪明可爱的，尤其是那双圆圆的大眼睛。没病的时候,那眼睛水灵灵的,让你忍不住想多看几眼;如果有了病,眼睛就会告诉你它身上不舒服。每逢去喂食的时候,它们都会欢快地呼拥而上,大小便也有固定的地方。近年听说发达国家有不少人把猪当了宠物,我认为这个选择是相当明智的。

我住的房间大约有二十平米,与本部的宿舍相比,我一个人住这样大的房间,实在有些奢侈。因为设施很简陋,所以显得特别空旷。到了冬天,偌大一间房更加冷气逼人。好在离开猪圈最多只有二十米,时不时传来猪们争食或者玩耍的叫声,可以给屋里增加一点暖意。和本部的木楼一样,粉坊也是我们自己盖的,床是自己绑的,顶上盖的瓦也是我们自己烧的。新鲜出炉的瓦片,大小、颜色整齐划一,看起来很美观。但与陈年老瓦相比,缺少了泥土与青苔的充填,每逢下雨下雪的时候,总有些散兵游勇顺着瓦缝,悄然飞落到我的卧室做客。

入冬以后,下了一场鹅毛大雪。雪是傍晚开始下的,天地间一片混沌。傍晚,我把煮好的猪食送到猪圈的食槽里,看着猪们争先恐后围上来吃食,便返回了住处,吃过晚饭就早早上床钻进了被窝避寒。一觉睡到第二天早上醒来,蓦然发现在原来的花棉被上多出了一条雪白的被子,寝室地下也是白茫茫的一片。一时间,我甚至怀疑自己是否走进了白雪公主的童话世界,不须晴日,也有"红装素裹,分外妖娆"的意境。清醒以后才弄明白,这雪花一定是前晚从瓦缝里飘飞进来的,因为室内温度很低,即使沾上了我的人气也没融化。上学时曾听植物课老师讲过,冬天的积雪可以为地里的麦苗护寒,我便相信"雪被"可以为我增添温暖。为了感谢上帝的眷顾,我小心翼翼地移开被子,轻手轻脚地下得床来,没有带走一片雪花,却留下了一个难得的好心情。

待我为保存好"雪被"忙乎了一阵以后,才突然想起怎么一大早没听见猪叫？平时这个时候猪们等着吃早饭，早已吵成一团。尤其是那头最大的，叫嚷的声音也最高，前两天它大概是冻着了，不想吃东西，我赶紧找了药来喂，因为过年场里打牙祭还指望它呢。我怀着紧张的心情，冲出房门，三步并作两步地赶到猪圈，眼前的景象让我惊呆了：猪们横七竖八地躺在圈板上，身体已经僵硬。食槽里的猪食还剩了一半，却早已冻成了冰，用斧头去砍都很难砍得动。事后我分析，一定是猪们还来不及吃饱，猪食就很快结成了冰，它们又饿又冻才被迫走上了黄泉路，连那头过年待杀的大猪也不例外。我后悔莫及的是怎么当初就没想到，我住的房间被风雪侵袭，却毕竟上下左右有遮拦，而猪圈虽然有顶棚、有围栏，四周与外界却是连通的，半夜里零下十几度的严寒，它们怎能抵挡得住！

掩埋好猪的遗体，我回到住所，无限凄凉地钻进了惨白的雪被，头脑一片空白。不是为过年打不了牙祭，而是为我失去了心灵的慰藉。

出了这个事故以后，"铁扫把"的另外两位女知青见我一个人住在粉坊很寂寞，也搬来同住，未曾想到这个决定对于我们后来的逃难出走起了无可替代的作用。

在粉坊居住期间，有一次到镇上赶场，偶然发现镇上一位干部的宿舍里有不少被禁的欧洲经典名著，如俄罗斯著名作家车尔尼雪夫斯基的《怎么办》，意大利作家拉法埃洛·乔万尼奥里的《斯巴达克斯》，法国作家司汤达的《红与黑》，还有爱尔兰女作家艾捷尔·丽莲·伏尼契的《牛虻》，等等，如获至宝。当即向他借阅，他很热情地满足了我们的要求。我们为了让他放心，没有全部借走，而是看完几本，再借几本，后被逃难中断，所幸书没有丢失。返回公社插队以后，又接着借阅，《牛虻》就是后来借的。我印象深刻的是，插队以后活路很忙，看书时间极少，我是在赶场爬山的路上看完《牛虻》的。我们生产队离开镇里有十多里路,要翻两座山,上山只需用眼角的余光看路就足够了,其余视线用来看书,绝无安全问题。这些小说填补了我们心灵的空缺。

逃难

转眼到了 1967 年中,回重庆造反的知青们陆续回来了,派性的欲火也渐渐熄灭了,因为知识青年上山下乡的路线毕竟是毛泽东定的。老知青原本就是一根藤上的苦瓜,没有根本的利害冲突,说联合就联合了。春种、夏收,我们没有闲着。差不多到了 10 月份,传来消息说,滞留重庆的少部分知青受到江青"文攻武卫"的蛊惑,新成立一个造反派,要杀回草坝闹革命,使得场里原本已和谐的气氛又紧张起来。就在同一天,"硬骨头"里先后有两位朋友偷偷告诉我,我是新造反派列为用拳头批判的对象,罪名就是不造反,建议我找个地方躲躲。

当天晚上,我们三位女知青彻夜未眠,担心外面有人监视,就熄了灯想主意。最后决定三人都必须逃走,不能待在场里等着挨打。我们先做的一件事,是把几样有用的东西装在一个背篓里,请场里的一位老场员天亮前送到我们刚到时住过的一个老乡家。然后把屋里的物品照原样摆放,以免引起嫌疑。如果在此之前,我们三人没住在一起,就不可能有这样的机会策划一切,后果也就难料了。第二天恰好是赶场的日子,吃过早饭,我们佯装要去镇上买米,拿了三个米口袋,还悄悄带了盥洗用具,然后找了一条平时很少走的小路到了镇上。只见恐怖气氛弥漫,往日热闹的赶场街市,这天几乎不见人影。我们去粮站是假,去公社是真。可到了公社才知干部们都跑光了,只剩一个会计在家。会计知情后要我们赶紧去公社西边最偏远的一个生产队躲避,还画了张简易地图。我们按图索骥马不停蹄赶了二三十里路,找到那个生产队。当地农民听我报了姓名后说:"我们早就知道你们的心是向着我们的,有我们在,谁也不敢动你们!"他们让我们藏在一个老乡家里,后来又叫我们躲到阁楼上,一日三餐做好给我们送来,这使我想起了电影《党的女儿》中,老乡们为了掩护田华饰演的女主角共产党员玉梅,也是这么做的,当然这个类比很有点不自量力。生产队的老乡们还把多年不用的长矛、刀叉拿出来磨得亮铮铮的。那几天干活也有意安排在靠近山路边,预备造反派杀来,他们好给我们通风报信。五十多年过去了,这一幕幕感人的情景我每每想起就热泪盈眶,须臾不曾忘记。

这样提心吊胆地躲藏了几天后,公社派了一位干部给我们捎来一张盖着公社大红印的通行证明和十五元钱,说形势危急要我们回重庆避避风头。我们也担心,如果真的搞起武斗,老乡们会遭受难以估算的损失,所以决定当晚就走。我们拿走了通行证明,钱没有要,因为我刚收到家里寄来的二十元生活补贴加上还有一点余钱,再说那时的公社也穷得叮当响。回重庆有两条路,一条是返回草坝镇经万源县罗文镇到达州市转车,另一条是经相邻的通江县到达州市转车。而那时回草坝等于自投罗网,传说罗文镇也有人在围追堵截,我们只有绕道通江一条路。从所在生产队到通江县城有一百六十里,其中约三分之一是山路,其余是公路。队里派了两个农民送我们,走了差不多一百里,天快亮了,他们不能不告别,因为他们回去还得走一百里。剩下的六十里路只有我们三个女孩子自己走,好在那时的大巴山治安还不错,我们没有遭遇任何坏人。

由于走得匆忙,没带一点干粮,路上饿了就挖几个地里的红薯吃,渴了就喝路边的山泉水,几乎没有停下来休息。其间,在通江县境内过了一条河,刚下过雨的河水哗哗地奔流,江面约有一百米宽,没有渡船，没有桥，只有江中矗立的几十个石头墩子可供过河。每个石头墩子两尺见方，距离江面约一米高，两个石头墩子之间有七八十厘米的空档，需要用点劲才能跨过去。要在平时，我是绝对不敢过的。有一次我一个人到公社另一个大队开会，路经一条小溪，水浅不过脚背，溪宽最多五米。小溪上也安放着几个一尺见方的石头墩子，距离水面最多两尺高，距离不到两尺。我站在上面，怎么也迈不开腿，站起来又蹲下，蹲下又站起来，最后干脆脱了鞋袜趟过了小溪。但这次不一样，容不得丝毫的迟疑和胆怯，我只有拼死一搏了。事后每逢想起这事，我都两腿发软心打颤。

傍晚走到通江县城汽车站时，我们已筋疲力尽。当时方知我身上的钱相当紧张，仅从达州到重庆每张车票就是七元多，而且不知道要等几天才能买到票，所以我们不敢乱花，每人买了一个五毛钱的糖饼充饥，打算在车站候车室的长椅上免费过夜。

天快黑了，候车室的人走光了，我们正要躺下休息，走来一位五十多岁的工作人员向我们查问，我们照实说了。他听后和蔼地说，"像你们这样的知青，我会帮忙的。"原来他就是车站的站长，姓张，说完就把我们领到司机宿舍。走进宿舍一看，我们像灰姑娘走进皇宫似地傻眼了！只见宿舍里墙壁洁白，房间干净整齐，床上清一色的新床单、新枕头和缎面绣花新被褥，而且空无一人。这时张站长说，"你们今晚就在这里住，我请厨房给你们下面吃。"厨房送来的是西红柿鸡蛋面，饿极了的我们饱餐了一顿。吃完他又给我们打来冒着热气的洗脚水，要我们好好烫烫脚。那晚我们睡得真香！第二天起来，走了一百六十里路的两条腿一点也不疼。早上九点，张站长没要我们买票，把我们送上了通江到达州的班车（那时都是没座位的卡车），并且给达州汽车站的张站长写了封信，请他关照我们。汽车缓缓开离了通江车站，我们不住地和张站长道谢告别，泪水模糊了双眼。这一夜的奇遇，使我在濒临绝境时真切地感受到人性的温暖和光辉。那一年我二十二岁。

祖父在二十岁时，也有一次死里逃生的经历。辛亥革命时，他在成都参加了革命宣传活动。1913 年军阀胡文澜任四川都督，投靠袁世凯，大肆捕杀革命党人。由于形势日益险恶，1913 年 9 月祖父决定返回家乡合川。途中，在四川省大足县龙水镇一家客店，祖父与一位同行的青年一起被捕。庭审时，那位青年被怀疑是革命党立即被处决。祖父沉着冷静，一副学生模样，被列席旁听并不相识的当地一位著名士绅孟子玉先生怜惜而出面解救，才免遭杀身之祸。或许这也是他毕生反对暴力的原因之一。他万万想不到的是，时隔五十多年后，他最疼爱的长孙女在人生最灿烂的青春时期，依然生活在暴力的阴影中。

到了达州城，找到了另一位张站长。多亏了通江张站长这封信，据达州的张站长告诉我们，当时达州到重庆的车票很难买，一般都预售到三天以后，我们带的钱在达州多住半天都够呛，根本没法撑三天。他看信后，很快递给我们三张次日的车票，还是前排的坐票（当时还有站票），并且打了折。我们深深感谢了他。剩下的钱住不起旅馆，我们就到居民区找住处，挨家挨户打听，终于有人家同意我们住宿，一间屋三人睡一张床，每人只收五毛钱。第二天坐了一天的长途汽车回到家里，我给母亲写了封信，信中写道，"亲爱的爸爸妈妈：你们好！我这是坐在家里给你们写信，你们一定想不到吧？连我都像在梦中一样。我终于又在家里了。我多么高兴啊！……热切地等待着你们回来。"当时的造船厂已全部搬迁到远郊。原本留在青草坝医务室工作的母亲，也和父亲一样每周只能回青草坝家一次。母亲看了我报平安的信，高兴极了，还说那是我写得最好的信，一直保存在身边。当然我只告诉了父母路上的奇遇，没有给他们讲我们逃难的险情，如同我在大巴山十三年的经历也都是报喜不报忧。

这次回重庆前后待了一年，始终与公社保持联系，公社方面的回信总是说，当地还未平静，要我们安心等待。我就利用这段时间，去长春看望了祖母和二姑一家。我一生中和祖母在一起的时间加起来不过四五年，但因为生下来就是她带到三岁，而且她和祖父一样很疼爱我，所以感情很深。

1966年夏末，祖母回了一次成都、重庆，然后和住在重庆的祖父的大嫂（即大祖母）及五弟媳妇（幺祖母）三妯娌，有生以来第一次结伴出门远游，乘火车、坐轮船，观览了大好河山，还去了上海和北京。祖母在北京与她们告别，又回了长春。祖母在北京时还特地到中国照相馆拍了一张照片留念。谁曾料到，这是她们仨最后一次相聚。大祖母和幺祖母回到重庆，"文革"已经拉开序幕，四周弥漫着恐怖气氛。大祖母家住北碚，她不敢把旅行时带的一个皮箱拎回去，想暂存在重庆城里的亲戚家。亲戚也不敢保存，她就把皮箱里沿途买的细软送给了亲戚，自己拎着空箱踌躇街头好半天。回到北碚，等待她的是残酷的批斗和净身被赶出户，领头的人就是她待之如亲生女儿的保姆。幺祖母回到重庆就被"革命群众"监管，她原本血压就高，受了惊吓，不久就患脑溢血去世。

1967年10月底我出发去长春。那时"文革"已经"搅得周天寒彻"，全国的交通处于半瘫痪状态。原本重庆到北京的时间正常是四十八小时，可那次用了五十多个小时。我买的硬座火车票，只有硬坐两天多。到北京站后得知，去长春的火车停运，不知何时才能开通。车站里挤满了人，我无处可走，只好在车站里的地上坐着睡了一夜，一直等到次日下午才有了去长春的火车。到二姑家后，见到祖母和二姑、姑父及三个表弟分外高兴。当时姑父被打成"资产阶级反动学术权威"，正接受批判。祖母一如既往地操劳，做饭、洗衣、收拾房间，手不停歇。有一次，她正低头弯腰在桌子上挑选米中的小石子儿，我突发灵感，画了一张速写，那张画我没有保存下来，但画中祖母的形象却深深镌刻在我的脑子里。听二姑说，祖母在长春也是跟谁都能友好相处，别人有困难，她总是尽力帮忙，连卖菜的农民也不例外。菜农缺钱，她就借给他们，没钱还也不计较。

我去长春时，长春的集市很萧条，记得只有大白菜和韭黄，荤菜就是冰冻鱼。东北人喜欢吃炖菜，即把各种菜肴都放在一个锅里煮着吃。这种菜肴很需要酱油。这本是极普通的作料，可因为长期武斗，停工停产，运输也受阻，所以供应常常短缺。记得凡有商店卖酱油，家家户户都会端着锅、提着桶去排队购买。我也随着姑父去集市买过菜，去商店排过队买酱油。除此以外，商店里没有东西可买。当时重庆市面还能买到一些土特产。我就买了一些他们喜欢吃的合川桃片、花生糖、米花糖、麻辣蚕豆等小吃。二姑见了好开心，但她一直放着不拿出来吃，令我很纳闷。"文革"中重庆有两大造反派，一派叫"八·一五"，一派叫"反到底"，彼此打得不可开交。长春也有两大造反派，一派叫"红二"，另一派叫"长春公社"。二姑家也有两种观点，但是彼此都隐忍着从不争执。

长春的冬天很冷，窗户都是双层的，每天只能开半个小时透透气，两层玻璃窗中间可以做冰箱用。祖母就给我们做红豆冰糕、冻柿子吃，在农村两年没吃冰糕了，更别说冻柿子，令我很开心。可是两层玻璃窗屏蔽了冷气，也屏蔽了空气，从南方来的我很不适应，头疼得厉害。原打算在二姑家过了年再回重庆，可1968年的元旦过了不久，我实在坚持不住了，只好提前回家。到我快要走的时候，二姑说要开个欢送会。这天，她把我带去的小吃通通拿出来分类摆放在盘子里，然后放在特地铺了一张新桌布的茶几上，气氛既温馨又隆重。

接着她宣布欢送会开始,并同时宣布全家实现大联合,往日暗藏的派性顿时化为乌有,大家都开开心心分享了我带去的礼物。离别前,我和祖母都依依不舍。1969年底二姑全家都被下放农村,祖母也不例外。后来又经过诸多波折,我再见到祖母,已是十五年以后。1983年秋天,年过八旬的祖母从长春来到我们在武汉的家里,身体已大不如前。我那时在武昌华中农业大学工作,每周只能回家团聚一次,平时就是母亲伺候在侧。我女儿那时已满九岁,模样很像我,聪明乖巧,在武汉市一师附小上学,住在父母家里,给祖母增添了不少乐趣。可惜武汉的冬天太冷,而且没有暖气,家里只能烧蜂窝煤炉子取暖。晚上怕煤气中毒不敢烧,唯有多盖被子。身体已经很虚弱的祖母承受不了被子之重,父亲只好将她送到成都三叔家。过年后不久,祖母就因心力衰竭告别了人世,享年八十三岁。得知噩耗,我痛苦不已,有思念之痛,也有悔愧之痛。

母亲还替我保存了一封我写给父母的信,那是1970年1月我得知二姑一家下放农村时写的。信中说:"知道保保(即我二姑)一家到农村插队落户的消息,我非常高兴和放心。高兴的是,保保和程叔叔(即二姑夫)响应了毛主席的伟大号召,也毅然踏上了这光荣的革命征途,事实进一步证明了四年前,我走的这一条路走对了,越走越宽广,越走越光明。放心的是,他们到了农村,到了贫下中农中间,思想就会炼红,身体就会长好,打起仗来,就会绝对的安全了。婆婆(即我的祖母)年纪虽然老了,但到农村去,对她的身体还适合些。以后,他们的地点落实后再给他们写信。应该认识到,这还是一项伟大的战略措施,可以为将来的共产主义建设储备一批技术力量!"现在读起来,真有点啼笑皆非、恍如隔世的感觉。二姑一家是1969年底去农村的。在此之前的1968年清理阶级队伍运动中,祖母曾多次在居民组会上被逼交代祖父莫须有的问题。二姑和姑父在单位也被无辜打成特务,最后全家被迫下放农村插队。林彪事件发生后,1972年4月才落实政策,回到长春。祖母在农村时已年过七十,在乡下操持家务,晚上三代人同床共眠,这样的日子差不多过了两年半! 那些难以言说的艰难困苦不知她是怎么熬过来的。这封信我一直留在身边,每次看到都羞愧难言。

祖父在1934年写的《什么叫做自私自利》一文中道出他的精神追求:"你看着万众是如何欢迎保障国家的凯旋部队,是如何庆祝铁路建筑的完成典礼,你的生路会沉溺在这强烈的社会要求当中,如醉如痴,如火如荼,比较沉溺在漂亮的衣服,高大的房屋,名贵的陈设,富有的财产,出人头地的地位,其要求人的力气和生命,更深刻而浓厚。"[1]祖母一生克勤克俭,忘我无私,相助祖父,抚养儿孙,关爱他人,不戴配饰,不施粉黛,甚至连花衣服都没穿过,但她留给人世的美丽是隽永的。

我的外婆

没想到这次回家除了去长春探望祖母,竟在家里住了十个月。因父母亲平时都在远郊的工厂,每周回家一次,我便主要和外婆待在一起。这是自进城读中学以后就从来没有过的,于我、于外婆都是很开心的事。但当时谁也没想到,像这样的长相守,竟是最后一次了。

第一次见到外婆是1952年,父母亲带着我们全家从香港回到重庆,因为他们都要外出工作,家里没人照料,便把外婆从四川乐山老家接了出来。

外婆并非我的亲外婆,我的亲外婆早已在抗战中病逝。她是我

---

1 参见《卢作孚文集(增订本)》,凌耀伦、熊甫编,北京大学出版社,2012年第2版,第228页。

母亲的三婶。她的丈夫就是我外祖父的三弟、我的三外祖父陈肇文。他1929年考进北大,1933年毕业后准备返回家乡服务故里,路经重庆时因朋友聚会,不小心吃坏了肚子,造成严重腹泻,又疑在医院输液有误而不治。他宏愿未酬,临终前嘱咐家人:"我要去北碚,死后把我埋在北碚。"祖父与北大校长蔡元培结为同道,与北大出身的外祖父两兄弟也相知甚深,便将三外祖父安葬在他主持修建的北碚公园内,墓碑上写着"乐山陈肇文先生之墓"。小时候,我们去公园游玩时都会去祭扫他的墓。我还记得墓中间有座白色的小塔,约莫三四米高,塔顶有个鸽子笼,常有白鸽飞进飞出,兴许是三外祖父的在天之灵在寻找他的亲人。"文革"中,墓碑和白塔都被毁掉了。如今原址上建了一座茶楼,麻将声、吆喝声不绝于耳。

外婆出嫁后生下一个儿子不久,三外祖父就考上北大出了远门,因路途遥远,交通不便,其间只回过一次家,外婆又给他生下一个女儿。三外祖父在归途中不幸身亡,连女儿一眼都没见到,外婆就这样守了一辈子寡,还要抚养一对儿女。抗战后期,不到半年时间里,外婆的儿女先后患病去世,和他们住在一起的我的亲外婆悲痛难忍,不久也因感冒去世。外婆从此便一人独居。

眼前的外婆五官端庄,头发梳理得一丝不苟,用黑丝网在脑后挽了一个髻。身上穿着深蓝色侧面开口的中式短衫,同样是深蓝色的长裤,略为宽大的裤腿底下露出一双缠过但并不太小的脚,脚上穿的是自己做的布鞋。从这一天起到离开人世,外婆一直都住在我们家,也一直是这样的装束。

外婆来到我家时,我刚满六岁,两个弟弟一个五岁,一个两岁,吃、喝、拉、撒、睡都归她负责。她不折不扣地执行着父母亲定下的许多规矩,如"每天早上喝一杯白开水""回家和饭前必须用肥皂洗手""吃饭时必须用公筷""不准躺在床上看书""晚上不准开夜车"等等,从小养成的这些习惯使我们终身都受益。如果我们有好的表现，外婆就奖励我们。奖品要么是几粒糖果；要么是带我们过河对岸去看母亲，顺便吃碗诱人的豌豆面；更高一级的就是进城看电影。有一次从城里回家，机动轮渡刚开走，我们为了赶时间就改乘木船。没想到木船差点与一艘运猪的铁壳货轮相撞，外婆的脸都吓白了。

每逢我们违规犯错，外婆也绝不"心慈手软"。她手边有一把戒尺，如果我们不听话，便"打手心"处罚，还根据我们所犯错误的严重程度决定打手心的个数，不过常常是"雷声大、雨点小"，点到即止。外婆在我父母面前从不打我们的小报告，她总是恰到好处地把"问题"解决在父母亲发现之前，比如我们常在家里用桌椅板凳搭"飞机"、筑"碉堡"打仗玩，可父母亲下班回来看到的家，却总是干净、整洁、一尘不染。用时下流行的话来说，外婆"挺够哥们儿义气"，所以我们对外婆是既畏且敬，不敢怠慢。

起初我家住在山顶，而街市、商店、医院等生活设施一应都在山下，外婆当时已年过半百，每天都得颠着小脚爬坡下坎，真够她受的。我小时候身体不好，经常生病，外婆常常要扶我去看病买药。我每次生病，她都着急让我早日康复，于是特别给我开"小灶"，尽拣我喜欢的食品给我吃，什么"蛋炒饭""绿豆糕""沙其玛"，恨不得我一口吃个大胖子。有时我嘴馋了就索性装病，外婆也都照办不误。起初我还以为自己的"骗术"高明，外婆上了我的当，可后来发生了一件事，我才知道对我这点把戏，外婆一准心知肚明。

有天傍晚，外婆发现早上买回来的李子少了几个，于是叫来我们姐弟三个"嫌犯"审问。在那物质匮乏的年代，正在长身体的我们多少都有过"先下手为强"的案底。可那天的李子真不是我偷吃的，两个弟弟也矢口否认。外婆见我们都不承认，将话锋一转："你们不认错，我也有办法，马上跟我去医院照 X 光，谁吃了李子，一定照得出肚子里的李子米米。"四川话称水果核为"米米"。我笃定自己肚子里没有"米米",便坦然跟随外婆准备出发,这时大弟弟却在一旁慢腾腾地说:"X光肯定照不到,我把米米吐了的。"弟弟既已"坦白交代",外婆也就从宽发落,我们则为不用去医院而松了一口气。

随着年龄增大,外婆对我的"偏袒"我渐有所知。现在回想起来她或许是把对女儿的思念寄托在了我的身上。我常听母亲讲,外婆的女儿从小就乖巧懂事,模样也长得很清秀,人见人爱。可外婆却从未在我们面前提起过她的身世和家人,大概是不愿意撩起新的伤痛。

其实外婆对我的两个弟弟也十分疼爱。三年"自然灾害"时,大弟弟正是长身体的高峰期,对食物的需求量特别大,每天计划分配的那点粮食还不够他一顿吃。外婆常常把自己的一份口粮让给他。外婆自己则以菜代粮,甚至菜根她也舍不得扔掉,洗干净后晒干再磨成面煮糊糊吃。后来上级决定,人的粮食都不够,不许各家再养动物,下令组织突击队专门杀狗、杀猫、打麻雀。我家养了一只猫,那是小弟弟的宠物,他宁可自己吃不饱,也不能让猫饿着。开头几天每逢有突击队出动,外婆都替他把猫藏得严严实实的,居然每次都瞒过了突击队的搜查。可有一次外婆外出办事,猫乘机溜了出来,不幸成了突击队的囊中物。突击队不但杀了猫,吃了肉,还找上门来要罚款,被外婆一顿痛骂。为了瞒住小弟弟不让他受刺激,外婆哄他说,把猫送回乐山老家了,因为那里的人们不会杀它,小弟弟信以为真。直到现在小弟弟都特别喜欢猫,最多时家里养了五只。

1965年的暑假,外婆只身一人回了一趟乐山老家,我则代她管家。我是怎么管的,一点也记不得了,只记得那个暑假我正受着苦等大学录取通知的煎熬。眼看着一个个同学都收到了录取通知,我却始终等不到邮递员上门,心中的苦闷和绝望一天比一天加深,直到难以自拔。正在这时,外婆回来了,我去江边接她。她背了一个背篓,里面放了一个白底蓝花的大瓷罐,腰都有点直不起来,那年她已经69岁。见了我,她很开心,开口就问:"你考上大学了吗?"而我最怕的就是她问这句话,很不情愿地低声回答:"没考上。"她的神色没有一丁点儿变化,只是要我帮她把背篼放下来,然后打开瓷罐的盖子说:"你看,我带了好多乐山的土特产,你快尝尝。"我的眼泪忍不住地往下掉,她说,"别哭,上不了大学做别的也一样,天无绝人之路!"

"文革"爆发时,我已下乡插队落户,两个弟弟只能在家当"逍遥派",因为不是"红五类",他们不能参加"红卫兵"。那时重庆的武斗很厉害,除了飞机外,所有的武器装备都派上了用场。我们家住在长江北,与长江南的空中距离不过两三百米。外婆住的房间正好面对长江,她曾亲眼见过,"一艘登陆艇在河里头被打起了火,向下游漂去"。那是1967年8月8日,我的小弟弟也在家。那天他正用隔壁大副借给他玩的望远镜欣赏江景,不经意间有三艘船,其中一艘是登陆艇逆流而上,陆续驶进他放大了的视野中,这三艘船的名字和序号也清晰可见,小弟弟至今还记得。这三艘船是"反到底"的,很快就靠近了朝天门,这时四周突然响起密集的枪炮声。顷刻功夫,这三艘船被打伤,附近的十多艘民船也被击沉击伤,据说还有人员伤亡。原本停在我家对岸的一艘改为修船车间的登陆艇,被误打误中起火往下游漂去后沉没。这次两派交火,史称"8·8红港(朝天门)海战",自此长江航运中断数月。直到10月我逃难回家,江上也看不见任何船的影子。那时两派仍时有隔江开火之事发生,我家暴露在外,无任何遮掩,白天经过外婆那间屋的窗口,都不得不蹲下身来慢慢挪动,担心被流弹打中。晚上的枪声更密集,吵得睡不着觉,我们就眼睁睁地看着夜空的"流光溢彩"挨时间。当时所幸两岸都没有开炮。不过重庆武斗是开过炮的,多亏炮弹都没装火药,打中目标后不会爆炸,只留下一个个圆洞。于是重庆当年武斗激烈区域的大小楼宇,就像出过天花似的布满了炮弹洞。母校低我一级的一位男同学，晚上在鹅岭公园战壕里执勤时，一颗炮弹穿过他的背心致死。我认识那位同学，很斯文帅气，父亲是大学教授，他是独子。

那些时候，外婆担心弟弟们年轻气盛出去会惹祸，就把他们"软禁"在家里，买菜购物都亲自出马，好像那枪弹就打不着她似的。我回家后，外婆就让我接她的班，理由是"女的比男的危险小"。看来我总算出息到让外婆可以"养兵千日，用兵一时"了。

外婆的文化程度仅相当于初小水平。自从我们上了小学，家里就给订了《小朋友》作课外读物，外婆也很爱看。每逢到了邮递员送《小朋友》的日子，她都亲自到门口等候，像是在迎接一位远方的亲人。而每一期《小朋友》她都会从头看到尾，一页都不拉，还常常一边看一边读出声来。后来随着我们文化水平不断提高，课外读物也逐渐升级为《儿童时代》《少年文艺》《中国少年报》《天文爱好者》……而外婆始终还是看她的《小朋友》，父母一直都给她订着，直到文化大革命停刊才被迫中断。

初小文化程度的外婆脚缠小了思想却开放，她从不迷信也不怕鬼。我曾经问过她，世界上到底有没有"鬼"，她回答说："真的鬼是没有的，人中的鬼就很难说。"没想到外婆的话还真应验了。

有一段时间，因为我父亲的工厂搬迁，我家所在的三层楼房所有邻居都搬走了，只剩下我们一家没有搬。当时我们三姐弟都在城里的重点中学住读，父母为了我们回家方便，宁愿自己住新厂的单身宿舍，周末才回家团聚。因此平时我们那栋楼房就只有外婆一人看守。有一次我生病在家休养，外婆在院子里晾衣服，要我给她当帮手。晾完衣服回屋，我发现原先反手用小椅子掩上的门好像开大了一点，便鬼使神差似的，挨个房间查看床底下，赫然发现在父母睡的床下面藏了一个"鬼"，顿时大声惊呼"外婆，救命！"。我虽然吓得灵魂出了窍，可脑子还不糊涂,明白附近我可以呼救的人只有外婆。当外婆赶来时,那"鬼"已从我家的窗户逃了出去。后来才知道,这"鬼"平时就住在我家隔壁或楼上的空屋里,饿了偷我家的饭吃;冻了盖从我家偷去的毛毯。那天他乘我和外婆都不在家,又溜过来找吃的,哪知我很快回转,便顺势躲在了床底下。受了这次惊吓,我小病成大病,整天疑神疑鬼,每天检查床下好几遍,晚上家里的门窗统统上了锁和栓也不放心,还要用绳子缠好几个圈。

见此状况,外婆决定展开驱"鬼"行动。一天下午,她要我跟在她后面,一人手里拿根木棍,挨个搜寻每个房间。每走一步我都胆战心惊,几次恳求外婆"收兵回营",可外婆就是不答应,硬是搜完了大大小小几十个空房间的每一个角落才罢休。这次我们虽然没有撞见"鬼",却发现了更多罪证。后来公安局根据我家和其他受害者的举报,一举抓获了这个小偷。这时才得知,他原是个中学生,表现不错,还当过班长。三年灾害时实在饿得受不了,就做假饭票混饭吃,后来胆子越来越大,走上了偷窃的邪路。小偷抓住了,我的心病才渐渐好了起来。事后我曾琢磨,万一哪天真的撞上了鬼,外婆会有什么办法对付?

经过史无前例的文化大革命检验,我终于相信外婆就是真的撞上了鬼,也是有办法对付的。

那时我们这栋楼已经住满了省船厂的职工。我家住一楼,二楼新搬来一家住户姓何,我们叫她"何姨"。何姨的丈夫因公殉职,留下一个儿子。为了争夺这个儿子的抚养权,何姨和她丈夫家闹起了矛盾,后来更演变成派性斗争。有天晚上她丈夫家纠集了二三十个造反派,拿着棍棒来找何家要人,我外婆见势不妙赶紧闩上了我们这栋楼房的大门。可造反派却死赖着不走,叫骂声越来越大,时间一分一秒地过去,造反派扬言再不放人就要破门而入,吓得整栋楼房的住户都关门闭户，大气也不敢出。正在这千钧一发的危急关头，外婆突然有了主意，她迈开小脚匆匆爬上二楼，如此这般地指挥何姨从他们家洗手间的窗户逃走。原来洗手间窗外不远处有个山坡，只要搭块木板就能过去。何姨带着儿子按照外婆的指点，借夜色的掩护逃了出去。事后外婆告诉我，她正是在那次"驱鬼"行动中发现这条"秘密"通道的。

厂里的造反派来我家抄家时，外婆表现得出奇地镇定。当时只有小弟弟和外婆在家，小弟弟年少站在一边吓得不敢吱声，外婆则冷眼旁观造反派翻箱倒柜。我们家本来就没有收藏什么封资修的东西，唯一值钱的是许多珍贵照片，母亲担心会惹祸，早就偷偷烧掉，连灰烬都放到马桶里冲走了（如果家里没有马桶，这些灰烬就会露马脚了）。造反派实在搜不出什么罪证，临走抄去了我家的一台英文打字机和我的日记本。打字机是母亲在加拿大留学时买的，上面尽是些英文字母。造反派误以为那是台发报机。我在中学开始记日记，记的都是些鸡毛蒜皮的小事，不关乎时政。得知日记被抄走，我唯一不好意思的是，里面记有三年灾害时期，某干部子女同学某月某日送给我某种食品，我都拿回了家云云，有占便宜之嫌。"文革"结束后，我家从重庆搬到了武汉，组织上派了三个人千里迢迢给我们送回了那台已经无用的打字机，恰如四川一句俗话，"豆腐盘成了肉价钱"，可我的日记本却连渣渣都没送回来。

我相信，"文革"中外婆最难熬的不是枪林弹雨，也不是造反派的胡作非为，而是对我们每一个家庭成员无休无止的牵挂：父亲因抗战时为中美远征军担任翻译的爱国举动，早被定为"内控历史反革命"，此时又被划为"国民党残渣余孽"关进了牛棚；母亲一方面要分担父亲所受的凌辱，一方面担忧我们三姐弟的安危，还要在医院里担当超常的救死扶伤职责，身体已不堪重负；我们三姐弟都先后去到远在千里之外的偏僻山乡，由于武斗阻断交通而常常音信渺无，是死是活都不得而知。这样揪心的担忧和思念，不是一天两天、一月两月，而是以年为单位来计算的。外婆一人独守空房不知熬过了多少个不眠之夜。

外婆的身体原本不错，可在七十多岁时却患了乳腺癌，我想这肯定是"文化大革命"作的孽，要不"文革"时期得癌症的人怎么会特别多？当时正流行"针刺麻醉"，医生说外婆年纪太大，可能承受不了麻醉药，就动员她接受针刺麻醉，外婆爽快地答应了。手术还算成功，外婆因此而被评为医院的"五好病员"。事后我问过外婆，不打麻醉药动手术是否真的不痛，她的回答很肯定。可是我听别人讲却不是那么回事。莫非经历了太多苦难的外婆，对肉体的痛苦已经麻木了？

镇得住鬼的外婆在左邻右舍中有很好的口碑，甚至可以说是远近闻名。大家都叫她"卢外婆"，其实她本人姓罗，婆家姓陈，和卢字搭不上边，那是因为大家都认定她是我家的人才这么叫的，外婆欣然接受了这个称谓。大家有事不找居民委员，却找"卢外婆"商量，诸如两口子吵架、邻里闹纠纷、儿女谈恋爱等，好像不找"卢外婆"拿个主意就作不了决定似的，外婆当然是有求必应。连哪家孩子调皮，其父母也会请"卢外婆"帮忙管教，外婆也当仁不让。到后来凡有孩子打闹，只要听见"卢外婆来了"几个字，便会立即收声作鸟兽散。

其实我们最清楚不过，外婆的厉害是假装的，外婆的心很软是真实的，谁家有困难，她都会尽力帮助。厂里请的那位花儿匠，"文革"中红卫兵把他一辈子种的花草苗木都毁掉，他给活活气死，留下妻子和两个幼小的孩子，靠妻子买卖泔水度日。外婆见他妻子可怜经常送些东西给她，每次她来我家收买泔水，外婆也从不要她的钱。外婆去世，花儿匠的妻子很伤心，为了表示一点心意，她亲自来我家给外婆穿上寿衣。

外婆是在 1978 年 8 月下旬去世的,当时我和小弟弟还在万源县工作,外婆天天盼我们调回重庆和家人团聚,足足盼了十多年,到死也未能如愿。就在她去世后一个月,我和弟弟双双接到了重点大学的录取通知,可惜外婆却没有等到这一天!这是我一生都无法排解的遗憾。外婆是乐山人,她的家和闻名世界的大佛遥遥相望。小时候她经常给我们讲大佛的故事,比如"大佛的耳朵里可以放四张饭桌"啦,"如果水淹了大佛的脚背,乐山城里就要遭水灾"啦……但愿外婆的灵魂能回到她那美丽的家乡,与她那对儿女长眠在一起。

中篇　插队落户

张家岩

1968 年 10 月，我接到公社领导的信，得知解放军已入住草坝区，武斗平息，治安好转，就和另外两名女知青回到了草坝。这时才获悉四川省革委会下达了撤掉知青社办场，新老知青一律到生产队落户的文件，看来当初我们给毛泽东写那封信还有点先见之明。接到通知后，社办场的知青们各奔东西，起草那封信的北大学生回到广东省高要县老家，前些年因病厌世自杀了，令人十分惋惜。

在星火茶场"战天斗地"这几年，我们不过是开启了破坏这座原始森林的邪门，把上百年的老树砍倒了种菜、种茶、种玉米，结果都半途而废。几十年后老知青朋友们回去看时，原始森林已无影无踪，都被当地人跟着我们学，砍来当柴烧了，而我们就是"罪魁祸首"。插队以后，我们才尝到了无柴可砍的苦头。

我祖父当年建设到哪里就在哪里种树。在北碚峡防局的档案里，仅种树一项就有很多档案资料。其中一份是 1936 年嘉陵江三峡乡村建设实验区署（即原峡防局）对十年来植树造林工作做的详细记载。在 1932 年项下是这样记录的："体育场之左侧山坡，原系东岳庙旧地，因住持乏人，庙宇失修，竟成荒废。峡局以该地地势高敞，风景绝佳，于此培植森林，不但可以点缀风景，尤可布置公园，特于是处相度地势，审查土质，开辟道路，筑坛作室，以为园庭之准备。选造风景林，植有落叶松一千五百株及三角枫一千株。次于沿路及隙地，植法国梧桐、白杨、青杨、洋槐、合欢铁树、西湖柳、棕竹、龙爪柳、冬青杨柳、四季柑、桃、李、梅、杏、石榴、桂花、夹竹桃、紫薇、紫荆、海棠、玉兰、木笔、芙蓉等各就所宜,栽植各树,共计二万四千株。观叶、观花、观果,无不曲尽其妙。或红或紫或绿,举皆表显特别风趣,以成为今日之博物馆及平民公园之大观。"[1]受到这样的熏陶感染,民间也纷纷响应,包括学校、街道、工厂、医院等都自动参与植树,以致"北碚富绅受植树运动之影响,自动向本署购买法国梧桐五十株,美国白杨一百株,植于宅舍前后以配风景"。[2] 北碚市区的街道两旁,则早就种上了祖父从上海引进的法国梧桐。八九十年过去了,经历了无数风雨的法国梧桐还傲然挺立在马路两旁,"一般高矮地撑着绿色的大伞。最精彩的是,这些大伞各有一半伸过街面,在道路中间 1/2 处轻轻地接在一起。有成语说'天衣无缝',我简直觉得北碚街的梧桐伞就是这无缝的'天衣'。"[3]面对这样的史实和现实,我唯有悔愧不已。

回到公社的当天,武斗的余威还未散尽,草坝公社的一位副社长何明成在军宣队的协助下,把我们送到了四大队五生产队,地名叫张家岩,因为队里张姓人家占多数。何社长告诉我们,万源曾是当年红四方面军的根据地,这个队的民风淳朴,社员很团结,我们的安全不成问题。事实也是如此,刚下去时,上级配给的定量米、油和生活必需品,都是老乡到镇上替我们买的。他们还替我们到逃难前存放东西的老乡家,取回了存放的物件。

队里分配我们住在一个三合院里,院子不大,据说以前是地主的。院子里原已住了四家人。我们去后住在左侧靠里的一套。一套

1 刘重来:《卢作孚与民国乡村建设研究》,人民出版社,2007 年版,第 305 页。

2 同上书,第 307 页。

3 赵伶俐:《北碚,美丽心灵的建造物》,参见《卢作孚与中国现代化研究》,西南师范大学出版社,1995 年 9 月第 1 版,第 280 页。

有两小一大三间房,朝向院子的一间小房是卧房,五六平米大,可放两张单人床。我和个子比较小的巴蜀高中校友挤在一张单人床上,睡了两年多。卧房有个窗户,是木头雕花的,用纸糊了保护隐私。但窗户纸常常被风吹破,院坝里用连盖(一种拍打粮食,使之脱粒的农具)打粮食如蚕豆、豌豆、黄豆脱粒时的粉尘大量趁虚而入,不时为我们装点陋室。卧房后面的一小间是堆放杂物的。卧房左边的一大间是堂屋加厨房,有煮饭的火炉坑,也有煮猪食的炉灶。吃饭也在这间屋,因为每顿饭基本上就一个菜,偶有客人来也就两三样菜,所以餐桌只是一个小方桌。厨房里还有个地窖,是用来储存红薯的。在大巴山,红薯是主粮,要吃半年以上。红薯怕寒,抵不住冬天的严寒,放在地窖里可以防冻。与堂屋相邻的是猪圈。我们能分到这么设施齐全的一套住房很不容易。后来插队的知青有的是挤住农民的房子,有的是生产队帮忙建的新房。星火茶场的宿舍楼也被拆来在生产队盖了知青屋。星火茶场的历史仅存三年就彻底结束了,但至今仍鲜活地保留在每位知青的记忆里。

我在张家岩生活了近四年,和那里的老乡建立了深厚的感情,特别是队长张志学。他没有文化,但生活经验丰富,做事很有章法,在队里辈分高,威信也高。老乡们虽然日子过得穷,腰杆子却挺硬。尽管那时候几亿人停工停产停课,他们却从来没有无故放过自己一天假。我亲身经历了这么一件事:有一年夏收时节,粮站的工作人员都闹"革命"去了,可我们队在老队长的带领下,照样选出上好的公粮——蚕豆、豌豆都是一粒一粒地挑选出来的——送到粮站,请守门的工人收进仓里,虽然无人验收,却绝不短斤少两,掺一点假。

1969年2月,我的两个弟弟也到我那里插了队,我回重庆去接的他们。甫一开始,就经历了一次不大不小的考验。我们三姐弟加上和我一起插队的两位老知青朋友一行,从重庆出发后在达州市住了一宿，次日坐上了从达州到罗文的公共汽车。在车上才听说，那时候万源县有的地区社会治安尚未恢复正常，去草坝公社的公路必经之处罗文区还在搞武斗，无法通行。我们只好在万源南边的宣汉县双河镇下车，准备步行去张家岩。一打听，从双河到草坝约有两百多里路，而且全是山路，我们从未走过，每个人还带着行李。在完全没有思想准备的情况下，我们不得已踏上了陌生的征途，唯一的信念就是当地的老百姓很淳朴。我和两位老知青曾走过几次百里路，最多的一次是逃难时从草坝去通江连续步行一百六十里。可两个弟弟却从未一次性走过这么远的路，小弟弟脚上还穿着一双胶靴。我又是担心又是心疼，他们却没有流露丝毫的畏难情绪，给了我信心。第一天除了在老乡家吃了两顿饭，靠他们指路，我们几乎没有停歇，赶了一百三十里。晚上住在宣汉与万源交界处的一户老乡家里。第二天一早吃过早饭，告别老乡又上路了。当地老乡都很穷，尽管他们不收我们的钱，我们还是坚持付了费。头一天走下来，脚上已打了血泡，第二天血泡磨破了疼得钻心，但仍然没有一人打退堂鼓。第二天又走了八九十里，傍晚终于到达了张家岩。

因为我们队已经有了三位知青，我之前便替两个弟弟联系了本大队的第六生产队，就在我们队边界处的山岩上，相互喊话都可以听见。我打算让他们在我们队住一晚，第二天再送他们去六队。可张队长看到来了两个无牵无挂的男劳力，第一次走了两天山路还不叫苦，很是兴奋，当即挽留不让他们走了，而且分派他们就住在我们的楼上，其实就是阁楼，上下楼用的是两根抛光树皮的原木柱子镶嵌梯板做的单梯，梯板如果钉得不牢就容易滑出来。有一次我从楼上下来，因赶着要出工走得急，上面的第三块梯板突然滑了出来，我就随着它一起摔到了地面，后腰立刻肿起一个差不多拳头大的包块，同屋的知青朋友用白酒按摩算是抹平了，却留下一个腰椎间盘脱出的隐患。十八年后在广州发作，痛得我死去活来。中山医院的医生看了 CT 片子后，只问了我两句话："当过知青没有？""摔过跤没有？"接着让我住了四十天医院，才把脱出的椎间盘收了回去。后来想起，所幸当时是我摔下来，如果是弟弟摔下来又会怎样，不敢设想。

原本我们生产队的劳动力已够用，但人民公社这种集体所有制，无法调动农民的积极性，"集体地里磨洋工，自留地里打冲锋"是常态，所以，没有负担的全劳力还是受欢迎的。弟弟们到我那儿插队落户，是父母的主意，他们担心两个男孩自己下乡不安全。再说我们三姐弟从小一起长大，关系也不错，在一起可以互相照应。张队长决定留下两个弟弟，令我们喜出望外，于是我们的知青点便成了五口之家。我们三姐弟再一次朝夕相处在一起，而且是同吃同住同劳动，一生中也只有这么一次机会。

祖父几兄弟的手足情谊，在家内家外早就传为美谈，也为我们做出了最好的榜样。我们小时候，三祖父、四祖父和幺祖父都住在重庆。我们常见面，他们对我们姐弟都慈爱有加，其中当然有他们对祖父的挚爱和怀念之情。三祖父家里总有我喜欢吃的卤麻雀，如果某次没有，三祖母一定会带我上街去买，买了就给我一只，边走边啃。四祖父见到我们格外和蔼可亲，父亲严守口风的一些事，他都会给我讲，比如毛泽东说，在中国近代工业发展史上，有四个人不能忘记，其中一个就是搞交通运输工业的卢作孚。还有周恩来对祖父的高度评价等。我听了都不敢对外人说，也没有问过父母，因为直觉告诉我，应该为四祖父保密。高三上学期，学校宿舍翻修，我们必须自找住处。我的家在郊区，不可能每天来回学校，多亏四祖父一家救了我的急。他们家子女多，住房原本就不宽裕，却二话没说，让我在他们家住了几个月。四祖父从不给家里人看相，却主动给我看相，而且看得相当准。有了这几位祖父祖母的疼爱，我们失去祖父的悲痛得到无可替代的抚慰。

回到张家岩的那天晚上，正好有家老乡办白喜事——当地风俗称婚礼是红喜事，葬礼是白喜事，两种喜事都要杀猪斩鸡喝酒大办宴席。这一点与基督教很相似，基督徒认为逝者是去天堂见上帝，应该为他们喜乐。大巴山乡民认为，逝者被老天爷请去了，同样值得庆贺。主人真诚邀请我们做客，我们五个都参加了。插队落户那几年，但凡遇到红、白喜事，老乡们都会热情邀请我们到场，用辛辛苦苦攒下的一点好饭好菜款待我们。他们叫我是"蓉女子"，叫我弟弟是"雁娃子""铿娃子"，把我们当自家人。

我弟弟他们到草坝公社插队前后，别的生产队也来了许多新知青。新知青与我们"出身不好"、自我流放、躲避城里人歧视下乡的老知青不同，他们是响应毛泽东"农村是一个广阔的天地，在那里是可以大有作为的"号召而来的，但这并不影响我们的关系，相互之间很友好。

我们插队时，队里分了一片原为公山的柴山给我们。说是柴山，其实是一片荒山，除了稀稀拉拉的一点拇指粗的灌木，其余全是荒草。原来，队里的大部分柴山早就分到了每户人家手里，只留了这片公山。社员们为了保护自己家的柴山，便纷纷到公山砍柴，直到砍完为止。我们不能指靠这点荒草和零星灌木过日子。"兔子不吃窝边草"，也不能去砍队里老乡家的柴，就只好去别的生产队，甚至别的公社"偷"，这已成了知青插队后迫不得已的"潜规则"。农闲时便是砍柴的机会，也是我们最犯难的时候。有一次，我们五个知青一早起来，跑到十多里路外另一个大队，看到一片密林，顿时很兴奋，停下脚就开始砍，一直砍到下午太阳西斜，好不容易有了五大捆干柴，够我们烧一阵子了。胜利的喜悦让我们忘却了一天的劳累和饥饿，正准备背着柴往回走，突然听到山下有人大喊："哪个在偷柴?"接着就有人往山上跑来捉"贼"的声响。我们赶紧拔腿就跑，连砍柴刀也来不及拿。跑回家后很沮丧，白干了一天活，做饭还没柴烧，不由得无比怀念星火茶场不缺柴的美好日子。尽管如此，我们还是想尽办法，把插队落户几年的日子对付过去了。队里的老乡有时也给我们伸出援手，他们的柴山上埋了一些大炼钢铁时砍倒的大树的根，俗称树圪兜。有时他们就叫我们去挖树圪兜来烧。这样的圪兜很经烧，温暖着我们苦寒的心。

"文革"中曾上演了一出落实"深挖洞，广积粮，不称霸"指示，全国城乡到处挖防空洞的闹剧，连我们那么偏远的山区也没放过。张队长得知后说："干这没用的活还不如多种点地。"可是上级指示他又不能不落实，于是就想了一个办法，带领我们全队社员花了一天时间，把一个存放小孩棺木（当地人称火匣子）的天然大岩洞打扫出来，应付了上级的检查。做这样的事，可谓史无前例，当地人认为会挨天刀的。队长为此不得不顶住社员们包括老婆的责难。老队长的务实避虚，由此可见一斑。

当时我们五个知青正在申请加入基干民兵。基干民兵的名誉高于普通民兵，一般只要贫下中农出身的。但队长说，如果我们表现好，也可以破格提拔。打扫天然防空洞那天，队长对我们表态，"能不能当上基干民兵，就看你们今天的表现!"我们五个知青都强忍住恐惧，争取积极表现。第一件事就是把"火匣子"挪到山洞深处，给活人腾出地方来。社员们怕遭报应，尤其是女社员，都不敢动"火匣子"，我们就跟着队长和几个大胆的男社员搬。他们的老婆则站在岩洞上面大声叫骂，其中也有队长的老婆，队长只当没听见。有的火匣子因年代久远，一抱起来木板就散了架，里面漏出小孩的骸骨和残破的衣物，我们心里直打颤;有的透出一股难闻的怪味，令人作呕，我们都竭力忍住。完事以后，队长说到做到，当场批准我们升格为基干民兵。时隔不久，还与全大队的基干民兵一道参加了公社的基干民兵大检阅。现在想起来，挖防空洞一事，实在有些荒唐可笑，但老队长对付荒诞指示的聪明才智却令我肃然起敬。

我在张家岩时，多次被公社、区、县借调做一些文宣工作，比如为参加各种会议的代表写发言材料；一个人背着我们公社的社史图片，走遍全区七个公社宣传社史；走乡串户宣传"农业学大寨""北方农业会议精神"；协助公安部门调查女知青被奸案等等。队长从来都表示支持，仍然给我记下妇女的最高工分。那时学大寨，评工分的办法是自报公议。队长省却了这个麻烦，一次性评定，长年管用。我们五个知青分别都是男女社员的最高工分。为了报答队长的信任，我们干活比社员还认真。

生产队的劳动有的比茶场更艰苦，比如背牛粪、挑猪粪、栽秧、犁地、冬天砌田梗、往镇上背很重的公粮等等，除了耕田不让我们妇女做只有我弟弟们做以外，我们一样也没拉下。背牛粪时，粪水浸湿衣衫是常有的事，我们不叫苦。有一次下小雨，我挑了两桶猪粪走下坡路，脚下不小心一滑，后面的粪桶猛地硌在一块石头上，粪水顿时溅得老高，从头到脚淋了我一身，我也没吭声。傍晚收工后，做完一切杂事，已是夜深人静，我才有时间去到泉水边洗头洗衣服。到了农忙季节，我们还组织过突击队，带动社员抢农时、干重活。队长看在眼里，喜在心里。

我后来上调到县城工作，老队长很舍不得。过年时他杀了一只鸡，洗得干干净净托人送给我，我深受感动，倍感温暖。要知道他们家的日子和大巴山的老百姓一样贫苦。农民与生俱来的勤劳、质朴、善良，有如大地之母般地接纳了心灵受到重创的我们，我是永远不会忘记的！

水咬人

我们在张家岩最难过的一关是"水咬人"。

两个弟弟到村里不久,就赶上我们插队后的第一个春耕大忙。春风眨眼就吹绿了秧田,插秧的活路已迫在眉睫。起初,队里照顾我们,分配我们五个知青都去运秧苗,这是最轻的活,一般都交给半劳力去干。可我们都是分别拿男女最高工分的"强劳力",为了不让队里人笑话,我们争着要加入插秧的行列。

这时乡亲们见拦不住我们了,就吓唬道:

"插秧可是个最苦的活路,腰累得直不起还不说,田里的水还会咬人。"

下苦力累得直不起腰,我们都有体会。可水会"咬"人,却是平生第一次听闻。

"水哪会'咬'人'!"我们根本不相信。

"这是真的。我们这里一到插秧的时候,田里的水就要咬人,咬得你手上、脚上尽是疙瘩,又痒又痛。妹子,你们的皮肤白白嫩嫩的,可经不起咬啊!"

经老队长这样一说,我们才有些半信半疑了。

"那你们为啥又不怕呢?"

"我们哪个不害怕!但都害怕哪个又来插秧呢?再说年年都一样,习惯了。"

乡亲们脸上露出了沉重而无奈的表情。

好奇心驱使我们仍想下田试一试,何况我们到农村,原本就是为了"脱胎换骨炼红心"来的,连水田都不敢下,如何脱得了胎、换得了骨?!于是我们便坚持和老乡们一齐下了田。

第一天还算平安,我们的腿上、手上一切如故。但乡亲们黝黑粗糙的皮肤上却出现了不少豌豆大的红疙瘩,无一例外。第二天与第一天情况差不多。于是大家好生奇怪,这水难道就不"咬"知青?

　　有人说起了俏皮话,"你们是毛主席派来的客人,水当然不敢咬你们。"乡亲们似乎还都信以为真。

　　好景不长,第三天还不到中午,我们五个人的十只手和十条腿,凡是沾到田里泥水的地方全都长出了密密麻麻像疹子般的红点。白天干活时还没什么感觉,可晚上一躺上床,便奇痒难忍,两只手不停地抓也止不住痒,只好把腿放到床沿上蹭。几个回合下来,皮肤就火辣辣地痛,有的地方抓破了,流出了黄水;不小心抹在被子上,与皮肤粘连在一起,更让人动弹不得。无奈,我们只得把手脚都伸到被子外面,顾不得那时山里还是乍暖还寒的季节。折腾了一个晚上,我们几乎都没合眼。第二天早上起来,两条腿都肿胀得硬梆梆的,方便时竟无法下蹲。

　　伤痕累累的手和腿再次下到田里,犹如"上刀山下火海"一般,原本冰凉的水和泥,这时仿佛变得滚烫。每在田里挪动一步,就像无数把刀子在皮肤上来回地刮,比刚到星火茶场时因水土不和长的疮厉害了十倍也不止。泪水不知不觉浸满了眼眶。不巧被一个小伙子看见了,他幸灾乐祸地说:

　　"啊哈,你们现在才算和我们贫下中农打成一片了!"

　　一听这话,我的眼泪一下子就涌了出来,叭哒叭哒地滴落到田里。这时,不知何时已跟在我身旁的老队长上前一步悄悄对我说:

　　"毛主席他老人家教导我们:'下定决心,不怕牺牲,排除万难,去争取胜利。'啥子叫万难,这就是万难。这正是考验你们的时候,千万不要泄气哟!"

　　气是不会泄了,但手脚的痒痛却与日俱增。最可怜的是我的小弟弟,痒痛得厉害时,唯有抱住双脚使劲跳。向老乡们讨教,也不得要领,说是无药可治。他们只能用些土办法,有的用石灰水抹在抓破的皮肤上,以痛制痛;有的用烧红的火钳去烙,让皮肤表面结一层干痂,说是暂时可以起点保护作用。我们也试过用碘酒、清凉油,但一下到田里,药效就失灵了。更可怕的是,万一创口受到感染,轻则残废,重则丧命。我们队里就有一个年青媳妇,因个子矮小,人一站到田里,水就没过了膝。有一年插秧,不小心被水"咬"着了下身,伤口渐渐糜烂,痛得在床上挣扎了几天就死了。

像过鬼门关似的,我们好不容易捱过了那年的插秧季节。到放年假时,我回到重庆就四处查询"水咬人"究竟是怎么回事。最后还是从一本医书上找到了答案:原来是"血吸虫尾蚴"(与血吸虫是两码事)在作怪。这种用肉眼看不见的小虫,平时隐藏在田里,一到春天就出来吸人血,但一钻进人的皮肤就会死掉。每死一个就起一个疙瘩,产生剧烈的痒感。初次受到侵袭的皮肤一般在两三天后会出现类似疹子的红点。从第二年起,小红点就变成豌豆大的红疙瘩,而且下田的当天就会出现。但不是所有的田都这样,也不是所有的生产队都有这样的田,反正我们是给摊上了。原因找到了,如何对付,书上只介绍了一种防护办法:把松香溶解在酒精里,然后把这种溶液涂到皮肤上,会形成一种血吸虫尾蚴无法穿透的薄膜,涂一次浸在水里可以管半天。我从街上买了一点松香和酒精,如法炮制试了试,脚上果然像穿上了透明的袜子。我顿时激动万分,下次插秧,再也不会吃那小虫的苦头了。

转眼,插秧的季节又到了,我把事先准备好的"秘密武器"拿了出来,五个知青都乐呵呵地"穿"上了"皇帝的新衣"。我还叮嘱大家:这两样东西都很贵,不比碘酒、清凉油,我把积攒下来的一点钱全用来买了,也只够五个人用一季的,所以千万别张扬出去,只要我们不说,别人是看不见的。

一天下来,乡亲们的手上、腿上又长满了红疙瘩,我们五个人的却干干净净,几乎没有一个红点。第二天、第三天依然如此。啊,胜利了! 得意的笑容浮现在我们脸上。然而,就在这时候,一声闷雷在我耳边炸响:

"咦,咋搞的,你们五姊妹怎么还没遭水咬?"一个老农竟然发现了这个秘密。

脸上的笑容顿时凝固了。我们事先怎么就没想到这一层!

"嗯……啊……"我一时语塞。照实说吧,我们那点"战备药"如果捐献出来,还不够每人涂两次。而插秧一茬往往要十天半月才能结束,往后的日子怎么过! 一想起头年的光景就让人不寒而栗。说是"咬"的时候还未到吧,今天已经是第三天了,再说,还有明天、后天……,骗得过初一骗不过十五呀! 望着几十双齐刷刷盯着我的眼睛,我真恨不得马上被水"咬"个够! 好不容易才从喉咙里挤出来一句话:

"可能……可能真的是毛主席在保护我们知青吧。"

"嗯哪,还是你们知青有福气!"

乡亲们得到一个满意的答复全都释然了。我的心上却从此压了一块沉重的铅! 水不再"咬"我的皮肉了,却"咬"住了我的心。

我们所能做的就是自己以后再也没有用保护膜,彻底与农民共甘共苦。盲从、迷信所导致的人性的麻木,由此也可见一斑。半个世纪过去了,先是担忧乡亲们仍然会在插秧季节遭水咬,后来听说我们当年插队的地方都退耕还林,不种庄稼了,就有了些许侥幸。现在想来,即使那里的老乡们不再被水"咬"了,我也不能原谅自己! 我骗的是谁? 骗的是天下最干净、最善良、最不该骗的老百姓;骗的是那些用自己并不健全的身躯支撑着泱泱华夏终不致坍塌的人们!

巴金老人说："说真话并不容易，不说假话更加困难。"

我说了假话，却活得并不轻松。

玉米听"长"

你知道植物生长会出声吗？你听见过玉米拔节的声音吗？我听见过。

张家岩生产队是一个远离城市喧嚣的山村，但"文革""砸烂一切"的火星仍然会溅落到我们身边，"阶级斗争"的噪音不时搅乱了山村的安宁。

有一次，上面要求我们全队社员第二天都到镇上参加批斗大会。当时正值农忙时节，"就时如救火"，听到这个消息，生产队长憋红了脸，从牙缝里挤出一句："大家都去抓革命了，哪个来促生产?!"当晚，他照例给全队社员分派了第二天的农活，而我分到的任务则是和他一道去开会，做好记录回来给大伙儿传达。我私底下想，如果队长自己能识字、能记录，恐怕连我也会给省掉的。

队长带我去开"批斗会"那天正好是农历的立夏节。在此之前我们那一带已干旱了好些日子。农民们正担心"立夏不下，犁耙高挂"，秋后会颗粒无收，可就在立夏的前夜，老天爷却使劲下了一场透雨。我们出发的时候，天已放晴。太阳虽然还没露脸，但黑沉沉的夜幕已不见了踪影；淡蓝色的天空晶莹剔透，干净得一尘不染。脚下的泥土像吸饱了水的海绵，踏上去松软而富有弹性。干瘪的树叶抬起了头，耷拉着脑袋的小草挺直了腰。几只早起的小鸟在枝头叽叽喳喳叫个不停，为眼前这幅清新的山水画配上了悠扬婉转的画外音。

队长和我一前一后走在散发着泥土清香的山路上。队长那年刚过五十，古铜色的脸上爬满了皱纹，看上去六十岁也不止。他个子不高,背有点驼,可走路干活却精干利索。走在前面的他手里拿着一根竹竿,不时拍打着身边的草丛,显然是为了"打草惊蛇",也要防野猪。在那样一个农忙时节,可以不用弯腰下田,不用肩挑背扛,还有队长当"保镖",有沿路的风景好观赏,尽管到镇上要走十多里山路,可对我来说还是一种难得的享受。走着,走着,我竟缺音少调地哼起了儿时爱唱的一首童谣:"黄斯黄斯蚂蚂,请你家公家婆来耍耍,坐的坐的轿轿,骑的骑的斯马,啊……黄斯蚂蚂来了,指挥员在前面,战斗员后面跟,排成一条线,摇摇摆摆,多神气呀多神气……"黄斯蚂在我们家乡话中就是黄蚂蚁的意思。这首儿歌,随同那个给我带来无限欢乐的童年时代,都已退居到我的梦境里,现在竟然又从我口中溜了出来。

队长仿佛没听见在我喉咙里转悠的歌声,只顾神情专注地在前面开路,偶尔环顾一下地里的庄稼。不觉间,我们已来到山脚下队里最大的一块玉米地边。初夏的玉米,已接近人头高。宽大的叶片层叠交错,高挑的秸秆粗壮密实,有的秸秆上已背上了嫩绿的小玉米棒子。恰在这时,太阳蓦地跃出了山梁,水灵灵的青纱帐顿时金光闪耀。突然,队长像是发现了什么紧急情况,停住了脚步,回头对我说:"别响,好像有什么声音。"我立即收了声,以为是野猪在偷吃还没成熟的玉米,心想"说曹操,曹操就到",随即弯腰拾起一块石头,准备和队长一起投入驱赶野猪的战斗。可队长此时却蹲了下来,将耳朵对准了阳光下的青纱帐,嘴角眉梢闪现出莫名的兴奋;接着他又用手示意我照他的样子做,连声说:"你听,你快听,猜猜是什么声音!"我顺从地依葫芦画瓢,可四周除了间或有虫鸣鸟叫,其他什么声音也没有啊。队长见状又压低声音对我说:"你定住神,静下心来,再试试。"我照他的话做,"定住神,静下心",屏住呼吸,张大耳朵,对准玉米地……约莫过了三四秒钟,果然听见地里传来"噗噗、噗噗、噗噗……"整齐而有节奏的声响。像是风声,可风声不会这么轻柔;像是野兔在追逐,但野兔的脚步不会这么匀称;当然更不会是野猪,因为队长脸上的表情已让我否定了这种猜测。我只好反过来问他:"那您说是什么声音?"他故意卖"关子",不告诉我。经我再三盘问,他才笑眯眯地提高嗓门答道:"这是玉米在长的声音!"那模样就像孩子过年般地开心。"噗噗、噗噗、噗噗……"队长仿佛已看见秋后丰收的玉米堆成了一座座的小山,幻想着乡亲们在青黄不接之际,能喝上金灿灿的玉米羹。

张家岩位于贫瘠的山区,适合种水稻的田地很少,而且打下的谷子基本上都交了公粮,玉米就成了人们赖以糊口的主粮。可是到了夏收之前,去年的余粮已所剩无几,新年的第一茬粮食又未到收割的季节,每家每户只有酸菜汤就红薯,而且常常是上顿接不了下顿,玉米更成了珍稀食品。我们都过得很艰难,更不用说老乡们了。队长家里也同样困难。他的大儿子刚满十八岁就参了军,家里剩下两个尚未成年的孩子,苦兮兮地跟着大人吃酸菜红薯汤。我们那里属于老革命根据地,按理每年可以向政府申请减免公粮,可队长硬是不开这个口。有一次,眼看队长的孩子饿得缠着他闹,我实在忍不住质问队长:"为什么不去申请减免公粮?"队长定神沉思了一会儿,反问我一句:"都去申请减免,城里人吃什么?"我当时很想回敬他:"让城里人吃饱了肚子好胡闹!"可我想想,还是没开这个口,怕伤了队长的心。

队长听见玉米成长的声音,表现出异乎寻常的兴奋。而我呢,听了队长的回答,也被这第一次听见的、来自青纱帐的生命之声震住了!以前在学校时曾经学过,植物生长的生理基础是细胞的分裂,而秸秆类植物的细胞分裂又叫"拔节",可是从不知道拔节还有声音,而且我竟然也能听见!"噗噗、噗噗、噗噗……"这细小得让人难以察觉的声音,无可抗拒地涌进了我空旷的心灵,与我的心跳形成了强烈的共鸣。那余下的山路我不知道是怎样走完的,只记得在那天的"批斗会"上,尽管歇斯底里的叫骂声震耳欲聋,我却一个字也没听进去,耳畔只有"噗噗、噗噗、噗噗……"的旋律在回荡。

参加"批斗会"回来给全队社员传达的任务,我自然没有完成。队长睁一只眼闭一只眼,放了我一马。

人猴之间

偶然翻看《汉语成语词典》,查"杀鸡儆猴"这句成语的含义,上面没作具体解释,只是引用了《官场现形记》第五十三回的一段文字作了间接说明:"俗话说得好,叫做'杀鸡骇猴',拿鸡子宰了,那猴儿自然害怕。"但凡我们这些被"杀"过的"鸡",或被"儆戒"过的"猴",对此类意思,想必都有切身体验。

五十多年前,我第一次去北京,代表我们社办茶场去中央安置办公室上访,在火车上遇到的那场侮辱人格的游斗还历历在目。尽管此后我还在不同场合见过类似场面,有的甚至更吓人,但这一次的印象却特别深刻,几乎成了我对那个时代的标志性记忆,因为我当时就是一只隐藏在旅客中观看"杀鸡"的"猴"。原本正是为了我们的身份去北京讨个说法,没想到刚上路就遭遇了那一幕。第一次近距离亲临杀"鸡"现场的恐惧、矛盾和无奈,从此便像紧箍咒似地,给我留下了不可磨灭的记忆。

又过了两年,社办林茶场受到"文革"洪流的冲击而自动瓦解。我们却没有因此获得回城的机会,而是和其他大批新知青一样,被安排到当地农村插队落户。当时地处偏远山乡的农民对我们的身份比较陌生,最普遍的认识是"毛主席派来的客人"。所以,我们不仅享有和贫下中农一样的劳动工分、一样的粮食分配，一样可以参加"早请示，晚汇报"，队里有些称斤记账又轻松的活路，还常常让我们去做，因为我们"有文化，而且信得过"。这样的"平等"待遇，不仅对于农村的"分子"及其子女来说是非分之想，就是对于上学时期的我们来说，也属于"癞蛤蟆想吃天鹅肉"之类的白日梦。故此，插队落户的日子虽苦，我们的精神上却如释重负。不料有一天，在地里干活的时候，队长的老婆突然凑到我耳朵跟前问我："你们城里的资本家和我们农村的地主有什么不同？"我一时语塞，继而脸红得像猴子屁股。看来她已听到了我祖父是"资本家"的传闻，毕竟我履历表中的"出身"栏总是这样被他人改填的（我原本都填的"职员"，却被人改成"资本家"）。面对这样一个目不识丁的妇女，要回答这个社会发展史学上的问题本来就很难；加上我祖父并非资本家，他自己没钱，只不过是利用社会集资为社会做了许多好事，即使按照《中国社会各阶级的分析》的标准，他也绝对戴不上"资本家"这顶帽子。可是这样去对她解释，只会越搅越乱，落得个"此地无银三百两"的下场。她见我面有难色，张不开口，就岔开了话题，不再追问。我却从此心里明白："紧箍咒"还在头上悬着呐，尾巴还得夹紧才是。

我们队里有三户地主——严格说来是地主的老婆和子女，因为当家的早都死了，由老婆和子女继承他们的剥削阶级成分，这样生产队也就有了儆猴的"鸡"。但因为我们的队长比较善良务实，向来认为"多生产点粮食比开那些述莫名堂的会强"，所以这些"鸡"只是关在"笼子"里，没有试过"刀"。但是邻近那些没有"鸡"的生产队，却要到我们生产队来借去"儆猴"。队长老实，不敢不借。三户"分子"中，有一家是独子，还当过几天乡村教师，在"清理阶级队伍"时被扫地出门，回乡务农，但"臭老九"的眼镜还始终架在鼻梁上；另一家是独女，三十多岁了还没出嫁，经常打扮得花枝招展，却招不来女婿上门。队长显然想给他们留一点面子,所以每次"出借"的任务就必然地落到了张姓地主家。张姓地主早死,其老婆带着三个儿子住在生产队边上一座破房子里。当时大儿子已经四十多岁,没讨到老婆。小儿子不到二十岁,也是单身。唯有二儿子结了婚,老婆是贫农出身,却有些智力残障。三个儿子平时只知道埋头干活,从不乱说乱动,连农民习以为常的打情骂俏,他们也绝不沾边。即使如此,也难逃当"鸡"的命运。而每次"出借"的往往都是张家的大儿子,因为二儿子有老婆、有孩子;小儿子还有希望讨媳妇,不能破相。对此,队长心中自知不公,所以每次出借之前,他都会语重心长地叮嘱大儿子:在批斗会上放"老实点","好汉不吃眼前亏",只要不伤皮肉,骂几声算不了什么。大儿子也总是顺从地点头唯唯。尽管这样,他还是常常被打得鼻青脸肿的回来。队长见状只能叹气。我虽然对他也动过恻隐之心,但不敢说出口,有时还暗自庆幸自己当"猴"总比当"鸡"强。

以我当时的见地,参加镇上的公判大会感觉就不一样了。因为在我看来,公判对象都是以身试法,罪有应得。于是有一段时间,我甚至对参加公判大会有一种向往,似乎只有在那种时候,自己才能晋升为猴王,摇身一变进入做人的境界。有一次参加镇上召开的公审"现行反革命分子"大会,一个衣衫褴褛的"罪犯"被五花大绑推到台上。他的罪名为"破坏知识青年上山下乡革命路线",事缘他把关乎上千万知识青年命运的那块语录牌从墙上摘下来,并用红笔给我们写了一封信放在语录牌上,信里动员我们尽快回到自己父母身边,不要在农村增加农民的负担,搅扰农民的安宁。用现在的头脑判断,这封信没有一点错误,更谈不上犯罪。据说"罪犯"原本在劳改,罪名不详,属于一般犯人,在狱中受了政治犯的影响,最近才越狱外逃犯的案。应该说他是有所觉悟才有这番义举。可是我却盲从无知,分不清是非曲直,也放大音量加入了对他的声讨:"×××,罪该万死,死了喂狗，狗都不喫（读'qie'音，当地方言'吃'的意思）!"这时只见一位农村青年急步跨上宣判台，使足全身的力气，当胸给了"罪犯"一拳，鲜血立刻从他的口鼻处流了出来。这一拳无疑又把我打回了猴子的原形。本来嘛，"杀"这样的"鸡"，不正是给我这样的"猴"看的么! 这件事我至今想起来都深感痛心和羞愧，不知这位仗义执言的受害者如今还在不在人世。

"鸡"被杀了仍然是鸡，可"猴"被吓得丢了魂，还能算猴吗?

"睁眼瞎"的自责

"铁扫把"与"硬骨头"以及其他知青造反派终于彻底摒弃前嫌，重归于好。1971年上半年，草坝区接到一个任务，要组织一个"毛泽东思想宣传队"去慰问襄渝铁路的建设者，盖因正在修建的从重庆到襄樊的襄渝铁路，恰好从我们县经过。所谓宣传毛泽东思想，实际上就是载歌载舞歌颂毛泽东。"硬骨头"里有很多文艺骨干，区政府决定由我带队。那时派性已经化为乌有，大家又一起演出，关系自然就亲近了许多，而且有吃有喝还免去生产队的劳作，何乐而不为呢? 我这个领队，不会唱也不会跳，心甘情愿给大家当后勤。直到如今，我们这个群体还健在，有机会大家就聚在一起聊开心的事，逝去的是荒唐，永存的是友谊。

林彪事件发生后，我先听到小道消息，感到很诧异，但不敢说。我们队的红小兵照例每天早上喊口号："敬祝伟大的导师、伟大的领袖、伟大的统帅、伟大的舵手毛主席万寿无疆、万寿无疆、万寿无疆! 敬祝毛主席的亲密战友林副统帅身体健康、永远健康、永远健康!"队长老婆见我闷闷不乐，悄悄走来问我，"蓉女子，是不是你家里出了什么事?"我一时语塞，想了想，只好对她说"没事，没事"。后来队长去公社学了文件回来开会传达说："林副统帅,啊,不对,他改了名字,叫'林贼',带了一群鸡(三叉戟飞机),吃了瘟猪儿肉(温度尔汗),从天上掉下来摔死了。"社员们听了懵懵然,我和知青们却是分外震惊。这以后,红小兵早上不再喊口号了,我们的"早请示,晚汇报"也自动取消了。原本每天队里的年轻人都到我们家来履行这个顶礼膜拜仪式的。

此事解密后,县里要我参加批判林彪"五七一工程纪要"的队伍,到各处去宣讲中央文件。得到如此信任,我又很快打消疑虑,重拾信心。不过批判"纪要",并不比体力劳动轻松。祖父曾说过:"我人能思想,则不必选择思想,必能对中国之问题,作清楚之分析,故我人时时刻刻应有思想。善思想者,处处能见其思想之痕迹。"[1]在祖父的著作中,很少看到他引述别人的论著为自己佐证,而是博采众家之长,都融会贯通到他自己的思想里去了。对比祖父,无论历史对林彪事件如何评价,我对自己在林彪事件发生之后,仍然愚昧盲从,缺乏独立思考,在那次宣讲活动中口是心非、颠倒黑白的言行都深感羞愧。

从成都通俗教育馆到民生公司再到北碚实验区,祖父为了引导民众"学知识、讲文明",成为现代化建设人才,采取了多种多样的办法。比如在北碚平民俱乐部放映幻灯片时,祖父亲临现场,手握话筒担任解说;为了给农民扫盲,他亲自部署:"凡替不识字的人们解释一切事物,都指着文字替他们解释。为他们叹息不识字是大憾事。常让识字的人们将一切说明念与不识字的人们听。凡有一切参观的机会,无论动物园和博物馆,无论电影或戏剧,往往是让识字的先进去,或需要收费的让他们免费进去。多方面布置一种环境去包围那不识

1 卢作孚(1939):《精神之改造》,参见《卢作孚文集(增订本)》,凌耀伦、熊甫编,北京大学出版社,2012年第2版,第379页。

字的人们,促成他们识字。"[1]

下乡之后,我们也做过几件与科学种田有关的事,比如看见生产队种的芝麻是白的,就从重庆带了黑芝麻去种,因为黑芝麻的产量和出油量都比白芝麻高。试种成功后,农民就接受了。再比如,我们下去后才了解到,当地农民也种西红柿,但只吃青的不吃红的,认为红的老了,是用来留种的。我们就带头吃红的给他们看,开始他们还是不相信。我们就送给他们的孩子吃,孩子很喜欢吃,还到我们的自留地偷偷摘来吃,我们就装没看见。他们的家人知道后,也开始学我们的样,慢慢就推广开了。最近才知道,青的西红柿是不能吃的,里面含有一种毒性很强的物质龙葵碱,会导致呕吐、呼吸困难甚至器官衰竭。还比如,我的大弟弟在回家探亲的时候,学会了打针灸,就用父母给的生活补贴,买了些常用药和银针,背上药箱,当了赤脚医生。考虑到老乡不愿耽误工时,他白天照样出工,晚上才出去行医,获得了很好的口碑。我很支持大弟弟的作为,总是做点夜宵让他半夜回来加餐。

但是我所做的好事也就仅此而已。我既无祖父那样的高远志向,也无明确目标和具体计划,只凭几句口号和发热的头脑就去了穷乡僻壤,既没有想到教农民识字、学文化,也没有多把与现代文明有关的新知识、新技术、新生活方式带给当地农民,还以自己和农民一样苦一样穷为荣。

我亲眼见到当时的农民依然衣不蔽体,食不果腹。我们生产队在当地的收入算中等,一个劳动日(10 分)只有两三毛钱,扣除生产队分配的实物作价后,已没有多少现金可分。农民买不起衣服鞋袜,

1　卢作孚(1934):《四川嘉陵江三峡的乡村运动》,参见《卢作孚文集(增订本)》,凌耀伦、熊甫编,北京大学出版社,2012 年第 2 版,第 280 页。

只能买一毛多钱一尺的白布,一毛钱一包的染料,自己染成黑布或蓝布,再用自产的麻绳缝衣服,鞋子也是自己做,还都是补丁重补丁。一年四季都光着身子睡,怕草席磨破了衣服。有的冬天下雪还打赤脚。吃的是半年土豆半年红薯,而产量原本就不多的大米、玉米交了公粮后就所剩无几。我们知青五个全劳力,每年最多分到百把斤谷子、几十斤玉米,只能作为土豆、红薯的点缀。有老人孩子负担的农民家庭就更难度日了。那年头,农民一年四季难有吃饱饭的时候,青黄不接时吃葛根、野菜充饥;买不起草纸,孩子拉了屎,唤狗来舔,大人则用树叶、草类或石块瓦片擦;妇女来月经,就用很脏的破布代替草纸;生了病没钱看医生,死了就说是"天收了"……现在回想起来,对这些每天都在眼前发生的苦难与不公,当年的我竟然熟视无睹。

我还曾亲耳听到村里农民的真实忆苦:大跃进时,上级为了争高产、放卫星,搞什么土豆播种"楼上楼"[1],小麦播种"撒满地"[2],结果不仅颗粒无收,连种子也赔了进去。大炼钢铁前,我们村里的小道旁都长满了参天大树,白天走路也"阴森恐怖"(农民的原话),大跃进时都砍去炼钢,后来再无一棵大树。我们插队时看到的农民的柴山,最大的树也只有碗口粗。人民公社吃大锅饭时,家里的锅灶都打得稀巴烂,家庭都分居,女人孩子住屋里,男人住猪牛圈。大跃进和大锅饭带来的三年饥荒,村子里原有一百六十多人,死得还剩一百二十多。

可是我却这只耳朵进,那只耳朵出,从来没有想过去寻根究底。我原本有的是机会,为农民做点实事,最起码可以做些社会调查,收集第一手资料,为历史留下真实的证词。可是我只知盲从,却把这些视我们为亲人的父老乡亲抛在了脑后,将发生在这块土地上、我亲耳

1　即下面铺一层土豆块种,撒上土,上面再铺一层土豆块种。
2　即一亩地原本只需要 10 来斤种子就够了,却硬要撒上 100 多斤。

所闻亲眼所见的旷世大难视为与己无关的事。人情和人性冷漠到如此程度，与祖父相差天远，令今天的我难以置信。现在每逢看到农村题材的新闻或电视片，我都会情不自禁地掉眼泪，这是感触的泪，更是悔恨的泪。我应该对那些家贫如洗，却毫无保留地收容了我们的大巴山农民，表示最衷心的感谢和最深刻的忏悔！

下篇　上调回城

放弃回重庆

1970 年下半年开始，知青有了上调招工的机会，也许是和参军、参干类比吧，我们那里叫"参工"。我所在的草坝公社比较偏僻，很少有企业去那里招工，即使有，单位也不好，不过这样的单位对于家庭出身的要求就随之降低了。我自己暗下决心，先把集体户里的四位知青，包括我的两个弟弟和两位知青同伴都送走后再离开。

第一批来招工的是万源县万福铁厂，位置在罗文区到万源县城之间的大山里面，距离县城有一百多公里，也就是我奉旨批判林彪时去过的地方。那里有煤矿也有铁矿，于是就地取材挖煤炼铁。公社分配给我们集体户一个名额，我就征求大家意见，见大家都没表态，我的小弟弟就去了。

万福铁厂在草坝区一共招了几十名新老知青，厂里派了一辆卡车来接。因为人多挤不下，小弟弟和另外两位新知青主动让位，他们就一起步行了一百里，到罗文区后再搭车去了厂里。结果前面一批知青给分到了灰石场，每天的任务是把大块的砂石敲成碎石用于炼铁所需。《无声的群落》主编邓鹏，原是草坝区另一个公社的老知青，就分去了灰石场。1978 年他以优异成绩考上大学，后去美国一所大学任教，教美国史，然后领衔主编了填补历史空白的《无声的群落》。小弟弟他们三人则分到了煤矿，每天挑煤、运煤，条件相当艰苦，所幸没有到煤窑里爬进爬出地挖煤。有段时间，厂里分配小弟弟在一座山的半腰看管运煤的索道。有一天中途下起了大雨,他完全没有遮盖,全身都湿透了,却不能擅离生产岗位回宿舍换衣服,因而发了几天高烧导致全身发颤。那时他们没有床睡,睡在地板上,地板都跟着抖动。消息传到公社,公社托人到生产队叫我和大弟弟。我们正在队里插秧,来人说,"你弟弟得了重病,要你们赶紧去!"事有凑巧,当天上午我们队的一位老人,因心脏衰竭跌进了粪坑,我大弟弟赶去做人工呼吸,终无力挽救而不治。我们正沉浸在悲痛和惊悸之中。听到来人的呼喊,我吓得魂飞魄散,眼泪夺眶而出,一边哭一边和大弟弟往镇上赶。镇上没有班车,天也晚了,只好在镇上住了一夜。第二天下着大雨,好不容易等来一辆军车,等车的人不少,但大家都同情我们的遭遇,让我们先走。几经折腾,我们终于到了万福铁厂,才得知弟弟得了甲肝,已住进厂里的医院,但医院条件简陋,每天只有中药茵陈汤可服。我就向厂领导请假,和大弟弟一道,把他送回了重庆。病好后,小弟弟又回到厂里,在那里一共干了八年,直到1978年考上大学。

第二批是重庆一家集体所有制的工厂来招工,选中了我的大弟弟。当时大弟弟正和另一个大队的一位老知青也是巴蜀校友陈树楠谈恋爱,他们集体户的"家长"和我商量,要我和他们大队的党支部书记说说,不如趁这个机会让陈树楠一起调去,他们户有七个老知青,走一个就少一个。因为在一起开过会,他们大队的党支书认识我,也觉得是一桩好事,就帮忙成全了他俩。

大弟弟他们去的是集体所有制企业石英砂厂,就是把石英石打磨成细沙,做建筑和化工材料用。弟弟回重庆结婚后,夫妇俩在那里干了四年。弟弟起初的工作就是抬砂,任务繁重而且污染厉害。所幸因他的表现好,很快被调去搞新产品试制。后被选送到重庆市手工业干部管理学校学习工业会计专业,继而先后到市二轻工业学校当老师、在重庆长江航运管理局旅行社分管客轮的所有物资供应,后被当时的四川省省长蒋民宽先生看中,调去成都先后任四川省国际旅行社总经理、四川省中国旅行社常务副总经理。20世纪90年代初下海,和小弟弟一起投入了引进外资的事业。

第三批来招工的是县文教局,被录取者到县师资培训班培训一年后,担任公办中学老师。我们三位老知青中年长的一位就先行一步了。她的表现和工作一直很出色,结婚后去了昆明,生了两个儿子,大儿子在昆明,小儿子在美国发展。现在已有了两个孙子。

另一位老知青朋友原本很想回重庆,我也替她反映到县知青办。但知青办的工作人员给我看了她的档案,其父被打成"现行反革命",曾被当众批斗,招工单位都不敢要。其实我知道的是,她父亲原本是个私营小厂的老板,公私合营后当了高级技工,不知什么事犯了上,成了"现行反革命"。在当时情况下,有这个罪名背着,谁也不好办。但我承诺了的事是一定要兑现的。

1972年,我突然有了两个返城机会,首先是北京大学到达州地区招收两名"可以教育好的子女",我被县里推荐,还参加了很严格的体检,又做了一回大学梦。落选后,县文教局长告诉我,原因是我的家庭出身没有"坏"到能够享受"可以教育好的子女"资格的程度,因为我的父母不是"地富反坏右"。其实,在我的履历表上,通常会有人把我"家庭出身"栏里的"职员"改成"资本家"。但关键时候,他们却不改了。命运再次和我开玩笑,高中毕业时,因为出身不合格,被"不宜录取";此时又因为出身合格,不被录取。

接着,重庆有家大型国有企业即十八冶金建筑公司到万源县招工,县知青办又推荐了我。这样的好事一下子降临到我的头上,很可能与万源县的整党建党有关。1971年前后,县革委会将我所在的草坝公社作为整党建党试点单位,派驻了工作组,由一位县委副书记带队。这次的工作组，不仅不整我，还让我替他们办事。尽管我不是党员，但大队党支部要我列席他们的组织生活担任记录，因为他们都是文盲，不会写字。运动结束时，我被农民党员们朴实真诚的感情所感动，写了一篇《用毛主席的哲学思想指导整党建党》的总结材料，得到工作组和县委的重视，还把这份材料报送到达州地委。我不知不觉为万源县争了光，随之也就被"发现"。

就在我去做十八冶金建筑公司参工体检的时候，在县城的街上遇到县文教局的副局长王遵义。他是河南人，南下干部，耿直而和善。寒暄几句后，他问我进城干什么？我照实回答，去参加招工体检。他立刻对我说："你来农村七年了，贫下中农教育了你七年，现在贫下中农需要你留下来教育他们的子女，你同意吗？"我被他真诚的态度打动了，于是想也没想就说："同意。"然后就径直去了知青办，告诉他们我不去那家国企了。当时知青办一位女干部还挺惋惜地对我说："他们把你安排在发电厂，是个好单位呀。"对于常年在野外搞建筑的企业而言，可以固定在发电厂工作当然很不错，但是我决心已下，就不再犹豫了。我短短几分钟就决定这么一件大事，也许还有潜意识在起作用，一是我以为王副局长的表态证明，我已经脱胎换骨进入贫下中农阵营了；二是我的小弟弟还在万福铁厂下苦力，我不忍心丢下他不管。

我上调后，再次恳请县知青办帮忙解决我们户最后一位知青的参工问题。知青办的领导们也很关心，很快就让她顶替一个临时出现的空缺，也进入县师资培训班学习，原本要学习一年，结果只培训了两个月就结业，在当地做了公办教师。她后来和三线建设工程的一位技术员结了婚，并随丈夫调去唐山。

我们五人先后告别了张家岩，告别了乡亲们。虽然后来走南闯北，越离越远，但我们的心还是与那里的山山水水紧紧相连的，前两年大弟弟代表我们回去看望了健在的乡亲和他们的后代。原先的生产队退耕还林之后,已变得郁郁葱葱。乡亲们有的搬到镇上,有的迁到县城,有的还留在当地,生活都有了不同程度的改善,这是使我深感快慰的。

调入县革委文教办

我留下参工后,并没有被调去学校教书,而是正式进了县文教办(即后来的文教局),户口也迁入了县革委机关。命运有了如此大的转变,我就更加努力,更加勤奋。当时全国上下绝大部分单位都陷于瘫痪,迟到、早退、旷工很正常,文教办也基本没人上班。我则按照上级指示,下乡调查、写情况汇报、印发邮寄文件……,一天也没耽误,因而成为"县革委大院里最忙的人,连上厕所都在跑"。

我那时 26 岁。祖父在 23 岁的时候,写了一篇文章《各省教育厅之设立》,不仅振聋发聩地提出:"教育为救国不二之法门",还详尽表达了以下观点:"吾将更进一步论教育经费之宜谋优裕;教育权限之宜谋扩张;教育人才之宜谋独立。要即欲教育有完全独立之精神,不受外界之逼挟,及为其他政潮所牵引,以尽教育之能事,得在亚洲大陆放一异彩,致国富强,毋落人后。"[1] 1922 年,祖父 29 岁时应杨森邀请到泸县永宁道尹公署教育科任科长,他创办了《教育月刊》,并在《发刊词》中再次呼吁:"国中万事,希望若绝,寻求希望,必于教育事业。"[2] 他不仅想到说到,也尽心竭力地做到了。他一生中创办过小学、中学、大学,还把民生公司及北碚实验区办成了名副其实的社会大学。例如,民生公司的员工培训就相当丰富:小到各种专项培训,

---

1 参见《卢作孚文集(增订本)》,凌耀伦、熊甫编,北京大学出版社,2012 年第 2 版,第 1 页。
2 同上书,第 4 页。

包括轮机、茶房、餐饮、家属技能[1]等等在内的"全员训练"和"全面训练";大到思想境界、精神文化,为此还邀请了不少名人到公司做报告,让员工从技能到精神都融入了新的现代文明的集团生活。如请张澜讲《广西的建设》,黄炎培讲《离开四川时的感想》,杜重远讲《由小问题到大问题》,冯玉祥讲《怎样将倭寇赶出中国去》,张伯苓讲《胜利终必归我》,马寅初讲《战后中国经济之前途》,梁漱溟讲《陕北观察所得》,《大公报》总编辑王芸生讲《时事》,出席旧金山联合国会议代表李幼椿讲《从美国看世界和平与中国和平》,陈独秀讲《人类进化程序及国人应有之努力》,沈雁冰(茅盾)讲《如何读小说》,郭沫若讲《中国文艺发展史略》,戏剧家陈锃教授讲《中国戏剧与中国舞台》,欧德伦(前加拿大大使)讲《中国与加拿大国民之友谊》,等等。经过这样长期的训练和熏陶感染,社会上的人都称道:"民生人有一种特殊的精神气质!"

抗战爆发后,在祖父和民生公司、峡防局的大力帮助下,复旦大学、江苏医学院、国立戏剧学校、中国乡村建设学院等著名大专院校都迁到北碚,也算圆了祖父在辖区创办大专学校的梦。抗战结束后,这些学校都陆续回到原地,而学校里的川籍学生却无法前往,面临失学的困境。祖父就与一众社会贤达商量并募集基金,由祖父担任筹备主任,在复旦大学原址创办一所私立大学,以满足这些川籍学生继续深造的需要。学校取名相辉学院,以纪念复旦大学两位校长马相伯和李登辉。1946 年 8 月 10 日祖父给教育部递交了申请报告:

---

1 1936 年在卢作孚夫人蒙淑仪的倡导和主持下,民生公司成立了职工家属工业社,简称民职社。招收对象为民生公司已婚或未婚职工的爱人和受其抚养的姊妹,通过考核招聘入职。学习缝纫、刺绣、编织等技术和国文、算术、卫生、公民、音乐、图画、习字等课程,并举办有关文娱活动。公司每年拨款 2400 元作为常费,民职社则对公司内外经营自己的产品。参见《同舟——职业共同体建设与社会群力培育》,杨可著,社会科学文献出版社,2019 年第 1 版,第 57 页。

查自国府还都以来，原随政府迁渝各学校，均已先后迁返原址。以致陪都及四川原有大学顿感不敷，而莘莘学子多感升学无所遂，致本期重庆及四川两大学招生投考者均愈万人以上。以有限之学校何能容纳此众多之学子？远道而来此者多因升学失所而流落，且有因时久旅费耗尽而典质衣物，其状至为可怜，其志实堪嘉许。如不设法予以救济，对于社会秩序实不无相当影响。况彼等青年，意识尚未坚定，甚易受人诱惑而误入歧途。且四川人口众多，每期升学人数逐渐增加，似此现象值此建国时期，于国家实属重大损失，似有立予救济之必要。作孚因鉴及此，乃邀集社会贤达于右任、邵力子、钱新之、李登辉、于井塘、吴南轩、刘航琛、康心如、何北衡、康心之、杨成质、刘国钧、何遇仁、章友三等发起组织相辉学院。内设文史、英文、经济、会计、银行及农艺五系，以期救济一部分升学无条件之青年，并已筹足基金两亿元，从事筹备一切。兹以时间迫促，除正式立案手续另文呈请鉴核外，拟恳准予借用国立复旦大学北碚黄桷树旧址先行招生，并恳借调东北大学代理校长许逢熙先生为校长。是否有当，理合电呈，敬企迅予示遵。[1]

报告很快得到批准后，当年 10 月 5 日学校就开学。著名水稻杂交专家袁隆平先生 1949 年考进相辉学院农艺系深造。

祖父这一系列关于教育的理论和实践，最终都落脚到"以人为本"和"人的现代化"上。他认为："教育普及是要科学和艺术的教育普及，是要运用科学方法的技术和管理的教育普及，是要了解现代和了解国家整个建设办法的教育普及，是要欣赏建设与社会进步的教育普及。除教育普及外，还得要科学和艺术的研究，继续不断的提高

1　复旦大学档案馆编：《抗战时期复旦大学校史史料选编》，复旦大学出版社 2008 年版，第188—189 页。

其程度,使能应用世界上已有的发现、发明和创作,而更进一步。"[1]在这里,每一个人既是受教育者,也是建设者,同时还是欣赏者,要懂得"欣赏建设与社会进步"。

而在万源县文教局工作的我却丝毫也没想过,自己所做的事有什么目的,取得了什么成效,有什么社会意义,有什么新的打算和创见,只是满足于自己没有迟到、早退、旷过一天班;没有"一杯茶,一支烟,一张报纸看半天"。更没料到的是,半年后文教局长找我谈话,说接军宣队通知,像我这种家庭出身的人,怎么能在县革委工作,要把我调去一间偏远地区的公社小学教书,那个小学正好在万源县与通江县的交界处,就是我们当年逃难经过的地方。军宣队的通知还打印了红头文件。我已习惯逆来顺受,没有一句话的质询便接受了调令。当我去知青办告别的时候,知青办的领导认为这样做对我很不公平,就去找文教局商量,最后把我调到位于交通要道旁边的罗文区罗文公社小学。多年后得知,这一突然变动是因为有小人在军宣队领导处使坏。我前半生遇到的磨难,固然与大气候不正常有关,同时也少不了有人拿我的出身作祟,打击和排斥我。水性至柔,不会咬人,然而也可以伤人于无形,甚至将人活生生地吞噬。这是一种看不见的伤害,面对的是鲁迅所谓的"无物之阵",它触及的也不仅是人的皮肉、筋骨,更是灵魂乃至生命。同时,我也相信,"只要朝着太阳走,阴影就永远在你身后"。在我的身上,两者都应验了。

此事的尾声是:那位文教局的王副局长后来告诉我,军宣队撤走的时候,去向他征求意见。他只提了一条意见:"你们对不起卢晓蓉!"有了他这句话,我再大的委屈也释然了。这个世界上,还是正直

1　卢作孚(1946):《论中国战后建设》,参见《卢作孚文集(增订本)》,凌耀伦、熊甫编,北京大学出版社,2012年第2版,第451页。

善良的人更多。

走上教学岗位

在四川和陕西两省交界的地方,横卧着连绵数百里的大巴山,它因有幸成为红四方面军的根据地而闻名于世。大巴山的心窝窝里有一个小镇,是万源县罗文区和罗文公社政府机构所在地,由于地处万源南大门,交通比较方便,"文革"中修建的襄渝铁路也穿镇而过。到我上山下乡的草坝区和差点要去的那个偏远公社小学,正常情况下这里是必经之路。这个镇对于发达地区而言,只能算是弹丸之地。但在当地来说,除了县城,就数它最热闹了。镇中心还有一块刻有"列宁万岁"的石碑,可想而知红四方面军在的时候,此镇也很受重视。镇上有一所中学,初中高中齐备。还有一所罗文公社小学,也是当时全公社唯一的一所完小而且还戴了"帽",即附设了初中班。1972 年夏,我调离文教局被二次分配到这所小学,教五年级一个班的语文,并当班主任。后来又把这个班带到初中二年级(当时的小学是五年制),仍然教语文。

那个时代,是老师最难教书的时候,别说没书可教,就是有书也不敢教。轻则有"张铁生"们起来"造反",重则不小心闹出河南某中学学生因考试得零分,留下"不学 ABC,照样闹革命"的遗书跳水自尽的案子,还得去坐牢抵命。所以那时的学校里时兴老师只上课不布置作业,有作业也不批改,批改也不评分;平时不考试,考试就"开卷"。这么一来,老师们倒可以免去灾祸,学生们能学到什么知识就可想而知。我就是在这样的年代走上人民教师工作岗位的。

那时我并不知道祖父曾经教过小学、中学、大学,更不知道他曾大力推动教育改革,包括改革教材和教学方法。在改革教材方面,他举过一个例子："二十七年前,我任永宁道尹公署教育科长时,办理了一个教育巡回指导人员训练所。一天,大家都在讨论教材问题,我也在台下尽量翻读共和国教科书初级小学国文课本第四册。他们讨论很久,无切实的结果,我就提出:这本国文教科书,其中只有四课在泸县用得着,而且还得选择相当的时机。例如,有一课《校园中桃花盛开了》。试问'哪几个学校校园有桃花? 讲桃花那一课的时候,是否桃花盛开?'没有校园桃花,而这样教学生,不是对学生扯谎? 于是乎使学生获得一个印象'所谓读书,就是听扯谎'。那本书的编者是江南人,依了江南的气候,正是江南桃花盛开的时候,但在泸县是桃花早已凋谢的时候。还有一课是'东门外正修建一座大桥,有五百人在桥上工作'。我说'泸县东门外,有条大河,如果要跨那条大河,修建一座大桥,那是机械化以后的事了,并没有修大桥,哪有五百人做工,岂非活见鬼?'教材务要真实,不可扯谎,要学生生活环境里面实有的事物,乃是真正的教材。"[1]

在改革教学方法方面,祖父也举了很生动的例子。比如,他教中学的算术,"用学生自学的方法,最初教的很慢,整整一学期,才把基本四法教完,而那班学生即可拿他所学的问题,去考那些高班次的同学,而不能解答。至于他们以后学分数,学比例,学百分……太容易了。因为那都是由四法演变下去的,所以学生完全可以自己很快地学起走了。"[2]又比如他教四川省二女师第六班的国文,"完全是让学生自己选文读,自己讲,我来听,我来问,教师、学生的教与学的关系简直把他颠倒过来了。学生真比先生讲得好,因为先生是马马虎虎,学生是用过一番功夫。至于学生作文,从不由先生出题,甚至把文章

---

1 卢作孚(1948):《如何改革小学教育》,参见《卢作孚文集(增订本)》,凌耀伦、熊甫编,北京大学出版社,2012 年第 2 版,第 478 页。
2 卢作孚(1948):同上文,上书第 477 页。

作好了，才来请我最后加上题目的。大家须知道富有天才的好文章，就是一个人自己想说的话，恰如分际地写出来。必须自己有想说的话，自己有深刻的体会或感动，然后才能写得出很深刻，很生动的文章。"[1]祖父认为"每一个人都有天才，只需要教育去发展他"。"所以最好的教师，是帮助学生自己学习，帮助学生自己解决实际问题，个个学生都有他的天才，要看教师如何去帮助发展他"。[2] 几十年后，当我读到祖父这些文章时，真是羞愧难当。

我在担任人民教师的光荣职务时，既没有想到改革教材，也没有想到改革教育方法，甚至也忘记了中学语文老师罗光鑫在现有教材基础上所做的改革创新，仅仅是责任心驱使我不能耽误了这些孩子的前程，除了每天照样布置作业批改评分，照样考试而且闭卷以外，我还规定每天早上加二十分钟早读课——我的权力范围仅限于这一个班。为此，我特地去买了个铃铛，早课前只要我手中的铃铛一响，在操场上玩耍的我班学生都会自觉地跑进教室，整齐的读书声很快就压倒了外面的喧闹。对于我这些做法，校长从未表态，其他老师也视而不见。

一个学年过去，校长有一天突然笑眯眯地对我说，"你们班学生的政治成绩很不错啊！"这门课是他上的。我客气地回答："那是您教课有方啊！"

在此期间，区里的公安部门，曾借调我去协助办理一个当地干部强奸女知青案。女知青当时已回了重庆，我奉命去重庆找到她，把情况了解清楚。我找到那位女知青后，她见我态度诚恳，便把一切都告诉了我。后来经当地公安查证落实，罪犯受到了应有的惩罚。罗文公社书记得知我要去重庆出差，也交给我一个任务，要我把他们公社

---

1 卢作孚(1948)：《如何改革小学教育》，前引书，第477—478页。

2 卢作孚(1948)：同上文，上书第478页。

的一个"地主婆"带回来就地批斗。"地主婆"当时住在重庆大学她儿子家。我思来想去，这件事不能做。老人住在儿子家可以相互照顾，安度晚年。如果真的带回来批斗，不仅活活拆散了母子亲情，而且批斗的后果难料。这是我记忆中唯一一次没有完成上级交代的任务。至于公社书记对我是什么看法，我也不在乎了。

天灾人祸

我在县革委文教办工作期间，认识了一位机关职员，也就是我的前夫。他家在农村，从外县一所计划统计中专学校毕业以后，分配到万源县计委工作，后来借调到知青安置办公室帮忙。在我调去罗文公社小学教书前夕，知青办的主任抓住时机找我谈话，内容就是给我们做媒。自从我调离农村以后，我家的亲戚朋友已先后给我介绍了五位对象，都是清一色的大学生，而且都在大城市工作。但我心里横亘着一个难以逾越的障碍：因为"出身不好"，我在社会上已屡遭歧视、伤害，不愿在家里也有等级之分，只求双方平等相待。这位职员家在农村，自己是中专毕业，看上去比较规矩本分，长相也不俗，只要他不嫌我出身"高"，我不嫌他家庭穷，我们就对等了，于是就同意双方相处一段时间。1973年春节我们结了婚，婚礼就在家里举办，客人很少，除了我的大弟夫妇、中学与我同班六年的堂妹，就是对方的父亲和弟弟。婚后，他继续留在知青办工作，我则回到罗文公社小学继续教书。

1974年春节前，我教的初中一年级上学期结束时，我回重庆生了一个女儿。五十六天的产假结束前又返回小学继续教书。母亲为了替我带孩子，在我生孩子的当天办理退休手续，也和我一道去了罗文。记得从重庆出发的前一晚上，我们就近住在火车站旁边的一家旅馆。旅馆里非常肮脏,被子、床单上都是污迹,与我们当年在逃难途中住过的通江县汽车站司机宿舍真有天壤之别。我实在无法躺下,就抱着孩子在床上坐了一夜。

罗文小学的校舍原来是一个地主的大院,大一点的房间做了教室,老师们的宿舍都比较窄小。我是最后去的,还剩一间七八平米的位于操场旁边的房间,就分给了我,饮食起居都在那里面。白天我要上课,母亲替我带孩子。晚上我带孩子租住在镇上一个居民家,母亲就住在学校的宿舍里。因我的奶水不足,而且是脂肪奶(俗称油奶),孩子吃不饱,还腹泻,白天哭闹必须抱着她走,甚至跑步,才稍好一些。晚上则只能睡在我的手腕上,才能安静入眠,我便合衣半躺着过夜。那时的大巴山还是严寒的冬季,可能因此而受了风寒,初中一年级下学期末放暑假时,多年的积劳成疾终于将我击倒。因为当地医疗条件不好,我勉强支撑着和母亲、女儿一起回了重庆。因为我生病不能再哺乳,女儿半岁回到重庆就改吃牛奶。至今还记得她第一次用奶瓶喝奶就很老道,感觉快喝完时,两只手捧着奶瓶竖起来,看看里面还有没有剩余的,还有就继续喝,直到一滴不剩为止。在此之前,我的妊娠反应也是万里挑一的十分严重,整整两个月粒米未进,卧床不起,每天只能吃一小碗藕粉。后来能起床到院子里走动时,邻居都差点认不出我。女儿出生前后受到的亏欠,是我一生都难以解脱的心结。

回到重庆后我全身发黄,连眼白也是黄的,抽血化验结果是黄疸指数40多,转氨酶850,我得的是急性黄疸型肝炎,即医学上说的甲肝。按理说,甲肝没有传染性,可是去了几家医院,都不收我,大概是我的样子怪吓人的。情急之下,母亲只好请在重庆市第一中医院工作的亲家、即我大弟媳的母亲屠医生帮忙。屠医生立即设法"开后门"把我收进了他们医院的一间库房。临时"病房"里除了一张单人床,还有一条老式长板凳,此外就是堆放的杂物。屠医生请来给我看病的是重庆市著名的中医张锡君,如今的百度上还有对他的介绍:"在理论和临床上均有造诣,尤其擅长急重症和疑难病症,在国内外颇有盛名,曾多次为中央领导会诊并受到表彰和赞扬。"他当时六十多岁,正戴着"资产阶级反动学术权威"的帽子在扫大街,只有晚上偷偷到我的房间给我把脉开药。虽然正在受磨难,但他看着我的眼睛却是那么亲切温和,第一句话就是:"我给你的祖父看过病"。给我把完脉以后,又说了一句话:"你这种病,我一生治好过四五个人。"我听了很高兴,以为这病很好治,顿时有了信心。此后我除了每天吊盐水,就吃他开的中草药,一天一副,每副两三毛钱,两天换一张药方,在临时病房里住了一个月才"出院"。回家以后继续吃了一个月他没把脉开的药,是母亲每周去请他开一次药方,再拣药回家熬给我喝,甲肝的症状就完全消失了。因为大病一场,人瘦了不少,我只好续请了一段时间假,准备恢复元气后回去上班。哪知有一天吃饭时,外婆发现我的手在发抖。母亲又带我去看病,才知道我得了甲亢。甲肝和甲亢是两种相克的病。甲肝需要好好静养,甲亢则由于甲状腺机能亢进,造成几乎全身的器官都运动过速。那段时间,我夜里常做同样的噩梦,梦见在我的床头冒出吓人的鬼,感觉到自己的心不断往下沉,尚且清醒的意识却指令我向上挣扎,直到睁开双眼,才慢慢恢复平静,这也许就是濒临绝境的感觉吧。由此我便回忆起,那位名中医说,像我这种病他一生中治好过四五个人,许是对于我能不能治好,他也不敢打包票。

治疗甲亢病,开始我去的是重庆市医学院第一附属医院,离家很远,来回路途就需要三四个小时。每次医生只给开两星期的药,也没告诉我要吃多长时间才能痊愈,这样时断时续维持了两个月左右,病也没有好转的迹象。一个偶然的机会,遇到母亲医院的同事,他是西医,对治疗甲亢病很有经验,主动教我,药要坚持服两年,药量则逐渐减少,从每天服四片,一直减到每天服半片。我遵照他的嘱咐去做,果然见效。我在二十八岁的年纪,不幸遭到天灾大病一场,却遇到人世间两位好医生,两种病都好得很彻底,完全没有后遗症。但因为身体很虚弱,我不得不继续请假在家休息。

1975年的春节前夕,传来罗文公社小学我那间寝室隔壁的老师家不慎失火,引发火灾,整个小学烧个精光的消息。起因是那天晚上镇里举行小靳庄文娱表演。小靳庄是当时天津市宝坻县林亭口公社的一个大队。在"文革"期间,这个小村庄因为能唱样板戏、搞赛诗会而闻名。被江青树为典型后,在全国广为宣传推广,于是全国城乡到处都有冠以小靳庄之名宣传毛泽东的文娱表演。这样的表演,政治性很强,全校老师必须去观看。隔壁老师家正用木炭烤着衣服,忘记了收,衣服掉进火盆就引燃了大火。我的陋室也烧得片纸不留,衣服被子和日常用品一件没救出,国家补助了两百元,相当于我五个多月的工资。最可惜的是我在农村记的日记,虽然没什么有价值的内容,但至少可以比较客观地反映"文革"时期的盲从、愚昧和知青生活的基本状况,也全部化为灰烬。

我的四祖父除了是北碚不可多得的管理者外,还有一手绝技就是看相。据说重庆市的公安局长都请他看过相。有一次我从农村回家探亲,去看望他。他和我聊天,聊着聊着就说:"你二十八岁时,会遇上天灾人祸,但大难不死,你必有后福。三十岁以后,就会好起来,四十岁前后有个大坎坷,但你一定能闯过去。"还说,他在四十岁时也遇到一个大坎坷,但顺利度过了。随后又告诉我:"相随心生,相随心灭。人要多做善事,多积阴德(做了好事不说),不积阳德,才会有好报。"他说的这几种遭遇,我没往心里去。但他嘱咐我的"人要多做善事,多积阴德",我记住了。直到天灾人祸过去几年以后,我才突然想起四祖父对我的预言，那年我正好二十八岁，不由地佩服他看相真准。这么一来，从我接近四十岁开始，母亲就千叮咛，万嘱咐："出门要当心""最好少出差""出差别坐飞机"，以躲过那个随时可能出现的"大坎坷"。

母亲的爱

其实我心里最清楚，我得以起死回生，重上人生轨道的根本原因，不是命运的安排，而是母亲的爱。

母亲为了我，在我生孩子那天退休，丢下父亲一人在厂里自己管自己，全力担负起照顾我和我女儿的重任，随我们母女俩一起到大巴山住了半年。我在罗文公社小学的宿舍，门外就是学校的篮球场，球场的地是泥土铺垫的，那里是全校孩子唯一的活动场地，风吹人动就会扬起尘土，直接灌进我的陋室。我白天上课，母亲在满是灰土的屋里看孩子。晚上我带孩子住老乡家，母亲仍睡在那里，夜半还有老鼠瞎折腾。一贯极爱干净的母亲没有半句怨言。学校的伙食很清淡，吃南瓜就老是南瓜，吃白菜就老是白菜。喂孩子的奶水不够，母亲总是千方百计到集市上去寻找和做点营养的东西给我吃，她自己却只吃食堂的饭菜。

我病倒后，母亲忍受着极度的焦虑，在烈日之下带着我四处求医。正是母亲的爱，打动了亲家帮我住进了中医院临时病房，并且请来那位名中医替我治病。而她自己每天要给我抓药、熬药、送饭、看护我输液，还要兼顾我留在家里的仅有半岁的孩子，当时请了我家楼上一位厂里的家属照看，但母亲不放心完全脱手。我家离开医院要过河、爬山、乘公交，来回最快也要三小时，那时正是8月酷暑，山城俨然像个"火炉"，母亲每天都像在过"火焰山"。渴了，她就在街边买碗"老茵茶"喝；累了就在我"病房"里那条长板凳上打个盹。长板凳约有八寸宽、五尺长，母亲"躺"在上面，很难得到休息。这样心力交瘁的日子，她足足熬了一个月！我出院后，母亲每周还要去请那位名中医给我换药方，然后买药回家煎给我吃。治好我甲亢病的医生是母亲的同事，正因为他对母亲的敬重，才主动给了我宝贵的医嘱。母亲六十岁那年患三叉神经疼，长达三十余年，都给她硬挺了过来。有一次她疼得好几天不能进食，卧床不起。我正好在外面出差，她嘱咐家人不要告诉我。我回家才知道真相，心里真是难过极了。

母亲无私无涯的爱，终于把我从死神手中夺了回来。我在家休养期间，对前途一片迷茫。母亲像是猜透了我的心思，她及时把英语课本送到我的手上。母亲是留洋学生，英语当然很好。而我在中学学的是俄语，那时又正值"不学 ABC，照样闹革命"之说甚嚣尘上，学英语我实在打不起精神。母亲就一次又一次地耐心说服我，一遍又一遍地纠正我的发音。随着我的英语渐入佳境，我的自信也与日俱增。几年后我在病中学的英语竟然派上了用场，1978 年参加高考，外语考试我选择了英语；考进大学上二年级后，我同时选修了俄语和英语。这都是与母亲当年的鼓励和教诲分不开的。

母亲年轻时很美，被人比作白杨、秦怡，而在我的眼中，她的美是独一无二的。母亲的美来自中西文化的熏陶浸染：她有一位北大五四新文化运动领头人之一的父亲；有一位集中华传统美德于一身、恪尽己力关爱他人的母亲；她从小就读教会学校，成都华西协合医科大学药学系毕业，又远赴加拿大留学，饱受西方文化习俗的影响。母亲的美也来自她对亲人、对同事、对病人，甚至对素不相识的人博大无私的爱。

母亲外柔内刚，在和我父亲结婚以前，她已经用自己挣的钱念完了华西大学药学专业。上世纪 40 年代后期，在生下我和大弟弟后，她又远渡重洋到加拿大麦吉尔大学药理系读研究生，毕业后在美国密执安大学实验医院工作。当时父亲也在加拿大为民生公司监造新船。新船造好后，父亲随船到了香港，在香港民生公司工作。凭母亲的聪慧和勤奋，她在事业上应该前途无量。可母亲又很恋家，为了照顾父亲和我们几个孩子，她毅然辞去工作，回到我们身边。1952年返回大陆之后，母亲在我家对岸的一间药厂找了份工作，因为我家和药厂中间隔着一条长江，那时也不像现在这样有桥有车，过河只有靠摆渡，母亲每周只能回一次家。每逢周六，我就坐在家里的窗台上，目不转睛地盯着山下的小路，盼着母亲的身影早点出现。而母亲每次离家也总是依依不舍，连我们头一天玩过的地方、留下的脚印，甚至小弟弟在沙滩上洒过的尿迹，她在上班的路上都会前去探看，以便留待下一周独处的日子里慢慢回味。

为了回到我们身边，她再次舍弃自己的事业，从药厂调来我们家附近的民生机器厂医务室药房工作。医务室的药房很小，连她在内只有三人，其他两位的年龄和学历都比她低很多，母亲成为没有头衔的负责人。后来工厂搬到了远郊，母亲也随工厂最后一批人员搬去那里的工厂医院。父母为了我们先后在农村当知青的三个儿女回家方便，没有搬家，父亲住在厂里的单身宿舍，寝室的门正对着男厕所。母亲则在医院的一个楼梯下面隔出一个立面是三角形的单间，安了个单人铺栖身。父亲只能利用吃饭的时间到母亲那里相聚，这样的日子长达八年之久，直到我生了女儿，母亲退休回到青草坝家里为止。

恋家的母亲何尝不希望我们天天团聚，永不分离？可偏偏又是她自己把我们一个个送上了浪迹天涯的征途，而且在她漫长的一生中，我们总是聚少离多。

就在母亲调进我父亲所在的工厂医院，不需要在长江两岸来回奔波的时候，我小学毕业了。按照父亲的要求，我考上了城里的重点中学。在我们家，我是长女又是独女，娇生惯养不在话下，"衣来伸手，饭来张口"，小学六年级了，连头都是外婆替我梳，我当然愿意读普通中学住在家里享清福。第一个礼拜放学回家，我扭住母亲哭闹，说什么也要她替我转学。我一边哭，一边透过指缝观察她的动静，哪知她不愠不怒，态度像平时一样温柔，但"既定方针"却"寸土"不让。"背水一战"的我，只好把辫子剪掉蓄短发，进了那所重点中学，从初中读到高中，以品学兼优的成绩毕业。正是靠了这个重点中学给我奠定的知识基础，我才得以在中学毕业十三年后，在距离高考不足两个月的工余时间复习功课，从边远山区考进了上海的重点大学。

高中毕业，我因为莫须有的"家庭出身"问题，被大学拒之门外。当时，还没有发表"知识青年到农村去，接受贫下中农再教育，很有必要"的最高指示，我可以留在城里，但我头脑发热，无论如何要下农村，而且还要求到最艰苦的地方去。父母没有阻拦我，而是尊重了我的选择。在重庆市举行的"欢送知识青年上山下乡大会"上，我满怀豪情地代表全体知青，朗读了我写的《献给山城爸爸妈妈的一封信》，博得全场的掌声。而我的爸爸妈妈也在其中，这回轮到我母亲哭了，不过，我没看见，只是心灵感应。我在乡下十三年，每年回家探一次亲。每次回家，母亲都笑脸相迎、笑脸相送。可她背过身去却在无声地流泪，这是我外婆告诉我的。

我下乡时担任农场的团支书，劳动繁重，生活艰苦，工作压力大，我好想回家，于是给父母写信称"病"，请他们批准我回去"治疗"。母亲来信嘱咐我，有病就赶快治，"没病就不要无病呻吟"。从此以后，无论我遇到多大的困难，都时时提醒自己，千万不要"无病呻吟"。感谢母亲当年的"铁石心肠"，让我学会了自立。我和另一位女知青去北京上访，父母没有阻拦，还给了我们来回的旅费。回到重庆后，我听到谣传，上面正在追查我们，要将我们捉拿归案。又是母亲用了两天时间给我做思想工作，要我无论在任何情况下，都要勇敢地面对，做个正直守法的人，让我丢下思想包袱回到农村。

"文革"时，父亲因为大学毕业那年应征入伍，担任中美抗日远征军的翻译，被军宣队打成"国民党残渣余孽"关进牛棚，母亲强忍惊吓和悲愤，尽心尽力抚慰他、照顾他。父亲关在牛棚里，只有中午可以到母亲狭小的居所吃饭。母亲就用煤油炉子给他做点菜，补充营养，多半是父亲喜欢吃的油煎花生米和西红柿炒鸡蛋。母亲相濡以沫的爱，支撑着父亲度过了人生中最大的难关。而母亲自己只能在夜深人静时，担忧父亲的安危，想念我们三个在农村的孩子，常常无声地哭泣。

母亲的爱也时时温暖和感染着她周围的人。还在青草坝医务室药房的时候，母亲年纪大、学历高，主动关心那两位同事的业务和家事，经常替他们值班。母亲值班时，我常去陪她，她总是吩咐我帮忙包药、卷棉花签。别的科室有位大龄医生没有对象，她就热心当红娘，成全了他的婚姻。她还常常把我们穿不得的衣服送给其他同事的孩子穿。她对病人也很关心，总是耐心替他们解答问题、解决困难。病人和同事都尊称她"陈药师"。三年灾害时，上面通知她，要下放到车间劳动半年。她不但不畏惧，还高兴地对我说，劳动期间每个月可以多发些粮票，补贴家用。正当母女俩沉浸在可以多点粮食填肚子的兴奋中时，上面又发通知说她不用去了，原因是医院离不开她，她还有点失望呢。

"文革"时，医院的各色人等都要去搞大批判、唱颂歌、跳忠字舞，后来更升级为武斗。母亲以药房的工作忙走不开为由统统回绝，也因此她的担子更重了，不仅挑起了药房日常工作的重担，还想尽千方百计制作市场上买不到而危重病人又离不开的葡萄糖盐水。洗瓶子、消毒、制药、装瓶，基本上是她一人独挑。仅仅是做葡萄糖盐水用的蒸馏水，就是很重的体力活。她二话不说，全都扛了下来。为此抢救了不少病人和武斗伤员的生命。有一次，船厂下游的一家兵工厂两派搞武斗，在那里"支左"的一位张姓解放军团长受重伤。那时长江里的船为了躲武斗都跑光了，只好用人抬着走了几十公里，来到母亲的医院，团长已流了很多血，生命垂危。母亲赶紧拿出自制的葡萄糖盐水给他输液，还把自己的枕头送给他用，使他的状况得以缓解。但工厂医院的条件毕竟太简陋，团长又被抬往城里医院施救，由于路程遥远，不幸在中途去世，母亲为此深感惋惜。

母亲以一己之力挽救他人性命已不知多少次。三年灾害时，她常常忍饥挨饿，省下粮食给我们几个正在长身体的孩子吃，身上出现了浮肿。在工人们一个个患了"浮肿病"而无药可治的时候，她发现了"小球藻"富含蛋白质，如获至宝。立即四处找来七八个大浴缸，也包括我们家的一个，在医院腾出几间空房养起了小球藻。小球藻虽然属于原始而简单的物种，可仍然马虎不得。它需要阳光，需要肥料——主要是人尿，需要干净的环境，母亲几乎把所有的业余时间都用到了照顾小球藻上。她首先在所有的缸里灌满了水，放入菌种，再分几次加入尿液，到小球藻养成以后，她还要把这几大缸水弄干，把里面的小球藻浓缩成墨绿色的干粉，再按照病人病情的轻重程度分配给他们服用。据吃过小球藻的工人讲，那东西还真管用，一调羹可以顶三两饭。有几次我饿得慌，望着那香喷喷绿油油的干粉眼馋，向母亲讨来吃，可母亲硬是不给，说给工人吃是为了救命，而我还没危急到那样的程度。望着母亲要我原谅的笑容，想着她做了这么多小球藻干粉，自己也有浮肿，却没有吃过一口，我就把饥饿咽了下去。

母亲退休后，除了替我带孩子，还包揽了全部家务，买菜做饭洗衣服打扫卫生，直到我2002年退休才逐渐卸下了重担。但是她并没有闲着,一方面要照顾父亲,一方面坚持不懈地从各种报纸上剪贴重要文章和养身之道。她亲手剪贴的剪报本已经超过了三尺高。她对我们说,她一生不爱财、不敛财,这些剪报就是留给我们的遗产。

每逢我出门,母亲都会站在家门口送别,即使是老花朦胧的眼里,也分明流淌着我从小就熟悉的眷念和期盼的清泉,滋润着我漂泊动荡的心。而我每次出差回来,只要飞机一落地,第一个拨通的就是母亲的电话,向她报平安。"慈母手中线,游子身上衣,临行密密缝,意恐迟迟归。谁言寸草心,报得三春晖"是我们耳熟能详的一首唐诗,其实,"慈母手中线"又何止"游子身上衣"? 自从我呱呱坠地,剪断了连接母亲身体的脐带,母亲和我之间就有了另外一根看不见、割不断的线。好比那天上飘逸的风筝,飞得再高再远,那线的另一头总在母亲手里紧紧地攥着,哪怕她已远在天边。

转行

一场重病,我不得不请了一年假在重庆服药调养。一场大火,又烧得我无家可归。我不知未来去向,于是1975年暑假快结束时,我回到县里去文教局报到。这场病令我消瘦了三十多斤,文教局长见到我大感惊讶,当即就说:"你身体这样了,再休息半年吧。"那时像我这样请长假是没有工资的,我也就问心无愧了。

半年以后,也就是1976年2月,县文教局张副局长找我谈话,他说万源县电影公司办公室缺人,问我愿不愿意去。张副局长戴着一副黑框眼镜,是位文质彬彬的知识分子,在文教部门口碑很好,我深知他的好意。再说,我从小爱看电影,能去县城的电影公司工作当然很开心,当即就爽快答应了。后来才知道,这份工作远没有看电影那么简单惬意。万源县电影公司当时下辖一个电影院和四十几个公社放映队。电影院和公司本部在一起,而电影公司办公室的编制就我一个人,没有职务,没有级别,从清洁工、勤杂工到收发、接待、人事档案(包括党支部档案)保管、联络与协助公司领导管理四十多个公社放映队等等一包到底。晚上电影散场,还要参加打扫影院场地。有时放映员人手不够,也临时当个帮手放放电影。那时的电影都是用胶带放映,每十分钟换一次片盘,两个人轮流倒替,一部电影放下来,故事情节都是断断续续的。记得我在电影公司几乎没有坐在场内完整地看过一部电影。我的家就安在电影院里,前后两间小屋,面积总共十五平米左右,没有厨房和洗手间,而且家门正对着电影院出场的后门,距离大约五米,每天数场电影的恶浊空气直接灌进我的屋里。尽管如此,我已经很满意了,毕竟到了县城,有了一份心仪的工作。

为了激励公社放映队多放电影,我征得领导同意,创办了一张八开的小报,自己组稿、刻蜡版、油印、寄送,乐此不疲。每逢公社放映队的放映员回公司办事,我都热情接待他们,与他们结下了深厚的友谊。有一次,我画了一张各电影队的工作进度表贴在办公室墙上,想用这个办法激励公社放映队多放电影、多创收。公司一位领导看到后对我说,"这些事不用你做!"兜头一瓢冷水。这样的事我遭遇太多,也就不当回事了。公司的一把手是个实干家,看得出来他很信任我,但因为"出身"问题,不敢公开支持我。无论我怎样努力工作,都得不到肯定,也分不到奖金,从教书到电影公司,每个月固定工资36元5毛。好在我对职务、级别、待遇之类的事天生是白痴,领导也乐得用我这样顺服的劳动力。

上班不久,赶上全国展开"批林批孔批宋江"的运动,电影公司也不例外。不过"文革"中紧绷的阶级斗争之弦那时已成强弩之末,我们公司的运动基本是走过场,每次学习就是读读红头文件,然后就聊天。1976年5月29日,我们正在电影院里参加学习批判会,突然头上的吊扇摇晃起来,有人惊呼:"地震了!"众人赶紧如鸟兽散。后来才知道,那次地震发生在云南龙陵,属于7.4级强震,震出了一个大湖,连远在川北的万源都有震感。这是1976年三个不平凡天象中的一个,另外两个一是3月8日吉林市郊降下了一块重约4吨的大陨石,在空中爆炸后形成陨石雨,最大的一块陨石重1770公斤。还有就是7月28日震惊世界的唐山7.8级大地震。那一年周恩来、朱德、毛泽东先后去世,而我则与唐山大地震擦肩而过。

1976年1月8日周恩来去世时,县里广播站转播的中央人民广播电台的节目,出现了不同寻常的异象,先是有哀乐,有讣告,然后出现嘈杂的声音,接着就沉寂了。再然后就是各级传达中央指示,不开追悼会,不送花圈,甚至不能戴白花。在我们家族的口传史料中,对周恩来的印象是不错的。抗战时期,他在重庆红岩村时曾多次接见过我祖父。有这么一件趣闻:有一次,祖父和他的一位朋友在一起会晤议事,到了约定时间两人就告别了,殊不知又在周恩来那里相会了,不由哈哈大笑。原来,周恩来同时约请了他们俩,为了保密起见,他们都没告诉对方。上世纪50年代中,在一次政务院工作会议上,有人往祖父身上泼污水。黄炎培先生坐不住了,就写了张条子给周恩来,要求发言为卢作孚辩护。周恩来回答他:"您不用说,让我来说。"结果,周用了二十分钟时间,讲述了祖父的功绩,其中说道,卢作孚所做的一切,"缩短了我国新民主主义革命的航程"。这是黄炎培告诉四祖父,四祖父悄悄告诉我的,我怕惹麻烦,一直藏在心里,现在才公诸于世,希望将来能在档案公开以后得到验证。所以,周恩来的逝世以及逝世后的异象,令我很是震惊和绝望。当时我还在病休之中,和我前夫在县革委办公地借住了一间单身宿舍。我们坚持戴上了白花,整个县革委大院里绝无仅有。

毛泽东去世那天,我正赶上扁桃腺发炎高烧到 39 度 5,在家休息。从广播里听见这消息后,赶紧挣扎着去上班。因为办公室就我一人,我若缺位,必犯大过,果然如此。县里第二天要举行追悼大会,电影公司分到的任务是做两个直径一米多的全白半球形花圈,挂在会场主席台两边的巨幅挽联上方。花圈是我设计的:先用竹篾条扎成两个半球形框架,再糊上白纸,在白纸上贴满用白纸做的小花,远看就是一朵大白花。我和公司的同事们连设计带捆扎和做花、贴花,几乎干了一个通宵才赶出来。结果我的扁桃腺炎一个月才基本痊愈,从此变成慢性咽炎和慢性鼻炎,折磨了我后半辈子。

不久之后,看到经过万源的火车上贴着"打倒四人帮"的大幅标语,尽管我们地处偏僻山乡,之前没有听到任何风声,但得知这个消息非但不感到惊讶,反而感觉如沐春风。再次解放,人心所向啊!

这以后,电影院迎来了最风光的时期。许多老电影陆续解禁,李谷一拍的《打铜锣》《补锅》应属新电影,那也是我第一次见到她的模样,才二十岁左右,年轻漂亮。还有引进的电影,比如南斯拉夫的《桥》和《瓦尔特保卫萨拉热窝》。那时候五分钱一张的电影票比什么都金贵,以前拿着肉票还买不到好肉,且称不足分量。这时,只要我往肉摊跟前一站,一块超肉票定量的好肉就到手了,留下了我一生中唯一"受贿"的案底,不过钱当然是要如数支付的。电影公司给内部职工优惠,每人每场可以买五张票,我和卖票的周老师关系不错,时不时得点照顾,以应付一拨又一拨求票的朋友。有时候实在没票,我只得躲在卧室的写字台底下,因为两间斗室前后都有窗无法藏身。那时,文教局长已升为县委宣传部长,电影公司属于他管。他的夫人爱看电影,也找我买过几次票,我和她的关系起于电影票,也止于电影票,没想到后来考大学时,她为我说了句很关键的话。

不速之客

我在电影公司工作时,有一次又回到罗文区出差,晚上就住在罗文公社办公楼附设的招待所里。那个年代住招待所的人不多,到了夜晚,空荡荡的大院就只剩我一人。好在那时不仅全民皆穷,而且"全民皆兵",所以治安问题完全不用担心。

一天晚上,招待所停电。我点着蜡烛,一口气整理完当天的工作笔记,打开窗户伸了伸懒腰。这才发现整个镇子几乎没有一星灯光,那时没有电视看,人们都早早进入了梦乡,只有冬天的月亮冷冷地俯视着大地。除了远处偶尔有几声犬吠以外,满世界没有一点声响,寂静得仿佛听得见自己的心跳。

正当我关上门窗准备睡觉时,院子里突然传来脚步声,而且是径直向我住的房间走来,接着便有人敲门。我好奇地打开房门,尽管外面光线很暗,但我一眼就认出,来人是我在罗文公社小学的一位学生邓学友,因为他的身材很特别,又瘦又长,几乎比班里同学高出一个头。和我们班大多数学生一样,邓学友的家也在附近农村。他是两代单传的独生子,祖父当年参加红四方面军成了烈士,父母都是贫农,所以从小"根正苗红"。不过因为生长于这块贫瘠的土地,他年过9岁才上小学一年级,在班上年纪最大,平时喜欢不挑担也扛着根扁担。邓学友人很聪明,凡是他想学什么,准保一学就会。可就是聪明没用到正道上,在学校里是出了名的"调皮鬼"。因他有句口头禅"天王老子我都不怕",而得了个绰号叫"天王"。不离肩的扁担仿佛也为他增添了几分"天王"的威风。

记得有一天下午上劳动课,任务是在我们班承包的小麦地里套种棉花。我要求同学们吃过午饭带上工具到学校集合,听我作"战前"动员和详细交代后再下地。殊不知下午上课铃刚响,我走进教室,发现同学们脸上都留下了汗水和泥土的痕迹,而且满教室飘着刺鼻的粪味。见状我明白他们已提前行动。待我赶到地头,只见一行行麦苗间果然已栽上了棉花苗。不过刚松过土的地里留下了横七竖八的脚印;浇过水施过肥的棉花苗却抬不起头直不起腰。我欲"拔"不忍,欲罢不能,很快便查明,那天的总指挥不是别人,正是邓"天王"。他那根扁担没沾粪桶却做了指挥棒。

邓学友深夜来访,我完全没有思想准备,但他毕竟是我昔日的学生,于是我连忙迎他进屋。可是他却止步不前,执意停留在门口的阴影里,一言不发地从身后取下一件长长的家伙。起初我还以为是他那根形影不离的扁担,可这次他手上拿着的却是一杆枪。当我看清楚这是一枝"三八式"时,枪口已经对准了我的胸膛。我顿时明白了,邓学友是借这个夜深人静的时候来寻我报"一箭之仇"的,何况这"仇"还远不止"一箭"。

当年尽管我对邓学友的调皮有所耳闻,但没想到第一堂早读课他便与我正面交锋。那天清晨,早到校的学生像往常一样在操场上嬉戏。时间一到,我便站在教室门口摇响了铃铛。正玩得上劲的同学便急忙跑进了教室,邓学友是最后一个,神情颇有些抵触。当我带领全班同学朗读课文时,他却故意"高八度"地"唱读"。那时为了便于对他的监督,我让他坐在第一排。于是他凭借这一"地理优势","唱"一阵,还回头得意地望望全班同学,又"唱"一阵。我干涉了几遍都没用,越干涉他还越来劲。我表面上强作镇静,内心里却乱了方寸,不知该如何处置他才好。罚他站吧,可不知他有何站相;罚他出教室,他不走怎么办? 我总不能和他拉拉扯扯,糟蹋了自己在学生们心目中的形象。左也不是,右也不是,一口气堵在了我的喉咙口,好不容易僵持到下课。自尊心和责任心都大受挫伤的我,终于想出个

"绝招",罚他放学后留下,如果不认错就背课文,什么时候会背,什么时候才能回家。两年时间,邓学友受过多少次这样的处罚,背了多少篇课文,我已记不清楚。只记得他每次必到,课文也背,但从未低头认过错。万万没料到尚未成年的他,竟会因此而埋下"杀机",而且深藏不露。

这一次是一颗心堵在了我的嗓子眼。四周一个人影也没有,喊"救命"已经来不及,我只好闭上眼睛打算以身殉职。忽听得邓学友"噗哧"一笑,说:"老师,别害怕,我和您开开玩笑。"说罢,他放下枪,走过来紧紧地握住了我的手。我这才睁开了眼,放下了心。

一阵寒暄后,我便再点上一枝蜡烛,请他坐下,泡上茶。闲谈中,我得知邓学友初中毕业后因家里缺劳动力便辍学回家。用他的话来说,他成了村里唯一的"文化人",所以倍受重用。不仅当上了生产队的会计,还被选为基干民兵,最近刚晋升为排长。大凡到了这一级,便有资格领真枪,于是邓学友终于有机会"鸟枪换炮",将扁担换成了"三八式"。

"不过,老师,"邓学友说,"您放心,我枪里没子弹。我怕走火,子弹都放在衣兜里呢。"

这天晚上,他正好当值外出巡逻,知道我住在这里,便想来看看我。

"邓学友,讲老实话,你恨不恨我?"我打算抓住这个机会搞个一清二楚。

"哪能呢?老师,我感您的恩还来不及呢。我现在肚子里有这么点文化,多亏了您当年叫我背书。"

"可那时你为什么不好好学习,尽调皮捣蛋?"

一听这话,邓学友脸刷地一下子变得通红,声音也低了八度回答道:"老师,我说了您可别恼气。那时我在学校里听其他老师说,您这样管教我们是多管闲事,自讨苦吃。还有更难听的,说您中毒太深,弄不好'秋后算账',你不是反革命就是右派。我见过我们村的'黑五类'挨批斗,真惨!"他说到这里便低下头,不再吭声。我的心里顿时升腾起一股暖流。原来邓学友是以他特有的方式在保护我,也正因为如此,他才不承认错误却宁愿背书。

我又问他:"可你们班的同学为什么都那么听话,愿意跟我学?"这的确是我心中没有解开的一个谜。因为我自作主张"我行我素",足足坚持了两年,而不是一天两天,一月两月;而这班不过十二三岁的孩子也跟着我坚持了整整两年,其间还少不了要忍受冷嘲热讽、流言蜚语。

"那是他们的爹娘告诉他们,只有在您手上才能学到真本事。"

说话间,不知不觉鸡已叫了两遍,月亮也蹒跚着退隐到山后。邓学友起身告辞,说是还得去执行任务,我们彼此都有些依依不舍。他走出两步,又回过头来对我说:"老师,您放心,将来我如果有儿子,一定叫他好好念书!"说完就大步流星地走进了黎明前的黑暗中。

老根据地农民的期望点燃了我对我们这个古老而又年轻的民族的希望。几年后,我托"改革开放"的福,报考了大学。在志愿表的十个空格里我统统填上了师范院校。

否极泰来

1977年10月，母亲带我女儿来万源的时候，小弟弟从他所在的工厂来县城探望母亲。此前多半是我去厂里看他，或者是站在县城通往厂里的公路上，拦住他们厂的货车，请司机给他带些食品或维生素。想不到他这次来带了一个令我大感意外的消息，说是上面已决定恢复高考，符合年龄的应届或往届高初中学生都可以报考，还听说这次高考不看家庭出身，他也打算考。我听后似信非信，但对他的想法表示支持。弟弟满怀信心地回去了，但我心里热了一阵就冷却下来，认为不看出身是不可能的。

　　我前夫是1966届中专毕业生，家庭出身又没问题，我就动员他报考。他平时比较满足现状，我们的共同追求不多，只有一次双方有了一个共同的兴奋点，那就是《哥德巴赫猜想》。他在机关里先看到杂志上发表的著名作家徐迟写的这篇报告文学，很激动地带回电影公司给我看。我看了也热血沸腾，很久没有读到这么才思出众、真实感人的好文章，感觉像是享受了一顿精神美餐。报考大学的事，前夫考虑了一阵，抱着试试看的想法同意了我的建议。我则利用业余时间，全力以赴协助他复习各门备考的功课，其中包括写了二十多篇模拟作文，书面回答了一百多道模拟政治试题。后来他考上了重庆西南农学院（后并入西南大学）。然而我弟弟和他厂里的几位应试知青朋友，分数都远高于录取线，却没有考上，答案只有一个，77届高考仍然要看家庭出身。

　　母亲这次带我女儿来万源，主要是为了安慰我。事缘那年的七八月份，在美国定居的大姑，第一次回国探亲。原本 1976 年 7 月她就打算回来，去长春看望我的祖母和二姑一家，其余有关亲人都去长春聚会。我在单位请了假，和母亲一道带着两岁的女儿乘火车硬座北上赴长春。大姑也很想见我们，一是因为她和我母亲不仅是姑嫂关系，更是无话不说的闺中密友；二是我小时候她很爱我，很想看看长大以后的我是什么模样。哪知我们乘的火车刚到郑州就传来噩耗，唐山发生了特大地震，损失惨重。到北京后得知去长春的铁路已经中断，我们只好又买硬座，第三天便乘火车返回重庆，大姑也就没有回得来。

这次大姑回来，在大陆的亲属们做了精心安排，我的父母及我和女儿仍然在参加聚会的亲属名单中。我便像 1976 年那次一样向电影公司领导请假。然而领导告诉我，这次需要向县委办公室主任请假。我即找到那位主任，主任面无表情地说，"如果真有这事，请四川省委统战部打电话来。"我一听，觉得此事很难办，根据政府部门不成文的规矩，一般是下级给上级打电话请示，鲜有上级给下级打电话主动表态的，何况如我这般区区小事？见他态度很坚决，没有任何回旋余地，我只好抱着一线希望，给负责安排大姑各项事宜的二姑打电话，请她呈请四川省委统战部打个电话给万源县委办公室。没想到四川省委统战部很快就打来了电话，可那位县委办公室主任的答复竟然是，他们不能放我走。我没有犯任何错误，更不是监管对象，这样毫无理由地不放我走，给四川省委统战部和我的大姑将会留下什么样的印象？不是牢笼胜似牢笼啊！无奈之下，父母只好带着我的女儿去了长春。母亲深知我的痛苦，从长春回到重庆后不久，便带了我女儿来万源住了一段时间，给了我莫大的安慰。而母亲亲眼见到我每天一早就上班，做办公室清洁、生煤炭炉子、收发、接待……晚上还要打扫电影院，事无巨细，忙忙碌碌，心里很是难过。

1978年春节，我回了一趟家。走的时候，母亲执意送我到离家十多里外的长途汽车站。这是我下乡十三年的头一次，以往我都不要她送，怕她难过。过去就在家门口分手，我们都把泪水咽到肚子里，这一次却都伤伤心心地哭了。她哽咽着说："别难过，我们想办法把你调回来。"我知道，这是她的心里话，但是无法实现的。那时听说想在万源开后门调回重庆，送礼费起码是一千元，这个数字已大大超过我们家所有的存款。再说，我的父母也没有开后门的本事。我父亲唯一的一次"开后门"替我争取小升中的择校权，那是在民生厂子弟校，而且没送一分钱的礼，换个地方肯定是不能奏效的。但是我没说，怕母亲更难过。车开以后，我泪眼婆娑地望着母亲无助的身影越来越小，直到消失在视线的尽头。

这年的四五月份，地区档案管理部门派出工作组到各县突击检查档案管理工作，也到了我们县，随机抽查了电影公司的档案。当时我在外面开会，公司领导派人来取回了钥匙，打开档案柜让工作组检查。9月份得知，我们公司被评为地区档案管理先进单位，我被评为先进工作者，11月要去地区参加代表大会。为此我又填了一张表。我拿着表去找公司另一位领导盖章时，他不屑地指着政治面貌一栏对我说："按上级规定，管理档案的人必须是党员，你连党员都不是，哪有资格参加代表会？"可我既然不是党员，你们为什么一直要我管理党员的档案？这个问题他肯定无法回答，我也没说出口。

上山下乡十三年的脱胎换骨终成泡影，我又一次被信仰欺骗，形同一头蒙着眼睛拉磨的驴，只能在原地转圈圈。

就在这时候，我接到了上海师范大学（进校后恢复原名华东师范大学）的录取通知书！上海，那可是祖父和父亲都钟情的地方啊！

华东师大圆了我的大学梦

如今的高中毕业生，人人都有上大学的权利，这是很令我辈羡慕的。

我曾有过三次上大学的机会，前两次都只是"虚晃一枪"，第三次才梦想成真。这一次成功，竟让我体验到了范进中举时灵魂出壳的感觉。这一年我已三十二岁，并有一个四岁的女儿。女儿生下来就寄养在重庆我父母家，而户口却一直跟着我在川北大巴山。正是女儿的户口问题将我的灵魂唤回了尘世，使我不至于步范进的后尘。我等心跳恢复平静时，所做的第一件事，就是去下我和女儿的户口。

记得跨进满眼绿荫的华东师大校门时，接待我的高年级同学认错人，把给我带路的亲戚家小姑娘当成新生，而以为我是她的家长，好不容易才弄清楚新生是我而不是她，看来这大学的门还真有点不容易进。

我第一次报考大学是 1965 年，全国的大中小学校里正大力贯彻阶级路线。我早就被列为"不宜录取"的对象，却中了一个冠冕堂皇的圈套，被动参加了"文革"前最后一次高考，结果不言而喻。不过，还是要感谢母校这临门一脚，否则我就没有机会与华东师大结缘了。

我第二次"险些"上大学是在 1972 年初春。那是一段漫长冬季中短暂的春天。北京大学到我插队所在的达州地区，招收两名"可以教育好的子女"。我幸运地成了其中之一，体检了，填了表，左盼右盼却杳无音讯。末了县文教局长委婉地向我解释，"上面"认为我的出身还没有"坏"到"可以教育好的子女"所要求的资格，因为我的父母不是"黑五类"。过了不久，交白卷的张铁生靠"革文化的命"出了名，我从此不再希冀被"推荐上大学"。

我被推荐上大学再次败北之后，父亲反而看到了希望，给我寄来高中数理化教材，鼓励我抽时间复习，说将来总有机会上大学。我当他的想法是天方夜谭，因为我们县推荐的学生全是"出身好"的，队伍排到大队党支部书记子女一级已是十年以后的事，哪里轮得上我？所以那些教材我一本也没碰。

　　正因为如此，1977年首度恢复高考，我没有应试，因为我压根儿不相信可以自己报名考大学，而且不看家庭出身。77届高考揭榜后证明，自己报考是可以的，但仍然要看出身。眼见我的小弟弟和他厂里的知青朋友再接再厉，又投入了迎战1978年高考的复习，我多少还是有些动心，但很快就得知，1978年高考有一条新规定：1965年以前的高中毕业生一律没有高考资格，理由是我们曾经参加过高考。就在希望的大门再次向我关闭的刹那，县文教局一位年轻的何副局长去达州市开会，我的一位高中同窗那时在达县体委工作，也参加了这个会，正好就坐在他身旁。这个同学也姓何，以前在班上是画墙报的主笔，与我合作较多，关系不错。摆谈之间，副局长从我同窗那里知道了我在中学品学兼优，于是散会的当天就马不停蹄赶回县里，叩开了我的家门，动员我参加高考，并给我吃了"定心丸"："上面说了，根据你在中学的成绩和农村的表现，只要你高考成绩合格，哪怕是高64级、高63级，也一路给你开绿灯！"可这一次轮到我的父母"不让"我考大学了。他们担心我已经两次被拒之大学校门外，而且小弟弟77年高考，仍因家庭出身问题落榜，担心我如果再考不上大学，保不准会发疯，决定冷处理不给我寄复习材料。最后还是在重庆工作的大弟弟，悄悄跑回我和他的母校找来一本应届生的复习资料救了我的急。

　　为了落实高考权，我去找了主管教育的宣传部长，也就是之前的文教局长。部长说，"你这么大年纪了，还读什么大学？"我说："我知道考不上，只是想试试自己肚子里还有多少墨水。"这时曾找我买过电影票的部长夫人正好在旁边，接着我的话说："就让她去试试吧。"宣传部长才点了头。部长夫人后来因病早逝，我得知后深感悲痛。

因为离开中学已有十三年，父亲寄来的教材我又没有好好珍惜，临时抱佛脚，报考理科已来不及，我就报了文科。那时离开高考不到两个月时间，我只有背水一战了。白天要上班，而且还不能暴露自己要参加高考，以防小人使坏，我只有晚上躲在宿舍里偷偷开夜车。结果我以总分397的成绩名列前茅，政治更是考了96分。张榜那天，县城一所小学的校长看到了我的分数，她大概知道我在县文教局工作因"家庭出身"问题被踢出局的遭遇，在马路上碰到我时，很激动地拉着我的手说："你就像压在石头下的竹子，现在终于有出头之日了！"我们平时几乎没有交往，她这番话令我非常感动，至今难忘。

然而一波刚平一波又起。分数公布后，我考大学的事也就无法保密了，于是有小人把我患甲亢的历史翻了出来并且报告了体检医生。我去体检时，这位从未蒙面的医生善意地告诉了我，并对我说，"万源县医院没有检查甲亢的设备，你最好回重庆去检查，只需拿一个甲亢合格的结果回来就行了。"于是我赶紧返回重庆，去了我家附近的一间医院，大概是因为心情紧张，检查结果是甲亢指数偏高，心一下子就凉了。母亲得知后，想起她在重庆一所军医大学医院工作的老校友，想请她帮忙再检查一次。那位阿姨一口答应，并建议我在医院睡一晚，第二天一早检查，这样的结果会更真实。那天，父亲和母亲一起送我去医院，傍晚在医院外的小餐馆吃饭，我想到前景难料很伤感，禁不住又哭了起来。那是多年来父亲第一次、母亲第二次看见我流泪。他们都安慰我，相信医生，相信自己。当晚，那位阿姨担心我睡不着，给我吃了一粒安眠药。第二天一早去检查，结果真的完全正常。我衷心感谢了这位天使阿姨，马上赶回县医院，递交了检查报告，但没有找到那位体检医生，因为我当时忘了问他的姓名。几十年来，我心里一直很感激那位正直善良、仅见过一面的体检医生，如果不是他给我出这个主意，我就与最后一次高考机会永远地错过了。

到了填写高考志愿表的"家庭成员"栏目时，写不写我的祖父，又令我纠结了好一阵。曾经两次"考"大学，两次"名落孙山"，我不能不心有余悸。犹豫再三，为了不犯"隐瞒家庭出身"之嫌，还是写了一句话："祖父卢作孚，原民生轮船公司经理"。其实，祖父1925年创办的企业一开始就叫"民生实业股份有限公司"。他始终坚持"依靠社会之力，办好社会之事"的理念，而我当时连他创办的公司叫什么名字都没搞清楚，更遑论了解他的理念和事业了。

到了填志愿表时，我不相信"生"源滚滚的重点大学会斗胆录取我，所以索性放过"重点大学"的五个志愿不填，只在"普通大学"的表格里填了排名榜上倒着数的五个学校，不料被县文教局作为废表退回来叫我重填，我只好挑了几个省内的重点大学填了上去，如重庆大学师资班、四川大学师资班、西南交大师资班……最后一栏没有省内学校可填了，我才顺手填了华东师大，第一志愿是政治教育系。

哪知1977年高考时，四川把许多高分考生截留了，1978年矫枉过正，不按志愿顺序，一律让外地学校先挑选。于是我的志愿表便连跳几格，到了华东师大赴四川招生的政教系常务副系主任吴铎老师手里，使得我在完全没有思想准备的情况下，全县第一个收到来自东海之滨的重点大学录取通知，以致于出现了本文开头所述的那种"极乐欲仙"的状况。

我们上大学后，还有三个月的"试用期"，也就是说，三个月内发现有任何与入学资格不符的问题，都只能被剥夺学籍打回原籍。那三个月里，我心里常打鼓，担心我是高65级这个问题暴露，达州地区虽是"一路开绿灯"，但华东师大能否通过就很难说。记得有一次辅导员葛老师来寝室找我，这是从来没有的事，我以为问题败露了，吓得脸色发白。看到葛老师脸上和蔼的笑容，我才松了口气。原来她来找我，是问我愿不愿意当班上一个小组的组长，我听后想也没想就说："愿意，愿意。"也许她还以为我很乐意为班级做事呢。话又说回来，能为接纳了我的班级做点事，我的确是心甘情愿的。直到过了三个月的最后一天，我才完全放了心。大学三年级上学期期中，辅导员薛老师又来找我，这回我没有丝毫担心，但仍然出乎意料。原来是四川省委统战部给我们所有亲属的单位都发了一份为祖父昭雪的公函，全文不到两百五十字，却是在祖父去世二十八年后，第一次给他做了一个正面结论。文中称"……他热爱祖国，拥护人民政府，拥护共产党的领导，……对恢复和发展内河航运事业做出了有益的贡献。为人民做过许多好事，党和人民是不会忘记的"。后来才知道，就是这么简单的一个结论，也是来之不易的。1978 年，我的二姑给胡耀邦先生写了一封信，信中叙述了祖父的子孙两代，因为莫须有的"出身"影响，所受到的种种磨难。耀邦先生很快就作了批复，责成中组部会同中央统战部和四川、重庆两级统战部协商解决。中组部与三方统战部协商后，于 1978 年 7 月 29 日给二姑回了信，告知上述情况。那时我还在川北大巴山，信息全无。而四川省委统战部的公函却是 1980 年 10 月 13 日下发的，与中组部的回信时隔两年多，这中间有多少的波澜起伏是可想而知的。

大学一年级暑假回青草坝探亲时，听见家附近的一位中学小校友说，他们的校长即我们当时的副校长，在一次全校大会上，号召小弟弟、小妹妹们向我学习，说我中学毕业十三年后，还能从农村考上大学。他却不知道，我考上大学用的正是母校出的复习资料。历史在这里画了一个圈，不过当然是螺旋式上升、波浪式前进的。

大学毕业几年后，我与吴铎教授异地重逢。我问他，当年哪来那么大的勇气录取我？他回答说，他们家是湖北人，抗战时他和他的家人乘坐民生公司的轮船去四川避难，他佩服我祖父的勇气。他还告诉我，他的小学阶段最后一年，是在重庆寸滩小学度过的。寸滩是长江边的一个小镇，与我家所在的青草坝相距不远。寸滩小学坐落在长江边的半山坡上。坐在教室里，就可以听见民生公司轮船的汽笛；推开教室的窗户，就可以望见往来江上的民生公司船舶的英姿。在那时孩子们的眼里，"轮船"代表着国家的最新科技；民生公司、卢作孚，成为他们幼小心灵中的民族骄傲。解放以后的1951年，吴铎老师作为重庆市的学生代表之一，出席在北京召开的全国第十五次学生代表大会，又是乘坐民生公司的轮船出川的。1952年他参加新中国第二届全国高考，被录取到华东师大，也是乘坐民生公司的轮船到达上海的。没有想到历经沧海桑田30多载，他居然在1978年四川省的招生名录上，见到了卢作孚先生的孙系骨肉。这一见，唤起了他那数不清的儿时回忆……没想到"歪打正着"，幸好我在志愿表上"坦白交待"。直到现在，我与吴老师还保持着联系，衷心感谢他把我带到一个充满光明的世界！

最近，我收到正在深圳休养并在休养之余审阅《华东师大校志》的吴老师发来的微信："今日惊愕发现，尊祖父卢作孚1946年曾任大夏大学董事。大夏是华师大嫡系前辈，你成为华师大学子，真是缘分！"看到这里，我也大感意外。大夏大学是华东师大的前身，我早有所闻。可是祖父在1946年，也就是我出生那一年曾任大夏大学的董事，我却一点也不知道。而这个信息恰巧是吴老师亲自告诉我的，不又是缘分使然吗?!

我的小弟弟卢铿，1978年再度参加高考，也如愿考上了重点大学东北工学院（即后来的东北大学）冶金系，历经八年的艰辛，终于告别了那个大山里的煤铁矿，踏上新的人生之路。上世纪90年代中期，我在香港中华旅行社为弟弟代办赴台证。等到取证的那一天，柜台里的发证小姐告诉我，他们经理有吩咐，让我到他的办公室去。我当时心情有点紧张，担心出了什么问题领不到证。哪知经理见到我后，很热情地请我坐下，边给我倒茶，边说："你有一个很好的家庭！"我顿生疑窦，因为我在填写申请表时，为了避免节外生枝，所填内容特别简单，例如父亲一项，我只写了父亲的姓名和已退休，母亲亦然。弟弟自己的经历也很简单，只写了何时何大学何专业毕业，现在何公司工作，其余不敢多写一个字。他见我脸上的问号，便主动聊了起来，问我为什么祖父去世以后，父亲还要从香港回重庆？看来他们已做过调查，我没填的内容，他们都知道了。这个问题好回答，因为父亲给我讲过。他回去的原因，一是祖父曾经给他写信，要他尽快回去参加新中国的建设；二是他身为长子，祖父去世了，祖母还在，他要回去尽孝道。经理接着问：为什么我弟弟学的是冶金，做的却是房地产？这个问题我没有预案，但弟弟的高考志愿表是我代他填的，因为他要赶回工厂上班，便如实回答，他曾在炼铁厂工作，正好与冶金专业对口，这样有利于大学录取。经理似乎很满意我的回答，又和我聊了几句，便把弟弟的赴台证亲手交给了我，临别时还说了一句："欢迎你和你的家人随时去台湾！"后来我曾三次去台湾，查找祖父的有关资料，来回都很顺利。

之后回想起来，我的四祖父又说准了，30 岁以后我的命运真的好了起来。

我的大学

历史有时有些吊诡，当年我没考上大学的原因是政审不合格，可1978 年考上大学读的却是政治教育系，因为我的政治分数高，所以填了政教系。但我天生不喜欢政治,所以在二年级下学期分专业时,在哲学、科学社会主义和经济三个专业中,几乎想也没想就选择了经济专业,潜意识里祖父的事业与经济关系密切起了决定性作用。不过现在看来,当年上了政教系还是很值得的,尽管那时还实行计划经济,但我们学习的课程除了国际共运史、中共党史以外,还学了欧洲哲学史、世界经济史、《资本论》等等,对于后来看问题的眼界和方法,起了很大的作用。记得《资本论》学了一年,其中的许多基本概念,与改革开放后的市场经济是相通的,例如商品价值、价格、资本、利润、金融、股票、买空卖空、边际效益、级差地租等等。记得最后的考试是闭卷,占分最多的一道考题是:"马克思在《资本论》的哪些章节论述了'生产劳动'这个概念,怎么论述的?"我对自己的回答很满意,老师给我的成绩是"优"。选上经济专业还有一个当时未曾料到的好处,上世纪80年代后期,国家开始实行职称评定,凡有经济专业的学士文凭,不需考试即可获得经济师职称,而拥有其他专业的文凭,即使做的是有关经济或经营管理工作,都需要经过考试,才能决定是否获取经济师职称。

按年龄大小,我在全年级排名第三,全班排名第一,多数同学比我小十岁左右,最小的相差十五岁。可是年龄的悬殊并没有成为我们之间的障碍,我们彼此友好相处,情同手足。几乎每一位同学都可以讲出一段令人辛酸的历史、一个令人难言的故事。记得在我们毕业那年,有位同学参加了研究生考试,笔试、面试都顺利通过,可是最后却落选了,原来问题出在从农场转来的"档案"上面。这位同学小学没有毕业,就碰上了"文革"。但他坚持自学,写得一手好字。在农场下放时,别人都在"抓革命"、搞批斗,他却在悄悄学英语。为此他很需要一台留声机(那时还没有录音机),可市面上根本买不到,而农场里正好有一台闲置着,上面已经蒙上了厚厚的灰尘。因为找不出合适的理由借用,他只好"先斩后奏"带回家,打算用一段时间后再还给农场。哪知很快就被农场发现,给他扣上一顶"盗窃国家财产"的帽子轮番批斗。好在他态度诚恳,检讨深刻,才得以过关。当他考上大学离开农场时,领导曾许诺绝不会把有关"鉴定"放进档案,可是暗地里还是给塞了进去。常务副系主任吴铎教授得知后,立即派人去农场调查,证明情况属实,于是毅然决定将那张害人不浅的"鉴定"从档案中取了出来,还了那位同学的清白。第二年,那位同学以优异成绩考上一所全国重点政法大学国际金融专业的研究生,毕业后成了一名杰出的律师,辩明了不少冤假错案。

我们就是这样带着伤痛、带着余悸、带着自卑、带着与知识的隔膜、带着对前途的迷茫,来到华东师大校园,开始了我们一生中最重要的启蒙教育。而每一位老师,无论是教基础课、专业课、选修课,还是班主任、年级辅导员,都满腔热情地接纳了我们这批特殊学生,尽管他们自己也刚刚经历了"文革"的灾难,可是却无怨无悔,把全部心血浇灌在我们身上。其中有位历史老师,课讲得非常好,常有其他专业的学生前来蹭课,教室里总是坐得满满的。"文革"中他曾受到残酷虐待,可上课的时候,他从未提起这些伤心事,而是用明镜般的丰富史料开启了我们久闭的心扉。蹭课人多的还有刘民壮老师的生物进化课,这门课在生物系大楼的教室上,偌大一间阶梯教室也是挤满人。刘老师讲到哪种动物,就顺手用粉笔在黑板上勾勒出来,逼真鲜活。刘老师还投入了很多精力到神农架寻找野人,精神很令我们感动。有趣的是,刘老师一心搞教学科研,生活上却不修边幅。有同学开玩笑说,刘老师就像野人,不如自己去"投案"。可惜他英年早逝,无疑是母校的一大损失。

上大学后不久,我收到万源县电影公司老给我穿"小鞋"的那位领导写来的信,足有三页纸长。他在信上说:我走了之后,办公室变得很乱,报纸来了也没人收,扔得满地都是。我读了后一阵心酸。转头想,我能考上大学,还是离不开电影公司党支部给我做的政审决定,应该也有他的认可,所以从心底里原谅了他。

影响深远的十一届三中全会于1978年12月18日—22日在北京召开。那时我们刚进校两个多月,但同学们关于两个"凡是"的问题,关于国家前途命运的问题,已有不少议论,观点也有些分歧,大家都盼望这次会议能有一个明确的答案。学校和系里像是了解我们的心思,就在会议闭幕那天晚上,在各系的教室里转播了中央人民广播电台关于这次会议的公报。记得那天上晚自习,我和一位女同学早早在政教系大楼333教室占了位子。广播开始以后,我们逐字逐句地收听,感觉句句话都说到心里,兴奋得情不自禁。广播结束后,教室和校园里一片欢腾,久久没有平静。

当时华东师大的校长是著名教育家刘佛年,党委书记是施平。施平书记是"一二·九"运动的领导者之一,很正直务实。他们俩的绝佳配合可谓是华东师大的黄金时代。我们在校期间,施平书记亲自给77、78级政教系的学生讲过一次大课,专题介绍校友王申酉为坚持真理批判"文革"和抵抗暴政的英勇事迹。王申酉是我校物理系六二级学生,"文革"开始不久,他就发现有很多问题,又对照马恩的著作思考这些问题,并将自己的思考写在日记里。后被同学告发,受到长时期残酷折磨,一直没有分配工作,谈了几次恋爱都被工宣队挑拨拆散。但是他不改初衷,在给最后一位女朋友的最后一封信中,仍然毫不掩饰地表明自己的观点,对"文革"及其发动者作了鞭辟入里的批判,洋洋洒洒写了六万字。施平书记称这份情书是"优秀的博士论文"。然而,这份饱含对祖国、对人民无限深情的"情书"却把王申酉送上了刑场,他死于尚未肃清"四人帮"流毒的1977年4月。施平书记冒着风险三上中组部,终于给他平了反。我听了这堂课深受震撼。二十多年后,我在香港买到了《王申酉文集》,读完后写了篇文章《"文革"疯狂中冷静的思想者王申酉》,发表在中共中央党史研究室主管、中国中共党史学会主办的杂志《百年潮》上,向这位优秀的校友表达了我迟到的敬意。最近在校友会的视频上看到,施平书记刚过109岁生日,深感欣喜,祝愿他再创长寿纪录!

1982年大学快毕业时,一位老知青朋友给我写来一封信,请我帮个忙。原来他的一位好友,也是老知青,1978年考上重庆一所大学,在大学时参加了一些有关民主法制的启蒙活动,被学校定为"资产阶级自由化",还记录进了档案。1982年,他报考华东师大教育系的研究生,担心因档案而受挫。我很愿意帮这个忙,但人微言轻怕起不了作用,便如实给辅导员葛老师讲了。葛老师听后当即带着我去了教育系,让我当面给教育系的有关老师汇报了情况。教育系的老师态度很好,要我放心,他们会正确处理的。后来那位老知青的好友如愿以偿考上了华东师大教育系的研究生,毕业后返回母校任教,并成为学术骨干。

那时我们学校的学术空气很活跃,思想很开放,尤其是政教系。我们在课堂上常有讨论,大家都敞开思想自由发言,老师不揪辫子,不打棍子。记得有一次讨论社会主义初级阶段的问题,大家争得面红耳赤,可下来还是说说笑笑,毫无芥蒂。还有一次讨论列夫·托尔斯泰的小说《安娜·卡列宁娜》,不是中文系的我们,却讨论得像模像样,有滋有味,我也写了三页纸的稿子发了言。77级的同学曾经排演过话剧《假如我是真的》。在一次学校的文娱汇演中,我们班一位从空军部队考进来的男同学,满怀豪情地朗诵著名诗人流沙河的《理想之歌》:"理想是石,敲出星星之火;理想是火,点燃熄灭的灯;理想是灯,照亮夜行的路;理想是路,引你走到黎明……"这首诗给我们带来的激励,直到今天也没有过时。

政教系的学生那时有一个特殊待遇,可以在图书馆的教师阅览室借阅图书,我得以看了不少当时还被禁售的中外书籍,如前苏联历史学家阿夫托尔哈诺夫的《权力学》,英国经济学家哈耶克的《通往奴役的道路》,美国经济学家弗里德曼及小弗雷泽尔等的著作,大开眼界。同时还在图书馆借阅了不少中外文学名著,如礼平的《晚霞消失的时候》,靳凡的《公开的情书》,列夫·托尔斯泰的《安娜·卡列尼娜》,屠格涅夫的《父与子》,雨果的《笑面人》,大仲马的《基督山恩仇记》等等,也收获不小。记得读《基督山恩仇记》时很投入,记忆力也好,一个晚上可以看完一部,第二天现炒现卖讲给同学听。三个晚上就看完三部,也都陆续讲给同学听了。我对《基督山恩仇记》情有独钟,源于1964年高中开始贯彻阶级路线对我的打击,与小说主人公基督山伯爵进伊夫堡监狱的遭遇有相似之处。

同学之间的深情厚谊同样让我终生难忘,我们曾一起听课,一起辩论,一起到图书馆抢位子,一起背笔记应对考试,一起下乡劳动,一起参加社调,一起实习当老师,一起逛公园,一起半夜看电影回来翻校门……上海同学还经常把家里可口的饭菜带来和我们外地同学一起分享。上山下乡十三年,经历了无数磨难的我,又回到了天真无邪的学生时代,在这个闻名全国的美丽校园里,度过了四年最幸福难忘的时光。我们曾经组织过毕业二十周年,入校三十周年、四十周年的系庆纪念活动。正如毕业20周年的聚会上,主持人、我们班的老班长所言:"从来没有哪一届大学生,像我们77、78届这样与祖国的命运休戚相关。"有了微信以后,我们建了系群和班群,关心国家大事和回忆校园生活成了我们群里永远的主题。

上大学前,我一直羞于在人多的场合发言,一上台就脸红。中学当中队长、班主席,我尽量不开班会,宁可自己掏钱搞文体活动,为的就是避免上台讲话。在公社小学教书,面对的大都是农民的孩子,心理没有压力。考上华东师大后,我意识到毕业后终归要走上讲台,所以下定决心克服这个毛病。但凡有讨论课,无论准备得好不好,我必定举手发言。大二下学期期末考试,系里进行口试试点,科目是政治经济学,参加笔试还是口试由同学自选。全年级一百六十多位学生,只有两个女生选口试,都在我们班,我是其中之一。考试结束后,政治经济学的任课老师对其他同学说,"没想到卢晓蓉年纪这么大,孩子都有了,还考得这么好!"大学四年,我除了"党史"的成绩是"良"以外,其余全是"优"。在一个正常的人性环境中,优劣对错的标准就是这么一清二白。

我在大学时曾经向系里提过两次有关个人的申请。第一次是在大学二年级。1978年考大学,外语是参考分。我当时自学了一点英语,就选择了考英语。可是上大学后学校规定,中学学的什么语种,大学也必须学什么,没得选择。我中学学的俄语,大学就只好继续学俄语。后来我发现,英语班的进度我能跟上,于是上二年级时就向系里写了申请,希望能同时修两门外语。系领导根据我的学习成绩,很快批准了我的申请,于是我成了全校唯一同时正式上两门外语课的学生。过关考试那天,我上午先考俄语,考完后监考老师把我带到外语教研室休息,中午请了一位学俄语的同学给我送饭,避免我与考英语的同学互通信息,下午另派了一位老师监考我的英语。结果我以俄语97分、英语89分的成绩顺利过关。

第二次是大学毕业前。我们那届毕业生还是统一分配。那时我父亲已从重庆东风造船厂上调到武汉长江航运管理局任高级工程师,家也从重庆搬到武汉。我从下乡开始到大学毕业,与父母已分开十七年;女儿一直在父母身边,已年满八岁。我前夫1982年寒假从西南农学院毕业后,已分配到武汉的华中农学院(现在的华中农业大学)农业经济系工作。我很渴望毕业时能分到武汉与家人团聚。可是我们那一届在湖北只有两个名额，而且都在潜江油田。我深知，从潜江油田申请调到武汉，机会几乎是零。于是反复考虑，不得不向系里提出了入学后的第二次申请。系领导收到我的申请后很关切，并把这个任务交给了辅导员薛沛建老师。在一切都被计划的年代，要想在武汉市增加一个毕业生分配名额之难，是可以想像的。为此，薛老师费尽九牛二虎之力，终于在毕业分配前一刻为我争取到一个华中农业大学的名额。这一切都是我毕业多年后才知道的。在学校时我和薛老师并不熟，仅有一两次见面打过招呼。薛老师后来曾担任上海文广集团的党委书记，忘我勤奋工作的精神不减当年，肩上的重担非昔日可比。

逆水行舟终有头，大学彻底改变了我的后半生。

下海

1982年暑假结束时，我到华中农学院报到，被分配到农业经济系任教。按规定要跟着老教授当两年助教才能正式授课，我跟的贾健教授是系主任，教四年级的专业课"外国农业经济"。我到任后，贾教授要我上一堂课给他听听。听完课后他说："这课就交给你上了。"我就以助教的身份给农经系四年级的学生上了两年专业课，但没有正式职称，就在我们毕业那一年，上面取消了职称评定。贾教授也知道我祖父，对他很敬重，对我也很关心。他虽然没听我的课了，有问题我还是随时向他请教，他总是耐心给我解答。

尽管我和前夫没有家属宿舍可分，住的是男生单身宿舍，而且与我父亲当年一样，寝室门口正对着男厕所，但我已经很满足了，至少每周可以回一次家。而且华中农大紧靠武汉南湖，风景很美。校内种植着各种品种的农作物，绿化不错。距离著名的武汉大学不远。农经系的师生关系和谐，学风也很好。我把几乎所有的精力都放在教好这门课上，业余时间都用来看书备课，很受学生欢迎。

记得我和另一位男教师，曾带领一个班去湖北京山县实习一个月。有个周末，我们计划去附近一个大山洞旅游。出发那天，那位男教师感冒了，不能前往。为了不影响学生们的情绪，我就一个人带三十多个学生去，事前未作任何了解，就贸贸然地出发了。那个山洞当时还没有开发，上山的路上布满了荆棘灌木，同学们兴致很高，我们就披荆斩棘自己开路，这事对我来说倒不生疏，在大巴山当知青时不也披荆斩棘开过荒吗？到了山洞一看，果然很大、很深、很壮观。我们就一路往里走，走了一会儿就遇见一条暗河，所幸我们带了电筒、火把，大家就挽起裤腿涉水前行。哪知越往里走，水越深，几乎淹至膝盖了，暗河却不知还有多长，我心里开始紧张，但同学们个个士气高昂，不愿回头。正在这时，突然从暗河望不见头的深处飞过来一大群蝙蝠，成千上万只，黑压压的一大片，撞在头上、脸上生疼生疼的。面对这突如其来的怪象，我们只好狼狈不堪地逃了出来。出来后，清点人数一个也不少。同学们一点没有责怪我，都为这次探险津津乐道。事情过去三十多年了，我还历历在目。最近看到泰国发生的少年足球队困于山洞的惊险事故，我才大有余悸，如果没有那群蝙蝠，我们还会随暗河往前走，其结果真是不敢想像，不由为我的粗心莽撞深感惭愧。

祖父也曾带学生考察大自然，哪怕是游玩，他都有明确的目的和成效。有一次，他和其他老师带合川瑞山小学的学生去游桃花园，"一进园门，学生一哄便散了，争着去爬树，去摘花，有两个小孩，甚至跌了下来。老师又皱着眉说：'你看，这怎么可让学生出来呀！'我说：'不要紧，可教他们有组织地去爬。'于是把他们集合起来，会爬的站一排，不会爬的站一排，点好了人数，每个人爬一根，替每个学生摘花一枝，每枝桃花摘好长，都商定。并由学生向园主交涉，我们是不是可以这样的一个人摘一枝花？园主同意，于是大家有秩序地去爬树子，摘桃花，转递给每一个学生。我们从小孩子有兴趣的实际生活中，去求知识，去找教材，去建设秩序，这便是很好的课程。教学生是麻烦的，乃是教师自己还无经验的缘故。"[1]我正是因为无经验，这次带学生郊游只留下了一个惊险的后怕。

随着改革开放大潮的到来，一生"笃行慎言"、低调内向的父亲，突然被推到台前。这时，政府号召"老字号"工商业者"下海"探路，党和政府也动员我父亲带个头。先是重庆市要他回去主持重建民生公司，后来又是湖北省和武汉市的党政领导挽留他在武汉办公司，为湖北省和武汉市的交通起飞出力，他便留在了武汉。为了替父亲帮忙，也为了尝试这一新生事物，我和我前夫都向系里打了辞职报告。党总支书记把我叫去商量，同意我前夫辞职，动员我留下，因为学生们反映我是系里讲课讲得最好的老师，希望我收回辞呈。但我决心已下，就像当年一头扎进农村那样义无反顾。至于下海会遇到什么风险、放弃事业单位的职位是否可惜等等，当时确实没有想过。我这一生在体制内也就待了十二年——万源县文教单位六年，上大学带薪四年，大学毕业后在华中农学院工作两年，1984年下海，体制内所有工资加起来不到6000元人民币，从此与体制了断。

这一年我三十八岁。祖父从1930年到1934年，也就是从三十七岁到四十一岁，接连发表了多篇探寻富民强国目标、道路和方法的文章，如《四川人的大梦其醒》（1930年）、《乡村建设》（1930年）、《从四个运动做到中国统一》（1934年）、《中国的根本问题是人的训练》

1　卢作孚（1948）：《如何改革小学教育》，参见《卢作孚文集（增订本）》，凌耀伦、熊甫编，北京大学出版社，2012年第2版，第479页。

（1934 年）、《社会生活与集团生活》（1934 年）、《建设中国的困难及其必循的道路》（1934 年）等。他认为："内忧外患是两个问题，却只须一个方法去解决它。这一个方法就是将整个中国现代化。"如何实施呢？那就是"根据世界的最高纪录作为目标，根据国内的目前状况作为出发点"，以产业、交通、文化、国防"这四个现代化的运动"，"促使全国统一于一个公共信仰四个现代化的运动之下，这是最可靠的统一全国的方法。"[1]继 1924 年开展第一个现代集团生活试验后，祖父这时正在进行民生公司及北碚乡村建设另外两个现代集团生活试验，为"将整个中国现代化"摸索经验。我则刚开始摸着石头过河，尝试在体制外创办企业。

1984 年 9 月，在湖北省和武汉市政府及许多老民生同仁的支持下，父亲出面创办了一家航运公司和一家出租汽车公司，源于考虑到长江航运是一个长线项目，初期很难有经济效益，而出租汽车公司则是短线项目，资金周转快，效益高，可以辅助长线项目即航运公司。我们只向政府贷款五万元做开办费，等于白手起家，可谓困难重重。由于改革开放之初，许多政策法规不到位，我们也毫无经验，原本出租汽车公司在政府贷款和外汇额度的支持下，已经筹备完成，在日本丰田公司购买的一百二十辆汽车也已到位，却受到地方势力的干扰，无法开始营运。父亲为了避免不必要的损失，决定将该公司无偿交给国家。而航运公司没有船，只能租船经营，首先就遇到货源问题。当时长江航运大宗优质高价运费的货源，都掌握在国营航运公司手里，我们能运输的只有运价很低的河沙和煤炭，很难维持现状。许多老民生前辈和公司员工纷纷要求父亲以祖父的名义向政府要政策，要低息和无息贷款，要计划钢材、计划油，要高价货源，要特种行业经

1　卢作孚（1934）：《从四个运动做到中国统一》，参见《卢作孚文集（增订本）》，凌耀伦、熊甫编，北京大学出版社，2012 年第 2 版，第 219—220 页。

营权……

　　父亲顶住这些压力，耐心劝说大家要发扬当年老民生公司自力更生的精神，因为国家还很困难，如果老字号企业的重建都要依靠国家扶持，争抢国家原本就很稀缺的资源，就失去了在改革开放中起带头作用的意义。而国家最需要的是外资、技术和人才，他就利用自己的特长和海外关系的优势，把主要精力放在了招商引资方面。1984年底，父亲带着小弟弟卢铿在香港会见了原中央大学的同班同学、新加坡著名人士、时任温兄弟公司（后改名维信集团公司）董事长唐义方先生。唐先生大学毕业，考上了美国哈佛大学的研究生，毕业后曾在世界银行工作，后被李光耀总理看中邀请去了新加坡，担任李光耀的高级顾问。同时他也是新加坡工业园区的创始人，被誉为新加坡的"工业之父"，邓小平先生和江泽民先生到访新加坡时都会见过他。出于对我祖父的敬仰和对我父亲的信任，唐义方先生从这次香港久别重逢开始，便通过我父亲和我们几姐弟的协助，开始了与中国的合作。弟弟卢铿则在他的亲自培训和提携下，担任了维信集团驻中国的首席代表。我曾问过唐先生，中国有那么多实力雄厚的国营企业，为什么不找他们合作，却看上了赤手空拳的我父亲。他说："国营企业的经理没有信用可言，做得不好就换人。而你的祖父和你的父亲我非常了解，他们的诚信，我可以放心。"

　　1985年，父亲凭借自己的经验和心血，与新加坡华侨银行协商，以一己之力引进五百万美金，协助有关机构成立了武汉市第一家中外合资国际租赁公司。那段时间，父亲常常在家里工作到半夜，与新加坡方面通电话，从此改变了他喜欢早睡的习惯。

　　祖父曾就中国的人才问题发表过如下见解：中国人才可以分为三类：第一类人才能从无钱、无人、无事的局面中，创造出有钱、有人、有事的局面；第二类人才能将有钱、有人、有事的局面经营好；第三类人才能在有钱、有人、有事的局面里，成为一个好人。现在亟须培养出第一类人才，这样才能不断产生第二第三类人才，从而增强我们国家的实力。[1] 父亲能在无钱、无人、无事的局面里，意识到改革开放的中国最缺的是外汇，并且切实引进了外资，为国家办成了一个稀缺的中外合资租赁公司，如祖父泉下有知，一定会深感欣慰的。

在华中农学院时，我前夫被安排教会计统计课，两年半时间（77届毕业生比我们早分配半年）开过几次讲座。1984年暑假后与我一起下海，他安于现状、缺乏进取心的习惯仍然没有多大改变，换过好几个岗位，都表现一般，对家庭对孩子也难以尽责。我们的共同语言越来越少，先是分居，三年后离婚。从开始认识到最后各走各的路，我们从未吵过架、红过脸，分手也是和平的。为离婚的事，我征求过女儿意见，十三岁的女儿说："妈妈，我尊重你的决定。"那一年我四十一岁，或许这就是四祖父早就算准的四十岁的"大坎坷"吧。

为了更好地发挥招商引资的特殊作用，1990年父亲带领母亲及我和女儿又回到香港，并把在武汉创办的那家航运公司也无偿交给了国家。到香港后，我们与父亲中大同学的后代，集资创建了安通国际航运有限公司，作为在香港的立足点。公司的业务是做国际航运的货运代理。我在该公司任董事和中国部经理。

国际货运代理与国际旅行社有相似之处，都需要对客人做到安全、准时、不能有任何差池。所不同的是，旅行社是运送旅客，货运代理则是运送货物。我们做的是集装箱货运代理。中外双方在签署贸易合同之后，剩下的事情就都是我们来完成，包括到卖方指定的地点取货、装箱、用汽车运输到码头或机场或火车站，完成所有报关报检报税手续，再监督装船装飞机装火车。运送到目的地后，通过目的地

---

1 卢作孚：《在李肇基创办的四川中学的讲演》（1937年9月24日），参见《卢作孚年谱》，张守广著，重庆出版社2005年8月第1版，第250页。

的合作货代公司完成所有入关手续,最后送到买方指定的仓库,再拆箱、入库、验收。我们所做的货物主要在广州、香港和上海集结转口。而广州的出口货,则要通过驳船运到香港码头与国际海轮交接,错过一班海轮就要赔偿损失。那时为了赶上国际海轮的开船时间,我常常头顶烈日风雨或半夜三更在广州的码头上奔忙。香港同事说,"只要卢小姐在码头我们就放心。"而对于我来说,和大巴山的经历相比,这只是小菜一碟。

我们公司还率先开通了由香港经广州到武汉内地的集装箱铁(路)海联运航线,很受客户欢迎。湖北有一家做劳保手套的客户,从德国进口碎牛皮,之前只能作为散货从德国运输到武汉,货到后差不多会损失百分之一二十。那时粤汉铁路段常有人半道上爬货车偷东西,再好的锁都能砸开。自改用集装箱联运后,分毫不差。中央电视台在为香港回归制作的专题节目中,还特别介绍了我们公司开通铁海集装箱联运的事例,让我们喜出望外。

1994年我返回北京,代表维信集团主持与北大的合作项目,引进500万美金,与北大同仁共同创建了北大维信生物科技有限公司,将北大的一个重要生物科技成果——降脂红曲转化为产品血脂康。公司上下本着"关爱生命,创造人类健康生活"的宗旨,艰苦创业,勤奋工作,克服重重困难,严格按照有关要求做完动物急毒、长毒、人体二期临床试验,完成了各项审批手续,仅用了一年时间就获取了药证和生产许可证,被誉为"中华人民共和国卫生部历史上的首例"。1996年,作为"九五"国家重点科技(攻关)课题,卫生部领衔主持了"血脂康调整血脂对冠心病二级预防的研究"的五千人扩大临床试验,历时八年,取得了意想不到的成果,并在人民大会堂正式对外宣布。这也是我国和亚洲地区第一次做如此大面积的人类药物临床试验。该药上市至今,一直是国内最受欢迎的降脂药,并已出口海外。

我还协助父亲利用香港的有利条件,不断给海外的朋友介绍国内的情况,联系和陪同他们到内地参观访问,又张罗安排内地官员到新加坡和香港等地考察。

　　香港查氏集团的创建人、董事长查济民先生,是我们家的世交。他的岳父刘国钧先生是著名实业家,早年在常州创办了大成纺织印染公司。抗战时,我祖父协助刘国钧把机器设备撤运到北碚,与祖父之前在北碚创办的三峡染织厂合资,建立了大明染织公司。我祖父任董事长,查先生任总经理。因为他当时才二十多岁,所以祖父亲昵地称他"娃娃经理";又因为他的年纪和我父亲相差不多,所以和父亲也建立了很深的友谊。他和他夫人的关爱还延伸到我和我女儿及至外孙,查先生笑称,他和我们一家五代都很友好。早在香港回归问题提上议事日程之后,查先生就高度关注这一重大历史事件的进程。他在与父亲见面或通信时,也不断商讨如何保障香港前途和顺利实现回归的问题。其中甚至还谈到回归以后,工会组织的活动最好能与企业的经营管理互相配合、协调发展;谈到驻港的陆海军规模不必太大,在象征国家主权的同时,也尽量减轻香港纳税人的负担;等等。后来,他将这些深思熟虑的看法和其他香港友人的建议综合起来,给中央政府写了一份报告,委托父亲连同他们往来的信件一起交给了中央统战部。查先生这些具有真知灼见的建议和主张,受到有关部门的高度重视。邓小平先生于 1982 年初接见查济民先生之后,又于1985 年中再次接见了他。查先生当之无愧地成为香港基本法起草委员会委员。

　　我们这次重返香港定居,起因纯属偶然。1989 年五六月份,我陪父亲在香港探亲访友。一位美籍华人朋友特地从台湾赶来香港与我们相会。那位朋友劝父亲移居香港。父亲毫不迟疑地说:"我是为了爱国才回去的,现在何必再出来?"那年父亲刚好满七十。改革开放使他看到了国家的前途和希望，退休之后他仍废寝忘食地工作，"现在何必再出来"，的确是他的肺腑之言。可那位朋友仍继续劝他："您不要以为我们在国外的人就不爱国，也许我们比国内的许多人还要爱得更真切，更深沉。再说，以您的资历和您父子两代的人缘，到香港来说不定对国家的贡献还更大。"这番话终于打动了父亲。于是我们在离开香港三十八年后，于 1990 年又回到香港住了十二个春秋。

　　大概是我小时候在香港生活过三年，保存着不少记忆，加上父亲的三点警示，我很快就熟悉了香港的生活，并熟悉了广东话，尽管是听得懂讲不好。我有个好友的朋友是位大学教授，有次到香港公出，我准备招待他吃餐饭，哪知他不幸遇上了车祸身亡。据与他同行的人讲，他到香港的第二天早上，不小心摔坏了深度近视眼镜，然后上街准备重新配一个，结果撞上了汽车。分析起来，他很可能不知道香港汽车靠左行的规矩，眼睛近视又看不清红绿灯，就酿成了悲剧。为他悲痛之余，我想起了父亲的告诫是多么精准而及时。

"书虫"先生

　　1992 年初，好友陈祖芬和刘梦溪夫妇关心我的婚姻问题，有心做红娘，给我介绍了同样也是他们好友的北大中文系教授严家炎。我们相识、交往以后，感觉情投意合，便于 1992 年 5 月结婚，至今已有二十八年。

　　"书虫"这一雅号是我母亲在世时送给我先生的。因其名副其实，而令全家人叫绝。先生受此殊荣，只是莞尔一笑，并无推辞之意。

　　说是"书虫"，自然与书有缘。先生从事高校教学与研究逾一个甲子，家中藏书当时少说也有万余册。他毫无例外地统统视为珍宝。

宁可自己"居无室",也决不轻易扔掉书。当我们还住在校外旧居时，已是书满为"患"。一间不大的客厅兼书房，几乎都让位于书。除了书架上座无虚席之外，窗台、墙角、餐桌、椅子上都无"空"不入地堆着书。一日三餐，我们不得不屈尊就着茶几"打游击"。本来就不大的写字台上也东一堆、西一堆地放满了书。偶尔露出十六开纸那么大一方台面，可以放先生的稿纸，可转瞬又被书淹没。天长日久下来，先生竟学会了趴在书堆上写书的本领。我想看电视，却连个坐处都没有——唯一的双人沙发上也放满了一捆捆刚刚收到的、还来不及启封的书报杂志。于是我家有电而无视久矣。

好不容易盼到迁移新居，我连新带旧安放了七个"顶天立地"的大书柜，外加居室自带的几个壁柜，才算把流落四方的"旧部"都给收编了进去，确切地说，是给硬塞了进去。搬家那一天，过路人还以为是搬图书馆，故而时不时有人上前打听。为庆祝乔迁之喜，我特地给先生买了一张大得不能再大的写字台。望着那宽大而光亮的台面，想着日后他总算有个宽松、舒适的读书写字之地，我将搬家的劳累一古脑儿抛到了九霄云外。

然而，好景不长。书桌上不知不觉之间又开始长出高高矮矮的"书笋"来。光洁的台面不久又被书稿覆盖。喝水的茶杯被挤得没地方放，只好放在他身后几步之外的茶几上。见此"惨"状，我实在目不忍睹。一日趁他外出不在家，我花了整整两个小时替他整理了写字台，茶杯也有了一席之地，自以为办成了一件大好事。殊不知，非但没有得到他的表扬，反而遭来一连串的唉声叹气——我打乱了他读书写文章的秩序，他得花上三天时间才能找回自己。那晚，他正伏案夜读，突然起身推门出去找水喝。可茶杯明明就放在他的右手边，不过咫尺之遥，他却以为还在茶几上。回头望见茶几上没有，自然就去别的房间找。待他转身回来瞧见书桌上的茶杯便自嘲道："看来还是意识先于存在。"见此问题已上升到哲学的高度,我便从此不敢再替他收拾整理写字台。

先生的藏书不仅耗尽了他大半生的积蓄,也耗去了他大半生的时间。从日出到日落,从周一到周七,从春夏到秋冬,只要他在家,除了吃饭、睡觉,便可以不挪窝儿地"陷"在我给他买的一把高靠背黑皮"大班"椅内,读他那些读不完的书。那境界正是不闻其声,也未见其人。母亲关于"书虫"的灵感大抵由此而来。即使是出门在外,甚至于乘飞机、轮船、火车、汽车,他手上绝对不会没书。有一次,他与几位同道乘火车去外地开会,我买了些零食、饮料,外加一副扑克牌给他带上,供他们一路消遣之用。出差回来他连声向我道谢。原来他一上车,便把扑克送了出去。同伴们有事做了,他便可以不受干扰地读书了。难怪当时同行的一位朋友告诉我:火车上大家曾议论,如果要评选读书冠军,非我先生莫属。可是他自己却不止一次地说,最苦恼的事情就是没有时间读书。

我曾经问过我先生,是否知道如今商海大潮汹涌澎湃,读书人地位日渐低下。他抬头望了望我,一如既往慢条斯理地说:"知道,怎么不知道? 我从来不赶潮流。"说完,仍埋头读书,俨然一副"两耳不闻窗外事,一心只读圣贤书"状。

由于先生有了书便有了一切,我们几乎很少有看电影、逛商店,甚至散散步的时候。我偶有这样的建议,他总是抱歉地说:"实在对不起,我的事太多了,还有许多书没有读呢!"我深知他的话里还有话:"我们这一代起码被耽误了十五到二十年,只有拼命赶才行。"比起那些可以挽着丈夫的胳膊出入于酒店、饭馆、电影院、卡拉 OK 厅的商界朋友来,我仿佛有些失落。但有一点,我心里是笃定的:这位仁兄绝不会有外遇,只要他有书。书不但意味着他的事业,而且书中重然诺守诚信以及对祖国、人民、亲人忠贞不渝的道德规范早已深入他的灵魂，化作他的人格。为了节省一切时间来读书，他甚至反对我装修新居。其理由是：装修好了，就得花时间去打扫和保持，"这时间花得太不值"，末了还引经据典道："这就叫做'不为物役'。"我无可奈何地回敬一句："但为书痴。"

先生常读的书多是与文学、历史、哲学、文化相关的名作新著。有过去的书、现在的书，也有将来的书——博士论文；有与他所讲的课或所研究的课题有关的书，也有四面八方的老朋新辈寄来请他写序言、写评论、写推荐信的书。无论读谁写的书，他都一视同仁、一丝不苟。我听说过北大中文系有一则传闻：什么文章到我先生那里，如果是打了句号，就基本没问题了。此话难免有些夸张，但他治学的态度由此可见一斑。先生平时在家吃面条可以不放油辣酱醋——这在我们这个以四川人为主体的家庭中堪称一绝——也许正是因为这些书抢了他的口味。久而久之，我也习惯了吃面条只放盐。他读书还有个习惯，就是爱发些感想和作些评论，只见桌上那些大大小小"废物利用"的纸头上，写满了密密麻麻、勾勾画画的蝇头小字。每当他"吃"完一堆又一堆的书后，这样的纸头便多了起来。先生就俯首在案，一笔一划，公公正正地把那些只有他才看得懂的符号整理成笔记。而原本已被先生"啃"光的桌面，渐渐地又长出了一根根新的"书笋"。

不声不响之间，先生已陆续出版了二十多部著作，有的译成了英文，有的译成了法文，有的译成了韩文。每当我看到那些誊写得工整隽秀、没有一个污点的手稿，读到那些像极了他的人品的质朴自然、不容置疑的文字时，我不能不心悦诚服。先生既不风流倜傥，也不英俊潇洒，当初吸引了我，使我心甘情愿以身相许的正是他写的那些举世无双的情书。现在我常常是他的文章的第一读者。他总是谦虚地说想听听我的意见。于是，关于他的或者别人的作品的讨论便成了我们之间最主要的交流。我话多,他言寡。有时我也会不经意地把自己在工作和生活中的酸甜苦辣都说给他听,他总是聚精会神地听着,很少插嘴,只是在重要问题上才发表些意见。起初我奇怪他何以那样吝于言辞,后来才悟出其中的道理:他准是把我念叨的一切也当成书给"吃"了下去。而我则在向他的倾诉之中审视了自己,赢得了自信。

我 2002 年退休前在香港公司的上海办事处工作了两年,父母也随我居住在上海。2004 年,我把他们接到北京。北大宿舍住不下,我们就在东五环外的奥林匹克花园小区买了更宽大一些的房子。装修时,我把能利用的墙面全部做了质量和看相俱佳的书柜,外加还有个十五平米的地下室也全部安放了书柜。搬家打包的书籍资料一共装了两百三十多个纸箱,堆起来像一座小山。先生这才放心地跟随他的书移居新址了。2014 年我父亲和母亲先后去世,我们要搬回北大宿舍,经过这十年又增加了不少书,北大的宿舍实在没办法收容了。我知道要先生割舍书,等于要他的命,但又不得不试探着提醒他,多出来的书怎么办?他一直默不作声,我惶惶然不知所措。没想到临近搬家的日子,他很平静地宣布一个惊人的决定:"除了我必须留用的书外,其余的书全部无偿捐给中国现代文学馆。"这着实在我的意料之外,又在他的情理之中。现代文学馆的老师们像是知道他爱书的脾性,他们花了好几天功夫,小心翼翼地下架、登记、装箱、搬运,给这些陪伴了先生大半生的书,安顿了一个更宽敞、更现代、更显其价值的新家园,让先生彻底放心了。

还有一个没想到的是,我卖那套房子的时候,有位买家当场下定金购买,他说他看上的就是我给先生做的这些书柜。

与散文结缘

自从民生机器厂子弟小学校长在校会上宣读了我的一篇稚嫩的小文后,我便开始做文学梦,朝朝暮暮在文学的园地边上转悠。说在"边上",是以为自己不是那块料;又在"转悠",是因为脑子里日复一日,只要有空闲都在"写"文章。可"写"来"写"去都是在复述自己的亲身经历,跳不出纪实的框框,进不了创作的境地,写不出虚构的小说来,就这么反复折腾了半辈子。

直到我和我先生结婚后,他从我写给他的信来看,建议我学学写散文。这事我觉得很新鲜,虽然在学校的课本里没少学散文,可我一直就没把散文与文学作品联系在一起。他还说,散文可以写实,也可以虚实结合,但一定要写出自己的真情实感和真性灵。经先生提携,我在 1993 年 10 月前后,学着写了一篇纪实散文《酸菜情思》。灵感来自于望着满街颇受食客追捧的酸菜鱼,不由联想到在农村几乎顿顿喝酸菜汤下红薯、土豆的经历;也掺杂着当年农民贫困到只买得起"三分钱的盐",如今酸菜却上了城里人的餐桌,身价翻了好几倍的感触。文章写好后,正逢文学杂志《十月》的时任总编郑万隆先生在香港中文大学开会,我先生当时也在中文大学讲学,我去看先生,便把文稿呈给了郑先生。《十月》在当年第 12 期发表了拙文,令我欣喜万分。那一期正好发表了贾平凹的《废都》,于是我的这片羽毛便随着贾先生这只大鹏飞了起来。

起初我每次写好一篇文章后,总是立刻就交给先生看,一是按捺不住内心的激动,二是寄希望于他会给我修改。哪知他从来不做具体指导,最多评个"70 分""80 分",然后让我自己改,或者只是原则性地提调几句"写好之后,放一放,沉淀沉淀,过几天再拿出来读读,不合适的地方再修改""不要急于发表,写好后放一段时间,慢慢打磨,方能写出好文章"之类不着边际的话。开始我很不情愿先生这般吝于指导,但慢慢地也习惯了,按照他的指导去做,确也有收获。有时他看到我的习作里有好的句子或创意,也会多说几句。比如我早期在散文《青草坝的故事》里写过,在青草坝的大花园里,有时我和小伙伴们忍不住"顺手牵羊"摘几朵花戴在头上,园丁蒋三元见了不但不发火,反而松开满脸的皱纹,笑眯眯地望着我们,"那神情像是发现园子里又多开了几朵花"。先生拎出这最后半句,表扬了我,令我逐渐明白了他的意图,到后来我自己也能审视我的习作,自己给自己打分了。

1994 年三四月间,我陪同先生去西北大学参加在那里召开的中国现代文学研究会理事会,有了一些空闲时间,便写了一篇回忆农村生活的散文《水咬人》。写好后,先生一次性通过,并建议我投稿到贾平凹先生创办的散文杂志《美文》。因为我当时还想写一篇访问韩国的文章《七巧板、九节菜》,所以没有时间誊清《水咬人》草稿,那时又没有电脑和互联网,先生就自告奋勇替我抄写了一遍,然后带着我去贾先生在西北大学的寓所看望他。贾先生见到我先生的手抄稿后说,他想保存这份正本,把复印件交给杂志社,先生表示同意。也是在那里,我看到了贾先生作品的部分手稿,都是用红色签字笔写在一个个练习本上的,字小到跟蚂蚁一般大,横格纸上写得密密麻麻。之前就看过介绍,知道贾先生早年学写文章的时候,没钱买纸,只能把腹稿写在纸烟盒的背面或废报纸的空白处,为了节省寸金寸纸,以至于字写得很小,这回是眼见为实了。《水咬人》发表在《美文》1994 年第 9 期。后来我以这篇文章的题目为名出版了第一部散文集。

《七巧板、九节菜》发表在陈忠实先生创办的杂志《延河》1994 年第 7 期。那次在西安见到陈忠实先生,才相信"他的脸简直就是黄土地的缩影"。这不仅是因为他的许多小说都是近年来"西部文学"作品中成功的力作,还因为他所描写和刻划的那些普通农民的人物形象都是我所熟悉的、生动逼真的。我曾经在与这片黄土地一岭(大巴山)之隔的川北农村度过了十三个春秋,我熟悉那里的山水草木,更熟知那里的父老乡亲。令我深感佩服的是,陈忠实花了整整三年时间,遍查历史资料,搜集生活素材,闭门谢客,沉心静气地进行了"关于我们这个民族命运的思考",写出了"死后可以当枕头"的《白鹿原》。当时我在香港,先生在北京,他在长途电话中很兴奋地告诉我,"陕西又出了一部好小说!"接着就把这部书寄给了我,我当即就拜读了。这些年来因为时间的稀缺,我和先生很少看电视剧,但电视剧《白鹿原》播出后,我们一集也没拉下。遗憾的是,陈忠实先生因病去世没有来得及看到。那次见过他后,我写了篇短文《黄土地剪影》,发在 1994 年 6 月 1 日的《西安晚报》上,也可作为对他的纪念。

这些年来,我先后写了一百四十多篇散文,出了三本书。其中有写人的,如老师、学生、朋友、作家、编剧……,以及我的家人,从祖父祖母一直写到我的外孙。有纪事的,比如祖父与报业界名人、《新民报》创办者陈铭德、邓季惺之间深厚友谊的《报业史上的一段佳话》,我们与文化界朋友交往的《京城学界的新年嘉会》《文化的魅力》《京华再续明月情》,陪同金庸先生到华山论剑、法门说禅、碑林谈艺、嘉兴赴会的《金庸今秋神州行》,到海宁观潮的《海宁观潮话金庸》,到九寨沟揽胜的《和谐共存——来自九寨沟的天籁之音》。有关乎社会人情的,如《闲话"京沪直达"》《头顶上的风云》《狗运蹉跎》《履历表传奇》。也有自己的经历和游记。上世纪 90 年代后期,先生在巴黎的东方语言文化学院讲学时,我们自助游览了法国、卢森堡、德国、比利时、荷兰、瑞士等国家的风景名胜之地,后来又借开会之机,游览了斯洛伐克的首都布拉迪斯拉发、奥地利首都维也纳和捷克首都布拉格,因而留下了《幸福树》《超级门坎精》《巴黎冬天的太阳》《与春天有个约会》等游记。在国内我们也去了好些地方,写成游记的有《青岛寻梦》《福州印象》《温馨的海岸时光》《泉州——多元文化共生的光明之城》等篇。

2002年我第一次去福州,在《福州印象》中写到了福州人酷爱干净的习俗,以及芒果花的馨香。北大中文系的谢冕教授是福州人,他看了拙作后说,我写出了福州的两大特点:他记得小时候常看见母亲跪在地上擦洗家里的地板,让地板始终保持一尘不染;也永远不会忘记家乡的芒果花香陪伴他成长。从福州到厦门路经泉州,我们在那里只住了一晚,却使我对泉州的民营经济、多元文化以及多种宗教共存留下了很好的印象。2013年参加香港每两年举办一次的旅游文学研讨会之前,我和先生带着九岁的大外孙,特地又去了一次泉州,做了更深入的考察,写成了《泉州——多元文化共生的光明之城》,作为参会论文。巧的是,那次香港会议的东道主、赞助方和主持会议的三位经办人士都是泉州人!

我最初认识青岛是读祖父的《东北游记》,从那时起,青岛在我心目中,总是和一个蔚蓝色的梦境连在一起。1930年6月至7月,祖父率领民生公司、北川铁路和北碚峡防局的有关人士,用近一个月的时间考察了东北,第一站就是从上海乘船渡海至青岛。青岛的“第一公园”是祖父当年特别喜爱的地方,“转到第一公园,深喜其为深邃,满布林木。从这条路穿过去,又从那条路穿过来。或植梅花,或植樱花,或植海棠,令人百游不厌,只可惜留不住的时间要迫着我们出来。”[1]我们去时,第一公园已改名为中山公园。春天的阳光辉映着姹紫嫣红的园景,梅花、樱花、海棠花年复一年,再吐芬芳;路边的绿草

1 卢作孚:《东北游记》,参见《卢作孚文集(增订本)》,凌耀伦、熊甫编,北京大学出版社,2012年第2版,第87页。

地上盛开着红的、黄的、紫的郁金香。我追随着祖父的脚步，迫不及待地"从这条路穿过去，又从那条路穿过来"，在花海绿波中不断按动快门，以便让这"留不住的时间"变成永恒。当然，祖父到任何一个地方，都不单是为了旅游，还肩负着考察的使命。《东北游记》就是他这次考察的成果。不但记录了沿途各地的风土人情、名胜古迹、民生习俗，更有对德国、俄国和日本这些殖民者在经济建设和经营管理方面的调查了解。同时也警觉地发现，日本占领者有着很大的野心，对中国的全面侵略迟早会爆发。回到四川之后，便率先做好了各方面的准备。而我和先生带着根据祖父的《东北游记》写成的论文《一部实业考察游记的文化历史内涵》，参加了 2011 年香港旅游文学国际研讨会。

我在文学上有点收获，应该有来自祖父的遗传，当然我远不如他。祖父古文功底厚实，特别喜爱韩愈的文风：用词精当，文笔优美，言之有物，文章流畅，很有气势。他喜欢看川剧，自己也写川剧剧本，供属下的员工演出。1929 年 9 月 18 日，民生公司在合川开追悼会，追悼在创办民生公司过程中作出显著贡献的六位公司同人，其间曾上演新剧，第十一幕《择婿》，剧情就是由祖父临时编排的。[1] 前面引述的祖父游览青岛第一公园的描写，就摘自他写的《东北游记》。这是祖父的重头文章之一，全文五万多字，当时就出过单行本。在祖父留下的上百万字的著述中，《东北游记》是难得的散文体裁，充分体现了他的性格、情趣、知识积淀和文学才华。他带领几位下属在马不停蹄地考察东三省的经济、文化、城市建设和企业管理之余，也抓紧时间游览了那里的风景名胜，哪怕在车船之中，也常常是"俯首读书，仰首看风景"，不放过任何机会。还兴之所至临时增加了绕道去敦化的森林火车游。在火车上，祖父见到"山之深厚都为茂林所笼成。但

---

1 张守广著：《卢作孚年谱长编》(上)，中国社会科学出版社，2014 年 3 月第 1 版，第 176 页。

见葱郁一片,随山起伏,蜿蜒引伸,莫知所届。偶有缺陷,亦大抵绿草如茵,或麦田成行。火车如急流,随山旋绕,常临绝地,而又发现新境。变换离奇,亦正有如乘快轮而下夔巫三峡时。山之突兀不如,而秀丽过之,可以想见风景之好,和我们此时欣赏之快乐了。"[1]在沈阳参观清皇宫博物馆,他认为:"第一值得注意的是建筑,红柱,绿窗,黄瓦,而杂以雕刻,绘画。分观各部,综合全局,皆自成为图案。"[2]游颐和园,祖父感兴趣的还是建筑:"园中全景有一湖一山,其精粹的经营在湖山之间,雄伟庄严为排云殿,精巧玲珑为众香阁,其美丽在间架,配置之方整,雕刻、堆砌之繁复,画楹、画栋之细致,形式、颜色之调和,或为长廊,或为深宫,凡所表现都在建筑。野景经营却无佳处……"[3]仔细想来,经典建筑应是人类优秀文化和科学技术相结合的最形象、最完美、最耐久的艺术载体。

我曾三次很意外地获得冰心儿童文学新作散文奖。第一次是1998 年以《青春有价》组文获得大奖,第二次是 2003 年,第三次是2006 年。第一次的获奖感言里我这样写道:"我是一口一口地吮吸着《小朋友》《儿童时代》《少年文艺》……那丰润而清醇的乳汁长大的。冰心老人、张天翼老师、葛翠琳大姐等前辈、师长们用他们的智慧和爱心酿就的美文精品,把我带进了一个充满着善良和真诚,洋溢着温情和友谊的童话世界。这个童话世界是我一生的起点,也是我一生的归宿。"第三次的获奖感言是:"当阳光把绿叶染成了金黄,当夏日把花朵焙成了果实,秋来了。秋天是收获的季节,总会给劳动着的人们带来意外的惊喜和满足。我能够第三次获得冰心儿童文学新

1 卢作孚(1930):《东北游记》,参见《卢作孚文集(增订本)》,凌耀伦、熊甫编,北京大学出版社,2012 年第 2 版,第 109 页。
2 卢作孚(1930):同上文,上书第 97 页。
3 卢作孚(1930):同上文,上书第 118 页。

作奖,心中也有说不出的高兴。但是我更喜欢'只问耕耘,不问收获'这句成语,因为耕耘是耕耘者的义务,而收获却是上天的恩赐。"这是我的真心话。

父亲的恩威

父亲一生追求光明,恪尽职守,但因战乱和人祸,一腔热血和抱负难有实现的机会。可是他却有个业绩昭著、令世人敬仰的父亲。祖父才五十九岁就离开人世,却登上了生命的巅峰,为世人示范了一条成功之路。但他的儿子、我的父亲在这条路上走得却很不轻松。父亲的名字国维是祖父给取的,寄托着他对这个长子的厚望。还在父亲十一二岁时,祖父的一位好友就语重心长地对他说:"卢作孚的长子不好当啊!"父亲从此把这个告诫当成座右铭,记了一辈子,也践行了一辈子,并以世人所难为的克制和耐力感受着这句话如山的分量。

1936 年 7 月父亲不满十七岁时,祖父支持他考上了著名的上海中学,为的是让他"开阔眼界,进一步打好事业的基础"。而在此之前的 1934 年,祖父就让父亲跟随四祖父率领的北碚峡防局考察团,远赴青岛、邹平、济南、泰山、曲阜、徐州、南京、苏州、上海等地参观访问,让他增长了不少见识,为他后来独自一人在上海念中学打下了基础。

1937 年寒假,父亲在上海中学念高中时,祖父鼓励他独自旅行,并提了南北两条线路给他选择。时因北平局势紧张,父亲选择了南线,即从上海经杭州、南昌、九江、南京回上海的一线。途经南京去拜见祖父老友、《新民报》及《新民晚报》创办人陈铭德先生时,陈铭德说祖父已告诉他我父亲旅游的事,建议他向我父亲"抽税",即要父亲交一篇旅游见闻稿给他。父亲回到上海写好后寄给了陈老伯,约一周后陈老伯就将刊载我父亲游记的报纸寄给了父亲，并在信上夸奖我父亲写得好，盼望以后继续投稿。

抗战结束，父亲从前线回到中央大学完成毕业手续，在公开招聘中考进了民生公司，担任技术员。在祖父创办的企业里工作，"卢作孚的长子"就更"不好当"了。父亲唯有更加勤勉、更加谦虚，也更加自律。在民生公司1947年的人事档案里，记录着父亲给人的印象是："笃行慎言"；给他的评语是："该员原任外勤工作，刻苦耐劳，好学不倦，言行谨慎，实为一有为青年。"就在那年，父亲和其他十多位工程技术人员一道，被公司派往加拿大监造祖父在那里订造的新船。新船陆续造好后，除"荆门"和"夔门"两艘先行开回长江外，另外七艘都开往香港暂避内战烽火。父亲是1949年4月随"玉门"轮经巴拿马运河和太平洋到达香港的，母亲和我也先后去了香港。

大概是看到我实在太过少不更事，父亲在我上小学的时候，就教导我要练出"泰山崩于前而色不变"的本事。当时我猜不透他的用意。直到经历了诸多沧桑变故之后，我才体味到深藏在这句话后面的是极尽其责的父爱。对于父亲而言，1952年2月8日，便是"泰山"在他眼前崩塌的日子。我们一家在香港的报纸上得知了祖父不幸逝世的消息。许多朋友都劝父亲去美国或留在香港暂避。查济民先生还主动安排父亲到他的企业工作。但父亲婉谢了大家的好意，和母亲一道打点行装，二月下旬就带着我和小弟弟踏上了归途。回到大陆后，父亲放弃了到北京、上海，进机关或研究所工作的机会，带着全家到位于重庆郊区青草坝的民生机器厂落户。

父亲去的那家工厂是我祖父在上世纪20年代末创办的，主要用来为民生公司建造和维修船舶，同时也生产锅炉和机器以供市场之需，是当时四川最大的机器厂。抗战时期，工厂承担了极其繁重的修造船任务，为保障长江和川江这条运输大动脉的畅通，立下了不朽功勋。父亲进厂的时候,工厂已公私合营并进而国营。在"阶级斗争要年年讲,月月讲,天天讲"的时代,父亲的上进之路无异于"走钢丝"。"反右"运动中,父亲凭借谨慎和诚恳的天性躲过了一劫,却没有躲过"文革"浩劫。

"文革"开始时,厂里的工人因为了解祖父,也了解父亲,故从未批斗他。即使迫不得已来我们家抄家,也很守规矩地把抄过的物品都一一还原,只搬走了一台打字机和我的日记本。到了1967年,军宣队进厂了,认为厂里的阶级斗争盖子还未揭开,"卢作孚的代理人"还潜伏在厂里,于是把父亲作为揭开工厂"阶级斗争盖子"的"反面典型"揪了出来。见厂里的工人不忍下手,就从一所中专学校调来造反派当打手。父亲受尽折磨和凌辱:挨斗、挨打、蹲"牛棚"、挑抬重物、抬自杀者尸体、挂钢板黑牌在重庆的烈日下罚站、被人按着跪在地上拖行……,这一切都是我们后来听厂里工人讲的,父亲自始至终都守口如瓶。1969年春节前,轮到我两个弟弟下乡了,他们也决定去我那里插队,我便请假回家接他们。那时父亲还在牛棚里,我们都盼望他能回家过个团圆年,拍张全家福。此时传来消息说,凡是在"劳动改造"中表现好的"牛鬼蛇神",都可以回家过年,父亲的表现从来就不落于人后,他很乐观地认为,回家过年绝对没问题。没想到在后来公布的名单中,竟然没有我父亲。我一气之下打算去找"军宣队"头头评理,可父亲却和颜悦色地拉住了我,给我做思想工作,说这是党把他放到"特殊环境中进行的特殊考验",他能经受得住。那一年的全家福还是拍了,三叔赶来我家送两个弟弟,弥补了父亲的空缺。

"文革"后期,我有次从农村回家探亲,曾试探着问父亲,有没有为当年从香港回来的决定后悔过。他斩钉截铁地回答我:"从来没有!"并给我解释作出这个决定的两个原因:一是遵从祖父生前在信中的嘱咐,要他"回来参加新中国建设""到工厂向工人学习";二是因为祖母尚在，他是长子，必须尽孝。给我讲这番话时的父亲，还戴着"内控历史反革命"和"国民党残渣余孽"两顶帽子，其源盖出于他是卢作孚的长子，并参加过中美抗日远征军。那时祖母和我二姑一家已被下放到东北农村劳动改造。母子俩远隔天涯，唯有将揪心的思念寄托于茫茫星空。值得庆幸的是，他们都熬到了改革开放。1983年，父亲把祖母接来我们在武汉的家住了一段时间。母亲竭尽全力、无微不至地伺候祖母，我上小学的女儿很逗曾祖母喜爱。我和弟弟则赶上恢复高考的"末班车"，从农村考上大学，毕业后都在武汉工作。这一切，让年过八旬的祖母在饱经世态炎凉后，享受到四代同堂的天伦之乐，也了却了父亲回归时的夙愿。

父亲的忠孝之心也关照到家族的其他长辈。大祖父没有孩子，父亲从小在名义上过继给他和大祖母。他遵从祖父的言传身教，一直都很敬重大祖父和大祖母并传承给了我们。大祖父去世很早，我们没有孝敬的机会，就把对他的感恩之情都倾注到大祖母身上，彼此亲如一家。我们去北碚都会去看望大祖母，有时就住在她家里。她也到我们青草坝的家中住过，祖孙之间和谐亲密，其乐融融。"文革"中，大祖母的家被抄，存折被封，没有了生活来源。我父亲不顾自己蹲"牛棚"、扣工资、三个子女都在农村的困难，每月按时给她寄生活费，从不间断。"文革"后期，大祖母患乳腺癌住进了城里的医院。在别人唯恐与她沾边的时候，我父亲吩咐母亲和我们，每天坚持从地处青草坝的家里，跋山涉水给大祖母送汤送饭。他自己凡有休假，也会前去探望。老人家靠了这些资助和亲情，得以活到"四人帮"垮台。同时得到父亲资助的还有他的三叔、三婶等。得知父亲去世的消息，当时尚健在的年逾九十的四祖母，如闻"一声惊雷"，泣赞父亲"至尊至孝"，忆起每逢春节，父亲总要用书面或电话向她和她的儿女拜年，并关心她的住房和生活情况，不由悲叹"老迈之躯其何以堪"。

父亲不仅是祖父的长子,也是卢氏家族这一代的老大。在弟妹的眼中,他是一位好兄长,无论是直系、旁系弟妹,都一律称他为"大哥"。他们还记得小时候大哥带他们一起玩耍,记得大哥常常拿钱给他们买糖果、买学习用具,甚至还记得大哥"连在昆明工作和在国外办事时,每次来信总问到我们"。在他们心目中,大哥的"心灵如同外表一样是那么绚美","庆幸有这样一个博学、仁慈、重事业、重亲情、顾大家的好兄长。他忠实地追循父亲爱国建业、努力奋斗的宏志,为'民生'的发展做出了重要的贡献","庆幸卢家出了个这样的'忠孝仁爱'的表率"。2009 年 7 月,父亲的弟妹不顾自己的高龄,带着他们的孩子,从美国和国内各地齐聚北京,最后一次陪伴他度过了几天幸福快乐的日子。

　　对于我们三姐弟来说,父亲更像一位严父。也许因为他把自己无法实现的理想都寄托在我们身上,从小对我们的管教大有"炼铁必成钢"之势。那时他身上总是揣着一个小本子。本子上少不了这样的内容:"某月某日某点到某点,和某个孩子谈话。谈话内容如下:1,2,3,4……"这样的谈话基本上是自上而下的,所以严格说来应该叫"训话"。训话一般都安排在休息日。平时父亲从不过问我们的学习和课外活动,给了我们充分的自由。可是到了训话时间,我们都必须正襟危坐,洗耳恭听,外面有再好玩的游戏招徕,也绝不敢请假缺席。父亲的训话内容虽因我们的近期表现各异,但更多的还是修身养性、学好科学文化知识之类大家都受用的道理。他的话无论轻重,从来都干净利落,条理清楚,绝无一句赘言,一如他的为人。我们三姐弟在他的鞭策下,在学业和表现上都不敢怠慢,总是用优良成绩和各种奖项回报他的期望。可是父亲好像从不满足,他永远会在我们的前头树立新的标杆,让我们没有停下来消闲的时候。小学考初中,父亲要我报考市里一所重点学校。尽管我心里一百个不愿意,但还是遵从他的心愿考上了他心仪的那所重点中学,从此确立了我这一生既小有作为又多有磨难的基调。我下农村后,父亲坚持不懈地给我和农场的知青寄书、寄报、寄收音机,要我们在穷乡僻壤不忘关心国家大事。后来两个弟弟也到我那里落了户。父亲虽然不能和我们面对面谈话了,但教导我们识大体、走正道、相信光明前途的书信却从未中断。从那些清秀工整、没有一笔涂改痕迹的文字,我们丝毫看不出父亲正经受着心灵和肉体的煎熬。在最困难的时候,他和我母亲相互鼓励:"为了三个可爱的孩子,我们无论如何都不要自杀!"

父亲在小本子上为我们作出规划部署的习惯,一直保持到他体弱多病不能再提笔为止。他去世后,我整理他的遗物时,发现他晚年曾在笔记本上写过这样一句话:"原本我想多讲一些爷爷的故事给孩子们听,现在好了,他们可以自己看爷爷写的书了。"这时的父亲该有多少百感交集的泪水往肚里吞啊!

其实尽管父亲当年担心我们出去惹祸,没有多讲祖父的事迹,但祖父的精神和人品他还是讲了不少的,使我们从小就受到熏陶感染。改革开放以后,他还写过不少回忆祖父的文章,这是他心中独有的珍藏,大都为卢作孚研究学者和各种媒体采用,我们也从中获益良多。

父亲对我们的鞭策和提调,还延续到他的第三代、第四代。我的女儿,我弟弟的女儿以及父亲的侄孙女出国留学,他都要亲自去找资料、选学校、买参考书,并且随时关注她们在国外的学习和生活情况,让我们一点不敢马虎。他去世前,已经在为身边刚满三岁的外曾孙筹划未来的方向,曾好几次对我说:"这孩子聪明,好好培养,将来一定有前途。"

父亲又是一位令我们永远怀念的慈父。我们小时候,他去上海出差,给我们买过一种边长约三厘米、高约十厘米的长方体巧克力糖,内中还夹有满满的奶油,我至今都没忘记那香甜可口的美味,想必价钱也是不菲的。三年饥荒年代,父亲将从香港带回的仅存物品——几套西服连同领带,拿去旧货市场卖了,换"高级点心"和高价鸡蛋,给我们三个正在长身体的孩子吃。去上海出差,他逢休息时间就从位于外滩的长航招待所乘公共汽车斜穿市区,到当时的郊区五角场菜市买烤红薯填肚子,省下全国粮票带回家给我们充饥。不仅如此,他的仁心仁爱还关顾到他人。父亲的一位大学同学苏篯寿伯伯在怀念他的文章中写道:"到了70年代末,他有一次来上海出差,我到他下榻的招待所去拜访,他送我一袋绿豆,是用旧布口袋装的,约有两三斤。那时大家生活非常清苦,这袋绿豆经他千里迢迢带到上海,在我的眼里,已经是一份很珍贵的礼品了。"

　　"文革"结束时,四川省委统战部的一位干部曾对我父亲说:"您的档案是我见过的知识分子档案中,最清白干净的。"父亲在给我复述这句话时,眼里闪过孩童般的纯真。其实,在我心目中,一辈子"刻苦耐劳,好学不倦,言行谨慎",而且素有洁癖的父亲,焉能不清白、不干净?!"文革"中,军宣队规定,厂里的"牛鬼蛇神"每天上班必须带上"白袖章",上面有用黑笔写着各自的罪名。父亲带的白袖章上写的是"国民党残渣余孽"。不少"牛鬼蛇神"都有意无意地让白袖章卷成一个圆筒,巧妙地将"罪名"隐蔽起来。但我的父亲却例外。每天早上出门之前,他都亲自将白袖章整理得一展平。"国民党残渣余孽"几个字清晰可见。我曾不解地问他为什么要这样做?他说:"我心中无鬼,怕什么?""心中无鬼"的父亲,照样遭受百般折磨,过着不知明日复何在的日子。对父亲这样的忍让和克制,我们很不以为然,总是劝他把心里的苦水倒出来,但都无果而终。现在父亲已逝,我痛悔由于自己的疏忽和延误,永远失去了探索父亲内心世界的机会。但是,至少有一点我是清楚的,父亲独自吞咽"胯下之辱",是不愿再给这个百废待兴的国家添乱。

好学不倦的父亲在命悬一线的日子里，还利用英语的扎实基础，自学了德语和法语。当时，他所在的船厂从欧洲进口了一批机器设备，说明书全是外文，没人看得懂，被闲置多年。父亲便自告奋勇把资料全部翻译出来，又指导工人安装调试，始将一堆"废铜烂铁"起死回生。也正是因为他的外语好，1980年才能从重庆调往武汉长航局担任高级工程师，负责西欧船机技术引进及合作生产，其间带同两批工程师和轮机人员赴挪威、瑞士实习考察。父亲用超人的毅力践行了祖父的言传身教。

重返香港的父亲，仿佛焕发出当年的活力。自己筹资办公司找到立足之处，又四处联络旧日的朋友，为大陆的"三引进"、两岸的"三通"和香港的回归，出资出力，献计献策。他还把这些爱国人士的真知灼见转呈给中央有关部门参考。这些年来，在我们三姐弟的协助下，通过父亲的关系引进的外资，难以计数，创建的项目达数十个之多，但他和我们从没有向国家要过一分钱的回报。

2007年10月14日星期天，是个晴朗的秋日。我们一家三代陪着父亲和母亲，到京郊疗养胜地九华山庄游览。父亲经过一段时间的中西医结合治疗，每天两次外出呼吸新鲜空气和晒太阳，身体状况大有好转，加上关乎国家前景的十七大第二天就要召开，他显得格外高兴。我们看在眼里，喜在心里，相信他的百岁心愿一定能够实现。15日，我特别仔细地关照保姆，不要因为父亲身体见好就放松警惕，必须加强护理和监控。父亲是在十七大召开的第二天出事的。那两天，他守着电视机观看实况转播，说起国家的愿景、两岸的统一，滔滔不绝、兴奋不已，失控的血压不幸导致硬化的脑血管破裂，在重症监护室昏迷两周后，带着未尽的心愿乘鹤西去，再过二十天就是他的米寿。保姆为此不断地念叨："爷爷要是不整天看电视，还像平时那样出去晒晒太阳，哪里会……"

在八宝山梅花厅父亲灵堂的正中,挂着一幅父亲的晚辈朋友送的挽联,上联是:"丧乱曾经,青春作远征,一生清朗入江魂";下联是:"孝慈共同,耄耋成苍穹,千秋气节映高松"。盖棺论定,父亲无愧于祖父的长子。他的灵魂一定会进入天堂,陪伴在祖父、祖母的身边,永远不再分离。

　　父亲走了之后,自奉极薄,关爱他人,曾被肾炎、子宫瘤、三叉神经痛等多种疾病缠绕的母亲,得到上帝的眷顾,活到了 95 岁。2011年 6 月,我生了一场病,小弟弟和弟媳妇将母亲接到青岛家中悉心照顾。2013 年 7 月大弟弟又把她接到上海,她与大弟弟一家四代度过了愉快的半年时光。2014 年 1 月 28 日,母亲突发脑溢血,昏迷六天后于 2 月 3 日去世。次日立春,我们在上海龙华殡仪馆送她上路。母亲属马,这年是她的本命年。母亲昏迷的前一天,突然很清晰地回忆起她在加拿大留学的日子。

　　2017 年夏,我和先生去了加拿大东部的蒙特利尔、魁北克和渥太华,为的就是替母亲,也是替祖父和父亲还愿。在蒙特利尔,我们找到了民生公司当年的办事处遗址果捷丁西路 420 号,那是一栋方方正正的办公大楼,楼高二十层左右,楼龄至少在七十年以上,看起来并不老旧。我们去的时候,这栋楼正在搞内部大装修,门卫为了安全不让我们进去。我们就在门口拍了照,眼前幻化出祖父和父亲从这里进进出出的情景。1946 年的 10 月 30—31 日,祖父正是依托蒙特利尔办事处与加拿大帝国银行、多伦多银行、自治领银行等三家银行正式签定造船信用借款协议的。祖父当年为签下这个寄托着他远大理想和抱负的协议,特地买了一支派克笔。回国后他送给了小儿子即我的三叔,三叔一直珍藏在身边。交通部前副部长徐祖远先生,在担任建于上海的中国航海博物馆馆长时,热情主持筹办卢作孚和民生公司成立九十周年纪念特展。三叔为此很受感动,专程到上海表示感谢。事后还把祖父这支钢笔和其他一些祖父的遗物，一并捐赠给了中国航海博物馆。2015年9月，特展在博物馆正式开幕，这些珍贵文物在沉寂六十三年后第一次与公众见面。

魁北克市是魁北克省的省会，是加拿大第七大城市，也是加拿大东部重要城市和港口，位于圣劳伦斯河与圣查尔斯河汇合处。九艘门字号轮就是在魁北克魁伯克市圣劳伦斯河畔的圣劳伦斯和台维斯两家船厂建造的。我们去之前就打听到圣劳伦斯船厂已经关闭多年，台维斯船厂还在营业。我们便从公路桥上到了河对岸，找到了台维斯船厂。船厂的大门不让进，从外面看也不怎么景气，想必和当年与圣劳伦斯厂分工建造世界一流豪华客轮的繁荣景象已大相径庭。我们请门卫联系到厂里的市场及公关部经理，她很热情地接我们进了船厂办公楼。经理比较年轻，她对七十年前的情况完全不了解，只给我们介绍了船厂这些年的情况。船厂前几年因业务不好曾关过门，后被政府接管。对我们而言，这里已经是历史，它曾经辉煌过，这就很不错了。

渥太华在魁北克市的东南，是加拿大的首都。2017年正好是加拿大建国一百五十周年，我们去的时候热闹非凡。马路上有一条据说是法国赠送的、用钢铁和电脑制作的巨龙正在表演，摇来摆去的龙头口里吐出一团团的火焰，引来众多的人群欢呼雀跃。回忆起祖父当年在渥太华的时候，为了落实造船贷款的事，连续几个月奔忙于渥太华、蒙特利尔、魁北克之间，日夜操劳，有一次在渥太华的住处打电话时，心脏病复发，又出现脉搏间歇，心情突然沉重起来，眼前的热闹景象便倏然淡出了。

离开渥太华，我们又回到蒙特利尔，用了半天时间去参观母亲的母校麦吉尔大学。麦吉尔大学始建于1821年，坐落在起伏不平的丘陵上，校园绿荫葱茏，有不少古色古香的百年建筑在今日的阳光下熠熠生辉。它是一所世界著名的公立大学,设有农业与环境、艺术人文、教育、工程、管理、音乐、神学及科学八个院系以及世界级研究水准的医学院和法学院。如今的麦吉尔大学连续多年在加拿大大学中排名第一,已经发展成为蜚声全球的一流综合性大学,被誉为"加拿大哈佛",共培养了十四位诺贝尔奖得主、九名奥斯卡金像奖得主……中国人熟悉的白求恩大夫就出自该校。我们在校园里游览,拍照,寻找着母亲当年在这里勤奋学习的身影。母亲在校园里留下了一张照片,是她一生中最美的一张。事有凑巧,父亲生前拍得最好的照片,也与加拿大有缘,是他 1949 年从魁北克护送玉门轮经巴拿马运河回国时,在巴拿马城拍摄的。十多年前我特地把这两张照片,连同祖父和祖母的两张单人照拿去北京的中国照相馆放大并制成了纳米拉艺术像,永远珍藏。祖父那张照片是他 1944 年前往美国参加国际通商会之前,在北碚为他举行的欢送会上拍的,他笑得很开心,我特别喜欢。说起来这张照片也与加拿大有点关系,因为国际通商会后他不仅参观了美国的诸多城市和设施,也去加拿大作了考察,为日后在加拿大造船奠定了基础。祖母那张照片则是 1966 年她们三妯娌结伴旅游后,经北京时在中国照相馆拍的。

退休之后

我是 2002 年主动退休的。退休前仍在香港公司工作,香港没有退休年龄的限制,能做多久做多久。我之所以决定退休,一是因为父母都年过八十,照顾了我们一辈子,需要我照顾他们了;二是我先生不会用电脑,他的工作需要我协助。还有一件我搁不下的心事,就是实现多年来的愿望,好好学习和了解我的祖父,并协助社会上关注他的人们达成他们的心愿。

祖父 1952 年去世之后,将近三十年时间与世隔绝。上世纪 70 年代末,他的名字和事迹开始见诸于报端,不过比较稀少零散。就在这样的时候,以四川大学凌耀伦、熊甫教授为代表的几位学者,开始了艰苦的开拓和发掘。他们花费了大量的时间、精力和心血,从四散在山洞、档案馆、图书馆、书籍、报刊,甚至个人收藏家等处的海量资料中,收集、整理、编辑,陆续出版了《卢作孚文选》《民生公司史》《卢作孚集》《卢作孚文集》等文集[1]。这些著作提供了第一批有关卢作孚的原始材料,奠定了新世纪卢作孚研究的基础。

　　正如当代经济学家厉以宁先生在《卢作孚文集》的《序》中所预见:"民生公司之所以在航运界保持良好的信誉,民生公司的职工之所以在艰苦的环境中尽职尽责,为社会做出重大贡献,这都同卢作孚先生一直强调企业文化建设有关。民生公司的企业文化建设给社会所留下的精神财富,我想,随着时间的推移,将会越来越被学术界所认识到。"[2]进入新世纪前后,社会上果然逐渐出现了"卢作孚热",从内地扩展到港台和海外。卢作孚的精神和魅力感动了不同领域、不同年龄的人们,他们又把自己的感悟奉献给社会,反馈于我,令我感动不已,获益匪浅。

　　西南大学化学系的研究员周鸣鸣,1995 年底得到该校出版社出版的第一部卢作孚著作《卢作孚文选》后,爱不释手,彻夜阅读。卢作孚高远的思想境界、富于理想而又勇于实践的品格、忘我无私的情操、对教育的高度重视和率先垂范、对中国现代化道路和乡村建设的探索和实践、充分调动社会力量为民众办好事的才干等等,都深深打动了她。从那以后,她就和丈夫即西南大学汉语言文献研究所所长

1　详请见本书附录《卢作孚相关文献资料列表》。
2　摘自厉以宁教授为《卢作孚文集》所作的序,参见《卢作孚文集(增订本)》,凌耀伦、熊甫编,北京大学出版社,2012 年第 2 版,第 5 页。

刘重来教授一起,克服重重困难走上了学习研究弘扬卢作孚精神、思想和实践经验的无尽之路,至今已有二十多个年头。在他们的鼎力推动下,1997年西南大学成立了卢作孚研究中心。2005年中心与重庆民生公司合作,由刘重来教授担任主编,创办了《卢作孚研究》杂志(内部季刊),一直坚持至今。

中心利用北碚得天独厚的历史、文化、环境资源,竭力开展学术研究,多次组织召开全国和地方的学术研讨会。全国高师美育研究会常务理事、中国心理学会教学心理专委会委员、西南大学的赵伶俐教授1978年来到北碚时,"才知道在重庆大山城怀抱之中,有这样一个美丽得令人惊讶的小城,犹如深藏在母亲怀抱之中娇小灵秀的女儿"。她深信这座小城定有一位设计者,他"有很高的智商和审美鉴赏力,他追求真善美高度统一的精神境界,并且有能力把这种追求表现为物质形式"。[1] 此后她一直在寻找这位设计者,直到周鸣鸣把她请进了一次有关卢作孚的研讨会,她才解开了心中的谜团。从此,她也倾心加入了西南大学卢作孚研究的队伍。周鸣鸣还代表卢作孚研究中心,把学习和介绍卢作孚的讲座,从他的故乡重庆扩展到全国多个省市,并登上了北大的讲堂。

研究中心的学者们不断收集、整理浩瀚的历史资料,撰写了大量文章,在中央党校的《学习时报》《人民政协报》《光明日报》《国家航海》《美育学刊》《重庆社会科学》《西南大学学报》等报刊发表,其中刘重来教授写的《卢作孚——一个不能忘记的人》在2013年4月11日的《光明日报》发表后,入选当年的高考语文课标甲卷。他们还出版了不少很有分量的专著[2],为卢作孚研究的深入开展,提供了大量极

---

1 赵伶俐:《北碚,美丽心灵的建造物》,参见《卢作孚与中国现代化研究》,西南师范大学出版社,1995年9月第1版,第280、281页。
2 详请见本书附录《卢作孚相关文献资料列表》。

其宝贵的新资料。

继而周鸣鸣教授又组织学生学习卢作孚并付诸实践,如成立了"作孚学社",出版了杂志《作孚风》;组织学生志愿者开展北碚文化之旅导游活动,"把卢作孚和北碚的故事讲给世界听",把卢作孚的精神品格和卓越奉献,带进大、中、小学课堂、街头巷尾、居民社区和乡村院落,引起了所到之处的普遍重视,收到了学以致用的良好效果,也得到各级政府的大力支持。周鸣鸣因此而被评为重庆市最美志愿者。而卢作孚教育思想中的美育观,也正是她非常向往和推崇的。[1]

通过这些活动,年轻的学子们亲眼见到寒门之后卢作孚,能够在无钱、无人、无事的背景下,做成功一桩又一桩堪称伟大的事业,从而受到极大的精神鼓舞和智能训练,都充满自信地先后走上了为社会做贡献的人生之路。原历史文化学院学生、"作孚学社"创始人付立平就是其中一位。在校时他参与创建作孚学社,发起北碚文化之旅导游活动,开展"北碚文化模拟导游大赛"。该大赛已坚持举办了10届,去年第10届被提升为北碚区级精品活动。他毕业多年还一直参与作孚学社的各项活动,并为兼善文化课堂捐款。

刘重来、周鸣鸣和西南大学卢作孚研究中心长期坚持、义无反顾地践行卢作孚精神理念的行动,得到了众多同道的共鸣和支持。"三农"专家、中国人民大学农业与农村发展学院院长兼乡村建设中心主任温铁军教授,与他们一拍即合,还带去一个博士团队扎根北碚,就地从事乡村建设研究。其中来自福建的香港岭南大学文化研究专业博士潘家恩和来自河北的北大社会学系硕士杜洁在乡建事业中相遇相恋,又在乡建之都北碚结婚安家,并有了一个可爱的女儿。他们给女儿取了个昵称叫"碚碚"。2012 年末,由人大和西南大学共同举办

1 参见周鸣鸣:《论爱国实业家卢作孚的审美人生——兼论审美人生教育的超越价值》,原载于《美育学刊》2013 年第 1 期第 62 页。

的"可持续实践与乡村建设国际研讨会"在西南大学隆重开幕,西南大学"中国乡村建设学院"也在开幕式上正式揭牌成立,温铁军先生出任执行院长。

抗战时期,中国的几位乡建前驱晏阳初、梁漱溟、陶行知先生都先后落户北碚,并把他们被战火中断的乡建实验带到了北碚继续发扬光大。其中晏阳初与卢作孚合作创办了中国乡村建设学院。温铁军和潘家恩主编的《中国乡村建设百年图录》于2018年5月出版发行,温铁军为图录作序。同年11月,"乡村振兴的历史先声——中国乡村建设百年探索展"在北碚举行。目前正在筹建中国乡村建设历史陈列馆。想必先贤们泉下有知,都会无比欣慰。

上世纪90年代就读于浙江大学教育学院的吴洪成教授,毕业后到西南大学工作了14年。受到刘重来、周鸣鸣等学者的影响,也投入了卢作孚研究。他把重点放在卢作孚的教育思想和实践上,取得了丰硕成果。2006年调入河北大学以后,他与其他老师合作完成了《教育开发西南——卢作孚的事业与思想》一书,书中以大量史料论证了卢作孚不仅是爱国实业家、社会改革家、乡村建设先驱,也是名副其实的现代教育家,从而改写了卢作孚生平研究中有关从"革命救国"到"教育救国"再到"实业救国"这一"阶段论"的划分。

多年前,有卢作孚学者向我打听,说卢作孚1950年前后在香港时,与晏阳初先生有多封通信,问我知不知道这些信件的下落。我旋即询问了父亲及叔叔、姑姑们,特别是居住在美国的大姑,因为她与晏阳初的女儿晏群英是很好的朋友,可得到的回复是他们都不知道。2001年,中国社科院历史研究所研究员、晏阳初研究学者徐秀丽女士在美国哥伦比亚大学查资料时,意外发现了这批信件,并复印了其中八通。2006年,徐秀丽以《回归前夕的卢作孚先生——卢作孚与晏阳初间的几封未刊信函》为题,将这八通信函公诸于世,并作了精到的解析和阐述。[1] 2009 年,刘重来教授在《历史学家茶座》上发现了徐秀丽这篇文章,如获至宝,认为这批信件填补了卢作孚研究在该时间段的史料空白。我得知后,借地利之便很快找到了徐秀丽研究员。她人如其名,秀气、美丽,还有一副热心肠。她不仅将八通信件的复印件给了我,还把哥大的档案编号告诉了我。我通过美国朋友侯晓佳女士帮助,请她在哥大的朋友许曼女士将保存在哥大图书馆的所有卢晏通信拍照复制了一套给我。徐秀丽得到这些信件的影印件后,立刻抽出宝贵时间,将其全部打成电子版。西南大学的张守广教授又逐一对这些通信的时间进行了考证和校订。这批宝贵信件的失而复得,多亏了上述几位学者朋友的无私无缝接力,我为此而感动万分!

我知道祖父曾是少年中国学会会员之后,曾四处寻找有关少年中国的图书资料,但几年过去一无所获。直到我看到一家杂志上有两篇署名为吴小龙的作者介绍少年中国学会的文章,才顺藤摸瓜找到了他。他是中国青年政治学院的教授,教学之余不辞辛劳地发掘、收集有关资料,从无到有进行少年中国学会研究。当时他正在写一本关于"少中"的书——《少年中国学会研究》。2006 年 8 月这本书正式出版。他在书中指出:"'少中'对当时的中国社会和青年学界能产生如此巨大的影响,基本上由于学会的两大特点:一是对会员在道德人格上的严格要求,二是在改造社会方面的理想热诚。"[2]无论"少中"成员后来是否都恪守了当初的宗旨和信条,祖父却是终身信守矢志不渝的,所以吴小龙在这本书里,挑选了一位"少中"成员做了单篇介绍,他就是我祖父。

1　参见《历史学家茶座》总第 5 辑,山东人民出版社,2006 年 9 月版。
2　吴小龙:《"少年中国"的追求和失落》,参见《少年中国学会研究》,上海三联书店,2006
　年版,第 235 页。

1999 年,我陪同先生去台北开会。那是我第一次去台湾,感到这是寻找祖父资料的宝贵机会。正巧当晚有朋友请我们吃饭,在座的一位政府资深顾问戴国辉先生得知我的心愿后,给台北"国史馆"的馆长写了一封介绍信。第二天我就去了建在如今新北市新店区的"国史馆"。馆长看了戴先生的信后,把我介绍给馆里的资深研究员简笙簧先生。简先生主攻中华民国交通史研究,自然就涉及到卢作孚和民生公司。他很热情地接待了我,并尽可能地给我提供了查找资料的方便。自此,我前后三次去台湾,每次都去"国史馆"查资料,故而没有去过台湾任何著名景点旅游,但我的收获之丰已远远超越了旅游的快乐。

2000 年简先生专程到香港采访了我父亲,完成了一份相当翔实的采访记录《卢作孚有关事迹访调录》,发表在他们的馆刊上。这之后他又几次到重庆实地考察和参加有关卢作孚的研讨会,并先后撰写了《卢作孚对重庆大轰炸粮价高涨的因应措施》《寻找卢作孚的行迹》《中国西部科学院参访纪》《卢作孚与抗战初期京沪地区政府和人民物资的后撤》等多篇文章。他惊异于 1934 年落成于北碚的中国西部科学院主楼,"建筑式样中西合璧,造型美观,气势恢宏,至今还完好无损地矗立在原址"。

美国威廉姆斯学院历史系教授罗安妮女士,对研究中国的长江航运史、民生公司和卢作孚很感兴趣,为此多次去过重庆。她在一次会议上说:"开始研究民生公司之前,我不知道中国历史上有这么一个人物。使我特别感动的是,他是一个实业家,可是他主要的目的是为社会服务。在美国历史上也有一些实业家,他们对美国社会、文化也有相当的贡献,可是他们是在发财了以后才想到了社会。卢作孚不同,他每个行动都是为了社会。"

加拿大华人学者张维华先生在国外生活多年,经他考察发现,自从 15 世纪开始,科学结合资本大力扩张以来,中国文化就面临数千年未有之大变局,中国文化的自信也面临巨大冲击,这时要看到中国文化既有落后的一面,也有伟大的一面很不容易,如何知己又知彼,需要"寻找中国之魂",这是全世界关注中国命运的西人和华人共同的主题。他又比较了同属中国的港台,邻国俄罗斯、日本、韩国、越南、菲律宾、印度等国,发现种种原因导致大陆的中国人对西方和自家传统的理解都比其他任何群体困难很多。为此,他精心编撰出版了《卢作孚箴言录》,就是想为"寻找中国之魂"提供多一条路径,因为卢作孚是民族精英中的佼佼者,他有理论,也有成功的创业实践和造福社会的功业,他的思想是连接西方和传统的桥梁,也可以说是捷径,这样独特的瑰宝不应该被忽视。海尔集团董事局主席张瑞敏得知《卢作孚箴言录》出版,为本书题词:"卢作孚先生在我心目中可谓是高山仰止。他于兵荒马乱的年代竟然不可思议地创办出了卓越一流的企业;但在民族危难之际,他却拼上倾注着自己心血的企业,谱写了一曲中国版敦刻尔克的救亡曲;而在巨富面前他的那种'生而不有,为而不恃'的淡定超然,又无人企及。'箴言'于今天的时代,更显现实意义,伟人的真知灼见,将会净化我们的心灵,升华我们的境界。"

著名学者、北京大学中文系的钱理群教授是我们多年的好友。他曾送给我一份特别珍贵的史料,是他的父亲钱天鹤先生 1930 年 6 月 11 日给我祖父的一封回信。当时祖父正率团在江浙沪一带考察,6 月 5 日在上海给时任中央研究院自然历史博物馆主任的钱先生写了一信,和他商量中研院自然历史博物馆与北碚刚创办的中国西部科学院互相交换动植物标本的事宜。钱天鹤先生在回信中详细介绍了有关情况,并给祖父建议:"为贵院永久计,似最好酌派贵省中学毕业生数人,莅南京中国科学社或敝馆学习。如蒙派员至敝馆,当竭诚欢迎,惟时期最好在明年春期,因届时贵州自然科学调查团可以返京,实习材料至为丰富也。"[1] 热诚关切之意跃然纸上。1944年6月已出任国民政府农业部常务副部长的钱天鹤先生,与部长沈鸿烈、中央农业实验所副所长沈宗瀚等一道,陪同来华访问的美国副总统华莱士,到北碚天生桥参观了中国农业实验所。[2] 时隔七八十年后,钱理群先生在百忙之中,承接先父的血脉,热情关注投身于新农村建设的志愿者们,给他们讲课,接受他们采访,给他们写书编书,先后出版了《论志愿者文化》和志愿者文化丛书《晏阳初卷》《梁漱溟卷》《陶行知卷》《卢作孚卷》《鲁迅卷》等。

重庆还有位独自一人进行卢作孚研究和宣传的志愿者、四川美术学院雕塑系教授刘景活,他人如其名,充满了活力。刘教授与卢作孚是合川同乡,这些年来他痴迷于对卢作孚的探索、研究和宣传。他打算踏着卢作孚的足迹,走一遍他走过的路。他搜集了不少有关卢作孚的书籍、资料和实物,弥足珍贵。他还在网上淘出了祖父五十岁生日的时候,徐悲鸿先生送给他的一幅画。画上的题词是:"作孚先生惠教 绳曾君不识 他日会相知 卅二年晚秋悲鸿"。前不久,他竟找到一张钱天鹤先生等台湾六位人士,1956年6月1日出席美国经合署在马来西亚首都马尼拉主持召开的东南亚农业贷款委员会议的照片,钱理群教授看到后喜极而曰:"弥足珍贵!"刘景活教授告诉我,学习卢作孚让他的人生更有价值。在他的周围也聚集了一群与他志同道合,愿意向卢作孚学习,尽力为社会做好事的年轻人。

新世纪伊始,有关卢作孚的文学作品也陆续问世。2003年,作家出版社出版了雨时和如月写的、以卢作孚的精神思想和事业为题材的文学评传《紫雾》。这本书的出版,使我得以认识也是知名作家

---

1 黄立人主编:《卢作孚书信集》,四川人民出版社2003年版,第194页。
2 张守广著:《卢作孚年谱长编》(下),中国社会科学出版社2014年版,第977页。

的责任编辑潘婧,并从此成为了好友。著名作家陈祖芬读了这部作品后,有感而发写了一篇题为《富翁》的文章,文中写道:"卢作孚这三个字,一如川西的共生矿,丰富得令人惊喜,令人感动,令人感极而泣!"陈祖芬这篇文章被《学习时报》《作家文摘》《统战月刊》《中外企业文化》《散文(海外版)》《重庆晚报》等报纸杂志转载了十多次。2009—2010年,德艺双馨的著名作家、编剧张鲁出生在北碚,对卢作孚深怀敬意,花了十年心血,与张湛昀合作,相继创作了电视剧剧本《卢作孚》和出版了同名三卷本长篇小说,真实感人、精彩纷呈,不啻是一部"修身、养性、齐家、治国、平天下"的人生教科书。

中央电视台、上海电视台、凤凰卫视、北京卫视、东方电视台以及重庆、四川等地方电视媒体,也都陆续把镜头对准了卢作孚,制作了不少专题节目。2003年,中央电视台的"东方时空"在"20世纪的100年"节目里,挑选了三十位影响中国的各界人物生平中最具光彩的一年,制作了三十集《记忆》专题节目,其中一集是《卢作孚1938》,首次在电视上介绍了祖父在抗战中组织指挥宜昌大撤退的杰出贡献。上海《文汇报》在介绍《记忆》这一集时,有以下一段文字:"1938年秋天,当一个国家民族工业的生死存亡全掌握在一个船运公司企业家手里时,这段故事的传奇色彩就更显浓厚。这个企业家叫卢作孚,他率领民生公司完成了著名的宜昌大撤退。在日军的炮火下,他把中国最重要的工业企业经三峡航道抢运到四川大后方。这些企业构成了抗战时期中国的工业命脉,为抗战的最后胜利奠定了物质基础。"于是,有关祖父和宜昌大撤退的故事便不胫而走。

紧接着,央视第10频道的《人物》专栏也用同样的题材介绍了祖父和民生公司。节目的编导白颖当时很年轻,三十岁左右。他去宜昌、重庆采访之前,和我聊天时谈起,他不相信有高大上的英雄人物,他会从一个普通人的角度来拍摄卢作孚。我含笑表示赞同。回来以后,他送给我许多采访录音资料,眼里闪烁着充满感动的泪光告诉我,想不到民生公司那些老人,还那么深切地怀念已去世半个世纪的卢作孚。他在一位老民生员工简陋的家里,看到老人病榻边的墙壁上,还贴着卢作孚当年为民生公司员工写的条幅和文章的摘要,令他感动不已。从此我们成了忘年交。

2004年上海电视台拍摄了五十二集民国实业家专题片《百年商海》,主要宣介上海和江浙一带的著名实业家,基本上是一人一集,有几集是两人或多人一集。西部只选了卢作孚,而且只有卢作孚一人用了两集的篇幅,题为《卢作孚与民生公司》(上)和《卢作孚与民生公司》(下),得到了广泛传播。编导吕老师是位五十岁左右的女士,态度很和蔼亲切,做事认真利落,给我留下了深刻印象。

2010年中央电视台新影制作中心出品的《百年家族　卢氏家族》,用四集的篇幅,全方位地介绍了卢作孚的事业和家庭,曾被好几家电视台转播,两年前又在网上走红。这部纪实片的编导温艺钧那时还是个年轻姑娘,现在已是一个八岁孩子的母亲,我们也成了忘年交。她不久前在给我家人的回信中说,"还记得当时做片子的感受:越做越觉得值得,越做越怕做得不够,越做越感慨万分……卢先生的故事从一定程度上改变了我对中国近代史的一些看法,也加深了我对历史和人性的了解"。

2012年,我作为被采访者,配合上海电视台做了一辑有关卢作孚组织指挥宜昌大撤退的节目,播出后很受好评。编导特地打电话告诉我,这个节目获得上海广电局的书面嘉奖,这是该摄制组第一次获得这样的嘉奖。我为他们感到由衷的高兴。

重庆电视台的编导徐蓓是张鲁生前好友,她继承张鲁的遗志,多次在她制作和主持的节目中介绍卢作孚的杰出贡献。她担纲编导的大型电视纪实片《大后方》中,也用较大篇幅记述了宜昌大撤退的感人史实。她最近成功导演的五集反映重庆近现代史的电视纪实片《城门几丈高》，在观众中引起了强烈反响，其中第四集《舵把子》集中介绍了卢作孚在家乡和国家现代化进程中的理想、实践和功绩。

北碚电视台的编导刘卫国告诉我，他的职业梦想就是拍一部卢作孚的多集纪实片，为此他花了很大的精力到处收集鲜为人知的资料做准备工作。2014年8月正值盛夏，他带着几位同事到北京，采访了三十多位抗战时在北碚生活和工作过的名人后代，例如：黄炎培、梁漱溟、孙越崎、章乃器、老舍、李乐元、李善邦、冯廷英、戴自牧等等前辈的后代。很巧的是，章乃器先生的儿子章立凡先生同母异父的姐姐和哥哥马国光即台湾著名作家亮轩，正好在那时分别从美国和台湾来北京探望母亲，他们当年或在北碚生活过，或出生在北碚，很怀念北碚，在章立凡先生的热情安排下，刘卫国的摄制组拍下了珍贵的采访镜头。

纸媒的报道更是难以计数，单是与我联系过的报纸媒体就有人民日报、学习时报、人民政协报、中国青年报、中华读书报、中国经济时报、中国建设报、作家文摘报、重庆日报、重庆晨报、重庆晚报、重庆政协报、成都日报、华西都市报、新民晚报、上海证券报等等，杂志有《博览群书》《文化纵横》《传记文学》《中国企业家》《中华遗产》《中国国家地理》《全球商业经典》《旅游天地》《炎黄春秋》《英才》《小说评论》《红岩》等等。

《中国国家地理》杂志记者王宁先生去重庆采访回来，送给我大量珍贵的照片，使我对重庆开埠的历史和祖父的业绩有了许多新的了解。其中有张照片，是民生公司当年在重庆北碚开办天府煤矿时修建的"工人之家"，我以前从未听说过。照片中，一栋也是中西合璧的三层楼房矗立在山坡上。楼房每层前后各有五开间，虽然已经废弃了，四周杂草丛生，仍可看出当年不凡的风貌。煤矿工人有这么一个气派而温暖的"家",一定不会像我见过的矿工那样卑微萎靡的。抗战中,河南中福煤矿公司总经理孙越崎先生,将该公司的重要机械设备撤运到武汉。在武汉进退两难时,经翁文灏先生介绍,与我祖父一见如故,一拍即合。双方很快商定,中福的机械设备,由民生公司负责从武汉运往重庆,并与重庆天府煤矿合资经营,从而将原有的规模能力和产量扩大,解决了抗战期间大后方 40% 以上的用煤所需。而那张工人之家的照片正是四川美术学院的刘景活教授带领王宁去拍的,这是他重走一遍卢作孚走过的路时发现的。

王宁这次采访的结果,化为该杂志 2014 年第 2 期所刊文章《峡江 1938 一个重庆人导演的宜昌大撤退》,其中写道:"中国宜昌大撤退两年之后,欧洲反法西斯战场也发生了一场类似的行动。1940 年 5 月底,英国动用 861 艘各类船只,经过 9 个昼夜转运,在德军飞机狂轰滥炸之下,将滞留法国小镇敦刻尔克的 40 多万军队转运至英国,此即著名的敦刻尔克大撤退。……宜昌大撤退的持续时间更长,运输长度和难度更大——重庆至宜昌航道超过 600 公里,远大于英吉利海峡的航程,而三峡水道的自然条件也更为险恶。敦刻尔克大撤退靠的是一个国家的力量,由军事部门指挥完成,宜昌大撤退则完全依靠卢作孚和他的民生公司。因此,我们大可以名正言顺地赋予'宜昌大撤退'以应有的历史地位,不必挂靠在'敦刻尔克大撤退'之下。"

北京大学社会学博士、中国社科院副研究员杨可女士,经过十年潜心调研,于 2019 年 4 月出版了以民生公司为典型个案的社会学专著《同舟——职业共同体建设与社会群力培育》,从而拓展和丰富了社会学在这个领域的理论和案例。其中一大亮点便是,她竟然采访了十多位如今几乎都已辞世的民生老前辈,收集到非常可贵的一手资料。原来她的祖父也是抗战期间加入民生公司的老船员,曾出生入死地为公司和国家做出过贡献。老民生们一听到她祖父的名字便眼睛发亮，一个个生动鲜活的故事即脱口而出。

不久前，京城有家出版社计划出一批先贤著作的大众读本，他们委托我找一位熟悉晏阳初先生的学者，担任晏阳初这一辑的主编。我通过重庆的潘家恩教授介绍，找到了北京航空航天大学高等教育研究院教授、晏阳初研究中心主任张海英女士，我们相约几次后方得以见面。原来她退休后，一头扎进山东省威海市文登区大水泊镇的乡村，创办了一所"远山泊书院"。主旨是以"书院"为平台，借鉴中外乡村建设的历史文化遗产和现时经验，探索对乡村建设具有指导意义的理论与科学方法。她当时正忙于书院的正式开张和举办晏阳初、梁漱溟、卢作孚的乡建文化事迹展览，所以紧张地往返于北京与大水泊之间。张教授是典型的知识分子模样，五官有一种精致的美，我一时间无法把单枪匹马的她与穷乡僻壤的农村农民联系起来。而她对我说，作为研究平民教育与乡村建设的学者本应是接地气的，不做这件事，觉得有愧于先贤。从照片上看，她的书院之高雅清新更是超乎我的想像，相信那里的农家子弟一定会在这个充溢着现代文明气息的园地里完善自我，兼善天下！

辞别人世已半个多世纪的卢作孚，也成了互联网上的热门人物。一位大学毕业、在京城已有不错工作的贵州青年，学习了卢作孚的精神和实践后，表示要做一个当代的"卢作孚"："我愿结交天下所有有志于想把自己的家乡建设得更美好的朋友，一起交流，一起努力，一起促进，一起建造这个世界的大花园。"另一位年轻朋友则说，"此生以作孚先生为精神榜样，所以我现在的生活和工作有了更大的劲头和更从容的心态。我现在做的事情，就是学习和积累，我将按我的计划，一步步向我的理想、向作孚先生指引的方向前进。"

我深知，祖父属于卢氏家族，更属于中华民族，唯有中华民族拥有数千年历史文化与现代文明相交融的肥沃土壤，才能培育出祖父这样的栋梁之才，所以对祖父的探索和研究，也必须举社会之力，方能更好地回馈社会，反哺人民。而与各位学者、作家、媒体人及卢作孚追随者们的交流、互动，又给了我极大的鞭策和鼓舞，促进我不断深入地学习和了解祖父。这些年来，我一共撰写和发表了学习研究祖父的文章近五十篇，其中有的是自己的心得体会，有的是报刊编辑约的稿，有的是参加研讨会提交的论文，也有的是为朋友、同道们研究卢作孚所著的书写的书评或序言。2012年我在人民日报出版社结集出版了《我的祖父卢作孚》一书，做了一个阶段性总结。我会继续坚持下去，直到生命的终结。

附录　卢作孚相关文献资料列表

《我的父亲卢作孚》,卢国纪著,重庆出版社 1984 年 12 月初版;四川人民出
　　版社 2003 年 3 月重版;人民出版社 2014 年 11 月再版。

《卢作孚传记》,周开庆编著,台北·川康渝文物馆 1987 年 4 月。

《卢作孚与民生公司》,凌耀伦著,四川大学出版社 1987 年 12 月。

《卢作孚文选》,罗中福、李萱华等主编,西南师范大学出版社 1989 年 11 月。

《民生公司史》,凌耀伦主编,人民交通出版社 1990 年 10 月。

《卢作孚集》,凌耀伦、熊甫主编,华中师范大学出版社 1991 年 5 月初版;
　　2011 年 7 月再版。

《卢作孚与中国现代化》,杨光彦、刘重来主编,西南师范大学出版社 1995 年
　　9 月。

《创业雄略——卢作孚大传》,冉华德著,中华工商联合出版社 1998 年 6 月。

《卢作孚文集》,凌耀伦教授、熊甫编,北京大学出版社 1999 年 3 月初版,
　　2012 年 5 月出版增订本。

《卢作孚研究文集》,凌耀伦教授、熊甫编,北京大学出版社 2000 年 9 月。

《卢作孚追思录》,周永林、凌耀伦主编,重庆出版社 2001 年 10 月。

《卢作孚年谱》,张守广编,江苏古籍出版社 2002 年 4 月初版;重庆出版社
　　2005 年 8 月重版。

《卢作孚的梦想与实践》,赵晓玲著,四川人民出版社 2002 年 4 月。

《紫雾——卢作孚评传》雨时、如月著,作家出版社 2003 年 2 月初版,2005 年
　　12 月第 2 版。

《卢作孚书信集》,黄立人主编,四川人民出版社 2003 年 11 月。

《卢作孚——社会改革实践与中国现代化研究》,刘重来主编,香港天马出版
　　有限公司 2004 年 11 月。

《宜昌大撤退图文志》,朱复胜主编,贵州人民出版社 2005 年 9 月。

《教育开发西南——卢作孚的事业与思想》,吴洪成、郭丽平等著,重庆出版
　　集团重庆出版社 2006 年 12 月。

《卢作孚画传》,刘重来著,重庆出版集团重庆出版社 2007 年 10 月。

《长河魂——一代船王的传奇人生》,王雨、黄济人著,作家出版社 2007 年
　　11 月。

《卢作孚与民国乡村建设研究》,刘重来著,人民出版社 2007 年 11 月。

《中国人能做到——民国实业家卢作孚》，清秋子著，凤凰传媒集团凤凰出版社2010年1月。

《小陪都传奇——抗战北碚的文化大气象》，李萱华著，作家出版社2010年4月初版；中国文史出版社2015年9月重版。

《卢作孚》（全三册），张鲁、张湛昀著，凤凰出版传媒集团江苏人民出版社2010年5月。

《卢作孚的选择》，赵晓玲著，广东人民出版社2010年7月。

《卢作孚箴言录》，张维华选编，青岛出版社2011年10月。

《我的祖父卢作孚》，卢晓蓉著，人民日报出版社2012年5月。

《中国西部科学院研究》，侯江著，中央文献出版社2012年8月。

《卢作孚年谱长编》（上、下），张守广著，中国社会科学出版社2014年3月。

《追忆卢作孚》，张岩著，人民日报出版社2014年9月。

《卢作孚画传（增订本）》（上、下），刘重来著，人民日报出版社2014年10月。

《百年心事　卢作孚传》，清秋子著，新星出版社2016年1月。

《民生公司演讲集》，项锦熙主编，人民日报出版社2016年1月。

《卢作孚全集》三卷本，张守广、项锦熙主编，人民日报出版社2016年10月。

《民国时期嘉陵江三峡地区演讲集》，项锦熙编，人民日报出版社2017年5月。

《中国乡村建设百年图录》，温铁军、潘家恩主编，西南师范大学出版社2018年5月。

《论志愿者文化》，钱理群著，生活·读书·新知三联书店2018年9月。

《志愿者丛书——卢作孚卷》，钱理群编选、导读，（共五本，其余四本分别为晏阳初卷、梁漱溟卷、陶行知卷、鲁迅卷），生活·读书·新知三联书店2018年12月。

《北碚乡建记忆》，高代华、高燕编著，西南师范大学出版社2018年11月。

《同舟——职业共同体建设与社会群力培育》，杨可著，社会科学文献出版社2019年4月。

图书在版编目(CIP)数据

逆水行舟：卢作孚长孙女回忆录/卢晓蓉著.—上海：上海三联书店，2020.7
ISBN 978-7-5426-7012-0

Ⅰ.①逆…　Ⅱ.①卢…　Ⅲ.①回忆录－中国－当代
Ⅳ.①I251

中国版本图书馆 CIP 数据核字(2020)第 057338 号

逆水行舟：卢作孚长孙女回忆录

著　　者 / 卢晓蓉

特约编辑 / 罗淑锦
责任编辑 / 匡志宏
装帧设计 / 徐　徐
监　　制 / 姚　军
责任校对 / 张大伟　王凌霄

出版发行 / 上海三联书店
　　　　　(200030)中国上海市漕溪北路 331 号 A 座 6 楼
邮购电话 / 021－22895540
印　　刷 / 上海展强印刷有限公司

版　　次 / 2020 年 7 月第 1 版
印　　次 / 2020 年 7 月第 1 次印刷
开　　本 / 640×960　1/16
字　　数 / 240 千字
印　　张 / 20.5
书　　号 / ISBN 978-7-5426-7012-0/I·1625
定　　价 / 58.00 元

敬启读者，如发现本书有印装质量问题，请与印刷厂联系 021－66366565

祖父的遗产

卢晓蓉 一 文

LEGACIES
OF MY GRANDFATHER
TSO-FU LU

1930年4月6日蔡元培、黄炎培等陪同卢作孚一行参观上海"徐公桥乡村改进会"后留影。前排右二为卢作孚，左三为蔡元培，左二为黄炎培。〔图片由高代华、高燕提供〕

祖父留给社会的遗产

黄炎培先生对祖父的精神和人格有过这样的评价："把他精神分析起来，是耐苦耐劳的，是大公无私的，是谦和周到的，是明决爽快的，是虚心求前进的，是富于理想而又勇于实行的。"[1]高远的眼光和理想给了祖父战胜困难的无穷动力，他参加过保路运动、同盟会、辛亥革命、"五四"运动、少年中国学会，主持过川南教育改革实验、成都通俗教育运动，创办了民生实业股份有限公司及合资合作经营了70多家企业，统一川江航运，收回内河航权，主持乡村现代化建设、四川全省建设，抗战中组织指挥水陆运输，解决了军民粮食危机等等。

祖父的贡献不仅体现在物质方面，也体现在精神方面，已面世的并有丰富的实践经验可对照和印证的著述就有100万字以上。

1999年3月，北大出版社在《卢作孚文集》发行座谈会上，前统战部副部长胡德平先生发言指出："《卢作孚文集》的出版是一件大好事。书中给后人留下了珍贵的思想文化遗产。它从民族的近代化工业的角度，向世人说明，中国人并不自私自利，只看社会的影响如何。人不是为己的，人是为社会的。如果社会要求是对的，我们就要尊重它；如果社会要求是不对的，我们就要努力把它改造过来。""卢作孚先生这一独特智慧的思想与之并行不悖，方向相同，非常值得我国从事非公有制经济的人士和一切身处市场经济之中的人们的反复思索和再三回味。"[2]也是在那次会议上，原全国工商联主席经叔平先生在发言中说："刚刚

---

① 黄炎培：《蜀道·蜀游百日记》，上海·开明书店1936年8月，第114—119页。
② 胡德平：《发扬和借鉴老一辈民族实业家的精神和经验》，参见《卢作孚研究文集》，凌耀伦、周永林编著，北京大学出版社，2000年版，第22页。

1935年建成的重庆民生公司大楼。

闭幕的全国人大九届二次会议，顺利通过了宪法修正案，非公有制经济被明确阐释为社会主义市场经济的重要组成部分。国家保护个体经济、私营经济的合法权益、权利和利益，为非公有制经济的发展提供了宪法的保障。在这样的大好形势下，当今的中国民营企业家和工商界的广大朋友，挤一点时间，读一读《卢作孚文集》，从中吸取营养，吸取经验，吸取智慧，发扬卢作孚先生爱国、敬业、无私的崇高精神，为我国经济的健康发展，为中国国力的增强，为广大人民群众物质文明生活的不断提高，做出积极的、应有的贡献。"①

　　祖父留下的精神财富难以穷尽，结合当今现实，也许主要体现在以下几个方面：

首先是始终不渝的爱国献身精神。

　　祖父18岁参加辛亥革命，走上社会，59岁去世，短短的41年，辗转多个领

---

① 经叔平：《发扬卢作孚先生爱国、敬业、无私的崇高精神》，同前引书，第25页。

域，做出了许多令今人也赞叹不已的业绩，其动力就来自于他自青少年时期就树立而且至死不改初衷的强国富民，"将整个中国现代化"的远大理想。为此，他不惜牺牲一切。组织指挥"宜昌大撤退"就是其中最辉煌的一例。抗战爆发伊始，祖父即意识到"国家对外的战争开始了，民生公司的任务也就开始了"，并

抗战中抢运人员物资的民康轮。

号召"民生公司应该首先动员起来参加战争"③。在南京参与起草中央抗战总动员计划期间，他还赶回四川，力助川军出川抗战，并领导民生公司船队，将川军将士和战备物资运往前线。

与此同时，祖父又组织指挥民生公司的船队，从江苏镇江开始，将长江沿线自上海起经苏州河运抵镇江以及镇江以西各港口的政府机关、工矿企业、科研院所、大专院校的大量物资设备和人员撤运到大后方。1937年11月26日，国民政府主席林森率文官、参军、主计处主管等人士乘民生公司民风轮到达重庆，其余人员和物资亦分乘民生公司民政、民贵等轮随后跟进②，国民政府得以从12月1日开始在重庆办公③。

① 卢作孚（1943）：《一桩惨淡经营的事业——民生实业公司》，参见《卢作孚文集（增订本）》，凌耀伦、熊甫编，北京大学出版社，2012年第2版，第417页。
② 朱复胜：《宜昌大撤退图文志》，贵州人民出版社，2005年版，第26页。
③ 简笙黄纂辑：《中华民国史事纪要——民国二十六年（一九三七年）七月至十二月》，台北"国史馆"，1987年6月出版，第697页。

史称"宜昌大撤退"发生在1938年10月下旬到12月下旬的两个月,又以前面的40天最为困难,是其中最为关键也最为紧张的一役。因为当时武汉刚刚沦陷,聚集在宜昌待运的有三万多人员和九万多吨重要机械设备。40天过后,枯水期就要到来,有不少轮船就不能航行了。上述人员物资在平时需要一年才能运完,而日本侵略者的飞机已经开始轰炸宜昌。祖父于1938年10月23日即武汉沦陷前两日飞抵宜昌,在宜昌坐镇指挥。40天内,三万多人员全部运到重庆等大后方,物资运完三分之二,两个月内全部运完。关于那段时间的紧张情况,祖父在《一桩惨淡经营的事业——民生实业公司》一文中有如下描述:

> 尽量利用所有的力量和所有的时间,没有停顿一个日子,或枉费一个钟点。每晨宜昌总得开出五只、六只、七只轮船,下午总得有几只轮船回来,当着轮船刚要抵达码头的时候,舱口盖子早已揭开,窗门早已拉开,起重机的长臂,早已举起,两岸的器材,早已装在驳船上,拖头已靠近驳船。轮船刚抛了锚,驳船即已被拖到轮船边,开始紧张的装货了。两岸照耀着下货的灯光,船上照耀着装货的灯光,彻底映在江上。岸上每数人或数十人一队,抬着沉重的机器,不断的歌唱,拖头往来的汽笛,不断的鸣叫,轮船上起重机的牙齿不断的呼号,配合成了一支极其悲壮的交响曲,写出了中国人动员起来反抗敌人的力量。[①]

宜昌大撤退的历史重任落到祖父肩上绝非偶然。他出于对国家和人民的高度责任感,早就预知了这场大战不可避免,并利用民生公司和北碚做好了撤运、接纳和安置内迁大潮的思想、技术和物质准备,从而保存了中国工业、科教、文化的重要血脉。1933年,祖父就在民生公司毋忘"九一八"事变两周年会上,要求公司全体职工"应作有血性有肝胆的男儿""于值得牺牲时不惜牺牲"。民生公司还将"作息均有人群至乐,梦寐毋忘国家大难"的对联印制在船员的床单上。

在宜昌大撤退最紧张阶段实行分段运输时,三斗坪是距离宜昌最近的一个临时卸载点,两地相距60公里左右。"1940年6月宜昌失守后,在接近日军阵地的平善坝、南沱、三斗坪一带,还有一部分兵工器材堆放在那里,一般人惧怕日军,不敢前往装运。卢作孚亲自率领船只前往抢运装卸,每天傍晚开去,连夜装船,待天明即开走,不久即抢运完毕。这期间又完成抢运兵工器材2.48万吨。"[②]

抗战时期民生公司共有117位员工牺牲,61人致残,16艘轮船被炸沉炸伤,其

---

① 卢作孚(1943):《一桩惨淡经营的事业——民生实业公司》,参见《卢作孚文集(增订本)》,凌耀伦、熊甫编,北京大学出版社,2012年第2版,第418页。
② 朱复胜:《宜昌大撤退图文志》,贵州人民出版社,2005年版,第67页。

中无法打捞和修复的有11艘。其他被敌机炸毁的厂房、仓库、码头、趸船、装卸机械等也损失甚巨。民生公司为挽救民族危亡所作出的牺牲已载入史册。冯玉祥先生赞其为"救国公司"。

战后，日本军事专家在检讨"宜昌作战"时认为，"汉口失陷时，重庆政权先将东部的工厂设备暂时运至宜昌，然后用了很长时间以小型船只运往重庆，建设长期抗战的基础。"这使得中国内地重建的工厂逐年倍增。对此，他们追悔莫及地做了一个假设，"假定在昭和13年（1938年）攻占武汉作战时，同时攻占宜昌，其战略价值就更大了。"①宜昌大撤退被学者誉为第二次世界大战中第一次胜利大撤退。

第二，祖父关于国家现代化的目标方向、路径办法和实践经验，与当前的改革开放及国家的现代化进程并行不悖。

1944年10月卢作孚先生在北碚各界为他赴美出席国际通商会举行的欢送会上致辞。

祖父的超前思考，即以"现代化"为全国人民的"公共信仰"，以世界的最高纪录为目标，国内的现状为出发点，开展产业、交通、文化、国防这四个现代化运动，"将整个中国现代化"，不是空中楼阁，而是建立在对中国社会的深切了解和充分汲取东西方优秀文化及先进经验基础上的。据我三祖父的回忆，他很早就系统"研究了东方的日本维新与西欧的历史演变，又从本国着眼，从传统文化着手，深入分析、寻找解决时局问题的办法，并意欲温故知新，对症取药，以挽狂澜。又把康梁主张的君主立宪和孙中山先生的三民主义、五权宪法、治国方针，结合中国实际国情，认真加以思考，从中寻出一条可走之路。"②

南开大学研究民国思想史的邓丽兰教授，研究了祖父关于国家现代化的思考后撰文道："1933年《申报月刊》的中国现代化讨论，聚焦于英美化抑或苏俄化的分歧，胡适等自由知识分子对此多有批评。在此前后，《独立评论》《大公报》有关国家统一问题的讨论，有武力统一、国会统一、民族经济市场统一、盟

---

① 原载《中国事变陆军作战史》，日本防卫厅防卫研究所战史研究室编，中华书局，1979年10月版。转引自《宜昌大撤退图文志》第193页。
② 卢尔勤回忆录，卢国模抄正。

主式统一、树立公共信仰谋统一等诸多方案。卢作孚将中国现代化的诉求提升到'公共信仰'的高度，并以产业、交通、文化、国防的现代化运动作为统一国家的'方法'。这种超越国民党人、共产党人、自由知识分子之间意识形态分歧的现代化思想阐释，是其观点在思想史的真价值所在。"①

祖父所期望的未来中国是这样的：

> 政治方面，要求成为一个完全独立自主的民主国家，以实现民族主义和民权主义；
>
> 经济方面，要求工业化，人民的生活水准提高，以实现民生主义；
>
> 文化方面，要求教育普及，人民的文化水准提高，使能完全实现三民主义。

祖父不反对私有制，但他主张"以政治手腕逐渐限制资本之赢利及产业之继承，并提高工作之待遇，减少其时间，增加工作之人，直到凡人皆必工作而后已。"②他认为"民主国家的人民应有一切的自由，同时国家应有整个的秩序，自由是有法律保障的，亦即是有法律范围的。官吏应有执行法律的训练，人民应有尊重法律的习惯。即没有法官裁判，亦有舆论裁判，即没有警察干涉，亦有旁人干涉，法律乃能彻底发生效力。立法之前，应即审慎，立法之后，应即森严，不准任何人违犯，整个国家的秩序乃能建设起来。"③

从青年时期的几次外出学习、考察开始，祖父就始终瞄准了世界上最先进的社会思潮、科学技术和管理模式，从而将他"为社会的活动"建立在讲求科学的基础上。他不仅是一个敢于将外国轮船公司的垄断势力赶出川江的卢作孚；是一个并非军事将领，却组织指挥了宜昌大撤退的卢作孚；是一个喊出了振聋发聩的口号"我们要鼓起勇气，坚定信心！凡白种人做得来的，黄种人都做得来；凡日本人做得来的，中国人都做得来！"④的卢作孚；同时也是一个睁眼看世界，视一切先进文化为人类共同资源和财富的"拿来主义"者。

祖父的"拿来主义"包括了引进外资、引进技术和引进人才。凌耀伦教授在为《卢作孚文集（增订本）》所撰写的前言中写道：

> 为了把西方经验和先进技术与管理学到手，卢作孚极力反对闭关自守，主张实行对外开放。他在《国际交往与中国建设》《中国的根本问题是人的训练》等文中，主张"促进国内外人士多多相互交往"。一方面"现在世界

① 邓丽兰：《1933年的两场思想论争与卢作孚中国现代化思想的形成》，刊于《福建论坛》2011年第9期。
② 张允侯等编著：《五四时期的社团》，三联书店，1979年4月第1版，第522页。
③ 卢作孚（1946）：《论中国战后建设》，参见《卢作孚文集（增订本）》，凌耀伦、熊甫编，北京大学出版社，2012年第2版，第451页。
④ 卢作孚（1936）：《一桩事业的几个要求》，同上书，第341页。

1945年卢作孚陪同加拿大使者参观北碚。

上的一切国家，尤其是物质文明比较先进的国家的人士都多来"，另一方面，"还须促成中国人多到外国去"，"只要人多往返，多研究，便不难做成中外的沟通"。至于资金短绌，可以"大量利用外资"，人才不足，则可"从外国聘来若干专家帮助建设。"①

通过这些年来学者们的发掘和梳理，可以看出祖父关于现代化的诸多思想和实践，都可供今天的现代化建设借鉴和参考。比如，关于用渐变的方式取缔封建宗法式家族制度，改变小农经济残留在社会生活中的种种陋习；关于推行现代集团生活，开展倡导文明、树立新风的社会治理；关于以经济建设为各项建设的中心，多种经济成分共生共荣，注重生态环境的维护建设和可持续发展；关于在进行物质文明建设的同时，也要注重精神文明建设；关于企业的科学管理和文化建设；关于"……在计划经济原则下，政府所必须直接投资经营的事业，只限于人民不能经营的事业，此外则皆投资于人民所经营的事业，而让人民管理其盈亏成败。政府只站在全盘产业的管理地位上，管理其相互关系，管理其相互配合的关系，而奖励指导

---

① 《卢作孚文集（增订本）》前言，参见《卢作孚文集（增订本）》，凌耀伦、熊甫编，北京大学出版社，2012年第2版，第13页。

帮助每一桩事业，但不直接管理每一桩事业"①等方面的理论、实践和建言。

十多年前有位部领导，曾邀请黄炎培先生的孙女黄且圆、杨乐夫妇，章乃器先生的儿子章立凡、杨洁夫妇以及我和我先生相聚。这位领导读书涉猎甚广，看了不少古今中外社会历史发展的经典著作。他对中国传统文化有自己独到的看法，认为优良的传统文化的确应该发扬光大，但要实现国家的现代化，仅靠发扬传统文化是不够的，还必须与西方的现代文明相结合。他说，这两者之间如何结合的方法问题，已有如黄炎培、卢作孚、章乃器等前辈通过自己的实践，探索到成功的经验，我们应该好好借鉴并研究如何继往开来。

第三，祖父关于现代乡村建设的一整套理想、思路、蓝图和实施细则，与近年来国家积极推进的"西部开发"及"新农村建设"方略也有异曲同工之处。

祖父1927年担任嘉陵江三峡峡防局长后开始的现代集团生活的又一个实验，同时也是以北碚为中心的嘉陵江三峡地区的现代乡村建设试验。祖父在《乡村建设》《四川嘉陵江三峡的乡村运动》《四川的问题》《四川建设施政纲领》《建设中国的困难及其必循的道路》《中国中心的伟大基地》等多篇文章都谈到了乡村的现代化建设。从时间顺序上看，北碚试验应是继成都通俗教育馆、民生公司以后的第三个，但祖父在《建设中国的困难及其必循的道路》这篇论述国家现代化道路的重头文章中，将它列为"创造集团生活的第二个试

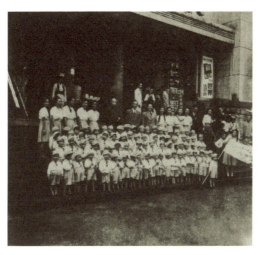

1949年10月卢作孚观看北碚儿童福利站托儿所演出后，在民众会堂前与儿童和老师合影。后排左起六为梁漱溟、七为卢作孚、八为福利站主任章牧夫。这是迄今为止发现的卢作孚与梁漱溟在一起合影的唯一一张照片（图片由高代华、高燕提供）。

① 卢作孚（1946）：《论中国战后建设》，同前引书，第465页。

验"①，可见他对现代化乡村建设是何等重视。1936年4月，北碚峡防局正式改名为乡村建设实验区，1941年12月改名为北碚管理局。

祖父在1930年写的《乡村建设》一文中强调了乡村地位的重要："第一是政治的关系。政治上最后的问题是全国的问题，他的基础却在乡村。……一个乡

卢作孚（一排左七）、晏阳初（一排左八）与中国乡村建设学院师生合影。

村问题放大起来，便是国家的问题，乡村地位之重要，就此愈可证明了。""第二是教育的关系。……就数量说，乡村教育的经营远在城市以下，乡村教育的需要却远在城市以上。就结果说：乡村中间的少壮年人是常常向城市迁移的，至少也常常在城市里求生活的。乡村是不断的供给城市人口的地方，如因教育缺乏，供给的都是无知识的人口，那不惟于城市文明没有帮助，反而妨碍不小。乡村教育如果不发达，不但是乡村问题，而且变为城市问题了，可见乡村地位十分重要。""第三是经济的关系。乡村的经济事业愈不发达，乡村的人民便愈往城市跑，乡村的农作和工作，便会乏人担负了。城市的商品，虽大多数是经过工业制造来的，虽大多数的工业都在城市里，原料却来自乡村。或须开发，或须培植，或须就乡村里制造完成，这些事业里作工的人都跑到城市去了，就会减少开发培植制造之量，就会引起城市原料的恐慌。再则城市工业进步甚快，交通事业发展亦快，原料需要增加之量因而愈大，乡村经济事业如没有同样的速度进展，即不衰退，亦必引起城市原料的恐慌。所以就经济方面说，乡村地位亦十分重要。"②

————————————

① 卢作孚（1934）：《建设中国的困难及其必循的道路》，同前引书，第267页。
② 卢作孚（1930）：《乡村建设》，同上书，第74页。

为此，祖父分别阐述了乡村应该如何搞好教育、经济、交通、治安、卫生等五方面的建设。对于如何实行乡村自治也提出了具体办法，即每个乡镇都有负责以上五方面工作以及专管财务的干事，都有一个镇长或乡长，主持一镇一乡全部的建设事宜。他同时强调，"仅仅关系本镇、本乡中的事宜亦应另有监督的机关，更亲切的监督着主持建设的人员，才不易于误事或越轨。谁担任这样的监督责任呢？惟一的是人民的代表会议。第一是解决全镇乡本身的重大问题，与他镇乡无关系的。第二是选择镇乡长及各委员。开会和选举，是自治问题中间的两个中心问题。他的意义和他的方法，是应训练镇乡人民完全弄清楚的。"[①]

　　祖父在1934年写的《四川嘉陵江三峡的乡村运动》一文中进一步制定了乡村现代化建设蓝图纲要：

　　　　我们如何将这一个乡村——嘉陵江三峡现代化呢？请看将来的三峡：
　　　　1.经济方面：
　　　　(1) 矿业：有煤厂，有铁厂，有矿厂。
　　　　(2) 农业：有大的农场，有大的果园，大的森林，大的牧场。
　　　　(3) 工业：有发电厂，有炼焦厂，有水门汀厂，有造纸厂，有制碱厂，有制酸厂，有大规模的织造厂。
　　　　(4) 交通事业：山上山下都有轻便铁道，汽车路，任何村落都可以通电话，可通邮政，较重要的地方可通电报。
　　　　2.文化方面：
　　　　(1) 研究事业：注意应用的方面，有生物的研究，有地质的研究，有理化的研究，有农林的研究，有医药的研究，有社会科学的研究。
　　　　(2) 教育事业：学校有试验的小学校，职业的中学校，完全的大学校；社会有伟大而且普及的图书馆，博物馆，运动场和民众教育的运动。
　　　　3.人民：
　　　　皆有职业，皆受教育，皆能为公众服务，皆无不良嗜好，皆无不良的习惯。
　　　　4.地位：
　　　　皆清洁，皆美丽，皆有秩序，皆可住居，游览。[②]

　　祖父是这么设想的，实际上从1927年担任嘉陵江三峡峡防局长时，就开始这么做了，而后来的实际成果也远远超过了他这一设想。1932年某期上海《中华画报》刊发了一组题名为"四川之模范镇北碚场"的实景照片，里面有整齐的北碚街道、峡防局和自卫队的办公处，有温泉公园、民众俱乐部、科学院的陈列馆、

---

① 同前引书，第81—82页。
② 卢作孚（1934）：《四川嘉陵江三峡的乡村运动》，同上书，第282页。

上海《中华画报》之模范镇北碚全图。（图片由周利成提供）

嘉陵江日报社，还有油漆厂、水泥厂、染织厂、石灰窑厂以及科学院的养鸡场等，一只从意大利引进的良种白毛红冠雄鸡昂首挺立其间，栩栩如生。著名记者和出版人黄警顽先生以《四川新村概况》为题，称赞北碚为"动荡纷扰之中国"的"世外桃源"。

2019年国家公务员（副省级）考试"申论真题"的五道题中，第三题是："某省政府办了一个农村发展战略研习班，其中一项研习内容是'卢作孚的乡村建设构想'。假如你是工作人员，请根据'给定资料3'，围绕卢作孚的乡村建设理念及现实意义，写一份导学材料，以指导学员更好地学习。""给定资料3"用1800多字，介绍了中国现代史上的著名实业家卢作孚关于乡村建设的理想、目标、具体内容和实施办法，强调了卢作孚的"乡村现代化"是一个"全面现代化"的概念，并不只局限为物质的建设，而追求乡村政治、经济、文教、社会、环境的全方位的改革。"这些近百年前说的话，仿佛针对的就是当下的现实。他始终抓住城市与乡村发展的关系，来思考中国的发展问题，从而突出乡村建设的基础意义，抓住了要害。"

陶行知先生曾预言："北碚的建设……可谓将来如何建设新中国的缩影。"①

第四，祖父关于教育在国家现代化进程中的重要作用及其毕生实践，亦可为当今的教育改革提供参考。

祖父是"五四"新文化运动的参与者，又是推波助澜者。他深受以"科学、民主"思想和人文精神为特色的"五四"新文化的熏陶和影响。他关于中国封建家族制度衍生出的各种社会弊病的深刻批判，关于在实现现代化的进程中，教育是国家根本大计的重要思想，今天读来都有切肤之感。比如，"第一重要的建设事业是教育"②，"中国的根本问题是人的训练"③，"人人皆有天赋之本能，即人人皆应有受教育之机会"④；教师应该是"须知教育精义，而有其志趣"⑤，"教育普及是要科学和艺术的教育普及，是要运用科学方法的技术和管理的教育普及，是要了解现代和了解国家整个建设办法的教育普及，是要欣赏建设与社会进步的教育普及。除教育普及外，还得要科学和艺术的研究，继续不断的提高其程度，使其能应用世界上已有的发现、发明和创作，而更进一步"⑥，以及"学校之培育人才，不是培养他个人成功，而是培养他做社会运动，使社会成功"⑦，等等。

學校不是培育學生，而是教學生如何去培育社會。

虚作孚

---

① 陶行知：《在北碚实验区署纪念周大会上的讲演》，《陶行知全集》（三），湖南教育出版社1985年版，第311页。
② 卢作孚（1930）：《乡村建设》，参见《卢作孚文集（增订本）》，凌耀伦、熊甫编，北京大学出版社，2012年第2版，第75页。
③ 卢作孚（1934）：《中国的根本问题人的训练》，同上书，第239页。
④ 卢作孚（1922）：《教育经费与教育进行》，同上书，第6页。
⑤ 卢作孚（1916）：《各省教育厅之设立》，同上书，第3页。
⑥ 卢作孚（1946）：《论中国战后建设》，同上书，第451页。
⑦ 卢作孚（1935）：《社会的动力与青年的出路》（下），同上书，第304页。

　　祖父小学毕业之后靠自学成才，担任过小学、中学和大学教师，教过语文、数学、工商管理，又在四川泸州的政府机构做过教育科长，在成都创办过通俗教育馆，在民生公司首创企业文化建设，举办各种培训班，邀请社会各界著名人士到公司演讲。在北碚更是开展了从街头巷尾各种类型的扫盲班、培训班、培训学校、幼儿园、小学、中学到抗战时期创办大学等系列化、全方位的教育活动，涉及当代教育改革所关注的教育观念、教育目标、教育制度、教育内容、教育方法和教育行政管理的方方面面，既富有理论性和开拓性，又具有很强的现实性和可操作性。

　　1927年，祖父刚担任北碚峡防局长不久，发现当地没有高级小学，民众都深感不便。地方人士多次筹划创办，却均未成功。这时地方人士又提出创办小学校的事宜，并请峡防局协助经费。此时峡防局经费也非常困难，但是兴办教育与地方和国家发展关系重大，"教育救国"，提高人民的教育水平和文化素质，本就是祖父的终生理想。于是他很快召集峡防局开会，决定以峡防局学生一队毕业留下的房舍、用品为基础，添加小孩用的桌子、凳子等必备用品，并由峡防局图书馆提供图书教材，教师由峡防局各部职员担任，教职员中除两位常驻的职员稍有津贴，其余均属于义务性质。就这样，在没有花费多少钱的情况下，创办了实用小学。该小学创办之初，教材教法就非常特别，目标是要把小孩子教得能干而且诚实。例如开学典礼之前，就先教学生开会的礼节。开学典礼结束后，将来宾、学生、学生家长汇集一堂吃饭。每桌两位老师，通过提问等方法，教会学生辨别

卢作孚1932年主持建成的北碚兼善中学校舍"红楼"。

卢作孚与卢子英。1948年前后，联合国教科文组织驻中国代表美国人胡本德到北碚考察，摄于北碚民众会馆对面的钱岳乔公馆。

席位的上下方，何人当坐上方，结果学生通过一餐饭，学会了许多社会的知识[1]。祖父创办该校有两个目的：一是"改革一般读死书的陈法，训练儿童有应用知识的能力，可靠的行为"；二是"预备以此校实验新的教学方法，并养成新的小学人材，进而改良其它的学校。"该校教学方法也比较特别："每科都从实际生活中提出问题，作为教材，不限于讲堂上，不限于教科书，随时随地用各种方法训练儿童运思、谈话、作事、作文。"[2]实用小学后来成为北碚兼善学校的小学部。

几年以后，遍布北碚纵横交错的教育网络，把北碚市民统统吸引到学习一切与世界文明接轨的新知识上来，形成了北碚浓厚的学习风气和极强的凝聚力，有力地推动了峡区的乡村建设运动。到1936年时，北碚已有两级小学（即完小）4所，初级小学14所，学生1300人，加上私塾学生，总计2503人。当年的学龄儿童为1.1759万人，入学率为21%。到1945年，儿童入学率为80%，到了1949年北碚解放前夕，全区公私立小学达到70所，其中公立小学61所，在校学生9227人，加上私立小学9所，学生2224人，总入学人数为1.1451万人，为学龄儿童总数的89%。[3]1948年2月，北碚被联合国教科文组织定为"基本教育实验区"。[4]联合国

① 《别开生面的实用小学》，《嘉陵江》创刊号，1928年3月4日。
② 《两年来的峡防局》，江巴璧合四县峡防团务局1929年刊，第15页。
③ 赵戎生：《卢作孚是怎样开拓北碚教育事业的》，参见《卢作孚追思录》，周永林、凌耀伦主编，重庆出版社，2001年10月第1版，第479页。
④ 郭剑明：《试论卢作孚在民国乡村建设运动中的历史地位——兼谈民国两类乡建模式的比较》，《四川大学学报》（哲学社会科学版），2003年第5期。

当时在北碚建有常设机构，即教科文组织办事处。祖父曾说："我之喜欢北碚，胜于自己所主办的事业，也正因为它是一个优良的教育环境。"[1]1948年春，美国传教士胡本德作为联合国教科文组织驻中国的代表，也来到北碚安家。当年4月，祖父和四祖父在北碚民众会堂对面的钱岳乔公馆会见了胡本德，他借此机会在公馆大门前拍摄了他们两兄弟的合照。这张宝贵的照片，由四祖父长子卢国纲妥善保存至今。

第五，祖父的人品与操守与当今所倡导、所崇尚的道德风范、价值标准相吻合，从而呈现出强大的人格魅力。

著名学者姜铎先生曾在《论卢作孚先生的伟大人格》一文中，对祖父的生平做了精辟的概括："卢先生既不是一般的民族资本家[2]，一般的近代企业家，一般的爱国实业家；也不是一般的经济学家，一般的经济管理学家，一般的政论家

用曾祖母六十寿辰各界人士的赠礼修建的北碚公园清凉亭，抗战时陶行知先生在此居住过。

---

① 卢作孚（1948）：《如何改革小学教育》，参见《卢作孚文集（增订本）》，凌耀伦、熊甫编，北京大学出版社，2012年第2版，第476页。
② 笔者注：卢作孚自己没有资本，故不属于资本家，仅相当于如今的CEO。

或学者；而是中国近代史上英雄人物中一个具有伟大人格的革命实干家！卢先生的伟大人格，既来源于他爱国家、爱社会、爱人民的拳拳赤诚；又来源于中华民族五千年来的优秀传统和世界现代文明的精华。卢先生的伟大人格，具有巨大魅力、凝聚力和吸引力，所到之处，金石为开，成为卢先生事业赖以成功的基石。"①

正如姜铎先生所言，祖父的人格魅力来自他对国家、对民族、对人民的爱，也来自他对亲人、对朋友、对师长的爱。正是这种至真至诚的大爱，使祖父少小立志而终生不改，鞠躬尽瘁，死而后已；正是这种忘我无私的大爱，使他在任何领域都忠实地做事，诚恳地对人，为而不有，好而不恃，员工和民众都发自内心地尊敬和爱戴他，称他为"卢先生"，而不是"卢总"或"老板"；正是这种大善大美的爱，使他超越了常人的境界，以"只有兼善，没有独善"②为自我垂范，让土匪变成良民，军阀化干戈为玉帛，员工把公司当成自己的家，成就了一批又一批有理想、有才干、懂文明、会审美的现代人才，老百姓过上现代文明的幸福生活；正是这种尽职尽责的爱，使他在世人还昏昏欲睡的时候，就清醒地看到日本军国主义蚕食我国领土的狼子野心，更在抗战爆发后担当起常人难以想象的救国重任；正是这种无怨无悔的爱，使他在时局发生巨变的时候，能尽最大的力量为人民、为新中国建设保全了重要的资产和人才。

祖父主持和推行现代集团生活训练人的目的，不仅在于提高国民文化水平，更重要的还在于改变国人的观念，实现人的现代化，只要人成功就会有事业的成功。而事业的成功，也就是个人的成功。祖父为这种新的现代集团生活描绘了这样的图景：

> 我们的预备是每个人可以依赖着事业工作到老，不至于有职业的恐慌；如其老到不能工作了，则退休后有养老金；任何时候死亡有抚恤金。公司要决定住宅区域，无论无家庭的、有家庭的职工，都可以居住。里面要有美丽的花园，简单而艺术的家具，有小学校，有医院，有运动场，有电影院和戏院，有图书馆和博物馆，有极周到的消费品的供给，有极良好的公共秩序和公共习惯。③

祖父牢记"少中""奋斗、实践、坚忍、俭朴"的八字信条，要求自己和家人克勤克俭，但对员工、对民众，却从不要求他们勒紧裤腰带过日子，而是尽可

① 凌耀伦、周永林编：《卢作孚研究文集》，北京大学出版社，2000年9月第1版，第32页。
② 卢作孚（1939）：《精神之改造》，参见《卢作孚文集（增订本）》，凌耀伦、熊甫编，北京大学出版社，2012年第2版，第379页。
③ 卢作孚（1934）：《建设中国的困难及其必循的道路》，参见《卢作孚文集（增订本）》，凌耀伦、熊甫编，北京大学出版社，2012年第2版，第269页。

能为他们创造富裕而文明的生活。民生公司的工资和福利标准一直都高于社会上的平均水平。

祖父办成功了那么多企业、事业，既来自于他对人民福祉的深切关注，也来自于他所建立的一系列具有前瞻性和人性化的管理制度。而缩小劳资差别，推行现代集团生活，重视人才培养，实行合理的工资福利分配等，正是祖父企事业管理制度的核心组成部分。比如公司章程规定，任一股东无论拥有多少股份，最多只有20股股权，从而避免了被大股东操控。而且祖父一直主张，公司还让员工享有股份和分红："民生公司，卢先生是总经理，员工共有六千多人，他们每年分红的方法，把六千多人分做五级，不问职位高低，薪水大小，但按他劳逸和功过，列入某级，如系第一级，应得花红若干，总经理这样，水手仆役也是这样。所以去年卢先生分红得四十九元几角，列入第一级的水手仆役每人所得也是四十九元几角。这样实行平等，怕民生以外，还不容易找第二个公司吧！"①改革开放之初曾有传闻，国家领导人去日本访问，参观了丰田公司，对他们公司让员工当股东的做法很感兴趣。丰田公司的负责人说，我们这个办法还是从贵国学来的呢。说着就领中国客人参观了公司档案室，给他们看了民生公司的有关档案。

民生公司为了激励员工学习上进，全面发展，有一整套科学而明晰的工资制度，如：不同的职务岗位有不同的工资标准，年功加俸每年加薪一次，提职必提薪，工程技术人员的工资高于管理干部，人人都有晋升机会。还有优厚而周全的福利待遇，包括红酬、双薪、伙食津贴、医药津贴、死亡抚恤、退休和养老金、假期优待和乘船优待、文化娱乐津贴与服装津贴、职工保险、职工储蓄、消费合作社等等。公司还给未婚职工提供公寓式的单身宿舍，有专人做清洁、洗被子、洗衣服。房租水电一切费用都由公司负担。对有家庭的员工，公司则提供家属宿舍，层次高一些的职员有花园式的宿舍小区，如重庆南岸的民生新村和江北青草坝的民生宿舍。这些住房都朴实无华，但方便实用，小区环境很美。房租水电等费用公司津贴一半。工作地点离家远的，来回的交通费由公司承担。以上工资福利的综合考察，远高于当时的其他企业。②

抗战时，为了照顾高危岗位的船员，民生公司采用了工资奖励制度：即按不同航线给船员发工资。宜昌到三斗坪的航程最短、最危险，故工资最高；到巴东、巫山、万县等中程航线的工资低一些，到重庆长线的更低一些。

与此相同，凡是当年在北碚的现代集团生活试验区住过的人，都对北碚的文明富庶记忆犹新。在嘉陵江三峡的乡村建设取得显著成效、人民的温饱问题解决以后，祖父进一步解决吃饱了还要吃得好的问题。猪肝有营养，祖父动员居民多吃猪肝。吃的人多了，北碚当局就规定，每人每次只能买二两猪肝，以防有的

① 黄炎培：《蜀道•蜀游百日记》，上海•开明书店1936年8月，第114—119页。
② 参见凌耀伦主编《民生公司史》"第五章 民生公司的工资福利与职工生活状况"，人民交通出版社1990年10月第1版，第135页。

北碚民众体育场1929年4月举行的嘉陵江运动会。

买多了,有的买不到。令北碚人至今还津津乐道的是,他们是四川人中最早吃到香蕉和西红柿的。豆花原本是最寻常的菜肴,但北碚的豆花却做出了特色,作料都有几十种。祖父有一次请军阀杨森吃豆花饭,他对杨森说:"您山珍海味吃得多,不稀奇。我请您吃一顿豆花饭,您一辈子都记得。"说得杨森笑呵呵的。

祖父不仅要让人民吃得饱、吃得好,还要他们身体强健,因此除了在成都通俗教育馆开辟了运动场,并举行了四川省第一次大型运动会之外,在建设北碚之初,也修建了北碚历史上首个民众体育场。1929年4月祖父发起了嘉陵江运动会,参加的有峡区及其周围22个单位,1100多名运动员,比赛项目达到22个。祖父亲自主持了运动会,并在会上发表演说:"我们此次开嘉陵江运动会,并不是奉政府教育厅的命令不得不办的,不过是为了提倡体育……为挽救我们不喜好运动,积弱不堪的民族起见,才努力举办的运动会。"[①]

---

① 刘重来:《卢作孚与民国乡村建设研究》,人民出版社,2007年版,第17页。

卢作孚先生1950年摄于长城。

台湾著名作家亮轩在其书《飘零一家》中写道："2007年，我到北碚，看到了当年我的出生地。更早的时候是个盗匪出没之地，却因为卢作孚的理想主义，而建设成为一个井然有序、花园一般的城市，我很为自己的出生地而自豪。父亲①的婚礼在他办的中学礼堂举行，而他与父亲是好友，由他出面为父母亲安排了婚礼。我更庆幸有这样一位了不起的长辈，虽然如今我已年近古稀，依然私下愿以他为最高的榜样。"②

前行政院长张群先生曾这样评价祖父，"他是一个没有受过学校教育的学者，一个没有现代个人享受要求的企业家，一个没有钱的大亨。"③在有关祖父的纪念或研讨活动中，我发现了一个有趣的现象，原本横亘在学者文人和企业家商人之间"互不买账"的芥蒂竟消失得无影无踪，尽管各自有着不同的出发点和研究方向。在企业家和商人心目中，卢作孚是他们的"楷模"和"先驱"，而在学者文人看来，卢作孚"骨子里本是一个文人"。他们都受到卢作孚精神和人格的感召；都在卢作孚身上找到了精神的寄托；也都从对他的学习借鉴中感到灵魂的净化和人生价值的升华。

既是实业家，又是教育家、乡建先驱、社会改革家的卢作孚，无疑已成为具有鲜明的责任意识和担当勇气的文化人与具有强烈的开拓精神和实践勇气的企业家之间的媒介。文化人与企业家的良性互动则是现代化进程中一个颇具"中国特色"的亮点。

---

① 亮轩，本名马国光，台湾著名作家，其父马廷英为著名地质学家、中国海洋地质科学的重要先驱。
② 亮轩：《飘零一家》，广西师范大学出版社，2012年3月第1版，第71页。
③ 孙恩三《极大的不协调》，参见周永林、凌耀伦主编《卢作孚追思录》重庆出版社，2001年10月第1版，第64页。

卢作孚逝世后不久的家人合影。前排：右一起堂妹卢晓琪（二叔大女儿）、大弟卢晓雁、堂妹卢晓陵（二叔小女儿）、表弟程晓刚（清秋子，二姑大儿子）、堂弟卢晓钟（二叔大儿子）、堂妹卢晓南（三叔大女儿）。二排右一起二婶李兴碧、母亲陈训方、祖母蒙淑仪、二姑卢国仪、卢晓蓉。后排右一起二叔卢国纪、父亲卢国维、三叔卢国纶、三婶冯俊兰。

祖父留给家人的遗产

　　祖父为国家、为人民所创造的财富无以计数，唯独没有留给自己和家人。他去世前和祖母带着我的大弟弟，住在重庆市民国路20号，这是金城银行的朋友借给他的。他的四条遗嘱中，只有一条是私事，即嘱咐祖母"以后生活依靠儿女"。《人民日报》1984年6月7日有篇署名文章，在介绍了祖父的众多业绩后这样写道："而他本人，却房无一间，地无一垅，也没有一角一分钱的存款，他是赤条条地来，也是赤条条地去的。"

　　母亲常常给我讲一件她亲身经历的事情。那是抗战后，我们和祖父、祖母一大家人住在重庆红岩村民生公司的职工宿舍。有一次家里打牙祭炖了一只鸡。一身疲惫的祖父踏进家门闻到鸡汤的香味，惊喜地问道："今天晚上有鸡吃呀？"母亲每每说及此事，就忍不住流泪。无独有偶，晏阳初先生在《敬怀至友作孚兄》中写道："他极富创造力，具有实现理想的才干和毅力。他组织公司的资本，是向朋友或外国借款。他自己并不想赚钱，忘我忘家，绝对无私。抗战时，他有一次病了。他的家人想买一只鸡给他吃，连这钱都没有。由此可见他人格的高尚。所以知道他的人，都敬佩他。"①

　　著名社会学家孙恩三先生在《卢作孚和他的长江船队》一文中写道："在他的新船上的头等舱里，他不惜从获菲尔德（英）进口刀叉餐具，从柏林进口陶器，从布拉格进口玻璃器皿，但是在他自己的餐桌上却只放着几只普通的碗和竹筷子。甚至这些船上的三等舱中也有瓷浴盆、电气设备和带垫子的沙发椅，但成

---

　　① 参见《卢作孚追思录》，周永林、凌耀伦主编，重庆出版社，2001年10月第1版，第45页。

为强烈对照的是，他那被称为家的六间改修过的农民小屋中，围着破旧桌子的却是一些跛脚的旧式木椅。"[①]

有一次，祖父的一位朋友在他面前夸耀自己给子女留下了一大笔遗产，祖父听了之后坦然笑答："我没有给子女留下任何财产，留给他们的只有知识和劳动的本领。"时隔半个多世纪，他当年的笑谈得到了验证。他的五个子女都考上了大学，分别读的是机械工程、园艺、土木建筑、化学和财务管理。后来，他们都在自己的工作岗位上做出了成绩，倚靠知识和劳动的本领安身立命，报效社会。

70年代末，我在上海读大学时，正逢出国留学高潮，一位当年做过民生公司人事处长的前辈对我说，抗战胜利后，民生公司董事会一致决定赠送祖父一些股份，以奖赏他创办和经营民生公司的功劳，但祖父婉言谢绝了。"如果

卢作孚的小儿子卢国纶，幼年时脚上穿的鞋是姐姐穿过的。

你祖父接受这些股份的话，别说是你，就是你们这一代十几个孙子女用作出国留学的经费也绰绰有余了！"这位前人事处长还给我讲了一件事，上世纪40年代后期，上海有的作家生活拮据，祖父曾要他代表民生公司给他们送生活津贴，他因此而去过茅盾、巴金等人士的家。

祖父在香港时与晏阳初先生有多封书信来往，多是谈的国事以及代办晏阳初留在重庆的中国乡村建设学院之有关事宜。其中也偶而谈到家事，例如1950年3月22日祖父写给晏阳初的信中谈到："国仪尚在港等待康奈尔大学入学准许证，是否可得准许，何时可得准许，尚不可知，吾兄可托友代为探讨否？彼仅有留学费用二千元，将来仍盼有学校或学术团体奖学金机会，乃能完成学业，否则仅能留美一年，似无必要也。"文中两处着重点均为祖父所加，国仪是我二姑。从晏阳初先生另一封信可知，她当时已考上美国康奈尔大学。祖父则为她的学费一事发愁，此信便是拜托晏阳初先生代为帮助二姑争取到奖学金，方能完成学业。卢作孚研究学者张守广教授告诉我，他看到这封信后，才真的相信卢作孚确实没有钱。与祖父同心同德、肝胆相照的晏阳初先生在回信中说："国仪读书，兄只备

① 同前引书，第63页。

1931年5月18日《嘉陵江日报》刊载的卢国维写给父亲卢作孚的信。

1937年读上海中学的卢国维。

兑子寫给爸爸底一封信

——卢国维由瑞山校寄卢作孚

爸爸你现在好吗那次写来的回信已经到了，这几天学校裡正在临时试验前次我的算术得八十六分，国语八十二分，这次算术得九十七分，国语得九十四分，我想着我有这样大的进步，真是无限的快活呢，我每星期五便与你写一封信来，我就好把我每週的成绩知每週的经过告诉你好吗？请了祝福安！

子国维五月十四日夜。

卢作孚1941年去成都，在著名平民教育家晏阳初先生寓所与长子卢国维（右）、次子卢国纪（左）合影。

来美旅费，以后读书用费，弟绝对负责去办，祈释念。”感人至深！二姑最后因为时局问题没办好护照，失去了留学机会。祖父给了她亲切的安慰和鼓励。二姑至今保存着祖父写给她的几封信。其中1952年1月30日的一封信里写道：

> 上星期函已经接到。家中一致赞成你的计划，特别是你的母亲。请你即决定安排五月回家，小孩诞生即在重庆；小孩饲养，当然是你母亲的事。只太苦了你的母亲，学习，宣传，生产，理家，带孙儿女，似乎太为繁重。但为了你的工作关系，仍当替你负起带婴孩的责任……

> 身体虽差，只要能胜任工作，学习与工作仍盼积极。请假之前，盼先取得上级和同事的人了解。离开早迟，恰合时间，免耽误工作过久。一个有工作责任的人，久离工作总是于心不安。故盼你有好好打算。

> 你的母亲的生日（即日年满51岁——笔者注）并未请客，亦无客来。旧的习俗已从基本上革掉了。只在昨晚吃的是素面，今天桌上多了两三样菜，都是凑合起来的，似乎有一点表示，但绝无拜寿那一回事。

信虽然不长，字里行间却充溢着对妻子的深情和疼惜，也体现出对女儿的关切和厚爱。写完这封信九天之后，祖父带着他对亲人、对事业、对人民和祖国的

卢晓蓉出生之地——重庆红岩村民生公司宿舍，卢作孚全家曾居住在二楼右边的大小四间房内。

深深眷念，离开了人世，留下了他洒向家庭和人间的无尽的爱。

祖父生前从不愿作官，也多次辞官。他19岁那年因参加辛亥革命有功，四川都督府任命他为夔关监督，年薪4万两白银。祖父很明白，这个职位足以使他的一家老小摆脱贫困，却不能实现他强国富民的理想，所以果断辞谢。类似的事情还有过多次。但当国家和人民需要的时候，他也当过不少官，从专署教育科长、成都通俗教育馆馆长、嘉陵江三峡峡防局局长、川江航务管理处处长到四川省建设厅厅长、交通部常务次长、全国粮食局首任局长等，而所有这些官职都是在任务完成之后，他主动辞职的。

祖父留给我们的精神遗产，是我们世世代代也取之不尽、用之不竭的。他曾经在《工作的报酬》一文中写道：

> 最好的报酬是求仁得仁——建筑一个美好的公园，便报酬你一个美好的公园；建设一个完整的国家，便报酬你一个完整的国家。这是何等伟大而且可靠的报酬！它可以安慰你的灵魂，它可以沉溺你的终身，它可以感动无数人心，它可以变更一个社会，乃至于社会的风气。这是何等伟大而且可爱的报酬！①

我从自己的人生经历中发现，祖父留给我们的世间买不到的无价之宝，是可以切切实实地感受到的。从深得祖父真传的父母及家人对我的言传身教，从民

卢晓蓉与家人摄于1969年春节。两个弟弟下乡前，父亲在牛棚，三叔（后排左一）赶来送行。

① 参见《卢作孚文集（增订本）》，凌耀伦、熊甫编，北京大学出版社，2012年第2版，第234页。

1948年父亲（右二）与母亲（中间）在加拿大。

生厂子弟校校长和老师们给予我的真挚关怀，从青草坝家园留给我的多彩的人生底色，从巴蜀中学给我打下的知识基础，从我考大学的幸运奇遇等等经历来看，祖父的庇荫从未离开过我。在农村的艰苦岁月里，我弯着腰在水咬人的田里插秧时，挑着粪桶在地里施肥时，背着重物在崎岖的山路上艰难地前行时，曾仰望山巅的天际线幻想过，如果祖父还在，也许我不会遭遇这么多苦难，也许我们都住在北京，也许我能考上大学……但很快就转念一想，如果真是那样，我的人生中就可能会有浮华，会有虚度，会有陷阱，不如这样踏踏实实地一步一个脚印向前走，反而不会摔跟斗，不会停止和倒退。这突然出现的念头，莫不也是祖父的在天之灵对我的叮嘱和鼓励？

　　"文革"后期，父亲去上海出差，顺便带我去上海的军大医院看病。我们乘坐的轮船，正是祖父当年在加拿大建造的九艘船中的"荆门"轮，不过早已改成了"东方红"××号。从重庆到上海是下水，要航行5天。我们买的是四等舱船票，记得是八人一间的上下铺。船开出不久，就听见广播里叫我父亲的名字，要他到船长室去一趟。父亲去了才知道，有船员认出了他并报告了船长。船长便代表全体船员，邀请我们父女去住二等舱（船上没有头等舱），即两人一个房间，而且要我们全程都去船员食堂吃饭。他们用这样的方式纪念我的祖父，惠及我们，令我至今想起还热泪盈眶。

　　在当年民生公司的墙壁上，张贴着祖父题写的条幅："忠实地做事，诚恳地对人"，这也是我们子孙后代安身立命的基石。靠了它，我们在倒行逆施的年代，没有出卖良心、违法乱纪；靠了它，我们在武力威逼之下，没有放弃原则、卑躬屈膝；靠了它，我们在金钱利诱面前，没有徇私舞弊、失节丧志。回顾后来下海近20年"摸着石头过河"的经历，也仿佛总有"一只看不见的手"在搀扶着我前进，我知道，那是祖父慈爱的大手。

上世纪80年代末，在香港安通公司做国际货运代理之初，我们一个月只能揽到几个集装箱的货运代理业务。那时台湾长荣航运公司还没有打通大陆的货运渠道，我们很想与他们合作。但是长荣当时已是世界上最大的集装箱环球航运公司，他们能相信我们这个刚刚初创毫不起眼的小公司吗？正好在这时候，我母亲得知，她一位朋友的儿子在这家公司驻香港的货代机构工作。我和我的经理去拜见了这位先生，他很热情地接待了我们，并把我们和我祖父的姓名一并告诉了该机构的有关负责人。这位负责人接见我们时，开门见山地说，他很敬仰卢作孚，同意让我们先代理两个货柜（即集装箱）试试看。结果不言而喻，我们成为长荣公司货柜进出大陆的独家代理，直到他们自己在大陆设立货代机构为止。

90年代中，为北大引进外资创办生物科技公司初期，我第一次到北京治疗心血管病方面最著名的阜外医院拜访一位专家，希望他关注和帮助我们做好公司的新产品、北大学者研究出来的一种降血脂的中药。那位专家是西医，"目不斜视"地专注于他的事务，不断在几间办公室穿梭，似乎没有我这个人的存在。我只好跟着他来回走。无计可施之中，我听口音猜测他是上海人，年龄在60岁左右，抗战时已经出生，推断他应该听闻过我的祖父，于是就说了出来。他一听就转头问我："你真是卢作孚的孙女？"见我点头表示肯定后，他马上笑容可掬地说："一般企业来做推销的人我都是不接待的，但卢作孚讲信用，对抗战做了很大贡献，我相信你说的话！"随后他到了我们公司，亲眼见到了公司的产品和严格而科学的生产过程。从此以后，他和他的前辈及同道，包括最著名的心血管病专家陶寿淇老，都一直满腔热情地为这个国产中药保驾护航。我们也没有辜负他们的信任，这个药至今还是市场上最好的国产降脂药。

2000年，北京大学继1999年出版《卢作孚文集》后，又出版了《卢作孚研究文集》，其中收录了前全国工商联主席经叔平先生在《卢作孚文集》出版发行座谈会上的讲话《发扬卢作孚先生爱国、敬业、无私的崇高精神》。研究文集出版后不久，我带着书去民生银行旧址看望经老。经老很热情地接待了我，还没等我坐下，他就问我："你知道我为什么给民生银行取这个名字吗？"我一时不知怎么回答，便试探着问他："是不是与孙中山先生的三民主义有关？"他笑笑说："不是的，我就是想以你祖父当年创办民生公司为榜样，勉励现在的年轻人继续发扬艰苦奋斗、为国为民的精神，有钱不是贪图个人享受，而是办好事业，为社会服务。"当时民生银行已搬迁到长安街中心地带一幢很时髦的大楼里，而经老一人还坚持在原来的办公楼里上班，这栋楼是上世纪20年代日本人的银行旧址。经老语重心长的话语，令我非常感动，至今铭记在心。

弟弟卢铿从小酷爱汽车，后来考进东北大学冶金系，学的炼钢，但毕业后却

卢晓蓉的女儿和大弟弟一家在卢作孚陵园。

搞起了房地产。20多年中从北到南，从西到东，他领导的公司直接和参与开发的人居项目数十个，一个比一个优雅美丽，个个都成为当地房地产的样板工程。众所周知，房地产在中国是新兴产业，免不了跌宕起伏、困难重重，弟弟的公司也历经曲折和坎坷，支撑着他奋力前行的是祖父的遗愿："愿人人皆为园艺家，将世界造成花园一样。"

我女儿在北大光华管理学院毕业，又在美国读完MBA后，决意回国工作，并自己选择了一家地道的民营企业。亲戚朋友为她不去外资或国营大企业感到不解，可她的理由却很充分：太爷爷当年创办的民生公司不也是民营企业吗？！更想不到的是，她的老板才30多岁，竟然也知道我的祖父，告诉我女儿："卢作孚先生是我非常敬重的一位前辈！"

我深深地知道，祖父生前既无权又无钱，去世后又被屏蔽数十年。他的姓名在今天还这么管用，皆因他"古之贤哲"般的人品，致金石为开的诚信，以及终其一生为国家和人民留下的取之不尽用之不竭的精神和物质遗产。2003年，重庆市通过专家学者和民众普选两个渠道，评定十大历史人物，结果两个渠道祖父都名列榜首，对他的评语中写道："民生公司、北碚区、《卢作孚文集》，其中任一项都足以改变历史。"

世上还有什么遗产比得上祖父给我们的更多呢？！

卢作孚研究中心举办的座谈会

前排左一张守广、左二项锦熙、左三刘重来、右三美国学者罗安妮、右一李萱华，后排右二潘洵、右四周鸣鸣、左二付立平、左四侯江、左五赵晓玲、左六张瑾